埃及守護神

火焰的王座

雷克·萊爾頓 Rick Riordan◎著
沈曉鈺◎譯

遠流

各界好評讚譽

不管原先喜不喜歡埃及、對他們的神話傳說與文化習俗有多少認識，在看完【埃及守護神】之後，都會愛上埃及，還有他們的神。

——作家．青蛙巫婆 **張東君**

一場神話與現代的美妙結合。

——《飛行少年》作者．愛爾蘭知名小說家 **艾歐因．寇弗（Eoin Colfer）**

萊爾頓的故事總是讓讀者大呼過癮！

——**英國《衛報》**

詼諧機智並發人深省，令人揪心、感動，並充滿有趣的諷喻。

——**英國《泰晤士報》**

從一開始就讓人無法喘息。這【埃及守護神】系列中關鍵的一集，將進入更糾結難解的情節，充滿了危機與陰謀。是數一數二的好故事！

——**《邦諾書店》**

萊爾頓的作品肯定能成爲經典！

——**英國《星期天郵報》**

主要人物簡介

◆**卡特·凱恩**（Carter Kane）

十四歲男孩，從小在家自學，個性謹慎小心。母親過世後，他與妹妹莎蒂分開，獨自跟隨父親在世界各地遊歷。之後父親失蹤，他與分開多年的妹妹一同踏上尋找父親的冒險，並在歷經紅色金字塔一戰後，發現了拯救世界的可能關鍵。於是他與莎蒂在凱恩家的魔法豪宅成立了「布魯克林之家」，積極召募法老的後代加入魔法師的行列。

◆**莎蒂·凱恩**（Sadie Kane）

剛滿十三歲，她性格直率，充滿冒險與嘗試的勇氣。母親過世後，由外公外婆撫養長大，原本與聚少離多的父兄感情疏離，但在與哥哥卡特共同經歷對抗火神的戰鬥後，兩兄妹漸漸建立起革命情感。紅色金字塔一戰結束後，兩兄妹開始肩負起培育魔法師新血的責任，並在腹背受敵的困窘境況下，再次踏上拯救世界的魔法之旅。

◆**阿摩司·凱恩**（Amos Kane）

卡特與莎蒂的叔叔。在哥哥朱利斯失蹤後，成爲兩兄妹的保護者之一。他將卡特與莎蒂帶到凱恩家位於紐約布魯克林的神祕大豪宅中棲身。在遭遇邪惡火神附身後變得失神與虛弱，於是回到魔法師組織「生命之屋」的總部調養生息。之後返回布魯克林之家幫助凱恩兄妹訓練新魔法師。

◆**華特．史東**（Walt Stone）

十四歲男孩，身材高大精實，常一副運動員打扮。他對魔法極具天賦，各類魔法的學習都極快上手，最擅長讓無生命的東西動起來；手藝精巧，天生就是製作魔法飾品的高手。他是最先回應凱恩兄妹召募的人，在陪伴卡特與莎蒂探險的過程中，似乎掩藏了不欲人知的祕密。

◆**姬亞．拉席德**（Zia Rashid）

生命之屋魔法師，來自埃及尼羅河畔的小村莊。她有著一頭黑髮與琥珀色眼睛，並用化妝墨畫上埃及式黑眼線。在她八歲時，村莊遭到邪惡力量摧毀，唯一倖存的她被大儀式祭司伊斯坎德救走，成爲生命之屋的一員。她從小接受魔法訓練，是爲了對付埃及的神。最擅長的是火之魔法。

◆**米歇爾．狄賈登**（Michel Desjardins）

生命之屋魔法師，來自法國，年紀已有兩百歲。他在伊斯坎德之後繼任生命之屋的大儀式祭司，堅信世界在無神的狀態下最爲平和，反對讓埃及的神回到凡間。因此，他將積極恢復神之道的凱恩家族列入生命之屋的通緝名單中。

埃及守護神

火焰的王座

目錄

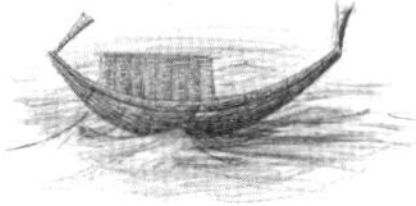

獻給康納和瑪姬，
你們是萊爾頓家族中優秀的兄妹檔。

警告

以下內容是一份錄音聽寫稿。卡特．凱恩與莎蒂．凱恩最早爲大眾所知，就是因爲我去年收到的一份錄音檔，我後來將這些錄音內容整理成《紅色金字塔》一書。在該書出版不久後，第二份錄音檔立刻就送到我家，因此我只能假設凱恩家族很信任我，希望由我繼續轉述他們的故事。倘若第二份錄音內容確實無誤，那麼事件的曲折變化，只能以令人擔憂來形容了。爲了凱恩家族，也爲了全世界，我希望接下來各位所讀到的內容只是純屬虛構，否則，我們所有人都將身陷極大的危險與麻煩中。

1 夜潛博物館

我是卡特。

聽好了，我們沒時間先來一段冗長的介紹。我需要趕快把這個故事告訴你，否則我們只有死路一條。

如果你還沒聽過我們第一份錄音檔，那麼……很高興認識你。我先來前情提要一下。埃及的神被釋放出來，在現代世界跑來跑去，而有一群來自生命之屋❶的魔法師正試圖阻止他們。大家都討厭我跟莎蒂。有條大蛇就要一口吞下太陽、消滅世界。

【噢！幹嘛啦？】

莎蒂剛才搥了我一下。她說我這樣講會嚇死你；她說我應該倒帶回去，冷靜下來，然後重頭說起。

好吧，但我個人覺得你是應該感到害怕才對。

❶生命之屋（House of Life）是古埃及神廟中的重要組織，集合了圖書館、學校、抄寫文書等多種功能，並訓練不同人員學習醫藥、魔法等不同知識。參《紅色金字塔》七十一頁，註⓰。

這份錄音的重點，就是要讓你知道現在到底發生了什麼事，以及事情是如何變調的。你會聽到很多人說我們的壞話，但那些死亡事件並不是我們造成的。至於那條蛇，這也不是我們的錯，嗯……不完全是啦。世界上所有魔法師必須團結起來，這是我們唯一的機會。

以下就是我要告訴你的故事，你自己來決定是否要相信我們。故事就從我們在布魯克林放火開始。

這件工作應該很簡單才對。溜進布碌崙博物館❷，借走一件特殊的埃及文物，然後成功脫逃不被逮到。

不，這不是搶劫。我們最後還是有把這件文物送還回去，但我猜我們的確看起來一副鬼鬼祟祟的樣子。有四個穿著黑色忍者服的小孩站在屋頂上，喔，上面還有一隻也打扮得像忍者的狒狒。這裡面絕對有鬼。

我們的行動首先是要受訓學員潔絲和華特兩人去打開側邊的窗戶，而古夫、莎蒂和我三個去檢查屋頂中央的玻璃圓頂，那裡原本是我們的脫逃路線。

我們的脫逃策略看起來不妙。

已經入夜了，博物館應該閉館了才對，可是，玻璃圓頂卻閃閃發光。在博物館裡，就在距我們大約十二公尺底下的地方，幾百名西裝筆挺、身穿晚宴服的賓客在有如飛機棚大小的宴會廳裡交談或跳舞。有一支交響樂團正在演奏，但風在我耳邊呼嘯，我冷得牙齒打顫，什麼音樂也聽不見。身穿亞麻布睡衣的我簡直凍得半死。

魔法師必須穿亞麻衣，因為這種材質不會干擾魔法。在幾乎不冷又不太會下雨的埃及沙漠地區，這或許是個了不起的傳統，但是在美國布魯克林區的三月，這種傳統就很爛了。

我妹莎蒂似乎不覺得冷。她一邊跟著 iPod 上的音樂哼哼唱唱，一邊打開圓頂的鎖。我是說，真的，有誰會在進博物館偷東西的時候還帶自己的音樂去聽？

她除了腳上穿的是戰鬥靴之外，其餘打扮跟我差不多。她的一頭金髮挑染出紅色，就祕密行動來說，這點非常令人不可思議。她的藍眼睛和白皮膚看起來跟我完全不像，對此我們都覺得無所謂。能夠有機會否認這個站在我旁邊的瘋女生是我妹妹，這樣很好。

「你說過博物館這時沒人。」我抱怨說。

莎蒂似乎沒聽到我說什麼，我拿下她的耳機再說一遍。

「這個嘛，博物館應該沒人才對。」到目前為止，莎蒂住在美國已經三個月，雖然她不願意承認，但她的英國腔已經漸漸消失。「網站上寫五點關門，我怎麼知道有人會在今天舉行婚禮？」

婚禮？我往下看，發現莎蒂說得沒錯。有些女士穿著桃色的伴娘禮服，其中一張桌子上

❷布碌崙博物館（Brooklyn Museum）位於美國紐約市布魯克林區，一九二三年開幕。它以豐富多元的藝術品館藏著稱，是世界上僅次於大英博物館與開羅博物館收藏最多埃及文物的地方。

擺著一個好大且好多層的白色蛋糕。兩大群賓客用椅子舉起新郎和新娘，帶他們走過房間，而他們的朋友環繞在四周，一邊跳舞一邊鼓掌，看起來就像即將發生家具大戰一樣。

古夫拍了拍玻璃。牠就算穿了黑衣，一身金毛仍舊使牠難以沒入暗影中，更別提牠的七彩鼻子和屁股了。

「啊！」牠抱怨著。

因爲牠是狒狒，所以牠發出的這一聲很可能表示了「你看，下面那裡有吃的」、「這片玻璃很髒」或「嘿，你看那些人拿椅子做蠢事」。

「古夫說得對，」莎蒂替牠翻譯，「我們很難通過派對而偷溜進去。或許我們可以裝成維修人員……」

「當然沒問題，」我說：「抱歉，打擾了，這裡有四個小孩帶著一尊三噸重的雕像通過，並且準備讓雕像升空從屋頂飄出去。請你們繼續進行活動，不必管我們。」

莎蒂翻了個白眼。她拿出一根刻有怪物圖案的象牙材質弧形魔棒，指著圓頂的底部。一個金色的象形文字發光，最後一道掛鎖啪的一聲打開。

「那麼，要是我們不把這裡當出口，」她說：「爲什麼我要打開它？難道我們不能從進來的地方，也就是從旁邊的窗戶出去？」

「我跟你說過了。雕像很大，會塞不進旁邊的窗戶，而且陷阱……」

「那就明晚再試吧？」她問。

我搖搖頭。「所有展示品明天就要被裝箱打包送去外地巡迴展覽了。」

她以討人厭的方式挑挑眉。「如果有人可以提早通知我們需要偷這尊雕像的話……」

「算了。」我知道這段對話會發展至什麼地步。我跟莎蒂站在屋頂上吵一整晚也無濟於事。她當然說得對，是我沒有早一點通知她，但是，拜託喔，我的消息來源不怎麼可靠。在我祈求幫助的好幾星期後，我的夥伴隼頭戰神荷魯斯❸終於給了我一條線索。他在我夢裡說：「喔，對了，記得你想要的那件文物嗎？就是那個可能握有拯救地球關鍵的文物。那件東西過去三十年來一直安坐在布碌崙博物館裡，但是明天就要啓程前往歐洲，所以你最好動作快！你還有五天的時間弄懂怎麼使用，否則大家都完蛋了。祝你好運！」

我大可因爲他沒早點告訴我而對他咆哮，但這樣做也不會改變事情。神只在自己準備好的時候說話，而且對凡人的時間系統毫無概念可言。我會知道這種事，是因爲荷魯斯幾個月前跟我一起共用我的腦袋。我仍然留有一些他的反社會習慣，像是偶爾會有捕捉小老鼠的衝動，或是拚命挑戰質疑別人。

「我們就照原來的計畫去做，」莎蒂說：「從旁邊的窗戶進去，接著找出雕像，再讓雕像飄浮在空中通過宴會廳。等我們進行到那一步，再來想辦法處理婚宴派對的問題。也許來試試轉移注意力。」

---

❸荷魯斯（Horus）是埃及神話中的天空之神及隼神。參《紅色金字塔》一二一頁，註㉙。

我皺起眉頭。「轉移注意力？」

「卡特，你擔心太多了，」她說：「這會是一個很好的點子。除非你有別的主意？」

問題是……我沒有別的主意。

你可能以為有魔法會讓許多事做起來容易得多。事實上，通常反而會讓事情更加複雜。這個或那個咒語在特定狀況下無法作用，總是有好幾百萬個原因，可能是咒語不靈或是有其他魔法阻撓你，例如這間博物館的保護咒。

我們不確定這些保護咒是誰設下的，也許有個博物館內的工作人員是地下魔法師，這種事很稀鬆平常。我們的父親就曾以自己的埃及學博士身分，作為接觸各種古文物的掩護，更何況，布碌崙博物館擁有全球最龐大的埃及魔法紙草卷收藏。這也是為何我們的叔叔阿摩司把他的總部設在布魯克林的原因。許多魔法師為了博物館的珍藏品，都有做好防衛措施或是設下陷阱捕捉竊賊。

無論是哪種原因，這些門和窗戶真的設有難以對付的保護咒。我們無法開啓進入展覽廳的魔法通道，也沒辦法叫專門拿東西的薩布堤❹替我們帶回需要的物品（薩布堤是一種魔法土俑，在我們的圖書室中為我們服務）。

我們必須進出這個守護嚴密的地方；如果犯了一丁點錯，我們無法得知會釋放出何種詛咒：怪物守衛、瘟疫、大火、爆炸的驢子（不要笑，碰上爆炸驢子可是個壞消息）。

唯一沒有設下陷阱的出口就在宴會廳天花板上的圓頂。顯然，博物館的守衛並不擔心小偷從十二公尺高的地方透過飄浮技術把東西偷走。或許圓頂也設了陷阱，只是藏得太好，我們看不到而已。

不論是哪種情況，我們都必須姑且一試。我們只有今天晚上能下手去偷……抱歉，是去「借」那件文物。然後我們有五天的時間去搞懂要如何使用。我眞喜歡截止日期啊。

「所以我們要繼續前進並且隨機應變？」莎蒂問。

我低頭看著底下的婚宴派對，希望不會毀了他們特別的一晚。「我猜是吧。」

「好極了，」莎蒂說：「古夫，你留在這裡把風。等你一看到我們過來就打開圓頂，知道了嗎？」

「啊！」狒狒說。

我的頸背生出一股涼意，感覺上，這場偷竊行動不會太順利。

「來吧，」我告訴莎蒂：「我們去看潔絲和華特那邊的情形。」

我們下降到三樓外的窗台上，三樓就是埃及文物收藏區。

潔絲和華特完美地執行他們的工作。他們將窗戶旁的四個荷魯斯之子[5]雕像用膠帶封住，

---

[4] 薩布提（shabti）是古埃及文化中的陪葬品，為中王國時期大量出現的一種木乃伊造型小人俑。參《紅色金字塔》一〇九頁，註[20]。

[5] 荷魯斯之子（Sons of Horus）是傳說中荷魯斯的四個兒子，他們分別管理並守護埃及木乃伊的器官。參《紅色金字塔》一五九頁，註[40]。

並在玻璃上畫了象形文字以便反擊保護咒與人類的警報系統。

莎蒂和我降落在他們旁邊，而他們似乎正在談論某件嚴肅的事。潔絲握著華特的雙手，這讓我嚇了一跳，卻讓莎蒂更加吃驚。她像一隻被踩到的老鼠般發出尖叫聲。

【喔，對，你是這樣叫沒錯。我當時人在現場。】

為何莎蒂這麼在意呢？是這樣的。就在過完新年後，我和莎蒂發出了結德❻護身符的信號，希望那些具備魔法潛力的孩子能加入我們的行列，而潔絲和華特是最先回應我們的人。他們已經跟著我們受訓了七週，比其他人更久，所以我們跟他們也很熟。

潔絲是來自納許維爾的啦啦隊員。她的本名是潔絲敏，潔絲是簡稱，除非你想被變成一株灌木，否則千萬不可以叫她潔絲敏。以金髮啦啦隊員來說，她很漂亮，雖然不是我的型，但你就是忍不住喜歡她這個人，因為她對大家都很好，總是願意幫助別人。她在療癒魔法方面有天分，所以帶她一起出任務很好，能避免出差錯，而我和莎蒂一起進行冒險時，有百分之九十九的機率會發生意外。

她今天晚上用黑色頭巾將自己的頭髮包起來，肩上斜背著魔法師工具袋，上面有獅子女神薛克梅特❼的象徵標記。

我和莎蒂降落在他們旁邊時，她正對華特說：「我們會想出辦法的。」

華特一臉不好意思的樣子。

他是……嗯，我該怎麼形容他呢？

【不，莎蒂，謝了。我才不會用「辣」來形容他。等輪到你說故事時再用吧。】

華特十四歲，和我一樣大，但他的身高可以去打校隊前鋒。他的身材很適中，精實有肌肉，而且這傢伙的腳超大。他一身咖啡豆色的肌膚，比我的膚色再深一點，剃了很短的小平頭，所以頭髮在他頭上像片陰影。儘管天氣很冷，他仍穿黑色的無袖T恤和運動褲。這不是魔法師的標準裝扮，但是沒人可以跟華特吵。他是第一個來找我們的學員，一路從西雅圖來到紐約，而且這傢伙是個天生的「燒」，「燒」是飾品工匠的埃及語。他戴著一堆金頸環，上面掛著他自製的魔法護身符。

總之，我很確定莎蒂嫉妒潔絲，而且喜歡華特，雖然她不會承認。因爲她過去幾個月來迷戀另一個人，其實是一位神才對。那才是她的暗戀對象。

【好吧，莎蒂。我現在不說就是了，但我注意到你沒有否認。】

我們打斷他們的談話時，華特很快放開潔絲的手並走開。莎蒂來回看著他們，試著想了解現在到底是什麼情況。

華特清清喉嚨。「窗戶這裡處理好了。」

「好極了。」莎蒂看著潔絲。「你剛才說：『我們會想出辦法的。』那是什麼意思？」

❻ 結德（djed）是古埃及文化中流傳下來的護身符圖案，象徵埃及冥神俄塞里斯（Osiris）的脊椎骨，代表了穩定與力量。詳見《紅色金字塔》五四三頁。

❼ 薛克梅特（Sekhmet）是埃及神話裡的獅頭女神，代表戰爭和毀滅，也是醫療者的守護神。

潔絲的嘴巴開開合合，像是努力呼吸的魚。

華特替她回答：「你知道的，就是《拉之書》。我們會想出辦法的。」

「對！」潔絲說：「就是《拉之書》。」

我看得出來他們在說謊，但我覺得若是他們彼此喜歡對方，這也不關我的事。我們沒時間管這種連續劇。

在莎蒂開口要求他們提出更好的解釋前，我說：「好了，我們開始大玩一場吧。」

窗戶輕而易舉打開了。沒有魔法爆炸，也沒有警報聲大作。我大大鬆了口氣，走進埃及展覽大廳，心想或許我們最終還有機會完成任務。

這些埃及文物讓我想起了各種回憶。在去年之前，我這輩子大都和我爸一同環遊世界，而他總是穿梭在博物館之間，講授有關古埃及的課程。那是在我知道他是魔法師之前的事，也是在他釋放出一堆神並讓我們的生活變複雜之前的事。

現在的我，無法看著埃及藝術品而不帶有任何個人情緒。我們經過一尊荷魯斯雕像時，我打了個寒顫，這位隼頭神在去年聖誕節住進我的身體。當我們走過一具石棺，我想起邪惡之神賽特❽是如何將我們父親監禁在大英博物館裡的一具黃金棺材裡。這裡到處都有這位藍色肌膚、統治死者的俄塞里斯❾畫像，我想到爸爸是如何犧牲自己成為俄塞里斯新宿主的經過。現在，就在杜埃❿的某個魔法境地，我們的父親是冥界之王。我甚至無法描述那種感覺有多麼奇怪，就是看見一幅有五千年歷史、畫著某個藍色埃及神祇的畫作，然後心裡想著：「對，那是我爸。」

這裡所有的文物似乎都是家族紀念物。有一根魔棒很像莎蒂用的那根；有一幅畫像畫的是曾經攻擊過我們的蛇豹⑪；《亡靈書》中的一頁繪有我們曾親眼目睹過的惡魔，然後還有那些受到召喚會復活的魔法人像薩布堤。幾個月前，我喜歡上一個叫做姬亞．拉席德的女生，而她最後變成了一個薩布堤。

這樣的初戀已經夠讓人難受了，而當你喜歡的女生變成陶土，還在你眼前碎成一片片時，呃……這給了「讓人心碎」這個詞一個全新的定義。

我們往前通過第一個房間，穿過繪有巨幅埃及風格的黃道十二宮圖的天花板。我可以聽到右下方走道上那間宴會廳的慶祝聲響。音樂和笑聲迴盪在整間博物館。

在第二間埃及展覽室，我們停在一塊有著車庫門大小的石雕前。鑿刻在石頭上的圖案是一個踐踏人類的怪物。

⑧賽特（Set）是埃及神話中的邪惡、混沌及黑暗之神。參《紅色金字塔》一二一頁，註㉚。

⑨俄塞里斯（Osiris），埃及神話中統治冥界的神，掌管所有生死之事，也是農業之神。參《紅色金字塔》三十九頁，註⑫。

⑩杜埃（Duat），指的是古埃及神話中的冥界，也是冥神俄塞里斯的掌管領域。

⑪蛇豹（serpent leopards），又名賽波帕，是長得像蛇和豹的混種生物。參《紅色金字塔》一二七頁，註㊱。

「那是葛萊芬⑫嗎？」潔絲問。

我點點頭。「對，這是埃及版的葛萊芬。」

這隻動物有著獅子的身體和隼的頭，但翅膀和你看過的大多數葛萊芬圖畫都不像。這隻動物的翅膀與鳥翅膀不一樣，而是長在整個後背上，又長又筆直，尖尖刺刺如同一對上下顛倒的鋼刷。如果這怪物可以用那種東西飛起來，我猜或許那對翅膀拍動起來和蝴蝶翅膀差不多。石雕曾經上過色。我看得出來怪物身上的毛皮有紅色和金色斑點，但就算沒有顏色，這隻葛萊芬看起來詭異得像活的一樣。牠的小眼睛似乎跟著我移動。

「葛萊芬是護衛。」我說，想起我爸曾經告訴我的事。「牠們捍衛寶藏和珍貴的東西。」

「真好，」莎蒂說：「所以你是說牠們會攻擊……哦，比方說溜進博物館裡偷走文物的小偷嗎？」

「這只是一塊石雕。」我說，但很懷疑那是否能安慰大家。埃及的魔法全都和將文字與圖畫變成真的東西有關。

「那裡。」華特指著房間對面。「就是那個，對吧？」

我們繞了一大圈避開葛萊芬，走到房間中央的一尊雕像前。

那尊神像高約兩公尺多。由黑色石頭鑿刻而成，並穿著傳統埃及服飾——打赤膊、穿短裙和涼鞋。神像有著公羊臉和角，一邊的角已經斷了好幾世紀。在它頭頂上是個飛盤形狀的皇冠，是一個由蛇盤繞而成的太陽圓盤。在它的面前站著一尊非常小的人類雕像。神的雙手放在小人像頭上，彷彿正在賜福。

莎蒂瞇起眼睛看著象形文字的銘文。自從她當過魔法女神艾西絲⑬的靈體宿主，她就具備能夠閱讀象形文字的神祕能力。

「克恩姆（KNM）。」她唸出來。「我想這應該要讀做『克奴姆⑭』（Khnum）。跟爆炸（ka-boom）押韻？」

「沒錯。」我同意。「這就是我們需要的雕像。荷魯斯告訴我，它握有找到《拉之書》的祕密。」

可惜荷魯斯沒有說得很仔細。我們現在找到了雕像，卻完全不知道它如何能幫助我們。我快速讀過這些象形文字，希望能找到線索。

「前面那個小人像是誰？」華特問：「是一個小孩嗎？」

潔絲手指一彈。「不對，我想起來了！克奴姆在拉坯輪上將人類做出來。我敢說這就是他現在正在做的事，以陶土做出人類。」

她看著我，希望得到確認。事實上，連我自己都忘了這故事。莎蒂和我應該是他們的老

⑫葛萊芬（Griffin）是希臘神話中一種頭及翅膀像老鷹、身體是獅子的奇獸。在埃及神話中，也有形象類似的怪物，據說牠會保護國王及其財富寶藏。

⑬艾西絲（Isis）是埃及神話中代表母性及愛情的女神。參《紅色金字塔》一二一頁，註㉛。

⑭克奴姆（Khnum）在埃及神話中是以陶土創造出人類的神。

師才對，但潔絲記得的細節常常比我還多。

「對，很好，」我說：「沒錯。人就是由陶土做成的。」

莎蒂皺著眉，往上看著克奴姆的公羊頭。「看起來有點像以前的一個卡通人物……是叫做麋鹿布溫科⑮吧？這位可能是麋鹿神。」

「他不是麋鹿神。」我說。

「但是如果我們要找《拉之書》，」她說：「而拉⑯又是太陽神，那我們為什麼要找到一隻麋鹿？」

莎蒂有時眞的是很討人厭。這點我有說過嗎？

「克奴姆是太陽神的其中一個面向，」我說：「拉有三種不同的人格特性。他在清晨是聖甲蟲之神凱布利⑰；白天是拉；黃昏當他進入冥界時，變成羊首人身的神。」

「眞混亂。」潔絲說。

「不會啊，」莎蒂說：「因為卡特也有不同的人格特性。他在早上是殭屍，到了下午會慢慢變成……」

「莎蒂，」我說：「閉嘴！」

華特搔搔下巴。「我認為莎蒂說得對，這是一隻麋鹿。」

「謝謝。」莎蒂說。

華特勉強對她露出微笑，但他仍舊一臉心事重重，彷彿有事讓他心煩。我發現潔絲很擔心地打量他，不知道他們剛才在談什麼事情。

「麋鹿的事已經說夠了，」我說：「我們必須把這尊雕像帶回布魯克林之家。這握有某種線索……」

「可是我們要怎麼找到線索？」華特問：「而且你還沒有告訴我們，為何我們這麼需要《拉之書》？」

我猶豫了一下。我們還有很多事情沒告訴學員，就連華特和潔絲都不知道，例如世界可能就要在五天之內毀滅。那種事會讓你無法專心接受訓練。

「等我們回去之後我就會解釋。」我向他們保證。「現在，我們先想辦法，看要如何搬動這尊雕像。」

潔絲眉頭深鎖。「我覺得這雕像塞不進我包包裡。」

「喔，這沒什麼好擔心的，」莎蒂說：「聽著，我們可以對這尊雕像下飄浮咒。我們可以聲東擊西，製造混亂來清空宴會廳……」

「等一下。」華特傾身向前，檢查比較小的人像。小人像的臉上掛著微笑，有如從陶土被創造出來是件很好玩的事。「他戴著一個護身符。這是聖甲蟲。」

⓯ 麋鹿布溫科（Bullwinkle），是美國六〇年代廣受歡迎的電視卡通人物。
⓰ 拉（Ra），埃及神話中的太陽神。參《紅色金字塔》一一九頁，註㉗。
⓱ 凱布利（Khepri），埃及神話中掌管聖甲蟲之神，代表了太陽神拉在早上的模樣。

「這是一個很普通的象徵。」我說。

「是沒錯……」華特撥弄著他自己那一堆護身符，「但聖甲蟲象徵拉的重生，對吧？而這尊雕像展現克奴姆創造新生命的景象。或許我們用不著整尊雕像，也許線索就是……」

「哈！」莎蒂拿出魔棒。「聰明。」

我正要說「不，莎蒂！」來阻止她，不過這麼說當然毫無意義可言。莎蒂從來都不聽我的話。

她敲了敲小人像的護身符。克奴姆雙手發光，小人像的頭裂成四半，有如導彈發射井的頂端，一卷泛黃的紙草卷從它的脖子冒出來。

「啊哈！」莎蒂驕傲地說。

她將魔棒塞進包包裡。當我大叫「可能有陷阱！」的時候，她抓起紙草卷。

就像我說過的，她從來不聽別人說話。

在她從雕像上把紙草卷抽出的同時，整個房間開始天搖地動。玻璃展示櫃出現了裂縫。

莎蒂手上的紙草卷起火燃燒，她放聲大叫。

火焰似乎沒有燒掉紙草卷或傷害莎蒂，但當她試圖揮手熄滅火焰，鬼魅般的白色火焰彈跳至最近的玻璃櫃上，競速飛過整間房間，有如跟隨著一道潑灑的汽油。火焰碰觸了窗戶，白色的象形文字在玻璃上發光，大概是啓動了數以萬計的保護性措施和詛咒。接著鬼火如漣漪般越過房間入口的巨大石雕，石板猛烈搖動。我看不見另一面的雕飾，但聽到一陣刺耳的叫聲，像一隻又大又憤怒的鸚鵡。

華特從背上拿下魔杖。莎蒂甩著有如黏在她手上、正在著火的紙草卷。「快把這東西從我手上拿開！這絕對不是我的錯！」

「呃……」潔絲拿出她的魔棒。「那是什麼聲音？」

我的心一沉。

「我想，」我說：「莎蒂剛才發現了她說能轉移注意力的超大東西。」

2 馴服巨獸

幾個月前，事情大大的不同。當時莎蒂只要說一個字，就能引起軍事等級的爆炸，而我也能以魔法戰鬥化身包覆自己，幾乎不會被任何事物打敗。

那是在我們與神完全融爲一體時的事，我和荷魯斯、莎蒂和艾西絲。但我們放棄了那種力量，純粹因爲太危險。在我們更善於控制自己的力量之前，化身爲埃及的神，有可能讓我們發瘋或被活活燒死。

我們現在僅有的力量就是自己非常有限的魔法，所以有些重要的事就很難辦到，比如說，有怪物復活要殺死我們時，我們該如何保命？

一隻葛萊芬出現在我們眼前。牠的體型是一般獅子的兩倍大，一身紅金色的毛皮沾滿石灰岩塵。牠的尾巴滿布尖銳的羽毛，看來有如堅硬鋒利的短刀。牠只要輕輕一揮，就能打碎牠原本存在的那塊石板。牠長滿刺毛的翅膀正在背上伸直，移動的時候，翅膀擺動速度快到叫人看不清楚，而且還發出嗡嗡聲，就像世界上最大、最惡毒的蜂鳥翅膀。

葛萊芬的目光定在莎蒂身上。白色火焰仍然圍繞著她的手和紙草卷，葛萊芬似乎把這當作是種挑釁。我聽過許多次隼的叫聲，喂，我可是變身過隼一、兩次呢，但當葛萊芬的喙一張開，所發出的尖銳刺耳聲震動了窗戶，也讓我全身毛髮豎立。

「莎蒂，」我說：「放下紙草卷。」

「拜託，它還黏在我手上！」她抗議著：「而且我的手著火了！我有跟你說過嗎？」

一團又一團鬼火沿路燒著所有窗戶和文物，紙草卷似乎啟動了房間裡的每個埃及魔法能量庫。我很確定目前狀況很糟，而華特和潔絲嚇得全身僵直。我想這不能怪他們，這是他們第一次看到眞的怪物。

葛萊芬又往我妹的方向前進一步。

我與她併肩而立，使出一招我還會的魔法技巧。我將手伸進杜埃，從稀薄空氣中抽出我的劍，一把埃及卡佩許劍[18]，鋒利異常而且有著彎勾狀的劍身。

莎蒂的手和著火的紙草卷看起來很可笑，像是太過激動的自由女神像，但她空出的另一隻手還是可以召喚她的主要攻擊武器，一支一點五公尺長、刻有象形文字的魔杖。

莎蒂問：「有沒有對付葛萊芬的密技？」

「避開尖銳的地方？」我猜。

「眞聰明。謝了。」

「華特，」我大喊：「檢查那些窗戶，看你能不能打開來。」

[18] 卡佩許劍（khopesh）是古埃及的一種銅劍名稱。參《紅色金字塔》二〇九頁，註[59]。

「但……但是它們都被下咒了。」

「對，」我說：「可是如果我們想從宴會廳撤退的話，葛萊芬會在我們抵達那裡之前把我們全都吃掉。」

「我來檢查窗戶。」

「潔絲，」我說：「你去幫華特。」

「那些在玻璃上的記號，」潔絲喃喃地說：「我……我以前看過……」

「去幫他就對了！」我說。

葛萊芬向前撲來，牠的翅膀如鏈鋸般嗡嗡拍動。莎蒂扔出魔杖，魔杖在空中幻化成一隻老虎，露出利爪，猛力撞上葛萊芬。

葛萊芬一點都不把老虎放在眼裡。牠將老虎撞倒在一旁，以驚人的速度猛擊，張開的喙大到令人難以置信。啪！葛萊芬大口一吞，打個飽嗝，老虎消失了。

「那是我最愛的魔杖！」莎蒂大叫。

葛萊芬的目光轉向我。

我緊握我的劍，劍身開始發光。眞希望我的腦袋裡還能聽見荷魯斯的聲音，他能鼓動我繼續奮戰。身旁有位私人戰神，會比較容易盲目地去做些需要勇氣的事。

「華特！」我大叫：「窗戶開得怎麼樣了？」

「正在試。」他說。

「等……等一下，」潔絲緊張地說：「那些是薛克梅特的象徵。華特，住手！」

接著許多事情在同一時間發生。華特打開窗戶，一道白色火焰猛然燒在他身上，將他轟倒在地。

潔絲跑到他身旁。葛萊芬對我的興趣立刻消失，和任何一隻優異的獵食動物一樣，牠將注意力放在會動的目標上，也就是潔絲，並且馬上撲向她。

我在牠後面衝過去，但葛萊芬沒有大口吃掉我們的朋友，而是直接往上飛衝過華特和潔絲，撞上窗戶。

葛萊芬開始發狂，猛烈攻擊、狂咬飛舞的白色火焰，這時潔絲將華特拉開。

葛萊芬正奮力攻擊火焰。牠在空中大口亂咬，一轉身，撞倒一個陳列薩布堤的展覽櫃。牠的尾巴一揮，將一口石棺打成碎片。

我不確定是著了什麼魔，居然大喊：「住手！」

葛萊芬僵住了。牠轉向我，發出不滿的嘎嘎聲。一陣白色火焰快速閃過，在房間的一角燃燒，幾乎像要重新整合般。然後我注意到其他的火焰聚集在一起，燃燒的形狀就像模糊的人形。這個人形火焰直直看著我，我確定感受到一股惡意的氣息。

「卡特，維持牠的注意力。」莎蒂顯然沒注意到那些火焰形狀。當她從口袋裡拿出一捆魔法線時，目光仍舊鎖定在葛萊芬身上。「如果我可以再靠近一點的話……」

「莎蒂，等等。」我試著想釐清現在到底是怎麼一回事。華特躺在地上發抖。他的眼睛翻白，彷彿火焰進入了他的身體。潔絲跪在他上方，喃喃唸著治療咒語。

「嘎！」葛萊芬不斷鳴叫，像是在要求得到准許，好像牠服從了我要牠住手的命令，卻又不喜歡這個命令。

火焰愈來愈明亮，形狀也愈來愈具體。我數了數，一共有七個燃燒的火焰，逐漸形成腿和手臂。

七個形體……潔絲之前說過薛克梅特的象徵。當我明白了是哪一種咒語在保護這間博物館，我內心充滿憂慮。葛萊芬被釋放出來只是湊巧而已，牠不是眞正的問題所在。

莎蒂拋出她的線。

「等等！」我大喊，但爲時已晚。魔法線越過空中，追向葛萊芬，同時變成一條繩子。

葛萊芬發出忿忿不平的叫聲，並且跳著去追趕火焰形體。火焰生物四處逃散，一場完全毀滅的拉鋸戰正式上演。

葛萊芬在房間裡跑來跑去，揮動的翅膀嗡嗡作響。展示櫃震動破裂。凡人的警報大作。我大喊著叫葛萊芬停止，但這次毫無作用。

我眼角餘光瞥見潔絲倒在地上，可能是因爲施了治療咒語太累的緣故。

「莎蒂！」我大喊：「去幫她！」

莎蒂跑到潔絲身旁。我追著葛萊芬。穿著這身黑色忍者服，拿著發光劍，被破碎的文物絆倒，並且對著一隻巨大蜂鳥大貓鬼吼鬼叫下命令，我的這副模樣看起來根本就像個傻瓜。

就在我以爲事情不可能變得更糟時，有六個派對賓客走來這裡看在吵些什麼。他們張大了嘴，一名穿著桃紅色洋裝的女士驚聲尖叫。

七個白色火焰人形直接衝過婚宴賓客的身體，他們立刻癱倒在地。火焰繼續前進，沿著角落橫衝直撞朝宴會廳去。葛萊芬跟在後面飛。

我回頭看莎蒂，她正跪在潔絲和華特身上。「他們的情況如何？」

「華特快醒了，」她說：「但潔絲還是冷冰冰的。」

「等你可以走的時候就跟著我來。我想我可以控制葛萊芬。」

「卡特，你瘋了嗎？我們的朋友受傷，我手上還黏著這著火的紙草卷。窗戶是打開的。幫我把潔絲和華特弄離開這裡！」

她說得有道理，這可能是我們唯一把朋友活著帶離這裡的唯一機會。但我現在也知道那七團火焰是什麼了，倘若我不去追那些火焰，許多無辜的人會因此受傷。

我暗暗唸著埃及咒語，不過這純粹是咒罵，不帶有魔法的力量。我跑去加入了婚宴派對。

主要宴會廳已陷入混亂。賓客四處逃竄、尖叫並撞倒桌子。一個穿著燕尾服的人掉進結婚蛋糕裡，屁股上插著新郎新娘的塑膠裝飾四處爬行。一名腳上掛著小軍鼓的樂手想要逃跑。

白色火焰現在變得相當具體，所以我看得出它們的形狀，樣子介於狗和人之間，有很長的手臂和彎曲的腿。它們有如超熱的瓦斯般發光，飛奔在宴會廳裡，盤旋圍繞在舞池邊的柱子。一團火焰直接穿過伴娘的身體。這位小姐的眼睛變得混濁，癱軟在地上全身顫抖且不停咳嗽。

我感覺自己很想捲起身體變成球。我不知道任何可以對付這些玩意的咒語，萬一有任何一團火焰碰到我的話……

突然間，葛萊芬不知從哪裡飛撲下來，後面緊跟著仍舊想把葛萊芬綁起來的莎蒂的魔法繩。葛萊芬大嘴一張，吃掉一團火焰後繼續飛行。一縷縷煙從牠的鼻孔散出，除此之外，牠對於吃掉白色火焰似乎不以爲意。

「嘿！」我大喊。

太遲了，我發現自己犯了一個錯誤。

葛萊芬轉向我，這讓牠的動作慢下來，結果莎蒂的魔法繩綁住了牠的後腿。

「嘎——！」葛萊芬撞上了自助餐桌。牠那超高速拍動的翅膀有如一台失控的鋸木機，將餐桌、地板和一盤盤放滿三明治的盤子切成碎片；在此同時，魔法繩變長，緊緊地纏住怪物的身體。

婚宴的賓客開始逃離宴會廳。大多數人跑向電梯，但有數十人昏迷不醒或全身痙攣，眼睛發出白色的光；其他人則被困在一堆堆廢墟殘骸下。警報聲大作，而白色的火焰現在剩下六個，仍處於完全失控狀態。

我跑向葛萊芬。牠正滾來滾去，想咬開繩子卻白費力氣。「冷靜點！」我大喊：「笨蛋，我來幫你！」

「嘎啦——！」葛萊芬的尾巴掃過我的頭上，差點讓我人頭落地。

我深呼吸一口氣。我的身分主要是戰鬥魔法師，向來不善於象形文字咒語，但我還是用劍指著怪物說：「哈—泰波。」

一個綠色的象形文字在空中發亮，就在我的劍尖。這個字表示「安靜下來」的意思。

葛萊芬不再亂動，翅膀的拍動也漸漸慢下來。宴會廳裡仍舊一團混亂，四處尖叫聲不斷。而我慢慢接近怪物時，試圖保持冷靜。

「你認得我，對不對？」我伸出手，另一個圖騰在我手掌心上燃燒發光，是一個我總能召喚出來的圖騰，就是「荷魯斯之眼」。

「你是荷魯斯的神聖動物，對吧？所以你才會服從我的命令。」

葛萊芬對著戰神符號眨眨眼。牠豎起脖子上的羽毛，發出抱怨的鳴叫聲，在逐漸將牠身體完全包起來的繩子底下扭動。

「是，我知道，」我說：「我妹是個討厭鬼。再忍耐一下，我會替你解開繩子。」

就在我身後，莎蒂大叫：「卡特！」

我轉身看見她和華特搖搖晃晃朝我走來，兩人中間半拖著潔絲。莎蒂仍然是那副自由女神的模樣，一手拿著起火燃燒的紙草卷；華特已經站直身體，而且眼睛不再發光，但潔絲全身軟趴趴，好像骨頭全變成果凍似的。

他們躲過一團火焰和幾名發狂的婚宴賓客，終於穿過宴會廳來到這裡。

華特盯著葛萊芬。「你是怎麼讓牠冷靜下來的？」

「葛萊芬是荷魯斯的僕人，」我說：「牠們在戰爭中替他拉戰車。我想牠認出我與荷魯斯的關係。」

葛萊芬不耐煩地尖叫，亂甩尾巴，揮倒了一根石柱。

「牠還不夠安靜。」莎蒂說。她往上看一眼玻璃圓頂，距離我們有十二公尺高，古夫小小的身影在上面對我們瘋狂揮手。「我們現在就需要把潔絲帶離這裡。」她說。

「我很好。」潔絲喃喃說著。

「不，你一點都不好，」華特說：「卡特，她把那個靈體從我身體裡弄出來，卻幾乎要了她的命。那似乎是一種疾病惡魔……」

「是『孢』，」我說：「一種惡靈。這七個靈體被稱為……」

「『薛克梅特之箭』，」潔絲說，同時也證實了我的恐懼，「它們是從女神身上生成的瘟疫惡靈。我能阻止它們。」

「你需要休息。」莎蒂說。

「對，」我說：「莎蒂，把葛萊芬身上的繩子解開，並且……」

「沒時間了。」潔絲說。「孢」變得愈來愈大，也愈來愈亮。當靈體毫無阻礙地在房裡飛來衝去，有更多婚宴賓客癱倒在地。

「如果我不阻止『孢』，他們都會沒命，」潔絲說：「我可以傳達薛克梅特的力量，並且逼它們返回杜埃。我接受訓練就是為了做這件事。」

我遲疑了。潔絲從來沒有試過這麼強大的咒語。她因為治療華特已經變得很虛弱，不過她的確是為了學習施咒才接受訓練。治療者學習薛克梅特之道看起來或許是件奇怪的事，但因為薛克梅特是掌管毀滅、瘟疫和飢荒的女神，治療者學習控制她的力量，包含控制「孢」在內，其實很有道理。

況且，就算我放了葛萊芬，也沒有十足把握控制得了牠。很有可能牠會興奮起來，一口吃掉我們，而不是吃掉那些惡靈。

博物館外，警車的警笛聲愈來愈大。我們沒時間了。

「我們別無選擇。」潔絲堅持。

她拿出魔棒，然後做了一件令我妹大為震驚的事——在華特的臉頰上親了一下。「華特，一切會沒事的。別放棄。」

潔絲從她的魔法師工具袋裡拿出另一樣東西，一個蠟像，然後硬塞進我妹另一隻沒拿東西的手裡。「莎蒂，你很快就會用上這樣東西。很抱歉我再也無法幫你。等時機到來，你就會知道該怎麼辦。」

我不曾看過莎蒂說不出話來的樣子。

潔絲跑到宴會廳中央，將魔棒碰觸地板，在她腳邊畫出一個防護圈。她從袋子裡拿出她的守護神薛克梅特的小雕像舉在半空中。

她開始吟誦，四周發出紅色的光芒。一道道能量從圓圈內向外擴散，如同樹枝般慢慢布滿整個房間。這一道道能量開始旋轉，起先很慢，然後開始加速，直到一陣魔法急流緊抓著「抱」，迫使它們朝同樣的方向飛往中央。這些火焰靈體嘶吼，試圖抵抗咒語。潔絲踉蹌後退，但仍繼續吟誦，臉上布滿斗大的汗珠。

「難道我們幫不了她？」華特問。

「嘎啦！」葛萊芬叫著，意思大概是說：「哈囉！我還在這裡喔！」

警笛聲聽起來像是已經抵達博物館外。在大廳盡頭靠近電梯的地方，有人對著擴音器大喊，命令最後一波婚宴賓客離開大樓，彷彿這些人需要刺激一下才會離開。警察已經到了，如果我們被逮，這個情況很難解釋清楚。

「莎蒂，」我說：「準備除去葛萊芬身上的繩子。華特，你還戴著那個船形護身符嗎？」

「我的……？有。可是這裡沒有水。」

「把船召喚出來就對了！」我翻找口袋，發現我的魔法繩。我唸了一個咒語，突然間手裡握著一條大約六公尺長的繩子。我在中間打了一個鬆鬆的滑結，有如一條大項圈般，小心翼翼地接近葛萊芬。

「我只是要把這個東西套在你的脖子上，」我說：「不要怕。」

「嘎！」葛萊芬說。

我走近牠。我知道牠的鳥喙一開口就能把我吃掉，如果牠眞想這麼做的話，但我還是成功把繩子套在牠脖子上。

接著就出問題了。時間突然慢了下來。從潔絲的咒語中出現的一道道紅色旋轉能量也變慢，彷彿空氣變成糖漿，而尖叫聲和警笛聲變成遠處的聲響。

「你不會成功的。」有個嘶嘶聲說著。

我轉過身，發現自己正與一個「孢」面對面。

它在距離我幾公分高的地方盤旋，白色火焰形體幾乎聚集在一起。它似乎在笑，我發誓以前見過這張臉。

「小子，混沌的力量太強大了，」它說：「世界的運轉遠超過你所能控制。放棄你要尋找的人吧！」

「閉嘴！」我喃喃說著，但心跳得好快。

「你永遠找不到她，」惡靈嘲笑著說：「她沉睡在紅沙之地，如果你繼續這趟無意義的追尋，那裡就會成爲她的葬身之處。」

我感覺像有隻大蜘蛛從我背脊上爬下去。這個惡靈所指的人是姬亞．拉席德，而我從聖誕節之後，就一直在找尋姬亞本人。

「不，」我說：「你是一個惡魔、一個騙子。」

「小子，你清楚得很，我們以前見過面。」

「閉嘴！」我召喚荷魯斯之眼，這個惡靈發出嘶嘶聲，時間再次加速。潔絲咒語的一束束紅色能量將「孢」團團纏住，拉著正在尖叫的「孢」進入漩渦中。

似乎沒有人注意到剛才發生的事。

莎蒂採取防衛姿勢，只要惡靈靠近，她就用著火的紙草卷對著它們揮舞。

華特將船形護身符放在地上，並且說出命令咒語。在幾秒鐘內，就像那些放在水裡會過度膨脹的海綿玩具一樣，這個護身符變成一個完全眞實大小的埃及蘆葦船，停在自助餐桌殘骸的中間。

我以顫抖的雙手拿起葛萊芬新領帶的兩端，一端綁在船首，另一端綁在船尾。

「卡特，小心！」莎蒂大叫。

我及時轉身，看見一道眩目的超強紅光。整個漩渦往裡面縮減，將所有六個「孢」吸入潔絲的防護圈內。光線消失了。潔絲昏倒在地，她的魔棒和薛克梅特雕像在手裡破裂成碎片。

我們跑到她身邊。她的衣服冒出蒸氣，看不出是否還有呼吸。

「把她帶到船上，」我說：「我們必須離開這裡。」

我聽到遠處上方傳來一聲微弱叫聲。古夫已經打開圓頂。當探照燈掃過牠的上方，牠急切地比手劃腳。整間博物館大概已經被救護車包圍了。

在宴會廳四周，受傷的賓客開始恢復意識。潔絲救了他們，但付出了什麼樣的代價？我們帶她到船邊，爬進船裡。

「抓緊了，」我警告大家：「這玩意兒很難平衡，要是翻過來的話……」

「喂！」一個低沉的男子聲音在我們後面大喊：「你們是……喂！站住！」

「莎蒂，繩子，就是現在！」我說。

她手指一彈，纏繞在葛萊芬身上的繩子消失了。

「快走！」我大叫：「往上飛！」

「嘎！」葛萊芬加速拍動翅膀。我們在空中傾斜，船身瘋狂擺動，朝著打開的圓頂直衝飛去。葛萊芬似乎沒注意到多出了我們的重量。牠向上飛的速度很快，古夫必須奮力跳躍才上得了船。我把牠拉進船裡，焦急地緊抓住船身避免翻船。

「啊！」古夫抱怨著。

「對，」我同意，「簡單工作到此爲止。」

我們又是凱恩家的人了。這是我們接下來的日子裡最輕鬆的時刻。

不知爲何，我們的葛萊芬知道要往哪裡走。牠發出勝利的鳴叫聲，直飛入又冷又下著雨的夜空。當我們朝著家的方向飛去，莎蒂手上的紙草卷燒得更旺。我低頭往下看，鬼魅般的白色火焰在布魯克林的每一處屋頂上燃燒。

我開始猜想我們偷的到底是什麼東西？這是不是我們要找的東西？還是會使我們的問題更加棘手？無論如何，我有種好運氣快要用完的感覺。

3 死亡密謀

很容易就忘記自己的手著了火，眞奇怪。

喔，抱歉，我是莎蒂。你該不會以爲我會讓我哥哥繼續閒聊個沒完吧？沒人應該接受這麼可怕的詛咒。

我們返回布魯克林之家，因爲著火的紙草卷黏在我手上，所以大家都聚集到我旁邊。

「我沒事！」我很堅持。「去照顧潔絲！」

老實說，我很喜歡偶爾得到一點注意，但目前所發生最有趣的事情根本不在我身上。我們降落在豪宅的屋頂上，這棟房子本身就是個引人注意的奇妙東西。這棟五層樓高的方形屋由石灰岩和鋼筋蓋成，像是結合了埃及神廟和藝術博物館的風格，盤踞在布魯克林碼頭區一間廢棄倉庫上方，更別提這棟豪宅還散發出魔法的光芒，讓一般凡人看不見這裡。

在我們下方，整個布魯克林區陷入火海。當我們從博物館飛出，我那討厭的魔法紙草卷在整個行政區上畫出一條長長如鬼魅般的火焰。沒有東西眞的燒起來，而且火焰也不燙，但我們還是引起不小的騷動。警笛大作。人們紛紛擠在街道上，驚恐地看著起火的屋頂。直升機開著探照燈在天空盤旋。

如果這些還不夠刺激的話，我哥正在與一隻葛萊芬爭執不休，試圖將釣魚船從牠的脖子上解下，並且防止這隻野獸吃掉我們的學員。

還有潔絲，這是我們眞正擔心的原因。我們確定她還有呼吸，但似乎陷入了某種昏迷狀態。我們打開她的眼睛時，她的兩眼發出白光，一般來說，這不是好徵兆。

在剛才的航行中，古夫試圖將一些牠著名的狒狒魔法用在潔絲身上，例如拍拍她的額頭、發出粗魯的噪音、試著把雷根糖塞進她嘴裡。我相信牠以爲自己有幫到忙，但這一切卻沒有改善她的情況。

現在是華特在照顧潔絲。他溫柔地抱起她，將她放在擔架上，替她蓋上毯子；當其他學員聚集過來時，他撥開她的頭髮。這樣很好，非常好。

我並不是眞的對華特那麼有興趣，無論他的臉在月光下有多帥、穿著無袖T恤的手臂充滿肌肉，或是他現在握著潔絲的手……

抱歉。我沉浸在自己的世界了。

我整個人在屋頂遠處的角落躺平，感到筋疲力盡。我的右手因爲拿紙草卷太久而發癢，魔法火焰搔弄著我的手指。

我在左邊的口袋摸索，拿出潔絲剛才給我的小蠟像。這是她的療癒蠟像之一，用來驅趕疾病或詛咒。一般而言，蠟像不會看起來像特定的某個人，但潔絲花時間做這個蠟像，很明顯就是要用來治療特定的人，這表示需要花更多力量，而且很可能是要用在生死一線間的危急情況。我認得這個雕像的捲髮、臉部五官及手中的劍。潔絲甚至在蠟像的胸口上用象形文字寫下那個人的名字：卡特。

「你很快就會用上這樣東西。」她告訴過我。

就我所知，潔絲不是占卜師，無法預見未來，所以她的意思是什麼？我要怎麼知道何時該用這個蠟像？盯著這個迷你卡特，我有種可怕的感覺，我哥的生命根本就交託在我手裡。

「你還好嗎？」是個女人聲音。

我很快將蠟像拿開。

我的老友巴絲特⑲站在我旁邊。她臉上帶著淺淺的微笑，黃眼睛發亮，可能是在擔心，或者是覺得有趣。你很難分辨貓女神的情緒。她的一頭黑髮在腦後綁成一束馬尾，穿著平常那套豹紋緊身衣像是要表演後空翻一樣。就我所知，她很有可能這麼做，而且像我之前說的，貓總是讓人捉摸不定。

「我很好，」我說謊，「只是……」我無助地搖晃著燃燒的手。

「嗯。」這份紙草卷似乎讓巴絲特不太舒服。「我來看看能做些什麼。」

她跪在我旁邊開始吟誦。

我在想，由我以前的寵物對我施咒不知道有多奇怪。多年來，巴絲特一直扮成我的貓咪

⑲巴絲特（Bast）是埃及神話中的貓女神。參《紅色金字塔》頁一三二，註㊲。

瑪芬。我甚至不知道晚上在我枕頭上睡覺的是一個女神。後來，在我們老爸從大英博物館釋放出一堆神之後，巴絲特才表明她的眞實身分。

她曾經被送進杜埃的牢籠裡，與代表混沌的巨蛇阿波非斯[20]不斷纏鬥。她告訴我們，自從我們爸媽將她從杜埃的牢裡釋放後，她照顧了我六年。

這故事很長，但我媽曾預見阿波非斯最終會逃出那個大牢，基本上會造成世界末日。如果巴絲特繼續單獨與他對抗下去，她會消滅殆盡；但是，如果巴絲特被釋放，我媽相信她在接下來與混沌的對決中會扮演重要角色。所以我爸媽在阿波非斯消滅她之前將她釋放出來。我媽在快速開啓並關閉阿波非斯監牢的過程中喪失生命，因此巴絲特很自然地覺得對我父母有所虧欠。後來，巴絲特成爲我的守護者。

她現在也是卡特和我的監護人兼旅伴，有時還是我的私人廚師（偷偷提醒一下，如果她要請你吃美味貓食的話，要對她說「不」）。

但我還是很想念瑪芬。偶爾我必須壓抑住那股去搔弄巴絲特耳背或餵她吃酥脆小點心的衝動，雖然我很高興她夜晚不再試圖睡在我的枕頭上，因爲那樣眞的有點奇怪。

她結束吟誦，紙草卷上的火焰熄滅了。我的手鬆開。紙草卷掉在我的大腿上。

「感謝神。」我說。

「要說『女神』。」巴絲特糾正我。「不客氣。可不能讓太陽神的力量點燃整座城市吧？」

我往外看著整個布魯克林區。火已經熄滅了，布魯克林的夜空又恢復正常，除了緊告信號燈還在閃爍，而成群尖叫的凡人依舊在街道上。這樣想一想，我猜應該算是相當正常。

「你剛剛說到了拉的力量？」我問：「我以為這個紙草卷就是線索。這是真正的《拉之書》嗎？」

巴絲特的馬尾立刻蓬成一大把，她緊張的時候就會這樣。我也才知道她把頭髮紮成馬尾，是避免在緊張時頭髮會炸開變成海膽的形狀。

「這份紙草卷是……書的一部分，」她說：「我之前警告過你，要控制拉的力量幾乎是不可能的事。如果你堅持想喚醒他，接下來引燃的火可能會造成傷害。」

「但他不是你的法老嗎？」我問：「難道你不希望他覺醒？」

她垂下眼來。我這才發覺我的話有多麼蠢。拉以前是巴絲特的國王及主人。億萬年前，他選中她做自己的精兵護衛。但是，為了安心退休而把巴絲特送進大牢與死對頭阿波非斯永無止盡纏鬥的也是他。如果你問我的意見，我覺得拉很自私。

因為我爸媽的幫忙，使巴絲特得以逃離監禁生活，不過這也表示她放棄了與阿波非斯作戰的職責。難怪她對於要再次看到前老闆感到五味雜陳。

「我們最好早上再談，」巴絲特說：「你需要休息，而且這份紙草卷最好在白天打開，因

---

⑳ 阿波非斯（Apophis）是埃及神話中混沌力量的代表，通常以巨大蛇怪的形象出現，是太陽神拉的宿敵，總在拉的航程中半路殺出，阻撓太陽的運行，但最後都會被拉打敗。

為在白天比較容易控制拉的力量。」

我盯著大腿，紙草卷仍在冒蒸氣。「在白天比較容易控制……這不會讓我起火嗎？」

「現在摸它還算安全。」巴絲特安慰我。「紙草卷被困在黑暗中幾千年，對任何能量都非常敏感，像是魔法、電力、情感。我剛才，呃……降低敏感度，好讓它不再起火。」

我拿起紙草卷。幸好，巴絲特是對的。它這次沒有黏在我手上，或是讓整座城市燒起來。

巴絲特扶我站起來。「去睡吧。我會告訴卡特你沒事了。此外……」她勉強擠出笑容。「明天是你的大日子呢。」

對，我難過地想。有人還記得這個日子，而且是我的貓。

我望著我哥，他正在努力控制葛萊芬。牠的鳥喙咬住卡特的鞋帶，似乎不想放開。

我們那二十位學員大多圍在潔絲身旁，試著叫醒她。華特還沒離開她身邊。他短暫抬起頭，不安地看我，然後又將注意力放回潔絲身上。

「也許你說得對，」我對巴絲特抱怨，「這裡不需要我。」

我的房間很適合用來生悶氣。過去六年來，我的房間是外公外婆家的閣樓，他們住在倫敦。雖然我想念從前的生活、我的朋友麗茲和艾瑪、大部分的英國事物，卻無法否認在布魯克林的這個房間實在時髦許多。

我的私人陽台眺望著東河。我有一張很舒服的大床、自己的浴室、一間更衣室，裡面放滿永無止盡、有需要時會自己出現且洗乾淨的新衣服。櫥櫃裡有內嵌的冰箱，裡面放滿我最愛、從英國進口的果汁，以及冰涼的巧克力（女生總要寵愛自己一下嘛）。音響設備非常流行前衛，房間牆壁全都以魔法做隔音處理，所以我能將音樂盡情開到最大聲，不必在意住我隔壁的那個老古板哥哥。在梳妝台上放著我從倫敦帶來的少數東西之一，一台我外公外婆很久以前給我的爛錄音機。沒錯，這簡直就是遜掉的老東西，但我還是因爲情感因素將它留在身邊。畢竟，卡特和我就是用這台錄音機錄下我們在紅色金字塔的冒險歷程。

我拿出我的 iPod，撥動播放清單。我選了一個以前建立的「悲傷」資料夾，因爲這就是我目前的感受。

愛黛兒的專輯《十九歲》開始播放。老天，我好久沒聽這張專輯了，自從……

我完全沒有預料到會眼眶泛淚。我在聖誕節前一天一直聽著這個資料夾裡的專輯，就是爸和卡特接我去大英博物館那天。那一晚，我們的生活永遠改變了。

愛黛兒唱得彷彿有人撕裂她的心一樣。她繼續唱著自己喜歡的男孩，還有猜想自己該做些什麼事討他歡心。我能認同並感受這一點。但去年聖誕節，這首歌讓我想到我的家人。我想到在我很小的時候就過世的媽媽，還有爸爸和卡特，他們兩人一起環遊世界，留下我一個人跟外公外婆住，而且似乎生活中不需要有我存在。

我當然知道情況比這複雜得多。之前發生過慘烈的監護權爭奪戰，其中經歷過律師辯論與刮刀攻擊等事件，而且爸希望我和卡特分開，這樣我們才不會在學會控制自己的力量前，啓動彼此的魔法。沒錯，從那時起，我們一家變得比以前親近了。我的父親短暫回到我的生活中，即使他現在成了冥界的神；至於我媽……嗯，我曾經見過她的靈魂，我想這多少也算數吧。

不過，音樂仍舊帶我回到去年聖誕節的痛苦和憤怒。我猜我不如自己想像的那樣已經完全擺脫了一切。

我的手指游移在快轉鍵上，但我決定讓這首歌繼續播放。我把紙草卷、迷你卡特蠟像、魔法袋和魔棒丟在梳妝台上。當我伸手要拿魔杖時，才想起它被葛萊芬吃掉了。

「大笨鳥。」我喃喃自語。

我開始更衣就寢。我的衣櫥門上貼滿了照片，大部分是學校同學去年和我的合照。有一張是麗茲、艾瑪和我一起在車站的快照亭拍的；我們當時看起來好年輕，而且好滑稽。眞不敢相信我明天就要看到她們了，這是幾個月來的第一次。外公外婆邀我回去，而我計畫好只跟朋友出去玩，至少那是在卡特丟下「五天拯救世界」這顆炸彈前的計畫。現在，誰知道會發生什麼事？

衣櫥上貼的東西只有兩張不是麗茲和艾瑪的照片。一張是卡特、我以及阿摩司叔叔的合照，那是在他去埃及前拍的。他是去埃及……嗯，有人被邪惡之神附身後要去做治療該怎麼形容？我想不會說是去度假吧？

另外一張是阿努比斯[21]的畫像。或許你曾看過他，他是個有著胡狼頭的傢伙，也是主宰喪禮和死亡這類事物的神。埃及的藝術品中到處可以看到他。他引領亡者的靈魂進入審判廳，讓亡者跪在宇宙天秤前，比較心臟與眞理羽毛的重量。

爲何我會有他的畫像？

【好啦，卡特，我會承認啦，只要能讓你閉嘴就好。】

我有點喜歡阿努比斯。我知道這聽起來很可笑，一個現代女孩竟然會迷戀一個五千歲的狗頭男生，但我在看他的畫像時，看到的並不是狗頭男。我記得在紐奥良與阿努比斯面對面時所看到的他，是個大約十六歲的男生，穿著黑夾克和牛仔服，有著一頭雜亂的黑髮和一雙美麗哀傷、如融化巧克力般的眼睛。那和狗頭男可是差個十萬八千里。

不過還是很可笑，我知道。他是神，我們彼此之間絕對沒有共通點。自從我們的紅色金字塔冒險過後，我完全沒有他的消息。雖然他那時似乎對我有點意思，而且可能甚至有些暗示……喔，這當然是我在幻想啦。

從華特．史東到布魯克林之家這七週以來，我以爲我或許可以忘掉阿努比斯。當然啦，華特是我的學員，我不該把他想成可能的男友人選，但我很確定我們第一次見面時有冒出火花。不過，現在華特似乎遠離我了。他的行爲鬼鬼祟祟，總是一副愧疚的模樣，而且一直跟

㉑ 阿努比斯（Anubis）是埃及的死亡與喪葬之神，外型是胡狼頭人身，保護著木乃伊與陵墓，在墓室壁畫與陪葬品上，常可見其圖像。

潔絲說話。

我的生活眞是一團亂。

愛黛兒繼續唱歌，而我換好了睡衣。她所有的歌詞都是關於不被男生注意這件事嗎？我突然對此感到很厭煩。

我關掉音樂，躺在床上。

慘的是，一旦我睡著之後，夜晚只會變得更糟。

在布魯克林之家，我們睡覺時身邊擺有各種魔法物品，目的是要保護我們不被惡意的夢境或入侵的靈體傷害，偶爾阻止我們的靈魂去遊蕩的衝動。我甚至有一個魔法枕頭確保靈魂穩當地留在體內。如果要用埃及語來說，靈魂就叫做「巴」。

這不是一個完美的系統，因爲我三不五時還是感覺到有某種外力在拉扯我的心靈，試圖引起我的注意；或是我的靈魂會讓我知道它有別的地方要去，有某個它想要讓我看見的重要場景。

我一睡著，剛才說過的這種感覺馬上來襲。可以把這個想像成一通來電，我的腦袋給我接受或拒絕的選擇。大多數時候最好拒絕，尤其是我的腦袋報告說來電號碼不明時。

但有時那些來電很重要。明天就是我的生日，或許是冥界的爸媽想要找我。我想到在審判廳的他們。我爸是藍色肌膚的冥神俄塞里斯，正坐在他的王座上；我媽則穿著輕飄飄的雪白長袍。他們可能戴著派對紙帽，唱生日快樂歌，而他們那隻超迷你寵物怪獸阿穆特[22]在一旁跳上跳下，叫個不停。

或者可能是，我只是說也許，那是阿努比斯打來的電話。他會說：「嗨，呃，我在想，你是不是願意跟我去參加個喪禮之類的？」

這個嘛……有可能。

於是我接了這通電話。我讓靈魂去它想帶我去的地方，我的「巴」飄浮在身體上方。如果你沒試過「巴」的旅行，我建議你不要去試。當然啦，除非你有興趣變成一隻魅影雞，在杜埃的水流裡失控地隨波逐流。

其他人通常看不見「巴」，這樣很好，因爲「巴」的外型是一隻大鳥，然後接上你的頭。之前我曾經控制過我的「巴」的形體，變成比較不丟臉的外型，但自從艾西絲離開我的頭，我就喪失了這種能力。現在只要靈魂一出竅，我就會被困在預設的鳥類形體中。

陽台的門打開。一陣具魔力的風將我吹掃進夜空，紐約的燈光變得模糊微弱。我發現自己身在一個熟悉的地底房間，是位於開羅地底下的生命之屋時代廳。

這個廳房很深長，在裡面舉辦馬拉松賽也不成問題。房間中央有塊長長的藍色地毯，有

[22] 阿穆特（Ammit）是埃及神話中的奇異動物，傳說有著鱷魚頭，前腳是獅子腳，後腳是河馬腳。牠總是蹲在審判廳的天秤旁，等待吃掉犯下惡行的亡者心臟。

如一條河流般閃著粼粼波光。在兩側的柱子間閃動的光幕，顯示著埃及悠久歷史中的象形文字圖像。光線改變了顏色，反映的是不同時代，從代表眾神時代的白光到代表近代的紅光。

這裡的屋頂比布碌崙博物館宴會廳還高，閃耀的能量與飄浮的象形文字照亮偌大的空間，看起來彷彿有人在零重力環境中炸開了幾公斤重的穀片（就是小孩在早餐吃的那種玉米脆片），所有五彩繽紛、甜甜的碎片以慢動作方式飄盪相撞。

我飄到廳房的盡頭，就在法老的王座高台上。這是一張榮耀尊貴的座椅，自從埃及王朝衰亡之後就一直空著，不過，底下的階梯上坐著生命之屋的領導人，也是我最討厭的魔法師——米歇爾．狄賈登。

自從在紅色金字塔上對戰後，我就沒見過這位好好法國先生了，很令人訝異他竟老了這麼多。他在幾個月前剛成爲大儀式祭司，但原本光亮的黑髮和鬍子現在變白許多。他疲憊地倚靠在魔杖上，彷彿那斜放在肩上的大儀式祭司豹皮披肩重得像鉛塊一樣。

我沒辦法說我替他感到難過。我們分開時並不算朋友。我們曾合力（多少算是啦）擊敗邪惡之神賽特，但他仍舊認爲我們是既危險又胡作非爲的魔法師。他曾經警告我們，要是我們繼續研究神之道（我們也眞的繼續做），下次見面時，他會殺了我們。因此我們也不太想請他來喝茶。

他的面容憔悴，但是雙眼仍然閃爍著邪惡。他打量光幕裡的血紅色圖像，彷彿有所等待。

「Est-il allé?」他問。根據我在中學裡學過的法語，我相信他的意思是「他走了嗎？」或是「你修好小島了嗎？」。

好啦……大概是第一個意思。

有一度我很擔心他是在對我說話，接著，從王座後面傳出一個刺耳的聲音回答：「是的，主人。」

一名男子從陰影中走出來，他穿著一身白衣，連圍巾和反光的太陽眼鏡都是白色的。我腦中浮現的第一個念頭是，老天，他是個邪惡的冰淇淋小販。

這人露出和善的笑容，一頭白色捲髮襯著胖嘟嘟的臉，在他拿下眼鏡之前，我可能會誤以爲他是個無害甚至友善的人。

他的眼睛受了傷。

我承認我很怕眼睛。我如果看到視網膜手術的影片，會立刻奪門而出；就連想到戴隱形眼鏡都會讓我起雞皮疙瘩。

但是，這位白衣男子看起來像是眼睛被潑了硫酸，還被貓咪反覆抓了很多次。他的眼瞼是一團疤痕累累的組織，讓他無法完全閉上眼睛。他的眉毛被燒光，有著很深的溝痕。他顴骨上那層皮膚是紅條紋面具，眼睛還混雜了可怕的血紅色和乳白色，眞不敢相信這樣還能看見東西。

他用力呼吸，喘得很厲害。他的喘息聲讓我聽得胸口都痛了起來。他的T恤上有個閃閃發亮的銀色墜飾，是蛇形的護身符。

「主人，他在幾個月前使用那個通道，」男子發出刺耳的聲音回答：「最後消失了。」

他的聲音和眼睛一樣恐怖。如果他是被人潑了硫酸，或許有些硫酸也流進了他的肺。不過，這個男子仍舊保持笑容，一臉平靜愉快，穿著筆挺的白西裝，彷彿等不及要賣冰淇淋給乖小孩吃。

他靠近仍舊凝視著光幕的狄賈登。賣冰男跟隨著他的目光。我依樣畫葫蘆，也明白了大儀式祭司到底在看什麼。就在王座旁的最後一根柱子，光改變了。現代的紅色色調變暗，轉成深紫、瘀青的顏色。我有次參觀時代廳，他們告訴我廳房會隨著歲月消逝而一年年增大，而我現在可以眞正看到發生了什麼事。地板和牆壁如幻影般泛起漣漪，擴大的速度緩慢，一片紫光愈來愈寬。

「啊，」賣冰男說：「現在清楚多了。」

「新時代，」狄賈登喃喃說著：「更黑暗的時代。弗拉迪米爾，光的顏色已經好幾千年沒有改變了。」

邪惡的賣冰男叫作弗拉迪米爾？好吧，就這樣吧。

「當然是凱恩家的問題，」弗拉迪米爾說：「那個老的在我們手上的時候，你就應該殺了他才對。」

我的「巴」豎起了羽毛。我知道他說的人是阿摩司叔叔。

「不，」狄賈登說：「他當時接受我們的保護。對所有來尋求治療的人都必須給予庇護，即使凱恩家的人也一樣。」

弗拉迪米爾深吸一口氣，聲音聽起來像阻塞的吸塵器。「但現在他離開了，我們當然就得行動。主人，你聽到從布魯克林傳來的消息了。那些小鬼已經找到第一份紙草卷，如果他們找到另外兩份……」

「弗拉迪米爾，我知道。」

「他們在亞利桑納州羞辱了生命之屋。他們與賽特和解，沒有消滅他，而他們現在在找尋《拉之書》。如果你願意讓我對付他們……」

狄賈登的魔杖冒出紫色火焰。「誰是大儀式祭司？」他大聲質問。

弗拉迪米爾的臉色變了。「是您，主人。」

「我終究會處理凱恩家的問題，但阿波非斯是我們最大的威脅。我們必須用所有的力量來壓制這條大蛇。如果凱恩家有任何幫助我們恢復秩序的可能……」

「但是，大儀式祭司……」弗拉迪米爾打斷他的話。他的語氣現在帶有一種強度，幾乎是一種魔法的力量。「凱恩家是問題的一部分。他們喚醒眾神而擾亂了瑪特㉓的平衡。他們傳授被禁止的魔法，而現在竟然要讓從埃及創立以來都沒有統治過的拉復出！這樣會天下大亂，

㉓瑪特（Ma'at）意指秩序與和諧，與混沌相反。另有一說瑪特是太陽神的女兒，是正義、真理與法律的化身。參《紅色金字塔》一八九頁，註57。

也只會助長混沌的氣焰。」

狄賈登眨眨眼，彷彿感到困惑。「或許你說得對，我……我得好好想一想。」

弗拉迪米爾深深一鞠躬。「主人，如您所願。我會集結我們的力量，就等您一聲令下摧毀布魯克林之家。」

「摧毀……」狄賈登皺眉，「對，你等候我的命令。弗拉迪米爾，我會選定攻擊時機。」

「主人，很好。倘若凱恩小鬼找到了另外兩份紙草卷喚醒拉呢？有一份他們當然拿不到，但另一份……」

「就交給你負責，以你認爲最妥當的方式去護衛紙草卷。」

弗拉迪米爾的眼睛在激動時顯得更加可怕。他那受傷的眼瞼底下溼滑發亮，這讓我想起外公早餐愛吃的東西——淋上辣醬的半熟蛋。

【卡特，如果聽起來很噁心，抱歉了。反正你不該在我講故事的時候吃東西！】

「主人英明。」弗拉迪米爾說：「主人，這些小鬼會去找出紙草卷，他們別無選擇。如果他們離開自己的大本營，進到我的地盤……」

「我剛才不是說了會處理他們？」狄賈登斷然地說：「你先下去吧，我需要好好思考。」

弗拉迪米爾退入陰影中。對於一個穿得全身白的人來說，他能完全消失還眞不簡單。

狄賈登將注意力放回發亮的光幕。「新時代……」他思考著，「一個黑暗的時代……」

我的「巴」在杜埃的水流中旋轉，狂奔返回我正在睡覺的軀體。

「莎蒂？」傳來一個聲音。

我從床上坐起，心臟噗通噗通跳得好快。灰濛濛的清晨光線照亮整個窗戶，而坐在我床尾的人是……

「阿摩司叔叔？」我結巴地問。

他露出微笑。「親愛的，生日快樂。抱歉嚇到你了。因爲你沒應門，我很擔心你。」

他看起來已經完全恢復健康，而且打扮跟以前一樣時髦。他戴的眼鏡是金屬絲編鏡框，戴著一頂紳士帽，穿了套讓他看起來沒那麼矮胖的黑色義大利羊毛西裝。他的長髮編成一條條玉米辮，用發亮的各種黑石頭裝飾，我猜大概是黑曜岩吧。他也許能成功假扮成爵士樂手（他實際上就是），或是一個非裔美國黑幫老大（他實際上不是）。

我正要開口問：「你怎麼……？」然後突然明白剛剛我在時代廳所看到的那一幕。

「沒關係，」阿摩司說：「我剛剛從埃及回來。」

我試著想吞口水，卻跟那個死人般的弗拉迪米爾一樣呼吸困難。「阿摩司，我也剛剛回來，而且一點都不好。他們要來解決我們了。」

4 變調的生日

在解釋完我所看到可怕的景象後，只有一件事可做——吃頓像樣的早餐。

阿摩司看來受到的打擊不小，但他堅持要等所有第二十一行省（這是我們隸屬在生命之屋底下的分支代號）的人到了，才能談這件事。他保證二十分鐘內跟我在陽台上會合。

他離開後，我沖個澡，仔細考慮要穿什麼衣服。我通常在星期一教授「感應魔法」這門課。上這門課時，需要穿合適的魔法師亞麻衣。然而，在我生日這天應該停課一次才對。考量目前狀況，我懷疑阿摩司、卡特和巴絲特會讓我去倫敦，但我決定正向思考。我穿上破爛牛仔褲、戰鬥靴、短背心和我的皮夾克。雖然這身打扮不利施法，但我想要叛逆一下。

我把魔棒和迷你卡特雕像塞進魔法工具袋，正準備往肩上一甩時才想到，不，我生日這天才不要拖著這些東西到處跑。

我深呼吸一口氣，專心在杜埃打開一個空間。我討厭承認這件事，不過我在這方面的確很遜。卡特一下子就能從空中把東西拿出來，我卻需要專注五到十分鐘才辦得到，就連那樣的努力都讓會我感到噁心不舒服，眞是不公平。大多數時候，把袋子一直掛在肩上還簡單得多，只不過和朋友一起出門，我可不想帶著這種累贅的東西，卻又不想完全棄之不顧。

空中終於發出光芒，杜埃配合了我的意志。我將袋子往面前一扔，袋子就消失了。好極了，最好我待會能想出辦法把它拿回來。

我拿起我們前一晚從麋鹿布溫科那裡偷來的紙草卷，走到樓下。

大家都在吃早餐，豪宅出奇地安靜。五層陽台都面向著大廳房，所以通常這裡都鬧哄哄的，有很多活動同時在進行，但我記得去年聖誕節跟卡特剛到這裡時，是多麼空蕩寂寥。

大廳房還是有許多同樣的裝潢巧思。巨大的透特㉔雕像擺在正中央，阿摩司的武器和爵士樂器沿著牆壁擺放，蛇皮地毯就放在車庫般大小的壁爐前。你可以看出現在這裡住了二十位年輕的魔法師，因爲多了各種遙控器、魔棒、iPad、零食包裝紙，另外還有薩布提小人偶散布在咖啡桌上。一個有著大腳丫的人，大概是朱利安，把他沾滿泥巴的運動鞋放在樓梯上。我們的小壞蛋之一，我猜是菲力斯，用魔法將壁爐全部鋪滿了雪，變成南極洲樂園，還加上一隻活企鵝；菲力斯很愛企鵝。

魔法掃把和拖把在屋裡橫衝直撞，要將屋子打掃乾淨。基於某種原因，清潔大隊也覺得我的頭髮需要清理一番。

【卡特，不用你多話啦。】

㉔透特（Thoth）是埃及神話中的智慧及知識之神，象徵的動物為朱鷺和狒狒。

跟我想的一樣，大家都集合在露天平台上。這裡是我們吃飯的地方，也是白鱷魚的棲息處。馬其頓的菲利普在池子裡開心地拍打水花，只有要學員朝牠丟出培根，牠就會跳起來接去吃。這天早上又冷又下雨，但露天平台的魔法火盆讓我感覺暖烘烘的。

我從自助餐桌上拿了一個巧克力麵包和一杯茶，找個位子坐下來。然後我發現其他人都沒在吃東西，大家都盯著我看。

在餐桌另一端，阿摩司和巴絲特神情嚴肅。坐在我對面的卡特沒碰他那盤煎餅，這實在很不像他。在我右手邊，潔絲的座位是空的（阿摩司告訴我，潔絲還在醫護室，仍然沒有起色）。坐在我左手邊的是華特，看起來就跟平常一樣帥，但我努力不去理他。

其他學員似乎受到不同程度的驚嚇。這些學員的年齡都不同，來自世界各地。有幾個人年紀比我和卡特大，其實已經到了念大學的年紀了，他們能夠以成年人的身分陪伴年紀小的學員出任務，這樣做起事來比較方便。不過每當我試著表現出他們老師的架勢，總會有點不安。剩下的人都在十到十五歲之間，而菲力斯才九歲。朱利安來自波士頓，艾莉莎來自加州，尚恩來自都柏林，還有來自里約熱內盧的克麗約（對，我知道「克麗約來自里約」聽起來很假，但這可不是我掰出來的）。我們所有人彼此之間唯一的共同點，就是身上都流著法老的血液。我們全都是埃及王室後裔，因此天生具有魔法能力，並且能夠成為神的宿主，讓神存放力量。

這裡唯一不受這股悲觀情緒影響的，似乎只有古夫。因為某個我們從來不了解的原因，這隻狒狒只吃以英文字母O結尾的東西。牠最近新發現 Jell-O 牌果凍，認爲這是一種神奇的物質。我猜大概是因爲那個大寫字母O讓所有東西變得更好吃，所以現在只要是包在吉利丁裡的東西牠幾乎都吃，像是水果、核果、蟲子、小動物等。牠正在一座晃動的早餐山裡埋頭苦幹，一邊挖掘果凍裡的葡萄，一邊發出粗魯的聲音。

其他人都看著我，像是在等我開口解釋。

「早安，」我嘟噥著說：「今天天氣眞好。如果有人有興趣的話，壁爐可以看到企鵝。」

「莎蒂，」阿摩司溫柔地說：「把你剛才告訴我的事情告訴大家。」

我喝了一口茶，平復一下緊張的情緒。當我描述在時代廳所看到的景象，我試著讓聲音聽起來沒有那麼害怕。

我一說完，只聽得見火盆裡火焰燃燒的聲音，還有馬其頓的菲利普在水池裡拍打水花的聲響。

最後，九歲的菲力斯問了大家心中的問題：「所以我們全部都會死囉？」

「不。」阿摩司往前坐。「絕對不是。孩子們，我知道我才剛到這裡，我幾乎沒見過你們大部分的人，但我保證會盡一切力量保護你們的安全。這間房子已經布下層層魔法屛障，有一位法力強大的女神站在你們這邊……」他指著巴絲特，而她正在用指甲打開一罐鮪魚口味的貓食罐頭。「還有凱恩家族也會保護你們。卡特和莎蒂具有強大的魔法力量，程度超乎你們所知，而我自己也跟狄賈登交手過。當然，前提是，假如眞的會發生大戰的話。」

想想我們去年聖誕節所經歷的一切麻煩事，阿摩司說的話似乎有點太過樂觀，但學員們看來個個鬆了口氣。

「『假如眞的會發生大戰的話？』」艾莉莎說：「聽起來幾乎可以確定他們會來攻擊我們。」

阿摩司皺著眉。「或許是，但讓我苦惱的是，狄賈登竟會答應進行如此愚蠢的行動。阿波非斯才是眞正的敵人，狄賈登也知道這點。他應該了解他需要所有協助。除非……」他話沒說完。無論他在想什麼，一定都讓他很煩惱。「無論如何，如果狄賈登決定來攻擊我們，他都會小心策畫。他知道這棟房子沒這麼容易攻下，他無法承受再次被凱恩家族擊敗而顏面盡失。他會細細規畫，考量他的選擇，然後集結兵力。這些都需要他花上幾天時間來準備，然而，這些時間他應該要用來阻止阿波非斯才對。」

華特舉起食指。我不知道他這是怎麼回事，但他每次要開口，總是有種引人注目的力量，就連古夫都從果凍山中抬起頭來。

「如果狄賈登眞的來攻擊我們，」華特說：「他會做好充分準備，並帶領比我們更有經驗的魔法師來。他會不會通過我們設下的防護措施？」

阿摩司注視著玻璃門，可能想起上次我們的防禦措施被破壞的事。上次的結果慘兮兮。

「我們必須確保不會發生這種事，」他說：「狄賈登知道我們要做什麼，而我們本來有五天，現在剩下四天了。根據莎蒂所預見的景象，狄賈登知道我們的計畫，並且因爲誤信我們是在替混沌力量做事而試圖阻止我們。但假如我們成功的話，就有力量跟狄賈登談判，要他放手。」

克麗約舉手。「呃……我們不知道計畫內容，還有，這四天要做些什麼？」

阿摩司對卡特示意，要他來解釋。我無所謂。老實說，我覺得這計畫有點瘋狂。

我哥坐直身體。我一定要讚美他一下。過去幾個月來，他在將自己打扮成正常青少年這方面大有進步。卡特過去六年來都是在家教育，跟著爸到處東奔西跑，簡直與潮流大大脫節。之前他身穿筆挺的白襯衫和休閒褲，打扮得像一個年輕老闆，而現在他至少學會穿牛仔褲和T恤，偶爾也會穿連帽衣。他讓頭髮長成捲翹蓬髮，看起來實在好太多了。如果他繼續改進，這小子將來約會不成問題。

【怎樣啦？不要戳我，我是在讚美你耶！】

「我們要喚醒拉。」卡特說，彷彿這件事跟從冰箱拿出零食一樣簡單。

學員們彼此互看一眼。卡特的幽默感不爲人知，但學員們一定在猜想他是不是在開玩笑。

「你是指太陽神，」菲力斯說：「眾神的老國王。」

卡特點點頭。「你們都知道這個故事。幾千年前，拉變得衰老，於是退休待在天上，將統治權交給俄塞里斯。後來賽特推翻俄塞里斯，之後荷魯斯又打敗賽特成爲法老，然後……」

我咳了幾聲。「麻煩你講精簡版。」

卡特瞪我一眼。「重點是，拉是第一位出現在世界上的神，也是力量最強大的王。我們相信拉還活著，他只是沉睡在杜埃某處，或許我們能喚醒他。」

「但如果他退休是因爲衰老，」華特說：「那不就表示他眞的太老、很虛弱了嗎？」

卡特第一次告訴我這個想法時，我已經問過他同樣的問題。我們現在最不需要的，就是一個不記得自己的名字、身上有老人味、睡覺時會流口水的萬能之神。況且，一個不死之神怎麼會變得衰老？沒人給過我一個滿意的答案。

阿摩司和卡特看著巴絲特，這有道理，因爲她是目前在場唯一的埃及神。

她皺眉看著眼前還沒吃的貓食。她說：「拉是太陽神。在古代，他隨著日子逝去而變老，然後每天晚上搭乘他的太陽船航行穿越杜埃，在每天日出之際重生。」

「但是太陽不是重生，」我插嘴說：「這是地球運轉……」

「莎蒂！」巴絲特警告我。

對對對！神話和科學都是事實，只不過是同一件事實的不同版本罷了。這番話我被唸了上百次，可不想再多聽一遍。

巴絲特指著我放在茶杯旁的紙草卷。「當拉不再進行夜間之旅，整個循環就因此破壞，拉消失在永恆的夜晚中，至少我們是這麼認爲，他將永遠沉睡不醒。但如果你們在杜埃找到他，這是很大的假設，的確有可能將他再度帶回世間，並以正確的魔法讓他重生。對於這件工作該如何進行，《拉之書》有清楚的描述。拉的祭司在古代寫成這本書，並且分成三個部分，祕密地收藏起來，只有當世界快要滅亡之際才能使用。」

「如果……世界快要滅亡之際？」克麗約問：「你是說阿波非斯眞的要……把太陽呑掉？」

華特看著我。「這有可能嗎？在你的紅色金字塔故事裡，你說過阿波非斯是賽特計畫摧毀北美洲的幕後主使者。他試圖引起巨大的混沌，好讓自己成功逃獄。」

我全身發抖，想起阿波非斯在華盛頓特區天空現形的那一幕——一條扭動的超級巨蛇。

「阿波非斯是眞正的問題所在，」我表示同意，「我們曾經阻止他，但監禁他的牢籠已經鬆動。萬一他眞的逃出來……」

「他會的，」卡特說：「在四天之內。除非我們能阻止他，否則他會摧毀文明，所有人類自埃及出現之後建立的一切，都將化爲烏有。」

這段話使得整張餐桌瀰漫著一股寒意。

卡特和我當然曾經私下談過第四天到期的事。荷魯斯與艾西絲也和我們一起談過，但這件事感覺上似乎只是很可怕，很可能發生，而不是絕對會發生。現在，卡特聽起來像是百分之百確定。我研究他臉上的表情，發現他昨天晚上似乎有看到些什麼，大概是預見了比我看到的景象更恐怖的事。他的表情在對我說：「不要在這裡說，我晚點告訴你。」

巴絲特的爪子深深插進餐桌。無論是什麼祕密，她一定也有參一腳。

在餐桌另一頭，菲力斯數了數他的手指頭。「爲什麼是四天？三月二十一日……到底有什麼特別？」

「是春分，」巴絲特解釋，「這是魔法強大的時刻。在這一天，日夜的時間長度完全一樣，表示混沌與瑪特的力量能輕易被倒向另一邊。這是喚醒拉的絕佳時刻。事實上，這是六個月之內，也就是秋分之前，我們的唯一機會，然而，我們等不了那麼久。」

「因爲，很不幸的是，」阿摩司補充說：「春分或秋分點也是阿波非斯逃離監禁、入侵凡人世界的絕佳時機。牠的爪牙肯定已經開始著手行動了。根據我們從其他的神那裡得到的消息，阿波非斯會成功逃離，所以我們必須先將拉喚醒。」

我以前聽過這番話，但現在是公開討論，而且就在學員面前。看到他們臉上的難過表情，這一切似乎更加可怕且眞實。

我清了清喉嚨。「對……所以等阿波非斯逃出來，他會先試圖摧毀代表宇宙秩序的瑪特。他會吞下太陽，將地球推入永恆黑暗之中，讓我們有個悲慘的一天。」

「所以我們需要拉。」阿摩司改變他的語調，讓聲音在學員的耳朵聽起來冷靜放心。他散發出鎮靜沉著的力量，就連我也比較沒那麼害怕。我猜想，不知道這是不是一種魔法，還是他比我更會解釋世界末日這種事。

「拉是阿波非斯的頭號敵人，」他繼續說：「拉主宰秩序，而阿波非斯主宰混沌。自時間開創以來，這兩股勢力一直持續著這場想摧毀另一方的永恆戰爭。如果阿波非斯返回，我們就必須確定拉會站在我們這邊對抗他，這樣我們才有抵抗的機會。」

「『機會』，」華特說：「這是假設我們能找到拉並喚醒他，而其他生命之屋的人不會先消滅我們才行。」

阿摩司點點頭。「如果我們能喚醒拉，那會是任何一個魔法師從未達成的功績。這會讓狄賈登多想一想。大儀式祭司……雖然他似乎頭腦不清楚，但不是笨蛋。他知道阿波非斯的力量正在壯大，我們一定要讓他相信我們與他站在同一邊，眾神之道才是唯一打敗阿波非斯的方法。我寧願這麼做，而不是與狄賈登爲敵。」

就我個人來說，我很想一拳打在狄賈登臉上，放火燒了他的鬍子，不過，我想阿摩司說得有道理。

克麗約，這個可憐的女生，臉變得跟青蛙一樣綠。她從巴西一路來到布魯克林，跟隨知識之神透特學習透特之道，我們已經認定她是我們這裡未來的圖書室員；但是，當危險變得再眞實不過，而且不只是出現在書裡……這麼說吧，她的腸胃不太好。我希望她有需要的時候，來得及走到露台邊。

「紙……草卷，」她勉強說出來，「你剛才說還有另外兩份？」

我拿起紙草卷。這在陽光下看起來更加脆弱，很容易破掉、泛黃，很可能全部碎光光。我的手指發抖，感覺得到紙草卷裡的魔法能量如同低伏特的電流滋滋作響。我感覺到一股打開它的強大渴望。

我開始將捲成筒狀的紙草卷打開。卡特整個人緊繃了起來。

阿摩司說：「莎蒂……」

毫無疑問，他們都準備好布魯克林又要再次著火，但什麼事也沒發生。我攤開紙草卷，發現上面的文字寫得亂七八糟，既不是象形文字，也不是任何我看得懂的語言。紙草卷上最後一行字扭曲不平，像被撕掉過一樣。

「我想，這是因為要把不同份紙草卷拼湊在一起的關係。」我說：「只有當三份合在一起時，才能夠閱讀。」

卡特一副很佩服我的模樣，說眞的，我的確是知道一些東西。在我們上次的冒險中，我曾經讀完一份紙草卷來驅逐賽特，這招挺管用的。

古夫從牠的果凍中抬起頭來。「啊！」牠將三顆葡萄擺在桌上。

「沒錯，」巴絲特同意，「就像古夫說的，《拉之書》的三部分代表拉的三個面貌：清晨、正午及夜晚。這一份紙草卷是克奴姆的咒語。你們現在需要找出另外兩份。」

眞不知道古夫到底是怎麼樣光叫一聲就表達了這麼多意思，但我希望所有的課都能由狒狒老師來上，這樣我就可以在一星期內念完國中和高中。

我說：「另外兩顆葡萄……我是說另外兩份紙草卷，根據我昨晚的預見景象，並不容易找到。」

阿摩司點點頭。「第一部分在很久很久以前就已經失傳了。中間部分目前為生命之屋所有，已經被搬動過很多次，而且一直受到嚴密安全防護。從你的預見景象來看，我敢說這份紙草卷現在是在弗拉迪米爾．緬什科夫手裡。」

「那個冰淇淋男！」我猜。「他是誰？」

阿摩司的手在桌上描繪著什麼，大概是在畫一個保護性的象形文字。「他是全世界法力第三高強的魔法師，也是狄賈登最強而有力的支持者之一。他管理位於俄國的第十八行省。」

巴絲特發出斷斷聲。作爲一隻貓，她很擅長發出這種聲音。「他的另一個別名是『弗拉迪吸入器』。他聲名狼藉。」

我想起他受傷的眼睛和有雜音的說話聲。「他的臉怎麼了？」

巴絲特正要回答，但阿摩司打斷她。

「你們只要知道他是個危險人物就好，」他警告說：「弗拉迪的專長是讓爲非作歹的魔法師閉嘴。」

「你是說，他是個殺手？」我問。「好極了。狄賈登才剛准許他，要是卡特和我離開布魯克林，他就可以獵殺我們。」

「而你們必須離開，」巴絲特說：「假如你們想找到剩下的《拉之書》紙草卷，你們只有四天的時間。」

「對，」我喃喃說：「你大概已經說過了。你會跟我們一起走，對不對？」

巴絲特低頭看著她的貓食。

「莎蒂……」她的聲音聽起來很難過。「卡特跟我談過……況且需要有人去檢查阿波非斯的牢籠。我們必須知道目前的狀況，以及牢籠還有多快就會被攻破、是否有任何方法阻止這種事發生等等，這些都需要有第一手的確認。」

我不敢相信自己聽到這些話。「你要回去那裡？在我的父母做了一切努力釋放你之後？」

「我只會從外面接近牢籠。」她向我保證。「我會小心。畢竟祕密行事是我的天性，況且，也只有我才知道如何找到關他的牢籠，而那一塊杜埃區域會讓一般人必死無疑。我……我必須去做這件事。」

她的聲音顫抖。她曾經告訴我，貓並不勇敢，但返回她從前被關的地方似乎就是一件極有勇氣的事。

「我不會讓你們毫無招架能力就一走了之，」她保證，「我有一個……朋友。他應該明天就會從杜埃來到這裡。我請他來找你們、保護你們。」

「朋友？」我問。

巴絲特動了動身體。「嗯……算是朋友。」

這聽起來一點也沒有激勵作用。

我低頭看著我這一身街頭少年裝扮，感到嘴裡有股酸澀味。卡特和我有一項冒險任務要進行，而且我們不可能活著回來。又有一項責任壓在我肩上，又一項不合理的要求要我犧牲生命去成就更偉大的事情。祝我生日快樂吧！

古夫大叫，推開自己的空盤子。牠露出沾滿果凍的牙齒，彷彿在說：「好了，就這麼說定了！早餐眞棒！」

「我去打包準備，」卡特說：「我們可以在一小時內出發。」

「不。」我說。我不確定到底是我還是我哥比較驚訝。

「不？」卡特問。

「今天是我生日。」我說。這句話大概讓我自己聽起來像一個七歲的臭小孩，但現在這時候我才管不著。

學員們一臉訝異。幾個人咕噥說出祝福的話。古夫把牠吃光的果凍碗給我，當作禮物；菲力斯意興闌珊地唱起「祝你生日快樂」，可是沒有人跟著他唱，所以他最後也閉嘴了。

「巴絲特說她的朋友明天才會來，」我繼續說：「阿摩司說過狄賈登還需要時間準備攻擊行動。而且，我很久以前就已經計畫好這趟倫敦之行。在世界毀滅之前，我想要放假一天。」

其他人瞪著我看。我很自私？好吧，我是很自私。我不負責任？或許吧。那我為什麼要這麼堅持自己的想法？

答案可能會讓你吃驚，但我就是不喜歡被別人控制。卡特在發號施令，要我們去做這做那的，但是和平常一樣，他沒把所有的事告訴我。他顯然已經跟阿摩司和巴絲特討論過，而且訂好遊戲計畫。他們三個人沒有問過我，就決定了什麼才是最好的行動。我的好夥伴巴絲特要離開我去進行一項危險得要命的任務，而我在生日這天被困在我哥身邊，去追查另一份可能讓我著火或有更悲慘遭遇的魔法紙草卷的下落。

抱歉。不，謝了。如果我就要死了，這件事可以等到明天早上再做。

卡特的表情一半是憤怒、一半是不可置信。通常我們會在學員面前努力表現出文明，但現在我讓他丟臉。他總是抱怨我不先想清楚就莽撞行事。昨天晚上，他叨唸我去抓了那份紙草卷；我懷疑在他心底深處，根本就在怪我把事情搞砸，認爲是我害潔絲受傷。毫無疑問，他一定會把現在這個情形看做是我魯莽天性的另一個實例。

我已經準備好來一場無可避免的爭吵，但阿摩司出來調停。

「莎蒂，現在去倫敦很危險。」在我抗議之前，他舉手示意。他深呼吸一口氣，彷彿不喜歡自己接下來要說的話。「但是，如果你一定要去的話……那麼，至少答應我們你會小心。我很懷疑弗拉迪米爾會這麼快就準備好來對付我們。只要你不使用魔法，應該就會沒事，不要做任何會引起別人注意的事。」

「阿摩司叔叔！」卡特抗議。

阿摩司以嚴厲的眼神打斷他說話。「莎蒂不在的時候，我們可以開始計畫。明天早上，你們兩人就可以出發，我會接手你們兩人教導學員的訓練課程，並且監控布魯克林之家的防禦措施。」

我從阿摩司的眼裡看得出來，他並不想讓我去倫敦。這件事很蠢、很危險，又很莽撞。換句話說，這就是我的作風，但我也能感覺到他同情我的悲慘命運。我記得阿摩司去年聖誕節被賽特控制身體之後的脆弱模樣。當他前往第一行省接受治療，我知道他對於把我們兩個留在紐約感到很愧疚。不過，去接受治療對他的神智是個正確的選擇。在所有人之中，阿摩司清楚了解那種需要離開的感覺。如果我留在這裡，如果連呼吸的時間都沒有，就立刻出發進行冒險任務，我覺得我會爆炸。

況且，知道阿摩司會替我們看顧布魯克林之家也讓我好過一點。能夠暫時放下授課責任讓我鬆了口氣。說實話，我是個很糟糕的老師，我根本沒耐心。

【噢，卡特，你安靜點啦。你不用同意我說的話啦。】

「阿摩司，謝謝。」我勉強說出口。

他站起來，表示會議結束。

「我想，一早談這些已經夠多了，」他說：「重點是你們大家都要繼續進行原有的訓練，而且不要感到絕望。我們需要你們每個人都處在最好的狀態來捍衛布魯克林之家。我們終將獲勝。有眾多的神站在我們這邊，瑪特會擊敗混沌，一如往常。」

學員個個仍舊一臉不安，但是他們都站起來，開始清理盤子。卡特又狠狠瞪了我一眼，氣呼呼地往屋裡走。

那是他的問題。我決定不要對此有罪惡感，我才不要讓自己的生日被搞砸。不過，當我低頭看著那杯涼掉的茶和沒吃的巧克力麵包，忽然有種可怕的感覺，我有可能再也看不到這張餐桌了。

一小時後，我已經準備好前往倫敦。

我從兵器庫裡挑了一根新的魔杖，並且把魔杖和我的其他東西一起放進杜埃。我把麋鹿布溫科的魔法紙草卷留給卡特，他甚至不跟我講話。然後我到醫護室探望潔絲，她還在昏迷中。一條施了魔法的溼毛巾讓她的額頭保持冰涼，治療用的象形文字環繞在她床邊，但她還是很虛弱。失去了平常的笑容，她看起來像個完全不同的人。

我坐在她旁邊，握著她的手，心裡感覺就和一顆保齡球一樣重。潔絲犧牲自己的性命來保護我們。只接受幾星期訓練的她，挺身而出對抗一群「孢」。她用我們教她的方法，使用她的守護神薛克梅特的能量，而她的努力幾乎要了她的命。

我最近有犧牲什麼東西嗎？我剛才鬧脾氣，只是因爲我可能會錯過自己的生日派對。

「潔絲，對不起。」我知道她聽不見我說話，但我的聲音顫抖。「我只是……如果不離開的話，我會發瘋。我們已經拯救過世界一次，而現在又要再來一次……」

我想像潔絲可能會說的話，絕對是要我放心。她會說：「莎蒂，這不是你的錯。你是需要好好放鬆幾個小時。」

那只會讓我感覺更糟。我不該讓潔絲把自己暴露於危險之中。六年前，我媽因爲傳輸太多魔法而死，她爲了關上阿波非斯的牢門而耗盡精力。我一直都知道，但我還是讓更沒經驗的潔絲做了這些事，讓她冒著生命危險救我們。

我說過……我是個很糟糕的老師。

我最後再也受不了。我用力捏緊潔絲的手，告訴她要趕快好起來，然後離開醫護室。我走到屋頂上，在那裡，我們保留一些用來開啓通道的古文物，一個來自希利俄波利斯廢墟的斯芬克斯石像。

當我看到卡特站在屋頂另一頭，正在餵那隻葛萊芬吃了一堆烤火雞，我全身緊繃。昨天晚上，卡特就替這隻怪物做了一個很不錯的獸欄，所以我猜葛萊芬會留下來吧。至少這樣可以不讓那些鴿子盤據我們的屋頂。

我幾乎希望卡特不理我。我現在沒心情再吵架，但他一看到我就綳著一張臉，擦了擦油膩膩的手，朝我走過來。

我準備好聽他罵我一頓。

結果他卻嘟噥說：「小心點。我有替你準備生日禮物，不過我想等到……你回來的時候再給你。」

他這句話並沒有加上「活著」這個詞，但我想，我從他的語氣裡聽出來了。

「卡特，你聽著……」

「你走吧，」他說：「吵架對我們也無濟於事。」

我不確定我該覺得有罪惡感還是憤怒，可是我猜他說得有道理。我們過生日的紀錄向來不太好。我最早的記憶之一，是在我六歲的生日跟卡特吵架，我的蛋糕因爲我們兩人的魔法力量而爆炸。或許，想到這一點，應該讓我一個人好好靜一靜才對，但我就是做不到。

「對不起，」我脫口而出，「我知道你怪我昨天晚上把紙草卷抽出來，還害潔絲受傷，但我覺得自己快要四分五裂……」

「不是只有你一個人這樣。」他說。

我的喉嚨裡感覺有塊東西卡住。我一直很擔心卡特對我發飆，所以沒注意到他的語氣。他聽起來非常難過。

「怎麼了？」我問：「發生什麼事？」

他將油膩膩的手在褲子上擦一擦。「昨天在博物館的時候……其中一個靈體對我說話。」

他告訴我他與那個燃燒的「孢」的奇怪對話。當時時間似乎慢了下來，「孢」警告卡特，我們的任務會失敗。

「他說……」卡特哽咽著說：「他說姬亞沉睡在紅沙之地，不管那是哪裡，他說如果我不放棄任務去救她，她就會沒命。」

「卡特，」我小心翼翼地說：「這個靈體有提到姬亞的名字嗎？」

「嗯，沒有……」

「說不定他說的是其他事情？」

「不，我很確定他說的是姬亞。」

我努力忍住不說。真的，我試過了。但是，姬亞．拉席德的話題已經變成我哥很不健康的執念。

「卡特，不是我殘忍，但你過去幾個月來到處都看見姬亞的訊息。兩星期前，你以為她在你的馬鈴薯泥裡送來求救訊號。」

「那上面寫著姬亞的名字！就刻在馬鈴薯裡！」

我舉起手來。「好吧。那你昨晚的夢呢？」

他的雙肩緊繃。「什麼意思？」

「噢，少來了。剛才吃早餐時，你說過阿波非斯會在春秋分點的時候逃獄。你的口氣聽起來就是非常肯定，一副你看過證據的樣子。你已經跟巴絲特談過，也說服她去檢查阿波非斯的監牢。不管你看到什麼……情況一定很糟。」

「我……我不知道。我不確定。」

「我懂了。」我開始不耐煩。原來卡特不想告訴我。我們又回到以前那種守著祕密不告訴對方的日子？很好。

「那我們晚一點再繼續談這件事，」我說：「晚上見。」

「關於姬亞的事，」他說：「你不相信我。」

「你也不相信我，所以我們扯平了。」

我們瞪著彼此。然後卡特轉身，氣沖沖地往葛萊芬那裡走去。

我差點要開口叫他回來。我並不想對他生氣，但另一方面，道歉不是我的強項，而且他剛才眞是氣死我了。

我轉向斯芬克斯，並且召喚一個大門。

我愈來愈厲害了，如果我自己可以這麼講的話。一個旋轉的沙塵漩渦立刻出現在我面前，我一躍而入。

轉眼間，我就跌撞在泰晤士河河岸上的克麗奧佩特拉之針[25]。

六年前，我的母親在這裡死去，這不是我喜歡的埃及紀念碑，但克麗奧佩特拉之針是離外公外婆房子最近的魔法通道。

幸好天氣很糟，附近也沒半個人，我拍掉衣服上的沙子，往地鐵站走去。

三十分鐘後，我站在外公外婆家門前。似乎很奇怪……回到家？我甚至不確定是不是還可以說這裡是我的家。幾個月來，我一直渴望倫敦，那熟悉的城市街道、我最愛的商店、我的朋友、我以前的房間，甚至連惡劣的天氣都讓我很思鄉。但現在一切卻如此不同、如此陌生……

我緊張地敲了敲門。

沒人回應。我很確定他們在等我來。我又再敲了門。

或許他們都躲起來等我進門。我想像我的外公、外婆、麗茲和艾瑪蹲在家具後面，準備好跳出來大喊：「給你一個驚喜！」

嗯……外公和外婆蹲在地上跳起來。絕對不可能。

我抽出鑰匙，把門打開。

客廳黑漆漆又空蕩蕩。樓梯上的燈沒開，而外婆才不會不開燈，因爲她非常害怕從樓梯上摔下去。就連外公的電視也沒開，這不對勁。就算外公沒有在看橄欖球賽，也總是讓電視開著。

我聞了聞空氣中的味道。現在是倫敦時間傍晚六點，可是廚房沒有傳來烤焦餅乾的味道。外婆應該至少會烤焦一盤爲晚餐準備的餅乾。這可是傳統。

當前門在我身後砰的一聲關上，我的腦袋開始整理消化出一個想法——我有麻煩了。我轉過身，手忙腳亂地想拿出沒帶在身邊的魔棒。

在我的頭上，黑暗樓梯的頂端，一個絕對不是人類的聲音嘶嘶說著：「歡迎回家，莎蒂・凱恩。」

㉕克麗奧佩特拉之針（Cleopatra's Needle）是十九世紀從埃及分別搬到倫敦、巴黎及紐約的三座方尖碑。此處指的是位於倫敦的那一座。參《紅色金字塔》二十五頁，註❸。

5 蟲殼沙岸

莎蒂，多謝啦。

就在你說到精彩的地方時，還願意把麥克風給我。

所以呢，莎蒂離開了，到倫敦進行生日之旅。這個世界在四天內即將結束，我們還有一項冒險任務必須完成，而她則跑去和朋友狂歡。她可眞是把事情的優先順序排得很清楚。我這麼說，不是因爲我在不爽什麼。

往好處想，她走了之後，布魯克林之家變得很安靜，至少在三頭蛇出現之前。但首先，我應該先告訴你我所預見的景象。

莎蒂以爲吃早餐時我有事瞞著她，對吧？也算是啦。不過，說眞的，我那一晚看見的景象嚇死我了，我根本不想講，更何況那天還是她的生日。自從我開始學習使用魔法以來，經歷過一些怪異的事，但我所看到的這個景象絕對能得到諾貝爾怪胎獎。

從布碌崙博物館回來之後，我就一直睡不著。等到我終於能夠睡著時，卻在另一個身體裡醒過來。

這不是靈魂旅行或作夢。我就是復仇者荷魯斯；我之前曾經和荷魯斯共用一個身體。在聖誕節的時候，他在我腦袋裡大概待了快一個星期，不是低聲提供建議，就是拚命煩我。在紅色金字塔之戰，我甚至有過與他的心思完美結合的經驗。我成爲埃及人所說的「神之眼」，也就是荷魯斯的力量全任我指揮使用；我們彼此的記憶混雜融合在一起，人與神合而爲一。但當時我仍舊在自己的身體內。

這次，事情倒過來了。我是荷魯斯體內的客人，站在一艘船頭上，這艘船正行駛在蜿蜒流過杜埃的魔法河流上。

我的視力像隼一般銳利，視線穿透了大霧，看見水裡有個東西在移動，它有爬蟲類的鱗片背部和怪物般的鰭。我看見死者的魂魄在兩旁河岸飄盪。遠遠的頭頂上方，洞穴頂端發出紅色光芒，有如我們正航行在一隻活生生野獸的喉嚨裡。

我的手臂是古銅色，而且都是肌肉，用黃金和青金石做成的帶子環繞在手臂上。我穿著作戰用的皮盔甲，一手拿著鏢槍，另一手拿著卡佩許劍。我感覺強壯有力，就像是……神。

「哈囉，卡特。」荷魯斯說，感覺好像我在自言自語。

「荷魯斯，什麼事？」我沒有告訴他，我很討厭他跑來打擾我睡覺。我不用告訴他，因爲我現在正與他分享他的心思。

「我回答了你的問題，」荷魯斯說：「我告訴你要去哪裡找到第一份紙草卷，所以現在你一定要替我做件事。我有東西想讓你看。」

這艘船往前傾。我抓住領航員位置的欄杆，回頭一望，可以看見這艘船是法老的船，大約有十八公尺長，形狀宛如一艘大獨木舟。在船的中央，一個破爛頂篷蓋住一塊空蕩蕩的平台，那裡之前可能曾經擺著一張王座。一根船桅上掛著一塊方形、經過裝飾的船帆，但是這張船帆現在早已褪色，變得破破爛爛。舷孔和右舷都無人看顧，一對對壞掉的船槳毫無用處地晃動。

這艘船一定有好幾個世紀沒人使用了。索具上面結滿蜘蛛網，繩子腐爛，船身木板隨著船速加快而發出嘎吱嘎吱的聲響。

「這艘船很老了，就像拉一樣，」荷魯斯說：「你眞的想讓這艘船再回來服役嗎？我帶你去看你所要面對的威脅。」

船舵將我們帶進水流。突然間，我們極速往下游衝。我曾經坐船航行過夜之河，然而這次似乎更進入杜埃深處。空氣變冷，水流更加湍急。我們跳過一個瀑布，飛了起來。當我們再次落入水裡，水花四處飛濺，許多怪物開始攻擊我們。一張張可怕的臉孔露出水面，有女性眼睛的海龍、身上有豪豬刺的鱷魚、木乃伊男人頭的蛇。每次有怪物浮出來，我就舉起劍將怪物頭砍下，或是用鏢槍戳刺怪物，要牠離船遠一點。但怪物們還是不斷攻擊，改變形體。我知道，如果我不是復仇者荷魯斯，而只是卡特．凱恩，要我試圖對付這些可怕的怪物，可能會瘋掉、死掉，或發瘋而死。

「這就是每天晚上的必經旅程。」荷魯斯說：「抵擋混沌生物的不是拉本人，而是靠我們其他的神來保護他的安危。是我們擋開了阿波非斯和他的爪牙。」

我們又衝入另一個瀑布，直接撞進一個漩渦中。我們總算是勉強不讓船翻覆。這艘船漂離水流，往岸邊漂去。

這裡的河岸上布滿發亮的黑色石頭，至少我一開始是這麼以爲。等我們更靠近岸邊，才發現這些不是黑石頭，而是甲蟲的殼。數以百萬乾掉的甲蟲殼遍布岸上，延伸到我看不見的黑暗之處。幾個還活著的聖甲蟲在空殼堆中緩緩移動，看起來像是整個地面在爬行一樣。我甚至不想去描述幾百萬隻死掉的推糞蟲所發出的味道。

「這是大蛇的監牢。」荷魯斯說。

我掃視整片黑暗，想要找尋牢房、鎖鍊、坑洞之類的東西，但我所看到的只有漫無止盡的甲蟲屍體。

「在哪裡？」我問。

「我用你能理解的方式帶你來看這個地方，」荷魯斯說：「如果你來到這個監牢，會被燒成灰燼。如果你看到這個地方的眞正樣貌，你那有限的人類感官知覺將會融化消失。」

「好極了，」我喃喃說：「我眞是愛死了知覺能夠融化不見。」

船身擦過河岸，引發幾隻還活著的聖甲蟲騷動起來。整個沙灘似乎扭來扭去、動個不停。

「這些聖甲蟲曾經都是活的，」荷魯斯說：「牠們象徵拉每天的重生，並且將敵人擋開，而現在只剩下幾隻還活著。大蛇慢慢地吃出了一條路。」

「等等，」我說：「你的意思是……」

在我面前，河岸線高漲起來，有如地底下有東西推著河岸線向前。有一個巨大的形體正努力要掙脫出來。

我抓緊劍和鏢槍，就算有了荷魯斯所有的力量和勇氣，我發現自己仍然全身發抖。紅色的光從聖甲蟲殼下透射出來。地底下的東西朝地表衝撞，聖甲蟲殼隨著移動，發出喀啦聲響。透過那薄薄一層的甲蟲屍體，一個大約有三公尺寬的紅色大圓圈往上盯著我看——那是一條蛇的眼睛，充滿了怨恨及飢渴。

即使我現在是以神的形體出現，仍然感覺到混沌的力量有如致命的雷射光掃過全身，將我整個人裡外烤焦、呑噬我的靈魂。我總算相信剛才荷魯斯告訴我的話，如果我是以凡人的血肉之軀來到這裡，絕對會被燒成灰燼。

「他正努力要掙脫出來。」我驚慌地說：「荷魯斯，他要出來了……」

「對，」他說：「很快就要出來了……」

荷魯斯指引著我的手臂。我舉起矛，擲向大蛇眼睛。阿波非斯發出憤怒的嘶吼。河岸震動，然後阿波非斯沉入死掉的聖甲蟲殼堆底下，紅光消失了。

「但今天還不會出來，」荷魯斯說：「在春秋分的時候，所有束縛的力量都會變弱，讓大蛇有機會成功逃脫。卡特，再次成爲我的化身吧，幫助我率領眾神作戰。我們一起合作，也許能阻止阿波非斯的興起。但要是你喚醒了拉，讓他再次重回王位，他會有力量統治嗎？這艘船還能夠再次在杜埃航行嗎？」

「那你爲什麼要幫我找到紙草卷？」我問。「如果你不想讓拉被喚醒……」

「這必須是你的決定，」荷魯斯說：「卡特・凱恩，我相信你，無論你做什麼決定，我都會支持你，但是其他神卻不這麼想。他們認爲由我當他們的王和將軍，率領他們和大蛇作戰，勝算比較大。他們認爲你想要喚醒拉的計畫不但愚蠢，也很危險。我所能做的就是防止公然叛變，但可能無法阻止他們去阻撓你。」

「這還眞是我們需要的呢，」我說：「再來更多敵人。」

「事情可以不必這樣子，」荷魯斯說：「你現在看過了敵人，你認爲由誰來對抗混沌主人的勝算最高？是拉？還是我荷魯斯？」

船駛離黑暗的岸邊。荷魯斯釋放了我的「巴」，而我的意識如同氦氣球般飄回人間。剩下的夜晚，我夢到一處滿是死掉聖甲蟲的地方，還有一個來自鬆動牢籠深處的發亮紅眼。

如果我隔天早上表現得有點心神不寧，你現在知道原因了。

我花了許多時間思考爲何荷魯斯要讓我看到那個景象。很明顯的答案是，荷魯斯現在是眾神之王，他不想讓拉回來挑戰他的主權。神通常比較自私，就算他們肯幫忙，也是有各自的動機。因此在信任神這件事上，必須謹慎一點才行。

話說回來，荷魯斯說得也有道裡。拉在五千年前就已經很老了，沒人知道他現在的狀況如何。就算我們努力叫醒他，也沒辦法保證他會幫忙。如果他看起來和他的船一樣糟，眞不知道拉要怎麼打敗阿波非斯。

荷魯斯問過我，誰比較有機會對抗混沌主宰？可怕的事實是，當我探索內心的眞正想法，答案卻是誰都沒有機會。不是神，也不是魔法師，甚至我們所有人團結起來也做不到。荷魯斯想要當王，帶領眾神作戰，然而比起他所面對過的敵人，眼前這個敵人的力量最強大。阿波非斯就跟整個宇宙一樣古老，而他只害怕一個敵人，那就是拉。

把拉帶回來或許沒用，我的直覺卻告訴我這是唯一的機會。老實說，每個人都對我說這是個很爛的主意，包括巴絲特、荷魯斯，甚至莎蒂，而這一切反而讓我更加確定這是正確的事。我在這方面有點固執。

「正確的選擇從來就不簡單。」我爸曾經這麼告訴我。

我爸曾經違抗整個生命之屋。他犧牲自己的性命來釋放神，因爲他確定這是拯救世界的唯一方法。現在，輪到我來做出這個困難的決定。

將時間快轉回到我和莎蒂的爭執後。在她跳進通道之後，我留在屋頂上，沒有其他人陪伴，只有我的新朋友，那隻神經兮兮的葛萊芬。

牠不斷發出淒厲的「嘎啦」叫聲，所以我決定叫牠「怪胎」，而且這名字也很符合牠的個性。我原本預期牠過一個晚上就會消失不見，不論是飛走或是回去杜埃，但牠似乎很喜歡自己的新家。

我用一大疊早報蓋在牠身上，早報的標題全是有關前一晚蔓延全布魯克林區的詭異沼氣噴發事件。根據報導，沼氣引燃了蔓延全區的鬼火，造成博物館嚴重損傷，讓某些人感到噁心、暈眩，甚至出現看到犀牛般大小的巨大蜂鳥幻覺。笨沼氣。

我又丟了更多烤火雞給怪胎吃（老天，牠胃口眞好），巴絲特這時出現在我旁邊。

「一般說來，我滿喜歡鳥的，」她說：「但這傢伙讓我不舒服。」

「嘎啦！」怪胎發出叫聲。牠和巴絲特打量彼此，兩邊看起來都像在猜想將對方拿來當午餐吃，不知道滋味如何。

巴絲特聞了聞。「你該不會要養牠吧？」

「牠沒有被綁起來，」我說：「牠想的話可以隨時離開。我猜牠喜歡這裡。」

「太好了，」巴絲特喃喃說著：「又一個我不在這裡的時候可能會殺了你的東西。」

我個人則認爲我和怪胎相處融洽，但不管我說什麼，我想巴絲特都不會放心。

她換上出門遠行的裝扮。在她平常那件豹皮緊身衣上，還穿了一件繡有保護性象形文字的黑色長外套。她移動時，外套布料發亮，讓她看起來若隱若現。

「要小心喔！」我對她說。

她露出微笑。「卡特，我是貓，我會照顧自己。我不在的時候，比較擔心你和莎蒂。如果你預見的景象是正確的，而阿波非斯就快要逃出……總之，我會盡快趕回來。」

我沒有什麼話好回她。如果我看到的景象正確，我們全都有很大的麻煩。

「可能會有兩天時間聯絡不上我，」她繼續說：「我的朋友應該會在你和莎蒂明天出發前來到這裡，他會確保你們兩個活著。」

「難道你不能先告訴我他的名字嗎？」

巴絲特給我的表情可能是覺得有趣，也可能是緊張，大概是既有趣又緊張。「他這個人有點難解釋。我最好讓他自己向你們自我介紹。」

就這樣，巴絲特親吻我的額頭。「我的小貓咪，多保重。」

我驚訝得說不出話來。我認爲巴絲特是莎蒂的保護者，我只不過是順便附加的而已。但她的聲音充滿感情，我大概臉紅了。她跑到屋頂邊，往下一跳。

不過我不擔心她。我很確定她會雙腳著地。

我想要盡可能維持學員們的生活正常，所以繼續上平常的早課。我稱這門課爲「解決魔法問題入門課」，學員們則稱這門課是「不管做什麼都管用」。

我會交給學員們一個難題。他們可以隨意用任何方式來解決這個問題，只要他們成功，就可以下課。

我想，這裡不太像一般的學校，就是那種就算你只是忙著做事，也要待到一天結束才能離開的地方；而我從來沒上過眞正的學校。跟著我爸在家自學的這些年來，我都是以自己的步調在學習。當我完成的作業能讓爸滿意，我就下課了。這套系統對我很管用，而學員們似乎也很喜歡。

我也認為姬亞會同意我的做法。我和莎蒂第一次接受姬亞的訓練時，她曾經告訴我們，魔法是沒有辦法透過教室上課和課本學會的，必須從做中學。所以要上「解決魔法問題入門課」時，我們都去訓練室上課，把東西炸掉。

今天的課堂上有四名學生，剩下的學員都去研究各自的魔法之道、練習施法，或是在我們大學年紀的生徒指導下做一般的學校功課。阿摩司不在的時候，就由巴絲特作我們主要的成人監護人，她堅持我們要讓每個人繼續學習一般的科目，例如數學和閱讀，雖然她自己有時候會增加一些選修課，像是「進階貓咪美容」或「小憩片刻」，而「小憩片刻」這門課有一長串的候補名單。

總之，整個二樓大多作為訓練之用。這裡就跟籃球場一樣大，我們到了晚上會把二樓當成籃球場。這裡有實心木地板，牆壁邊排列天神石像，還有一個拱頂天花板，上面繪有古埃及那種側身走路姿勢的圖像。我們在牆上裝了拉的隼頭像，讓它和地板垂直，與地面距離大概有三公尺高，並且把太陽圓盤皇冠的地方挖空，拿來當作籃框。這麼做或許有點不敬，可是，如果拉沒有幽默感，那就是他的問題了。

華特、朱利安、菲力斯和艾莉莎在等我。潔絲幾乎都會來上這些課，但是她還在昏迷當中……那是一個我們沒有人知道該如何解決的問題。

我努力換上充滿信心的老師模樣。「好了，各位，今天我們來試一些戰鬥模擬情況。我們先從簡單的開始。」

我從袋子裡拿出四個薩布堤，放在房間的不同角落。我要學員一一分開站在不同的薩布堤面前，然後說了一句命令。四尊薩布堤變成眞人大小的埃及戰士，手裡拿著劍及盾牌。它們沒有非常逼眞，皮膚看起來就像上光的陶器，動作也比眞人慢，但用來讓初學者練習已經綽綽有餘。

「菲力斯？」我喊著：「不可以用企鵝。」

「噢，拜託啦！」

菲力斯相信解決每個問題都需要用到企鵝，但這樣對企鵝不公平，而且我也厭倦用魔法將那些鳥通通送回牠們的家鄉。在南極某個地方，還有一群麥氏環企鵝在接受心理治療。

「開始！」我大喊，而薩布堤紛紛出擊。

朱利安是個大塊頭的七年級生，已經決定要研究荷魯斯之道。他立刻直接衝入戰鬥。他還沒完全學會召喚戰鬥化身，卻已經將自己的拳頭罩在金色的能量光之中，有如一顆大鐵球，重重打在薩布堤身上。薩布堤往後飛撞在牆上，裂開成一堆碎片。薩布堤倒下一個。

艾莉莎一直在研究大地之神蓋伯㉖之道。布魯克林之家沒有人擅長土之魔法，但艾莉莎很厲害，幾乎不需要幫忙。她在北卡羅萊納州的一個製陶人家長大，從還是小娃娃的時候就開始玩陶土了。

她躲開薩布堤笨拙的揮拳，觸摸了薩布堤的背部。一個象形文字在陶製盔甲上發光：

薩布堤戰士似乎好端端的沒怎麼樣，當它轉身要發動攻擊，艾莉莎只是站在那裡一動也不動。我正要叫她閃開時，薩布堤卻完全打不中她。刀子打在地上，薩布堤戰士搖搖晃晃。它又再次出擊，揮刀五、六次，但刀子始終碰不到艾莉莎。最後薩布堤戰士變得十分困惑，踉蹌走到房間中央，頭撞在牆上，抖動了一會兒後停住。

艾莉莎對我笑，她解釋說：「這是『沙帕』，象形文字裡代表『打不中』的意思。」

「漂亮！」我說。

同時，菲力斯找到了非企鵝的解決方法。我不知道他最後擅長的魔法會是什麼，但今天他用的方法既簡單又暴力。他抓起擺在長椅上的籃球，等著薩布堤往前走過來，然後將球丟在它頭上。他的時間算得很準。薩布堤失去平衡摔倒，拿劍的手臂碎裂。菲力斯走過去，重重在薩布堤身上又踩又踩，直到它完全碎裂爲止。

他一臉得意地看著我。「你沒說我們一定要用魔法才可以。」

㉖蓋伯（Geb）是埃及神話中的大地之神。參《紅色金字塔》一一九頁，註㉗。

「很公平。」我在心裡暗自提醒自己絕對不要跟菲力斯一起打籃球。

華特的表現最有看頭。他是一個「燒」，也就是護身符工匠，所以他習慣用手邊任何魔法物品來戰鬥。我從來都不知道他會選用什麼東西。

至於他要遵循的神之道？華特尚未決定要學習哪位神的魔法。他就像知識之神透特一樣是位很好的研究者。他在紙草卷和魔藥調配上幾乎和莎蒂一樣在行，所以也可以選擇艾西絲之道。他甚至可能會選俄塞里斯，因爲讓不會動的東西動起來，華特算是天生好手。

他今天慢慢來，撥弄身上的護身符，盤算他的選擇。薩布堤一步步接近他，華特一步步後退。如果要說華特有什麼弱點，那就是謹愼。他喜歡在行動之前花很多時間思考。換句話說，他和莎蒂是完全不同的個性。

【莎蒂，不要揍我。我說的是實話啊！】

「華特，快點，」朱利安叫著：「殺它就對了。」

「你有東西可以對付它。」艾莉莎說。

華特伸手去拿他戴的一枚戒指，然後往後退，卻被菲力斯打破的薩布堤碎片絆倒。

我大叫：「小心！」

但是華特腳一滑，重重摔在地上。他的薩布堤敵人趕緊向前衝去，手上的劍用力往下砍。

我跑過去幫忙，不過距離太遠。華特的手已經舉起來，本能地想擋住攻擊。被施咒的陶土劍幾乎就跟眞的金屬一樣鋒利，應該會重傷華特才對，但是華特抓住劍，薩布堤就僵住不動了。在華特的手指下，劍變成灰色，出現網狀裂痕。如同霜一般的灰色蔓延至薩布堤戰士全身，最後它碎裂成一堆塵土。

華特整個人嚇到了。他張開手一看，毫髮無傷。

「剛才眞酷！」菲力斯說：「那是什麼護身符？」

華特緊張地看了我一眼，我知道答案。這不是護身符的關係，華特也不知道他自己是怎麼辦到的。

眞的，一天之中有這種事已經夠刺激了，但詭異的事接踵而來，這只不過是剛開始而已。在我們兩人還來不及開口說話前，地板開始震動，我以爲或許是華特的魔法散布到整間屋子，那就糟了；或是我們下面有人又在實驗爆炸的驢子詛咒。

艾莉莎大叫：「各位……」

她指著離我們三公尺高的地方，拉的雕像從牆壁伸出來。我們的天神籃球框正在剝落。一起先我不確定自己看到了什麼。拉的雕像沒有像薩布堤一樣變成塵土。它破裂開來，一塊塊掉在地板上。我的胃糾結在一起。掉下來的碎片不是石頭，整座雕像變成由聖甲蟲殼堆積而成。

當最後一塊雕像碎片掉落，整堆聖甲蟲殼開始移動。三個大蛇頭從中間冒出。

不介意告訴你，我其實整個人慌了。我想起阿波非斯要來的景象已經成眞，不禁踉蹌倒退，撞到了艾莉莎。我沒有立刻從房間往外衝，唯一的原因是四個學員都在看我，想從我身上得到安心保證。

我對自己說：「這不可能是阿波非斯。」

整條蛇出現，我發現牠們並非三隻不同的動物，而是一條巨大的三頭眼鏡蛇。更詭異的是，牠還有一對像老鷹的翅膀。這個怪物的身體就跟我的腿一樣粗，站起來和我一樣高，卻不像阿波非斯那麼大，眼睛也沒有發出紅光，就是一般令人感覺毛毛的綠色蛇眼。

儘管如此……三個蛇頭盯著我看，我不能說我覺得輕鬆自在。

「卡特？」菲力斯不安地問：「這是課程的一部分嗎？」

大蛇發出三部合音的嘶嘶聲。聲音似乎在我腦裡說話，聽起來就跟那個在布碌崙博物館裡跟我講話的「孢」一模一樣。

「卡特．凱恩，這是給你的最後警告，」牠說：「把你的紙草卷給我。」

我的心臟差點停止跳動。莎蒂在早餐後把紙草卷給我，我眞笨，早該把它鎖起來放進圖書室裡有安全保護的藏書孔，現在卻還放在我肩上掛的袋子裡。

「你究竟是什麼東西？」我問蛇。

「卡特。」朱利安抽出劍來。「我們要攻擊嗎？」

沒有任何跡象顯示我的學員聽到蛇或是我說話。

艾莉莎舉起雙手，像是準備好要接住躲避球一樣。華特站在蛇和菲力斯中間，而菲力斯靠在旁邊環顧四周。

「把紙草卷給我。」大蛇蜷曲起來準備攻擊，將身體下的死甲蟲殼壓碎。牠的翅膀張得好大，有可能將我們大家都包起來。「放棄你的冒險任務，否則我會殺了你在找的女孩，就像我以前消滅她的村子一樣。」

我試著想拔劍，手臂卻動不了，只感到全身麻痺，彷彿那三雙眼睛催眠了我。

她的村莊，我心想，是姬亞的村莊。

蛇不會笑，但這傢伙發出的嘶嘶聲聽起來像是覺得很有趣。「卡特．凱恩，你必須做出決定，要選擇那女孩，還是神。放棄你愚蠢的冒險任務吧，否則你很快會跟拉的聖甲蟲一樣，變成乾癟的空殼。」

我的憤怒救了我。我甩甩身體，讓自己不再麻痺，大喊：「殺了牠！」而大蛇正張開大嘴，噴出三道火焰柱。

我舉起綠色的魔法盾牌反擊火焰。朱利安像在丟擲斧頭般將劍拋出。艾莉莎比出手勢，三尊石像從基座上跳下，飛撲大蛇。華特從他的魔棒射出一道灰色的光。菲力斯脫下左腳的鞋，朝怪物扔過去。

就在那個當下，當蛇是件很爛的事。因為朱利安的劍切下其中一個蛇頭；菲力斯的鞋子從另一個蛇頭彈開；華特魔棒射出的光將第三個蛇頭炸成灰，怪物在一堆石頭下被消滅。

大蛇剩下的身體化為一堆沙。

整個房間突然變得很安靜，四個學員都看著我。我彎下身，撿起其中一個聖甲蟲殼。

「卡特，剛才那是上課的一部分內容吧？」菲力斯問。「告訴我剛才那是上課的一部分。」

我想到大蛇的聲音，就跟在布碌崙博物館裡跟我講話的那個「孢」一樣。我發現，爲何我覺得這聲音聽起來很熟悉，因爲我在紅色金字塔作戰時曾經聽過這個聲音。

「卡特？」菲力斯看起來快哭了。他常常惹麻煩，所以我有時忘了他只有九歲。

「沒錯，只是考考大家而已。」我說謊。看著華特，我們彼此默默同意，待會兒我們倆需要談談這件事，但首先，我要找人問問題。「下課！」

我跑去找阿摩司。

6 魔法占卜碗

阿摩司將聖甲蟲殼放在手指間轉動。「你說剛才出現一條三頭蛇。」

把這件事一股腦倒在他身上，讓我很有罪惡感。他從聖誕節以來經歷這麼多苦難折磨，然後好不容易痊癒回家，結果又天外飛來這一筆——有怪物入侵我們的練習室。但我不知道還可以找誰談這件事，莎蒂不在讓我有點難過。

【好了，莎蒂，你不要在那邊洋洋得意，我並沒有那麼難過。】

「對，」我說：「牠有翅膀，還會噴火。你以前看過這樣的東西嗎？」

阿摩司把聖甲蟲殼放在桌上。他輕輕推了一下，有如期待聖甲蟲殼會突然動起來一樣。圖書室裡只有我們兩個人，這很反常。許多學員常常在這間大圓房的一排排孔洞中東翻西找需要的紙草卷，或是派薩布提到世界各地去找文物、書或披薩回來。地板上畫有大地之神蓋伯的畫像，他的身上點綴著樹木和河流。在我們頭頂上，整個天花板繪有星星肌膚的天空女神努特㉗的畫像。被兩位過去一直對我們很友善的天神保護著，在這裡很有安全感。但是我現

㉗努特（Nut）是埃及神話裡的天空女神。參《紅色金字塔》一一七頁，註㉕。

在目光一直瞄向立在圖書室裡、專門拿東西的薩布堤，猜想這些雕像是不是會變成一堆聖甲蟲殼，或是突然決定攻擊我們。

終於，阿摩司開口說了一句命令：「阿瑪斯。」

意思是「燃燒」。

一個小小的紅色象形文字發亮出現在聖甲蟲殼上方：

聖甲蟲殼燃燒起來，變成一小堆灰燼。

阿摩司說：「我記得好像在圖特摩斯三世[28]的墳墓裡看過一幅畫。畫裡有一條就像你所說的有翅膀的三頭蛇，但那意思是……」他搖搖頭，「在埃及傳說裡，蛇亦善亦邪。牠們可以是拉的敵人，也可以是拉的保護者。」

「我看到的不是保護者，」我說：「牠想要那份紙草卷。」

「但是這條蛇有三個頭，可能象徵拉的三個面貌，而且是從拉的雕像碎石堆中出現。」

「這不是拉派來的，」我很堅持，「爲何拉想要阻止我們找到他？而且，我認得這條蛇的聲音。這個聲音是你……」我忍住不說：「我是說，這個聲音是賽特之前在紅色金字塔裡的手下，就是那個被阿波非斯附身的爪牙。」

阿摩司目光茫然。

「是恐怖臉，」他想起來了，「你認爲剛才是阿波非斯透過那條蛇跟你說話？」

我點點頭。「我認爲是他在布碌崙博物館裡設下那些陷阱。他透過那個『孢』跟我說話。如果他的力量已經強大到能滲透這間屋子……」

「不，卡特，就算你是對的，那也不會是阿波非斯本身。如果他逃出監牢，會在杜埃引發巨大漣漪，每個魔法師都能感受到那股波動。但是附身在爪牙身上，甚至派牠們去受到保護的地方傳口信，那太簡單了。我不認爲那條蛇會傷害你。牠破壞我們的防護之後，絕對會變得很虛弱。這條蛇最多只是被派來警告你、嚇嚇你而已。」

「結果很有效。」我說。

我沒問阿摩司怎麼會這麼了解被附身的事和混沌的運作方法。大概是被邪惡之神賽特附身過，讓他等於上了黑暗魔法速成班一樣。他現在似乎已經恢復正常，不過從我過去和荷魯

㉘圖特摩斯三世（Thuthmose III）為埃及歷史上第十八王朝的第六代法老，在他任內發動多次戰爭，擴大埃及帝國的統治疆土。早期歐洲研究埃及學的學者稱他為「埃及拿破崙」。

斯共用同一個心靈的經驗來說，一旦你曾經成爲一個神的宿主，不論是自願還是非自願，都會和以前不一樣。你還會有那些記憶，甚至有一些那個神的力量。我不禁注意到，阿摩司使用魔法時出現的顏色也變了。以前是藍色，而他現在召喚出象形文字卻發出紅色光芒，那是賽特的顏色。

「我會加強房子四周的防護咒，」他保證說：「現在該是提升安全防護措施的時候了。我會確保阿波非斯再也無法派任何使者進來這裡。」

我點點頭，可是他的保證並沒有讓我好過一點。要是莎蒂明天安全回來的話，我們就要出發尋找另外兩份《拉之書》的紙草卷。

當然啦，我們在上一次和賽特的戰鬥中活了下來，但阿波非斯的等級完全不同，而且我們體內也沒有任何神寄宿。我們只是小孩子，卻要面對邪惡的魔法師、惡魔、怪物、靈體、永恆的混沌主宰。在有力加分的項目上，我還有一個脾氣暴躁的妹妹、一把劍、一隻狒狒和一隻人格分裂的葛萊芬。我不喜歡我們的獲勝機率。

我說：「阿摩司，要是我們錯了怎麼辦？要是叫醒拉沒有用怎麼辦？」

我已經好久沒有看見叔叔的笑容。他長得不像爸爸，但他笑的時候，眼睛周圍也有相同的皺紋。

「孩子，看看你們已經做到的事。你和莎蒂重新發現千年以來沒有人施行的魔法。你們帶領學員學習兩個月的程度，比起大多數第一行省的生徒在兩年內學會的東西還多。你們與神交戰過。你們的成就比起任何當前的魔法師還來得高，就連我或狄賈登都比不上。相信你的直覺。如果我很喜歡打賭的話，一定每次都把錢拿來賭你和莎蒂會贏。」

我感覺有東西哽在喉嚨。已經很久沒有人這樣鼓勵我，在我爸不在之後。我想我之前都沒發覺自己多麼需要有人打氣。

很不幸的是，聽到狄賈登的名字，提醒我除了阿波非斯之外，還有別的麻煩。只要我們開始執行冒險任務，有個叫做弗拉迪呼吸器、長得像賣冰淇淋小販的俄國魔法師就會來暗殺我們。如果弗拉迪是世界上第三厲害的魔法師……

「那誰是第二？」我問。

阿摩司皺起眉頭。「什麼意思？」

「你剛才說那個俄國人弗拉迪．緬什科夫是目前世界上第三厲害魔法師。所以第二厲害的人是誰？我想知道我們是不是還有其他要注意的敵人。」

這個想法似乎讓阿摩司覺得有趣。「你用不著擔心。儘管你之前和狄賈登有過節，但我不認為他真的是敵人。」

「你去跟他說啊。」我嘀咕著。

「卡特，我跟他說過了。在第一行省的時候，我們談過好幾次。我認為你和莎蒂在紅色金字塔所做的事深深撼動了他。他知道沒有你們幫忙，光靠他一個人打敗不了賽特。他還是反對你們，但假使我們有更多時間，也許能說服他……」

這聽起來就像阿波非斯和拉會成爲臉書上的好友一樣不可能，但我決定什麼都不要說。

阿摩司的手伸到桌面上方，唸了一個咒語，此時出現一個代表拉的紅色象形文字，像是一個練習室雕像的小複製品。太陽神看起來很像荷魯斯，是一個隼頭男子。但不同於荷魯斯，拉的頭上戴著有如皇冠的太陽圓盤，手裡握著牧羊人的彎柄手杖和作戰用的連枷，這兩樣東西是法老的象徵。他身穿袍子而非盔甲，端正平和地坐在自己的王座上，彷彿很高興觀看其他人打鬥。這位神的形象看起來很奇怪，因爲是紅色，散發著混沌的光芒。

「還有一件事情你必須考慮，」阿摩司警告我，「我不是要說這句話來讓你洩氣，但你剛才問我爲何拉會想要阻止你叫醒他。《拉之書》被拆開是有原因的，它一開始就希望不要讓人找到，所以只有優秀的人才可能成功。在你這趟冒險的途中，勢必會出現挑戰和障礙。其他兩份紙草卷一定會和第一份一樣受到保護；而你應該問自己的問題是：如果你喚醒一位不希望被喚醒的神，會發生什麼事？」

圖書室的門砰的一聲打開，我差點從椅子上跳起來。克麗約和其他三個女生手裡抱著滿滿紙草卷，有說有笑地走進來。

「我的研究課學生來了。」阿摩司手一晃，拉的象形文字就消失了。「卡特，我們晚點再談，或許吃過午餐後再說。」

我點點頭，雖然很懷疑大概沒機會繼續這場談話了。我站在圖書室門口往回看，阿摩司正在跟學生打招呼，不經意將桌上的聖甲蟲殼灰燼掃到地上去。

我回到自己房間，發現古夫躺在床上，拿著遙控器一直在幾個運動頻道之間轉來轉去。牠穿著牠最喜歡的湖人隊球衣，肚子上擺著一碗奇多玉米棒。自從學員們陸陸續續搬進這間屋子後，大廳房就變得鬧哄哄的，古夫沒辦法在那裡安靜地看電視，所以牠決定搬過來當我的室友。

我猜這算是一種讚美吧，不過和狒狒當室友可不容易。你覺得狗和貓會掉毛很麻煩嗎？那就試試把掉在衣服上的狒狒毛撿起來看看。

「怎麼了？」我問。

「啊！」

牠說的話總是如此千篇一律。

「很好，」我對牠說：「我會在陽台那裡。」

外面仍舊溼冷，還下著雨。東河吹來的風連菲力斯的企鵝都會冷得發抖，但我不在乎。這是今天我第一次有機會可以一個人靜一靜。

自從學員們來到布魯克林之家，我感覺自己彷彿無時無刻都站在舞台上，就算有疑惑，也要擺出一副信心滿滿的樣子。我無法對任何人發脾氣（嗯，除了偶爾對莎蒂生氣之外），事情出差錯的時候，也不能大聲抱怨。其他小孩長途跋涉來和我們一起訓練，他們有許多人一路上必須和怪物或魔法師對打才終於抵達這裡。我不能承認我不知道自己在做什麼，或是大聲說出自己的懷疑：不知道學習神之道是否會害大家沒命？我也不能說：「既然你們現在來了，或許這不是個好主意。」

但是，我常常就是有這種感覺。我的房間被古夫霸占，陽台成了我唯一可以獨自落寞的地方。

我眺望流向曼哈頓的河。景色很美。當莎蒂和我第一次來到布魯克林之家，阿摩司告訴我們，魔法師都試著盡量避開曼哈頓。他說過曼哈頓有其他問題，不知道那是什麼意思。有時我眺望這條河流，我發誓看到了一些東西。莎蒂笑我，但有一次，我想我真的看到了一匹飛馬，這大概是豪宅的魔法屏障使我產生錯覺，不過我還是覺得很怪。

我的目光轉向陽台上唯一的家具，我的占卜碗。這是一個立在石頭基座上的青銅碟，看起來像鳥浴盆，但這是我喜歡的一樣魔法物品。華特來這裡不久後，就做了這件東西送我；有一天，我提到要是能知道其他行省目前的情況就好，於是他替我做了這個碗。

我在第一行省看過生徒使用這種器具，但好像很難學會如何使用。幸好，華特是製作魔法物品的專家。如果我用車子來比喻這個占卜碗，那麼它就是一輛凱迪拉克，裡面有動力輔助方向盤、魔法自動排檔和座椅加熱功能。我只需要將乾淨的橄欖油倒入碗中，並且唸出正確的咒語就行。只要我能在心裡清楚看到想看的地方，而那裡也沒有魔法屏障的話，就能透過這個碗看到。我沒去過的地方不容易看到，但是只要我看過，或是對我意義重大的人和地點，都很容易。

我找了姬亞上百次，但運氣一直很差。我只知道她從前的師父伊斯坎德以魔法使她沉睡，並將她藏在某個地方，做了一個薩布提來代替她，保護她的安全，但我完全不知道眞正的姬亞沉睡在哪裡。

我試了一個新地點。我把手放在碗的上方，想像紅沙之地。沒有任何動靜。我從來沒去過那裡，除了知道那裡可能是紅色的、有沙子以外，根本不知道那裡長什麼樣子。橄欖油只讓我看見自己的倒影。

好吧，所以我看不到姬亞，因此做了第二項比較好的猜測。我集中注意力想像她在第一行省的祕密房間。我只去過那裡一次，但記得房裡每一個細節。這是第一個我感覺接近姬亞的地方。橄欖油表面泛起漣漪，變成動態影像的消息來源。

房裡沒有改變。小桌子上的魔法蠟燭仍舊亮著。牆壁上貼滿姬亞的照片，照片有她位於尼羅河旁的老家村子、她的父母親，以及小時候的姬亞。

姬亞告訴過我，她父親曾經挖掘出一件埃及古物，並且意外釋放了一個怪物，結果怪物摧毀了他們的村子。魔法師前來擊敗怪物，然而整個村莊早已毀滅，只剩下被父母藏起來的姬亞活了下來。年邁的大儀式祭司伊斯坎德將她帶到第一行省，並且加以訓練。對姬亞來說，伊斯坎德一直就像是她的父親。

然後，去年聖誕節時，埃及的神在大英博物館被釋放出來，其中一位神，奈弗絲，選擇姬亞作爲她的宿主。無論你是不是自願要當神的宿主，這在第一行省都會被當作處死的行為，所以伊斯坎德將姬亞藏起來。他大概打算等到事情處理完後再帶她回來，但他還來不及這麼做就過世了。

所以，我認識的姬亞只是個複製人，但我必須相信薩布堤和眞正的姬亞有交流彼此的想法。不論眞正的姬亞身在何方，她醒來時會記得我這個人。她知道我們彼此有關聯，或許會是一段絕佳關係的開始。我不能接受我愛上一個陶器的事實，而且也絕不接受我沒有拯救姬亞的能力。

我全神貫注在油裡的景象。我將畫面拉近到騎在父親肩上的姬亞。照片裡的她還很小，看得出來長大後會是個美女。她一頭滑順的黑髮剪成短短的楔形，我認識她的時候，她也是留著一模一樣的髮型。她的眼睛是明亮的琥珀色。攝影師捕捉到正在大笑、試圖用手摀住爸爸眼睛的她，她的笑容散發出鬼靈精的淘氣。

三頭蛇對我說過：「我會殺了你在找的女孩，就像我以前消滅她的村子一樣。」

我很確定牠所說的就是姬亞的村子。但是六年前的攻擊事件和阿波非斯現在壯大勢力有什麼關聯？如果那不單純是一個意外，如果阿波非斯就是要摧毀姬亞的家……可是爲什麼？

我必須找到姬亞，這不再只是因爲個人的關係，她與對抗阿波非斯之戰具有某種關聯。如果那條蛇的警告屬實，也就是如果我必須在找到《拉之書》與拯救姬亞之間做選擇呢？嗯，爲了阻止阿波非斯，我已經失去了爸媽和我從前的生活。我不能再失去姬亞。

我在想，如果莎蒂聽到我剛才那番話，她會如何用力踢我。這時，有人敲了敲陽台的玻璃門。

「嗨。」華特站在門邊，牽著古夫的手。「呃，希望你不介意，是古夫讓我進來的。」古夫確認地說：「啊！」牠讓華特走到陽台，自己則跳上陽台欄杆，根本不管底下三十公尺就是河流。

「沒問題。」我說。看來我也沒得選擇。古夫喜歡華特，大概是因爲他比我更會打籃球。

華特對著占卜碗點點頭。「那個東西用起來如何？」

姬亞房間的影像在油裡晃動。我的手在碗上一揮，將畫面改成別的地方。既然我在想莎蒂，所以就選了外公外婆家的客廳。

「效果很好，」我轉身面對華特，「你覺得怎麼樣？」

不知爲何，他全身緊繃。他看著我，像是我在逼問他一樣。「你是什麼意思？」

「就是練習室裡發生的事，三頭蛇啊，要不然你以爲我要說什麼？」

他脖子上的肌肉放鬆了下來。「對……抱歉，只是今天早上眞的很奇怪。阿摩司有任何解釋嗎？」

不知道我是講了什麼話讓他不舒服，但我決定算了。我把我跟阿摩司談話的內容告訴他。華特對待事情的態度通常很冷靜，他是個很好的聽眾，不過他似乎有所防備、緊張不安。

我話一說完，他走到古夫蹲坐的欄杆旁。「阿波非斯讓那玩意隨便進到這屋裡？要是我們沒有阻止牠的話……」

「阿摩司認為那條蛇沒什麼能力，只是被派來這裡傳話、嚇唬我們而已。」

華特不高興地搖搖頭。「那麼……我想，牠現在知道我們的能力在哪裡了吧。牠知道菲力斯丟了一隻臭鞋。」

我忍不住微笑。「沒錯。只不過那和我想的能力不一樣。至於你用來炸掉蛇怪的那道灰色光……還有你對付練習用的薩布堤假人的方式，把薩布堤變成灰……」

「我是怎麼辦到的？」華特無助地肩膀一聳。「卡特，真的，我不知道。我一直在想這件事……就只是本能反應。起先我以為可能是薩布堤有某種內建的自我毀滅咒，而被我意外觸發了。我有時能夠用魔法物品去啓動或關閉那些東西。」

「但是那無法解釋你又如何再次以同樣方式對付蛇怪。」

「對。」他同意。與我相較起來，這件事似乎讓他更加心神不寧。古夫開始整理華特的頭髮找蟲子，而華特根本沒阻止牠。

「華特……」我猶豫了一下，不想逼他。「這種將東西變成灰燼的新能力，該不會跟……你告訴潔絲的事情有關吧？」

又來了，他又出現那種動物被關起來的慌張神情。

「我知道，」我趕緊接著說：「這不關我的事，可是你最近一副失魂落魄的樣子。如果有我能幫得上忙的地方……」

他低頭看著河流，看起來十分沮喪，連古夫都發出叫聲，拍拍他的肩膀。

「有時我在懷疑為何我要來這裡。」華特說。

「你是在開玩笑嗎？」我說：「你的魔法很厲害啊，是最優秀的魔法師之一。你在這裡大有前途。」

他從口袋拿出一樣東西，是從練習室拿來的一個乾掉的聖甲蟲殼。「謝了，但是時間……就像是個很爛的笑話。卡特，事情對我來說很複雜。而未來……我不知道。」

我感覺他在說的事情不單單是我們拯救世界的四天限期而已。

「聽我說，如果有問題……」我說：「如果是關於我跟莎蒂的教法……」

「當然不是。你很好。而莎蒂……」

「她很喜歡你，」我說：「我知道她這個人有時候會有點蠻橫。如果你想要她收斂一點的話……」

【好吧，莎蒂。也許我不該那樣說，但是你喜歡一個人的時候，一點都不含蓄。我認為那樣子會讓男生很不舒服。】

華特真的笑了。「不，跟莎蒂沒關係。我也喜歡她。我只是……」

「啊！」古夫叫得超大聲，害我嚇到跳起來。牠露出了牙齒。我轉身發現牠正對著占卜碗齜牙咧嘴。

碗裡的影像一樣是外公外婆家的客廳，但當我更靠近一點細看時，發現不太對勁。燈和電視全都關著，沙發被翻倒過來。

我感覺嘴裡冒出一股苦澀味。

我專心看著晃動的影像，直到看到了前門。那扇門已經被打成碎片。

「怎麼回事？」華特走到我旁邊。「怎麼了？」

「莎蒂……」我集中所有精神想找到她。我非常了解她，所以我通常一下子就能鎖定她的位置，但這次碗裡的油卻變黑了。我的眼睛感到一陣刺痛，油的表面起火燃燒。

在我的臉被燒傷前，華特一把將我拉開。古夫警覺地大叫並翻倒占卜碗。整個碗翻過欄杆，掉進東河裡。

「發生了什麼事？」華特問。「我從來沒看過碗會這樣……」

「往倫敦的通道。」我咳了兩聲，鼻孔被起火的橄欖油燒到。「最近的通道。現在就走！」

華特似乎聽懂我的話，他堅毅的表情充滿決心。「我們的通道還在冷卻中。我們需要回到布碌崙博物館。」

「用葛萊芬。」我說。

「好，我也要去。」

我轉向古夫。「去告訴阿摩司我們要走了，莎蒂有麻煩。現在沒時間解釋。」

古夫發出叫聲，直接跳到陽台另一邊，用快速電梯下樓。

華特和我衝出房間，急忙爬上樓梯到屋頂去。

7 阿努比斯的禮物

親愛的哥哥，你講得夠久了。

你在那裡一直嘮叨個沒完，大家想像的畫面都是我站在外公外婆家門口正在尖叫的時候，被按了暫停鍵。

而且關於你和華特兩個人衝來倫敦，以爲我需要有人來解救的這件事實……拜託喔！對，這麼說是很公平沒錯，因爲我的確需要有人幫忙，但那不是重點。

回來回來！我才剛聽到從樓上傳來一個聲音嘶嘶說著：「歡迎回家，莎蒂．凱恩。」

我當然知道這代表壞消息。我的雙手刺痛，有如把手指插進電燈插座裡。我試著想召喚出魔杖和魔棒，但就像我之前大概提過的，要我很快地從杜埃把東西拿出來，對我來說超級困難。我暗罵自己沒準備好就跑來，但說眞的，大家也不可能看到我穿著亞麻睡衣、拖著一個裝滿魔法工具的旅行袋來這裡和朋友共度一晚吧。

我想過要逃跑，但是外公外婆可能有危險。我不能在不知道他們是否安全的情況下走掉。

樓梯嘎吱作響。樓梯上，出現了黑色連身裙的裙襬，有一雙腳穿著涼鞋，卻不是人類的腳。那些腳趾頭彎曲又堅硬，超長的趾甲看起來像鳥爪。這個女子一步步走下樓，映入我的眼簾，我發出很沒形象的哀嚎聲。

她看起來有一百歲那麼老，彎腰駝背，瘦巴巴的。她的臉、耳垂和脖子都是一層層有皺摺的粉色皮膚，彷彿在日光燈照射下融化過。她的鼻子就像下垂的鳥喙，雙眼在凹陷的眼窩裡發亮，而且頭幾乎禿了，一小撮油膩膩的短髮如雜草般從滿布皺紋的頭皮上奮力長出來。

不過她的連身裙倒是相當華麗，那件深黑色蓬蓬裙像是大了六號的毛外套。她一步步接近我時，衣服材質變了，我發現那不是毛料，而是黑色羽毛。

她的手從袖子裡伸出來，如同爪子般的手示意我往前走。她露出微笑，牙齒看起來像玻璃碎片。我有說過她身上的味道嗎？那不光是老人的味道，而是死掉的老人味。

「我一直在等你呢，」老巫婆說：「幸好，我非常有耐心。」

我在空中亂抓一通，希望能拿到魔棒。當然，我運氣不好。沒有艾西絲在腦袋裡，我再也無法簡單說出有力量的字來施法。我需要工具。我唯一的機會是拖延時間，並且希望集中足夠的思緒進入杜埃找到東西。

「你是誰？」我問：「我外公外婆在哪裡？」

老巫婆走到樓梯底。從兩公尺遠的地方看過去，她的羽毛衣看起來貼滿了……天哪，那是肉嗎？

「親愛的，你看不出來我是誰嗎？」她的影像晃動。她穿的連身裙變成一件大花居家服，涼鞋變成毛茸茸的綠色拖鞋。她頂著一頭銀灰色捲髮，有雙水汪汪的藍眼睛，臉上出現受驚嚇的小兔子表情。那是外婆的臉。

「莎蒂？」她的聲音聽起來既微弱又困惑。

「外婆！」

她的影像又變回那個黑羽毛巫婆，那張可怕的、融化的臉露出邪惡的笑容。「沒錯，親愛的。畢竟你的家人身上流著法老的血，是神的絕佳宿主。不過，別讓我使出全力，你外婆的心臟不比從前囉。」

我全身顫抖。我以前看過被附身的情形，總是非常恐怖，但現在這情況是某個埃及老巫婆占領我可憐的年老外婆，實在太可怕了。如果我身上流著任何法老的血液，那我的血現在已經結冰了。

「放過她！」我原本要大叫，但恐怕最後發出的聲音只不過是受到驚嚇的微弱尖叫聲。

「從她身上離開！」

老巫婆咯咯笑了起來。「噢，我辦不到。莎蒂．凱恩，我們有些人懷疑你的能力。」

「哪些人？……你是說神？」

她的臉上出現波紋，一下子變成可怕的鳥頭，粉色的禿頂呈鱗片狀，還有一個又長又尖的鳥喙，然後她又變回那個咯咯笑的巫婆。眞希望她能夠下定決心要變成什麼，不要一直換來換去。

「莎蒂．凱恩，我不去打擾強者。從前，假如法老證明自己夠優秀、有能力，我甚至會保護他。但是弱者……啊，一旦他們落入我翅膀的暗影下，我絕不會放走他們。我會等他們死去，等待吞食。親愛的，我認爲你是我的下一餐。」

我整個後背貼在門上。

「我知道你是誰。」我說謊。我著急地搜尋腦袋中的埃及眾神名單，試圖找到這個老巫婆的名字。我還是沒有卡特那麼厲害，他總是記得住那些稀奇古怪的名字。【不，卡特，這句話不是在讚美你，只單純表示你是個怪胎。】但是經過幾星期來和學員們一起訓練之後，我比較記得起來。

名字具有力量。如果我能想得出敵人的名字，就是成功打敗她的第一步。一隻恐怖的黑鳥……一隻吃死人的黑鳥……

讓我大爲驚訝的是，我眞的記得一些東西。

「你是禿鷹女神，」我得意洋洋地說：「你是康貝特對吧？」

老巫婆大吼。「我是奈赫貝特㉙！」

好吧，我猜的很接近了。

「但你應該是位善良的女神啊！」我抗議著。

女神伸展手臂，變成黑翅膀，羽毛不但亂七八糟，還有蒼蠅在一旁嗡嗡飛舞，死亡的氣味瀰漫在空氣中。「莎蒂．凱恩，禿鷹非常善良。我們移除世界上生病瘦弱的生物。我們包圍牠們，直到牠們嚥下最後一口氣，然後啃食牠們的屍體，將牠們留在世界上的臭味清除乾淨。而你，卻要把那個太陽神拉的老骨頭帶回世上。你要把一個衰老的法老放在統治眾神的王座上，這是違反自然的！只有強者才能存活，死者應該被吃掉。」

她的口氣聞起來像是被車子輾斃的動物屍體。

禿鷹是卑鄙的生物，而且絕對是有史以來最噁心的鳥。我想牠們確實有存在的目的，但難道牠們非得這樣油膩膩、醜得要命嗎？難道我們不能讓可愛的毛茸茸兔子來清理屍體嗎？

「好了，」我說：「首先，你給我從外婆身上離開。如果你是一隻好禿鷹，我會買消除口臭的薄荷糖給你吃。」

我一定是戳到奈赫貝特的痛處了，她向我撲過來。我往旁邊一閃，費力爬過沙發，把沙發弄倒。奈赫貝特將外婆的瓷器收藏品通通從餐具櫃掃到地上。

「莎蒂．凱恩，納命來！」她說：「我會將你的骨頭撿乾淨，其他的神就會知道你毫無能力可言！」

我等待她再次出手，但她只是站在沙發另一邊狠狠瞪我。我突然想到禿鷹通常是不殺動物的，牠們會等待獵物死去。

奈赫貝特的翅膀塞滿整個房間。她的陰影籠罩在我身上，將我包圍在黑暗之中。我開始

㉙奈赫貝特（Nekhbet），埃及神話中的禿鷹女神，是上埃及的守護神，守護法老與王權，常在古埃及壁畫中出現，形象是展翅的禿鷹或頭戴上埃及白王冠的女神造型。

感到被困住，十分無助，就像一隻弱小動物。

可能是因爲我的意志力在對抗神這方面接受過考驗，所以我看得出來這是一種魔法，這是一種在心裡不停叨唸我、催促我乾脆因絕望而放棄的感覺。但是我曾經對付過冥界可怕的神，我可以應付這隻油膩膩的老鳥。

「做得好，」我說：「但我才不會躺下來死掉。」

奈赫貝特的眼睛發亮。「親愛的，或許那需要一點時間。就像我之前說過的，我很有耐心。如果你不肯投降，你的凡人朋友很快就到了。她們叫什麼名字？是麗茲和艾瑪嗎？」

「別把她們扯進來！」

「啊，她們會是很可口的開胃菜，而且你還沒跟你親愛的外公打招呼呢。」

我耳朵裡的血液直往上衝。「他在哪裡？」我大聲質問。

奈赫貝特瞧了一眼天花板。「喔，他馬上就來了。我們禿鷹都喜歡跟著個頭大的獵人到處跑，你知道的，等他替我們出手殺死動物。」

從樓上隱隱約約傳來一陣砸東西的聲響，彷彿有件大型家具被丟出窗外。

外公大叫：「不！不——不要！」然後，他的聲音就變成了一隻發狂動物的怒吼聲。「不要啊！」

我最後僅有的勇氣融化在我的戰鬥靴裡。「那是什麼……？」

「對，」奈赫貝特說：「巴比㉚醒了。」

「包庇？有個神叫做包庇？」

「是『巴比』，」禿鷹女神大吼：「親愛的，你眞的是個笨蛋吧？」

天花板上的灰泥因爲沉重的腳步開始剝落。有東西正重重踱步往樓梯走來。

「巴比會好好照顧你，」奈赫貝特保證，「而且會留下很多東西給我。」

「再見！」我說，往屋外衝出去。

奈赫貝特沒有阻止我。她在我後面發出尖叫聲說：「狩獵！太好了！」

前門一炸開，我就跑到對街上。我回頭看，有個東西從廢墟和灰塵中出現，是一個深色毛茸茸物體，而且體型超大，不可能是我外公。

我沒有停下來等著看更清楚。

我飛奔過南廊街轉角，直接撞上麗茲和艾瑪。

「莎蒂！」麗茲大叫，手裡拿的生日禮物掉在地上。「怎麼了？」

「沒時間解釋！」我說：「快走！」

「我也很高興看到你，」艾瑪抱怨說：「你到底是要趕去哪……」

在我身後的生物吼叫著，現在已經相當接近了。

「待會再解釋，」我說：「除非你們想被一個叫巴比的神四分五裂，不然趕快跟我跑！」

㉚巴比（Babi），埃及神話中的狒狒神，有著狒狒頭加人身的造型，屬於冥界的神，有很強的攻擊性。

現在回頭想當時的狀況，我才體會自己過了一個多麼悲慘的生日，但當時的我驚慌失措，根本沒辦法好好替自己感傷。

我們沿著南廊街跑下去，麗茲和艾瑪的抱怨聲幾乎淹沒了我們身後不斷傳來的吼叫。

「莎蒂！」艾瑪說：「這是你開的其中一個玩笑嗎？」

她長高了一些，看起來還是和以前一樣，戴著超大又金光閃閃的眼鏡，留著極短的短髮。她穿著一條黑色迷你皮裙、一件毛茸茸的粉紅色毛衣，腳蹬一雙連走路都有困難，更別說是用跑的厚底鞋。那個七〇年代打扮很豔麗誇張的搖滾歌星叫什麼名字？是艾爾頓．強嗎？如果他有個印度的女兒，長得大概就像艾瑪。

「這不是開玩笑，」我向她保證，「拜託你幫幫忙，把鞋子丟掉！」

艾瑪一臉驚嚇。「你知道這雙鞋要多少錢嗎？」

「說真的，莎蒂，」麗茲插嘴說：「你到底要把我們兩個人拖到哪裡去？」

麗茲穿得比艾瑪聰明多了，牛仔褲和慢跑鞋、一件白上衣和牛仔夾克，不過她看起來和艾瑪一樣喘不過氣。我的生日禮物夾在她手臂下，看起來有點壓爛了。麗茲有著一頭紅髮，臉上有很多雀斑，當她不好意思或很激動的時候，蒼白的臉就會泛紅，紅到連雀斑都看不到。要是在平常，艾瑪和我都會取笑她，但今天可不行。

跑在我們身後的怪物又再次發出怒吼。我回頭看，真是犯下大錯。我急忙站住腳，我的朋友全撞在我身上。

有那麼一下，我心想：「我的天啊，是古夫。」

可是古夫沒有大灰熊般的體型，沒有發亮的銀毛和短彎刀般的利牙，眼神也不會充滿嗜血的渴望。這隻大鬧金絲雀碼頭的狒狒看起來什麼都吃，不光吃名字是英文字母O結尾的東西而已，而且牠絕對不費吹灰之力就能將我肢解。

唯一的好消息是，街上的活動暫時分散了牠的注意力。汽車轉向避開這隻野獸；行人尖叫，四處逃竄。狒狒開始將計程車翻倒過來、砸碎商店窗戶，引起了大騷動。牠愈來愈接近我們，我看見牠左手臂掛著一小塊紅色的布，外公心愛的開襟毛衣就剩下這麼一塊。牠的額頭上掛著外公的眼鏡。

那一刻之前，我還沒有眞的受到驚嚇。那傢伙是我外公，他從來沒有使用過魔法，從來沒有做出任何惹惱埃及神的事情。

有時候我不喜歡外公外婆，尤其是他們批評爸爸、忽略卡特，或是他們去年聖誕節毫無反抗就讓阿摩司把我帶走的時候。但是，他們養育了我六年。在我小時候，外公會抱我坐在他的大腿上，唸他那本沾滿灰塵、艾妮．布萊頓[31]寫的舊故事書給我聽。數不清有多少次，他

---

[31] 艾妮．布萊頓（Enid Blyton, 1897-1968）是二十世紀英國暢銷兒童文學作家。著作豐富，最受歡迎的作品為《淘氣的諾弟》，該系列曾改編成同名卡通。

在公園裡陪我，帶我去動物園玩。雖然外婆不同意，他還是會買糖果給我吃。也許他脾氣不好，但他是個不會傷害別人、領退休金過生活的老先生。他絕對不該受到這種被別人附身的待遇。

狒狒拆掉酒吧大門往裡面嗅。受到驚嚇的客人撞破窗戶玻璃逃出，在街上狂奔，手裡還拿著酒。有個警察往發生騷動的地方跑去，看到那隻狒狒之後，馬上轉身跑向另一頭，對著無線電大喊要求增派警力支援。

面對魔法事件，一般凡人的眼睛總是短路，只把大腦能夠理解的畫面傳給大腦。我不知道那些人認爲自己看到了什麼，大概是從動物園逃出來的動物，或是一個被激怒的槍手吧，但他們很明白要趕快逃走。不知道倫敦的監視器會拍到什麼樣的畫面。

「莎蒂，」麗茲用細小的聲音說：「那是什麼？」

「巴比，」我說：「討厭的狒狒神。他抓住我外公，想殺光我們所有人。」

「抱歉，」艾瑪說：「你剛剛說有個狒狒神想要殺我們？」

狒狒大吼，眨了眨眼，瞇起眼睛看，彷彿忘了自己現在到底在做什麼。也許牠得到外公健忘和糟糕視力的眞傳，也許他沒發現眼鏡就在自己頭上。他嗅聞著地面，然後沮喪大叫，打破麵包店的窗戶。

我差點相信我們還有那麼一點好運，以爲我們或許可以溜走，但是接著有個黑影從我們頭上飛過，伸長了翅膀大喊：「在這裡！在這裡！」

太好了。狒狒還有空中支援。

「其實是有兩位神想殺我們，」我告訴我的朋友們，「除非你們還有別的問題要問，否則現在趕快跑吧！」

這一次，麗茲和艾瑪不需要鼓勵就開始跑。艾瑪踢掉腳上的鞋，麗茲把我的禮物丟到一旁……唉，真可惜。我們一起在街上繼續狂奔。

我們東彎西拐穿過巷子，只要禿鷹女神從上方飛撲，我們就緊貼著牆壁尋求掩護。我聽到巴比跟在我們後面狂吼的聲音，牠毀掉大家的夜晚時光，快把整個社區拆了。不過，牠似乎暫時找不到我們的氣味。

我們在T字路口上暫停奔跑，我在思考該往哪條路逃。有一座教堂矗立在前方，就是那種你常常會在倫敦看到的古建築，中世紀的石頭建築夾在時髦的咖啡館和掛著「精選髮類商品三件一英鎊」霓虹燈招牌的藥房中間。生鏽的欄杆圍繞著教堂的小墓園，我通常不會注意這種地方，但墓園裡傳來低語聲：「莎蒂。」

我的心臟沒有嚇得跳出來真是個奇蹟。我轉過身，發現自己正與阿努比斯面對面。他以平常那副凡人青少年模樣出現，頂著一頭亂糟糟的黑髮，棕色的眼睛流露出溫暖。他穿著「惡劣天氣」樂團的黑色T恤，還有十分合身的黑色牛仔褲。

只要有帥哥出現的地方，麗茲和艾瑪就會非常激動。實際上，她們的大腦幾乎會停止運作。

麗茲張大了嘴發出單音，聽起來像是在做拉梅茲呼吸法一樣。「喔……啊……那……是……誰？」

艾瑪腿一軟，撞到我身上。

我狠狠看了她們兩人一眼，然後轉向阿努比斯。

「該是友善的人出現的時候了，」我抱怨著，「有狒狒和禿鷹想殺我們。你能不能把他們解決掉？」

阿努比斯咬著唇，我感覺他不是來這裡告訴我好消息。「進來我的領域，」他說，一邊打開墓園大門，「我們需要談一談，時間不多了。」

艾瑪再次撞到我。「你的……呃，領域？」

麗茲說不出話來。「是……誰？」

「噓——」我告訴她們，並且努力保持鎮定，好像我每天都會在墓園碰到大帥哥一樣沒什麼稀奇。我往整條街道瞄了一眼，沒看到巴比或奈赫貝特的蹤影，但是仍然聽得見他們的聲音，無論是狒狒神的怒吼聲，還是禿鷹女神用我外婆的聲音尖叫著：「往這邊走！往這邊走！」（如果外婆有在吃碎石頭並服用類固醇的話，她說話就會像那樣。）

「在這裡等著。」我對朋友說，然後走進墓園。

氣溫很快就下降變冷，溼溼的地面升起一陣霧。墓碑發光，所有欄杆外的東西都變得模糊。阿努比斯當然讓我在很多方面都覺得重心不穩，但我認得這種效應。我們正緩緩流進杜埃，同時體驗到兩種不同層次的墓園——阿努比斯和我各自的世界。

他帶著我走向一個崩壞的石棺，並且恭敬地對石棺鞠躬。他說：「碧翠絲，你介意我們坐在這裡嗎？」

沒有任何事發生。石棺上的銘刻在幾世紀前就已經磨損，不過我想這裡就是碧翠絲最後的安息之地。

「謝謝。」阿努比斯示意要我坐下。「她不介意我們坐在這裡。」

「要是她介意怎麼辦？」我坐下去，心裡有點擔心。

「第十八行省。」阿努比斯說。

「抱歉？」

「那是你必須去的地方。弗拉迪．緬什科夫將第二份《拉之書》放在他書桌最上層的抽屜裡，就在他位於聖彼得堡的總部。這當然是個陷阱。他希望能用這個當誘餌引你前去。如果想拿到紙草卷，你別無選擇。你應該今晚就出發，在他有時間進一步加強防禦之前過去。莎蒂，還有，如果其他神發現我把這些告訴你，我的麻煩就大了。」

我盯著他看。有時他表現得就像個青少年，眞的很難相信他已經有幾千歲了，我猜，那是因爲他住在死人之境過著受到保護的生活，不受時間流逝的影響吧。這個男生眞的需要多出來走走。

「你擔心會惹上麻煩？」我問。「阿努比斯，不是我不感激你，但我現在還有更大的麻煩要對付。有兩個神附在我外公外婆身上。如果你想幫忙的話……」

「莎蒂，我不能出手干預。」他沮喪地雙手一攤。「我在我們第一次見面時就跟你說過，這不是我眞正的身體。」

「眞可惜。」我喃喃自語。

「什麼？」

「沒事。繼續說。」

「在死亡出現的地方，我都可以現身，例如這座墓園，可是在我的領域之外，我的能力就非常有限。假使你現在已經死了，而你想要一個很棒的喪禮，我可以幫助你，但是……」

「噢，謝了！」

附近又傳來狒狒神的吼聲。玻璃破碎、磚瓦崩裂，我的朋友們在叫我，不過聲音聽起來非常不清楚，好像我是在水裡聽到她們的叫聲。

我問阿努比斯：「如果我不帶朋友繼續做這件事，神會不會放過她們？」

阿努比斯搖搖頭。「奈赫貝特會將弱者當作獵物，她知道傷害你的朋友就會削弱你的力量，所以才將目標鎖定在你外祖父母身上。阻止她的唯一方法，就是打敗她。至於巴比，牠代表你們靈長類動物的黑暗特質，殘暴的憤怒、無法控制的力量……」

「我們靈長類動物？」我說：「抱歉，你剛才是叫我狒狒嗎？」

阿努比斯用一種困惑的讚歎神情打量著我。「我已經忘了你有多煩人了。我的重點是，牠會爲了殺人而殺你們。」

「而你幫不了我。」

他張著那雙迷人的棕色眼睛，給了我一個哀戚的表情。「但我有告訴你聖彼得堡的事。」老天，他眞的好帥，而且又這麼討厭。

「那麼，沒什麼用處的神，」我說：「在我害自己被殺掉前，還有沒有什麼事要告訴我？」

他舉起手來。一把奇怪的刀立刻出現在他手裡，形狀和音樂劇《瘋狂理髮師》主角用的刮鬍刀很像，又長又彎，一邊的刀面非常鋒利，是黑色金屬材質。

「拿去，」阿努比斯說：「你會用得上。」

「你有沒有看過那隻狒狒長得多大？這是要我去刮牠的鬍子嗎？」

「這不是用來對抗巴比或是奈赫貝特，」他說：「但你很快就需要用它來做一件更重要的事。這把刀叫做『奈截利刀』，用隕鐵做成。這是用在一項我以前告訴過你的儀式上，也就是『開口儀式』32。」

「是，好的，要是我能夠活過今晚，我一定會用這把刮鬍刀來打開某個人的嘴巴。眞是多

32 開口儀式（The Opening Mouth Ceremony）是古埃及喪葬過程的一環。古埃及人認為，透過「開口儀式」得以重新賦予死者感官知覺，使死者能看、能聽、能聞、能嘗，能享用每日放置在墳墓前的供品。

謝你了。」

麗茲尖叫：「莎蒂！」透過環繞在墓園的霧，我看見巴比就在幾個街區外，正拖著身體笨重地往教堂而來。牠發現我們了。

「坐地鐵，」阿努比斯建議，並且扶我站起來，「往南半個街區外有車站。到地底下，他們就不太能追蹤到你。流動的水也很好。杜埃的生物跨越了河流，力量就會削弱。如果你一定要與他們對打，找一座在泰晤士河上的橋。喔，對了，我已經通知你的司機來接你。」

「我的司機？」

「對。他原本計畫明天跟你碰面，但是……」

一個紅色的英國皇家郵政郵筒從空中飛過，撞上隔壁的房子。我的朋友驚聲尖叫要我動作快一點。

「快走，」阿努比斯說：「抱歉，我能做的就只有這些，但是，莎蒂，祝你生日快樂。」他傾身向前，吻了我的唇，然後漸漸消失在大霧中。墓園又回到正常的樣子，也就是不會發亮的普通世界。

我應該要對阿努比斯發火才對，竟然沒有得到允許就吻我，他好大的膽子！但是我站在那裡，全身麻痺，盯著碧翠絲崩壞的石棺，直到艾瑪大喊：「莎蒂，快點走了！」

我的朋友抓住我的手臂，而我終於想起來要如何跑步。

我們拔腿朝金絲雀碼頭地鐵站跑去。狒狒在我們後面狂吼大叫，打亂交通，在車陣中行進。奈赫貝特在我們頭頂上不斷尖叫：「她們往那裡走！殺了她們！」

「那個男生是誰？」我們一進到地鐵站，艾瑪就質問我。「老天，他眞帥。」

我喃喃說：「是一個神。對，他很帥。」

我將黑色刮鬍刀塞進口袋，搭著手扶梯往下，嘴唇仍舊因爲初吻而顫動不已。

如果我一邊逃命，還一邊哼著《生日快樂歌》，並且不斷傻笑……反正這又不關別人的事，不是嗎？

8 地鐵站驚魂

倫敦的地鐵站有很讚的音響效果。聲音在隧道裡迴盪，所以我們一往下走，就能聽見火車呼嘯而過。街頭表演音樂家正在演奏，當然，還有那隻跟在我們後面弄壞柵門、咆哮嗜血的狒狒殺手。

由於恐怖主義活動帶來的威脅以及隨之增強的安全防禦措施，大家可能會以為車站裡有警察，不幸的是，現在是傍晚，而且像這種小車站根本沒有警察站崗。路面上有警笛鳴叫，但等到凡人的救援趕到時，我們要不是死了，就是跑走了。如果警察試圖對著仍占據外公身體的巴比開槍……噢，不，我強迫自己不要去想這種事。

阿努比斯建議我們搭地鐵逃亡。如果我必須對抗他們，應該去找一座橋。我必須照著這個計畫走。

在金絲雀碼頭沒什麼車好選，幸好，銀禧線準時運作。我們及時抵達月台，趁車門要關上前跳進最後一節車廂，三個人全都癱軟在椅子上。

火車向前駛入漆黑的隧道。在我們車子後面，我沒看到巴比或是奈赫貝特的蹤跡。

「莎蒂．凱恩，」艾瑪喘著氣說：「可不可以請你解釋一下到底發生了什麼事？」

我可憐的朋友。我以前從來沒有害她們惹上這麼大的麻煩，甚至就連那次被關在學校男生更衣室都沒這麼慘。（那件事說來話長，是關於五英鎊的打賭、狄倫．昆恩的內褲和一隻松鼠。或許以後有機會再說。）

艾瑪因爲光腳跑步，雙腳都被割傷，還起了水泡。她的粉紅色毛衣看起來像一團亂七八糟的狗毛，眼鏡上鑲的萊茵石也掉了好幾顆。

麗茲的臉紅得像大愛心一樣。她以前就像得了感冒一樣從不脫掉身上的牛仔夾克，但現在已經脫掉了。她的白上衣被汗水溼透，手臂上的雀斑多到讓我想起天空女神努特布滿星辰的皮膚。

兩人之中，艾瑪的臉色最難看，她在等我解釋。麗茲一臉驚嚇，嘴巴一直在動，像有話想說卻失去聲帶一樣。我想，她是要說那兩個追著我們跑的討厭的神，但當她總算找回自己的聲音時，她說：「那個男生吻了你！」

麗茲還眞會排事情的先後順序。

「我會解釋的，」我保證，「我知道我是個很爛的朋友，把你們兩個人拖進這趟渾水，但是拜託，請先給我一點時間，我需要集中精神。」

「集中精神做什麼？」艾瑪質問我。

「艾瑪，你安靜點啦！」麗茲責備她，「她已經說了要先讓她專心。」

我閉上眼睛，試著讓自己冷靜放鬆。

這不太容易，尤其是旁邊還有人在看你的時候。但是，沒有魔法工具，我根本毫無招架能力，更不可能有機會讓一切復原。我心想：「莎蒂，你做得到，這只是伸手進入另一個空間。只要將現實拉開一個小細縫就好。」

我伸手出去，什麼事都沒發生。我又試了一次，我的手消失在杜埃裡。麗茲尖叫，幸好我沒有因此失去注意力（或是我的手）。我的手指緊抓魔法袋的背帶，將袋子拉出來。

艾瑪的眼睛張得好大。「太厲害了。你怎麼做到的？」

其實我也在想同一件事。以目前的狀況，我不相信才試第二次就成功了。

「這是……呃，魔法。」我說。

她們盯著我看，覺得既神奇又害怕，這時我突然感受到問題的嚴重性。

一年前，麗茲、艾瑪和我會搭這條地鐵線去遊樂園或電影院。我們會對麗茲的滑稽手機鈴聲大笑，或是欣賞艾瑪用影像處理軟體在我們討厭的學校女生照片上「加工」。在我的生活裡，最危險的事就是外婆煮的菜和外公看到我的學校成績而大發雷霆。

現在外公變成一隻大狒狒，外婆變成一隻邪惡的禿鷹。朋友看著我，好像我是從某個外星球突然降落在地球上，雖然這其實和事實相差不遠。

縱使我現在手上有魔法裝備，卻不知道要做什麼。我再也沒有艾西絲的力量可以隨意使用。如果我試圖對抗巴比和奈赫貝特，有可能弄傷外公外婆，也可能會害死自己；但如果不阻止他們，又有誰做得到？神附身在凡人體內，最終會使凡人宿主燃燒殆盡，像阿摩司叔叔這樣一個訓練有素且知道如何保護自己的魔法師，這種事都差點發生在他身上。外公外婆年紀大了，身體很虛弱，也毫無魔法能力，他們所剩的時間不多。

現在的我，完全籠罩在比禿鷹女神翅膀還糟的絕望中。

我沒有發現自己在哭，直到麗茲把手放在我肩膀上。「莎蒂，親愛的，我們很抱歉。只是事情有點⋯⋯詭異，你知道的。告訴我們是怎麼回事，讓我們幫你。」

我顫抖地深呼吸一口氣。我好想念我的朋友，我總覺得她們有點怪，但她們現在似乎毫無煩惱、非常正常，而這部分再也不是我的世界了。她們兩個試著表現出勇敢的樣子，可是我看得出來，她們心裡其實怕得要命。眞希望她們不必跟我一起行動，我想把她們藏起來，讓她們不要受到傷害，但我想起奈赫貝特說過：「她們會是很可口的開胃菜。」阿努比斯警告過我，禿鷹女神會去追我的朋友，並且藉由傷害她們來傷害我。如果她們跟我在一起，至少我可以努力保護她們。我不想打亂她們的生活，不要讓她們的生活像我的一樣被打亂，但我欠她們一個說明。

「這聽起來絕對非常瘋狂。」我先警告她們。

我盡可能告訴她們整件事來龍去脈的極簡版，包括我爲何要離開倫敦、埃及的神如何逃進現代世界、我如何發現祖先是魔法師家族。我告訴她們和賽特的戰鬥、阿波非斯的興起，還有我們異想天開叫醒拉的主意。

就這樣過了兩個地鐵站。把事情告訴朋友的感覺眞好，我忘了注意時間。

等我說完，麗茲和艾瑪看著對方，一定是在思考要如何溫柔地告訴我說我瘋了。

「我知道這似乎是不可能的事，」我說：「但是……」

「莎蒂，我們相信你。」艾瑪說。

我眨了眨眼睛。「你們相信我？」

「我們當然相信你。」麗茲的臉漲紅，就像她每次坐完好幾趟雲霄飛車之後的樣子。「我從來沒聽過你這麼嚴肅地說話。你……你變了。」

「那是因爲我現在是魔法師，而且……我不敢相信這聽起來有多蠢。」

「不只是這樣。」艾瑪仔細端詳著我的臉，像是我變得有些令人害怕。「你似乎變得更老成、更成熟了。」

她的聲音帶著悲傷，我發現我的朋友已經漸漸和我分開了，就像我們站在一道很寬的鴻溝兩邊。我很傷心，而且確定這道隔閡已經寬到讓我無法跳回去。

「你的男朋友眞是帥斃了。」麗茲插話進來，大概是想讓我開心。

「他不是我的……」我閉上嘴，因爲根本說不過她，況且，我對那個討厭的胡狼阿努比斯感覺很複雜，不知道該從何講起。

地鐵慢了下來。我看見滑鐵盧車站的車牌。

「噢，老天，」我說：「我本來想在倫敦橋站下車，我需要一座橋。」

「我們不能坐回去嗎？」麗茲問。

從我們車廂後的隧道裡傳來一聲巨吼，回答了這個問題。我回頭一看，一個有著發亮銀毛的巨大身影沿著鐵軌跳過來。牠的腳碰到第三道鐵軌，火花四濺，但彿彿神不爲所動，繼續笨重地前進。火車煞車時，巴比追上了我們。

「不能往回走，」我說：「我們得去滑鐵盧橋。」

「離這站大概有半公里遠！」麗茲抗議。「如果牠抓到我們怎麼辦？」

我在袋子裡東翻西找，拿出新的魔杖，立刻將它放大變回原來尺寸。魔杖的頂端刻著獅子，發出金色光芒。「那麼，我想我們必須一決勝負了。」

我是應該描述滑鐵盧車站先前的模樣，還是車站被我們毀了之後的樣子？車站大廳非常大，裡面有打亮的大理石地板、許多商店和小攤子，還有一個用玻璃和大樑搭成的高挑天花板，能讓一架直升機在車站裡自由地飛來飛去。

洶湧的人潮在不同手扶梯和月台進進出出，時而混雜，時而分開，偶爾還會相撞。

在我還小的時候，很怕這棟車站建築。我擔心掛在天花板上的巨大維多利亞時鐘會掉下來把我壓扁。車站廣播太大聲（在我自己的地盤，我喜歡當那個最吵的人。謝了。），一批批通勤族被催眠似地站在出發的告示牌下，看著他們要搭乘的列車資訊，這個景象讓我想起一部殭屍片裡的暴民。好吧，或許我不該在小時候看這種電影，但我一向很早熟。

總之，我跟我朋友快跑進車站，奮力在人群前殺出一條路，衝到最近的出口。就在此時，我們身後的樓梯爆炸了。

巴比從殘垣斷壁中爬出來，人群四散逃跑。許多上班族驚聲尖叫，扔下公事包拔腿逃命。麗茲、艾瑪和我緊靠在書報攤的另一面牆上，避免被一群用義大利語吼叫的觀光客踩死。

巴比嘶吼著。他因爲從隧道跑過來，身上的毛沾上煤灰和煙塵。外公的開襟毛衣在他手臂上已經變成碎片，神奇的是，眼鏡還掛在他頭上。

他往空中嗅了嗅，大概是想尋找我的氣味，此時一個黑影從頭上飛過。

「莎蒂．凱恩，你要去哪裡啊？」奈赫貝特尖叫說。她從車站直直衝飛上天，再朝那些驚慌失措的人群飛撲而下。「逃跑就是你的戰鬥方式嗎？你眞是沒用！」

車站廣播的平靜聲音迴盪在終點站。「八點零二分開往貝辛斯托克的列車即將停靠在第三月台。」

「吼！」巴比揮向某座可憐名人的青銅雕像，將雕像的頭打碎。有個手上拿槍的警察跑過來，我還來不及阻止他，他就對著巴比開槍了。麗茲和艾瑪放聲大叫。巴比的毛像用鈦金屬做的一樣，子彈從毛皮上彈開，並且將附近的麥當勞招牌打碎。警察暈了過去。

我從沒看過這麼多人立刻衝出終點站。我考慮過要跟著他們，混在人群中走出去，但這麼做實在太危險。我不能讓這些發狂的神因爲我混在人群裡，而去殺害許多無辜的人。如果我們試圖加入逃亡的人群，只會被卡在裡面或被踩死。

「莎蒂，小心！」麗茲手往上指，艾瑪尖叫著。

奈赫貝特往天花板飛，和鴿子一起停在大樑上。她兇狠地俯視著我們，並對巴比大喊：「親愛的，她在這裡！這裡！」

「眞希望她能閉嘴。」我喃喃地說。

「艾西絲選你眞是笨得可以！」奈赫貝特大喊：「我會吃掉你的內臟！」

「吼！」巴比說，由衷表示同意。

車站廣播聲響起。「八點十四分開往布萊頓的列車延誤。造成您的不便，我們深感抱歉。」

巴比現在看到我們了。牠的眼睛燃燒著原始的憤怒，但我也在他的表情裡看到外公的特質，像是牠皺眉和頂出下巴的方式，就是每次外公對著電視轉播球賽發脾氣、對那些橄欖球員大吼大叫的模樣。在狒狒神臉上看到那種表情，幾乎讓我失去了勇氣。

我不要死在這裡，我不要讓這兩個噁心的神傷害我的朋友，或是讓我的外公外婆因此精力耗盡。

巴比笨重地踱著腳步朝我們而來。既然牠發現了我們，看起來似乎不急著殺掉我們。牠抬起頭，對著左右兩邊發出低吼聲，像是在呼喊召喚朋友來吃晚餐。艾瑪的手指戳進我的手臂。麗茲發出嗚咽聲說：「莎蒂……？」

滿滿的群眾差不多已經散去，也沒看到其他警察。或許他們都逃走了，或許全都在趕往金絲雀碼頭的路上，而沒發現眞正的問題在這裡。

「我們不會死的，」我向朋友們保證，「艾瑪，你握住我的魔杖。」

「你的……喔，好。」她小心翼翼握著魔杖，有如我交給她的是一個火箭發射器，不過要是用對咒語，這也可能真的用來發射火箭。

「麗茲，」我吩咐她：「你看住狒狒。」

「看住狒狒，」她說：「也很難不注意到狒狒。」

我在魔法袋裡東翻西找，著急地清點裡面的東西。魔棒呢……用來防禦很好，但是一次要對付兩位神，我需要更多東西。荷魯斯之子和魔法粉筆呢……這裡不適合用來畫防護圈，必須到橋上才行，我需要爭取更多時間離開這個車站。

「莎蒂……」麗茲發出警告。

巴比跳上美體小鋪的屋頂。牠發出吼聲，比較小隻的狒狒開始從各個方向出現，牠們爬過逃竄的旅客頭上、從天花板橫樑盪下來、從樓梯和商店冒出頭。有好幾十隻狒狒都穿著銀黑色的籃球球衣。難道籃球是國際性的狒狒運動？

在今天之前，我一直很喜歡狒狒。我以前遇過的狒狒，像古夫和牠的朋友們都很親切，牠們也是知識之神透特的神聖動物。牠們普遍都很有智慧且樂於助人。然而，我懷疑巴比的狒狒大軍根本是完全不同的種類。牠們有著血紅色皮毛和狂野的眼神，牙齒鋒利得連劍齒虎都要甘拜下風。

牠們開始靠近，齜牙咧嘴地準備撲向我們。

我從袋子裡掏出一塊蠟……現在沒時間做薩布提了。還有兩個切特[33]護身符，是艾西絲的神聖符號，啊，這東西可能有用。接著我發現一個早已忘掉、用軟木塞塞住的小玻璃瓶，裡面裝著黑漆漆的沉澱物。這是我第一次試做的藥水。因爲我從來沒有迫切的需要去測試藥水的效果，所以這瓶藥水已經放在我袋子裡幾百年了。

我搖一搖藥水瓶，裡面的液體散發出噁心的綠光，有黏黏的東西在旋轉。我打開瓶塞，藥水的味道比奈赫貝特更臭。

「那是什麼？」麗茲問。

「噁心的東西，」我說：「恐怕是活力魔法紙草卷混和了油、水和一些祕密配方，最後變成這樣一堆。」

「活力？」艾瑪問：「你要召喚啦啦隊嗎？」

「如果是那樣就太棒了，」我承認，「但這個更危險。如果我做對了，就可以吸入大量魔法能量，而不會讓自己耗盡精力。」

「如果你做錯了呢？」麗茲問。

我給她們一人一個艾西絲的護身符。「緊緊抓著不要放開。當我說『跑』的時候，你們就跑到計程車招呼站，千萬不要停下來。」

㉝ 切特（tyet），即艾西絲結。這個結代表了艾西絲女神的血，象徵健康和生命。參《紅色金字塔》二四一頁，註61。

「莎蒂，」艾瑪抗議說：「到底是……」

在我失去勇氣前，我一口氣呑下藥水。

奈赫貝特在我們頭頂上咯咯笑。「放棄吧！你無法反抗我們！」她的翅膀陰影似乎伸展橫跨了整個車站大廳，剩下的乘客驚慌逃命，也加深了我的恐懼。我知道這句話只是她的一個咒語，但是，早死早超生的誘惑讓人幾乎無法抵擋。

有幾隻狒狒被食物的香氣吸引過去，開始搶奪麥當勞裡的東西。其他幾隻追著列車長跑，用捲成圓筒狀的雜誌不停打他。

可惜，大多數狒狒還是盯著我們不放。牠們在書報攤四周圍起了圓圈。巴比從美體小鋪屋頂上的司令台大吼一聲，顯然在下令攻擊。

藥水衝擊著我，魔法在我全身上下竄流。我的嘴裡像是有股死蟾蜍的味道，現在我明白爲何這個藥水在古代很受魔法師歡迎了。

那活力魔法符咒花了我好幾天時間去寫，還花了至少一小時來施咒，而它的力量正在我的血液裡流動，直通我的指尖。目前唯一的問題是，我要傳輸魔法，並且確定這股力量不會將我燒成灰。

我奮力呼喊艾西絲，運用一些她的力量來幫助這個符咒成形。我在腦海中描繪著我想做到的事，正確的魔法用字出現在我腦海中：「那達」，這是「保護」的意思。我釋出魔法，一個金色象形文字出現在眼前：

一道金光在車站大廳裡閃爍。狒狒大軍遲疑不動，巴比在美體小鋪屋頂上搖搖晃晃，就連在天花板大樑上的奈赫貝特也嘎嘎叫，無法保持平衡。

在車站四周所有無生命的物體開始動了起來。背包和公事包突然間學會飛行。雜誌架、口香糖、糖果、各種冷飲都從商店裡轟然噴發，攻擊狒狒大軍。被斬首的青銅人像頭不知從哪裡飛出來，直接撞擊在巴比的胸口，讓牠從美體小鋪的屋頂掉落。一陣粉紅色的《金融時報》旋風往天花板吹去，包圍了奈赫貝特，讓她搖搖晃晃站不穩；她從站立的地方往下跌落，在一陣粉紅夾雜黑色的旋風裡拚命尖叫。

「跑！」我對朋友們說。我們跑向出口，穿過那些忙得要命、無暇阻止我們的狒狒身邊。其中一隻狒狒被半打氣泡水攻擊，另一隻則抵擋公事包和幾支發動自殺式攻擊的黑莓機。

巴比試著想站起來，但美體小鋪的乳液、絲瓜海綿和洗髮精形成一個大漩渦包圍住牠，不停攻擊牠、噴牠眼睛，試圖給牠來個全身大改造。牠不耐煩地大叫，腳一滑，又整個往後摔進已經毀掉的店裡。我懷疑我的符咒是否會對這些神造成永久性傷害，不過運氣好的話，至少可以讓他們暫時忙個幾分鐘。

麗茲、艾瑪和我跑出車站。由於整個車站的人都撤光了，我並不期待會看到計程車在排班，而路邊也的確是空蕩蕩的。我決定讓自己一路跑到滑鐵盧橋。儘管艾瑪沒穿鞋子，而且剛喝下的藥水讓我覺得很不舒服。

「你們看！」麗茲說。

「噢，莎蒂，做得好。」艾瑪說。

「什麼事？」我問：「我做了什麼？」

然後我注意到一個司機。有個非常矮小又邋遢的男人穿著黑西裝，站在車道盡頭，手裡拿著一塊寫著「凱恩」的牌子。

我猜我朋友以為他是我用魔法召喚來的。我還來不及告訴她們並非如此，艾瑪就說：「快來！」她們立刻跑向那個小矮人，我別無選擇，只好跟著她們。我想起阿努比斯說過會派我的「司機」來接我，我猜這就是他說的那個人，但我們愈接近他，就愈不想見到他。

他比我還矮半截，比阿摩司叔叔更粗胖，而且比地球上任何一個人都醜。他的臉部特徵絕對是尼安德塔人沒錯。在他又厚又濃的一字眉下，一眼比另一眼還大。他的鬍子看起來像是可以拿來刷油膩膩的鍋子，皮膚滿是有著紅色疤痕的痘瘡，頭髮看起來很像失火後被踩熄的鳥巢。

他一看到我就一臉不高興的模樣，這根本無法幫他的外表加分。

「時間到了！」他說話有美國腔。他把拳頭湊在嘴邊喊叫說話，一股咖哩味差點把我薰倒。「你是巴絲特的朋友？是莎蒂．凱恩？」

「呃……大概是。」我決定要跟巴絲特好好談一談她交的朋友。「對了，有兩個神正打算殺了我們。」

滿臉是疣的小矮子發出嘖嘖聲，顯然毫不在意。「那麼，我猜你需要一座橋了。」

他轉向路邊大喊：「噗！」

一輛黑色賓士禮車不知從哪裡冒了出來，像是突然被他嚇到現了身。

矮子司機回頭瞄了我一眼，揚起眉毛。「怎麼樣？上車啊！」

我以前從來沒坐過禮車，希望大多數禮車比我們坐的這輛好得多。車子後座到處都是外帶的咖哩餐盒、炸魚和炸薯片的包裝紙、洋芋片袋子，還有各種花樣的髒襪子。儘管後面很髒亂，艾瑪、麗茲和我仍一起擠在後座，因爲沒人敢坐前座。

你可能認爲我一定是瘋了才會上一個怪人的車。當然，你是對的，不過，巴絲特曾答應幫忙，而阿努比斯說會有司機過來。結果，他們答應給我們的「幫忙」，只是一個衛生習慣糟糕、有一輛魔法禮車的小矮子。我對此沒有特別大驚小怪，畢竟我見過更詭異的事。

況且我沒有太多選擇。藥水的效力已經消退，一下子釋放出這麼多魔法能量所造成的緊繃壓力，讓我頭昏腿軟，我不確定自己能否走到滑鐵盧橋而不昏倒。

司機踩下油門，高速駛離車站。警察包圍了車站，可是我們的禮車轉來轉去繞過路障，經過一堆英國國家廣播公司的新聞轉播車、一大群圍觀的民眾，卻沒有人注意到我們。

司機開始哼起歌，聽起來像是《小個子之歌》[34]。他的頭勉強碰到頭靠，我只看得見他亂糟糟的鳥巢頭和一雙放在方向盤上的毛毛手。

夾在遮陽板上的是他附照片的證件，那也算是照片啦，是近距離拍的，只看到一個模糊的鼻子和可怕的嘴巴，像是他當時正想把照相機吃掉一樣。證件上寫著：您的司機貝斯[35]。

「你叫貝斯啊？」我說。

「對啊。」他說。

「你的車亂得不像話啊。」麗茲嘀咕著。

「要是有人再說『啊』，」艾瑪抱怨著，「我就要吐了。」

「是貝斯先生嗎？」我問，一邊試圖回想埃及神話裡是否有他的名字。我很確定他們沒有司機神。「還是貝斯大王？矮神貝斯？」

「就是貝斯而已，」他嘟噥著說：「就這麼簡單。而且我要聲明，這不是女生的名字。你要是叫我貝西，我就會殺了你。關於『矮』這一點，我是侏儒神，不然你以為會怎樣？喔，如果你們口渴的話，後面那裡有瓶裝水可以喝。」

我低頭一看，發現腳下有兩瓶裡面看起來只剩一半水的瓶子滾來滾去。其中一瓶蓋子上有口紅印，另一瓶看起來像被啃過一樣。

「我不渴。」我決定了。

麗茲和艾瑪也都喃喃地同意。我很驚訝她們兩個在經過這一晚的事件後，並沒有緊張恐慌得要命，但話說回來，她們是我朋友，我不和意志軟弱的女生交朋友的，對吧？就算在我發現自己有魔法能力之前，要當我朋友也得要身強體健和有高度適應力。【卡特，我不想聽你的意見。】

警車封鎖了滑鐵盧橋，貝斯從旁閃開，開上人行道繼續前進。警察的眼睛連眨也沒眨。

「我們隱形了嗎？」我問。

「對大多數的凡人來說沒錯。」貝斯發起牢騷。「他們笨頭笨腦的，不是嗎？不過目前跟我同車的人除外啦。」

「你眞的是神嗎？」麗茲問。

「大神，」貝斯說：「我在神界裡是個大神呢。」

「是掌管侏儒的大神，」艾瑪發出讚嘆，「你是說像在《白雪公主》裡，或是……」

「掌管所有侏儒。」貝斯誇張地揮手，害我有點緊張，因爲他兩隻手都離開了方向盤。

「從前的埃及人很聰明，他們尊重那些一出生就與眾不同的人。侏儒在以前被認爲具有很強大

---

❸❹《小個子之歌》（*Short People*）為音樂創作人倫迪．紐曼（Randy Newman）於一九七七年發行的歌曲，歌詞描述不高的人。紐曼是以歧視矮個子的角度寫這首歌，所以被誤以為此曲具有歧視意涵。這首歌發行之後成為當時的熱門歌曲。

❸❺貝斯（Bes），埃及神話中的侏儒神，是太陽神與法老的守護者，性格溫和開朗。他能保護人類不受惡靈或毒蛇侵擾，所以廣受埃及民眾喜愛。他矮小的模樣常被刻在日用品上，以收驅魔避邪的功效。

的魔法力量。所以，沒錯，我是掌管侏儒的神。」

麗茲清了清喉嚨。「我們現在是不是應該要用更禮貌一點的稱呼？像是……小個子、挑戰高度者，或是……」

「我不會說我是掌管挑戰高度者的神，」貝斯抱怨著，「我就是個侏儒！好，我們到了，及時趕上。」

他將車回轉停在橋中央。我往後一看，差點把胃裡的東西全吐出來。一個有翅膀的黑色形體在河岸上空盤旋。在橋的一端，巴比正用自己的方式處理那些路障。當警察四處分散、開槍射擊時，他將警車扔進泰晤士河，而且子彈似乎對狒狒神鋼鐵般的皮毛起不了作用。

「爲什麼我們要停下來？」艾瑪問。

貝斯站在椅子上輕輕鬆鬆地伸懶腰。他說：「這是一條河。照我的話來說，這裡是與神決戰的好地方。所有在我們腳下流動的自然力量，會讓神不容易固定在凡人世界。」

靠近一點看他，就能了解他說的話。他的臉開始像幻影一般閃爍著。

我感覺像是有東西卡在喉嚨裡。關鍵時刻到了，藥水和恐懼都讓我噁心反胃。我一點都不確定自己有足夠的魔法力量去對付那兩個神，但我別無選擇。

「麗茲、艾瑪，」我說：「我們要下車了。」

「下……車？」麗茲聽起來快哭了。

艾瑪吞一口口水。「你確定……？」

「我知道你們很害怕，」我說：「可是你們需要完全照我說的去做。」

她們猶豫地點點頭，打開車門。眞可憐，我再次希望自己能把她們留下，但老實說，看到外公外婆被附身後，我無法再承受會見不到我的朋友。

貝斯忍住呵欠。「需要我幫忙嗎？」

「嗯……」

巴比朝我們笨重地走過來。奈赫貝特在他頭上盤旋，大聲指揮。如果河流眞的對他們有影響，現在還眞是看不出來。

不知道一個侏儒神要如何對抗那兩個神，但是我說：「對，我需要幫忙。」

「好。」貝斯扳動指關節。「你們下車。」

「什麼？」

「你們還在車上的時候，我總不能換衣服吧？我要換上我的醜人裝。」

「醜人裝？」

「快下車！」侏儒命令。「我馬上就出來。」

他根本不需要催促我們，因爲就算有必要，也沒有人想看到更多貝斯的身體。我們一下車，貝斯立刻把門鎖上。車窗都有深色塗層，所以看不到裡面。我猜貝斯會在車子裡好好放鬆，聽聽音樂，當我們被大卸八塊的時候。換個衣服就能打敗奈赫貝特和巴比，我對這點當然不抱什麼希望。

我看著飽受驚嚇的朋友，再看看兩個朝我們衝來的神。

「我們在這裡做最後一戰。」

「噢，不不不，」麗茲說：「我真不喜歡『最後』這兩個字。」

我在袋子裡翻出一枝粉筆和四個荷魯斯之子。「麗茲，把這些雕像放在東西南北四個方位點。艾瑪，你拿粉筆畫出一個圓圈連結這些雕像。我們只有幾秒鐘時間。」

我把粉筆給她，拿回我的魔杖，然後有種似曾相識的可怕錯覺。我剛剛命令朋友的方式，就是當初姬亞．拉席德和我第一次遭遇敵對的神時，她使喚我的樣子。

我不希望自己像姬亞。另一方面，這是我第一次明瞭當時她擁有多大的勇氣，不但要對抗一個神，還要保護兩個完全不懂魔法的新手。我討厭這麼說，但這個發現讓我對她有了全新的尊敬。眞希望我有她那麼勇敢。

我舉起魔杖和魔棒試著集中心力。時間似乎慢了下來。我憑感覺伸出手，直到我意識到身邊的一切：艾瑪正用粉筆潦草地畫完圓圈；麗茲的心跳超快；巴比巨大的雙腳重擊橋面朝我們跑來；泰晤士河在橋下流動，而杜埃的水流也一樣有力地環繞在我身邊。

巴絲特曾經告訴我，杜埃就像是在凡人世界表面下的魔法海洋。如果她說的是眞的，那麼這個地方，這座在流水上的橋，就像噴射急流。這裡的魔法流動得更強，一不小心就會被淹死，連神都可能被沖走。

我藉由專注四周的風景，試著將自己固定在凡人世界。倫敦是我的城市，站在這裡我可以看見一切，國會大廈、倫敦眼摩天輪，甚至連我媽喪生的地點——位在維多利亞堤道上的克麗奧佩特拉之針，我都看得一清二楚。如果我現在失敗了，竟然這麼接近我媽最後一次施法的地方……不行，我不能讓這種事發生。

艾瑪畫完圓圈時，巴比離我們只有一公尺。我用魔杖輕觸粉筆，發出一道金色的光。

狒狒神往我的魔法防護圈撞過來，防護圈如同一道金屬牆使他踉蹌後退。奈赫貝特最後緊急轉向，在我們四周飛來飛去，沮喪地嘎嘎亂叫。

慘的是，圓圈的光開始晃動。我媽在我還很小的時候教過我，任何動作會產生作用力與反作用力，這個概念能用在科學上，也適用於魔法。巴比的攻擊力道讓我眼冒金星。如果他再攻擊一次，我不確定是否還保得住這個魔法圈。

我想著是不是該走到圓圈外，讓自己成爲箭靶。如果我先將能量傳輸進圓圈內，就算我死了，還有可能讓它支撐一陣子。至少，我的朋友會活下來。

姬亞．拉席德去年聖誕節踏出圓圈保護我和卡特時，心裡想的大概是同一件事。她眞是討人厭地勇敢。

「不論我發生什麼事，」我對朋友們說：「你們都要留在這個圓圈內。」

「莎蒂，」艾瑪說：「我聽得出來你這話的意思。不管你打算做什麼，別做。」

「你不能丟下我們。」麗茲哀求著，然後她尖聲對巴比喊叫：「走……走開，你這隻可怕的泡泡人猿！我朋友不想傷害你，但是……她一定會要你好看！」

巴比大吼一聲。牠身上真的有很多泡泡，由於之前美體小鋪產品的攻擊，牠現在聞起來好香。一些不同顏色的洗髮精泡泡和沐浴珠糾結在牠的銀毛裡。

奈赫貝特沒什麼進步。她盤踞在附近的一根路燈柱子上，看起來像是被糕點店裡所有東西攻擊過。一些火腿、起司、馬鈴薯噴在她的皮外套上，證明了被施魔法的勇猛肉派犧牲自己短暫的生命去拖延她的時間。她的頭髮增加了塑膠叉子、紙巾和一些粉紅色報紙的裝飾。她看起來非常想將我碎屍萬段。

唯一的好消息是，巴比的手下顯然沒有離開火車站。我想像一大群身上滿是麵糊的狒狒被壓在警車上、戴上手銬，這多少振奮了我的精神。

奈赫貝特吼著說：「莎蒂．凱恩，你在車站真讓我們驚豔啊，我承認那招漂亮，而把我們帶到這座橋上也是個挺好的嘗試。但我們可不是省油的燈，你再也沒有力量對抗我們了。如果你無法打敗我們，就沒資格喚醒拉。」

我說：「你們這些神應該要幫助我，而不是想辦法阻止我。」

「啊！」巴比大吼。

「是沒錯。」禿鷹女神同意。「但強者不需要幫忙就能生存，而弱者必須被殺來吃掉。孩子，你是強者，還是弱者？說實話。」

實話？我準備要放棄了。這座橋似乎開始在我腳下旋轉。泰晤士河兩旁河岸上傳來警車鳴笛聲。有愈來愈多警察抵達路障處，然而他們現在不打算前進。

巴比露出利牙。牠離我們很近，我都能聞得到牠用過洗髮精的毛味和可怕的口臭。然後我看到外公的眼鏡還掛在牠頭上，我的憤怒又回來了。

「來挑戰我啊，」我說：「我遵循艾西絲之道。敢惹我，我就打扁你。」

我努力點亮魔杖。巴比後退幾步，奈赫貝特盤旋在路燈柱子上。他們的形體短暫地晃了一下。這條河在削弱他們的力量，鬆開他們與凡人世界的連結，就像手機通訊被干擾一樣，但是這樣還不夠。

奈赫貝特一定是從我臉上看出我的著急。她是禿鷹，很清楚自己的獵物是否被解決了。她幾乎是帶著欣賞的口氣說：「孩子，最後的努力做得不錯，但你沒有其他辦法了。巴比，攻擊！」

狒狒神用後腳站立起來。我準備好要攻擊，並且爆發出最後一股能量，這讓我稍微用了一點自己的生命儲量，希望能將這兩個神蒸發掉。我必須確保麗茲和艾瑪會活下來。

緊接著，禮車的車門在我身後打開。貝斯宣布：「沒有人可以攻擊別人！當然，除了我之外。」

奈赫貝特警覺地尖叫。我轉身去看發生什麼事。我眞希望能立刻燒掉自己的眼睛。

麗茲發出作嘔的聲音。「老天，不！這樣不對啦！」

「啊！」艾瑪大叫一聲，是非常標準的狒狒語。她說：「快阻止他！」

貝斯的確是換上了他的醜人裝。他爬上禮車車頂，兩腳站穩，雙手叉腰，像超人一樣，除了內褲之外。

為了那些心臟不太好的人，我不會說太多細節，但是身高總共六十公分的貝斯正在展示他噁心的體格——他的大肚子、毛茸茸的四肢、難看的腳、噁心鬆垮的部位，而且他只穿著一件藍色泳褲。想像一下你在公共海灘上所看過最醜的一個人，就是那種應該被禁止穿泳衣的人，貝斯看起來比那還糟。

我不確定該說什麼，只說了：「拜託你穿上衣服吧！」

貝斯大笑，那種得意的笑聲表示說：「啊哈！我眞厲害！」

「要等他們離開才能穿上，」他說：「否則我會被迫把他們嚇回杜埃。」

「侏儒神，這不關你的事！」奈赫貝特怒吼，並將視線從他可怕的模樣移開。「走開！」

「這幾個孩子受我保護。」貝斯堅持。

「我不認識你，」我說：「我今天第一次見到你。」

「胡說。你表示過要我幫忙。」

「我要的不是泳衣巡邏隊員！」

貝斯從禮車上跳下來，落在我的圓圈前，站在我和巴比之間。從後面看這個侏儒甚至更加可怕，他後背都是毛，看起來像一件貂皮大衣。他的泳褲後面還印著「侏儒的驕傲」。

貝斯和巴比就像摔角手開打前那樣相視繞圈。狒狒神對貝斯揮出一拳，但這侏儒很靈敏，他爬上巴比的胸口，用頭去撞牠的鼻子。侏儒持續攻擊，用他的臉當致命武器，打得巴比搖晃後退。

「不要傷害他！」我大喊：「我外公在他身體裡面！」

巴比癱軟在欄杆上，牠眨眨眼，努力重振精神，但貝斯朝牠吐氣，那股咖哩味一定是太重了，狒狒神膝蓋一軟，影像晃動，開始縮小。牠癱倒在人行道上，化為一個粗壯、白髮蒼蒼、穿著破爛毛衣的老人。

「外公！」我受不了了。我離開保護圈，跑到他身邊。

「他會沒事的。」貝斯向我保證，然後轉向禿鷹女神。「奈赫貝特，輪到你了。離開吧。」

「我光明正大地偷了這個身體！」她嗚咽地說：「我喜歡在這裡面！」

「是你自找的。」貝斯摩擦雙手，深呼吸一口氣，然後做了一件我永遠無法從記憶裡抹滅的事。

如果我簡單說他做了一個鬼臉、大喊一聲「噗」，就技術上來說是對的，然而這樣的形容無法精確傳達出那種恐怖。

他的頭膨脹起來，下巴開始分離，直到嘴巴變成四倍大。他的眼睛像葡萄柚般突出來，頭髮像巴絲特一樣全體豎立。他搖搖頭，晃動滑滑黏黏的綠色舌頭，大吼一聲：「噗！」聲音大到像砲彈越過泰晤士河一般。這股純粹可怕的爆炸威力吹掉了奈赫貝特外套的羽毛，抽光她臉上的血色。這陣攻擊取走女神的本體，讓她如同暴風雨中的衛生紙般不堪一擊，最後，只剩下一個穿著印花洋裝、昏昏沉沉的老婦人蹲坐在路燈柱上。

「噢，老天……」外婆昏了過去。

在她摔進泰晤士河前，貝斯跳起來接住她。侏儒的臉恢復正常，至少是恢復到正常程度的醜。他將外婆輕放在人行道上，就在外公旁邊。

「謝謝，」我對貝斯說：「現在可以請你穿上衣服了嗎？」

他對我露齒而笑。真希望看到這種笑臉還能繼續活著。「莎蒂．凱恩，你不錯。我知道爲什麼巴絲特會喜歡你了。」

「莎蒂？」外公呻吟著。他眼皮動了一下，張開眼睛。

「外公，我在這裡。」我撫摸他的額頭。「你覺得怎麼樣？」

「有想吃芒果的奇怪感覺，」他變鬥雞眼，「大概也想吃蟲子。你……你救了我們？」

「不算是，」我承認，「我這位朋友……」

「當然是她救了你們，」貝斯說：「你們的外孫女很勇敢，是一位優秀的魔法師。」

外公定睛看著貝斯，斥責說：「該死的埃及神，竟敢穿著坦胸露背的泳衣。所以我們才不搞魔法這一套。」

我大大鬆了口氣。只要外公開始不停抱怨，我就知道他沒事。外婆還沒醒過來，可是她的呼吸似乎很平穩，臉頰也漸漸恢復紅潤。

「我們該走了，」貝斯說：「凡人已經準備好要攻擊這座橋。」

我往路障看了一眼，明白他說的意思。一個突擊小隊正在集合，他們全副武裝，身上佩戴來福槍和手榴彈，大概還有其他可能炸死我們所有人的有趣玩具。

「麗茲、艾瑪！」我大喊：「幫我照顧外公外婆。」

我的朋友跑過來，開始幫外公坐起來，貝斯卻說：「他們不能一起來。」

「什麼？」我大聲質問。「但你剛才說……」

「他們是凡人，」貝斯說：「你這趟任務不能算他們一份。如果我們要從弗拉迪・緬什科夫手上拿到第二份紙草卷，現在就要出發。」

「你知道那件事？」然後我想起來他跟阿努比斯談過。

「你外公外婆和朋友留在這裡比較安全。」貝斯說：「警察會盤問他們，但他們不會認為老人和小孩子是威脅。」

「我們不是小孩子！」艾瑪發著牢騷。

「禿鷹……」外婆在睡夢裡輕聲說：「肉派……」

外公咳了幾聲。「莎蒂，侏儒說得對，走吧。我馬上就能生龍活虎，雖然那個狒狒傢伙沒把他的力量留一點給我有些可惜；我已經很久沒有那種強壯的感覺了。」

我看著衣服變得破破爛爛的外公外婆，還有我的朋友。比起貝斯的臉，我的心感覺像被拉往更多方向。我知道侏儒說得對，他們在這裡面對突擊小隊比跟我們一起走安全得多；而我也了解他們不屬於這趟魔法任務。外公和外婆很久以前就選擇不使用祖先的能力，而我的朋友只是凡人，是勇敢、瘋狂、好笑、很棒的凡人，但她們不能去我必須去的地方。

「莎蒂，沒關係。」艾瑪調整她破掉的眼鏡，試著擠出笑容說：「我們可以應付警察。這也不是我們第一次必須瞎掰一番吧？」

「我們會好好照顧你外公外婆。」麗茲保證。

「我不需要別人照顧。」外公抱怨著，然後開始一陣狂咳。「親愛的，你就走吧。那個狒狒神剛才在我腦袋裡，我可以告訴你，他是真的想殺你。趕快在他又追殺你之前，結束你的任務吧。我阻止不了他。我無法……」他厭惡地看著自己發抖且年老的雙手。「我永遠不會原諒我自己。你現在快走！」

「對不起，」我對他們所有人說：「我不是有意要……」

「對不起？」艾瑪大聲說：「莎蒂．凱恩，那是有史以來最棒的生日派對！你快去吧！」

她和麗茲都擁抱著我，在我哭出來之前，貝斯把我推進賓士車裡。

我們往北開，朝著維多利亞堤岸而去。就在我們快到路障時，貝斯的速度慢了下來。

「怎麼回事？」我問：「難道我們不能隱形穿過去嗎？」

「我擔心的不是凡人。」他指著外面說。

所有在路障旁邊的警察、記者、圍觀的路人都睡著了。幾個穿著盔甲、軍人打扮的人蜷曲在人行道上，把來福槍當泰迪熊般抱著。

站在路障前，擋住我們車子的人是卡特和華特。他們衣衫不整、呼吸急促，彷彿是從布魯克林一路跑來這裡。他們手裡都拿著魔棒。卡特往前站，拿劍指著擋風玻璃。

「放她走！」他對貝斯大喊：「否則我會殺了你！」

貝斯回頭看我一眼。「要不要我嚇嚇他？」

「不要！」我說。那一幕我一點也不想再看到。「我來處理。」

我走出禮車。「哈囉，兩位，來得可眞巧。」

華特和卡特都皺起眉頭。

「你沒有危險？」華特問我。

「沒有危險了。」

卡特不情願地把劍放下。「你是說這個醜男……」

「是朋友，」我說：「巴絲特的朋友，也是我們的司機。」

卡特看起來既疑惑又惱怒不安，這讓我的生日派對有了一個令人滿意的結束。

「他要開去哪裡？」他問。

「當然是去俄國囉，」我說：「上來吧。」

9 沙皇的宮殿

跟平常一樣，莎蒂漏掉一些重要的細節不講，比方說華特和我是如何爲了救她而差點一命嗚呼。

飛到布碌崙博物館一點都不好玩！我們兩個必須像泰山一樣，抓著一條綁在葛萊芬肚子下的繩子，躲過警察、救護人員、公務員，還要躲幾個拿雨傘追著我們跑的老太太。她們對我們尖叫說：「那裡有隻蜂鳥！殺了牠！」

通道好不容易打開，我想帶怪胎一起去，但旋轉的沙門有一點……嗯，嚇到牠，所以我們必須把牠留下。

抵達倫敦時，商店櫥窗裡大大小小的電視都在播放滑鐵盧車站的畫面，是脫逃的動物和暴風造成了車站的異常混亂。老天，眞不知道誰會在那裡？我們使用空氣之神蘇[36]的護身符（是華特做的）召喚出一陣風，然後跳上這陣風，飛向滑鐵盧橋，結果當然是降落在一批全副武裝的防暴小組中。幸運的是，我記得催眠的咒語。

接著，我們總算準備好要衝去救莎蒂。她坐在一輛禮車上，開車的是個穿著泳褲的醜侏儒，而莎蒂還指責我們來得太慢。

所以當她說侏儒要載我們去俄國時，我的感覺是「隨便啦」，然後就上車了。

禮車行經西敏區時，莎蒂、華特和我三人彼此講述各自的經歷。

聽過莎蒂的遭遇後，我對於今天的感覺沒這麼糟了。不論是夢到阿波非斯，或是訓練時出現三頭蛇，似乎都不像外公外婆的身體被神強占來得可怕。我從來就不喜歡外公外婆，但還是覺得……真慘。

我也不敢相信貝斯是我們的司機。我爸和我常常笑他那些擺在博物館裡的畫像，像是他突出的眼睛、晃動的舌頭，而且通常沒穿衣服。據說，他幾乎可以嚇跑任何東西，不管是靈體、惡魔，甚至其他的神，所以一般埃及人很喜歡他。貝斯專替小人物出頭……嗯，我這不是在說有關侏儒的笑話啦。貝斯本人看起來和畫像完全一樣，只不過眼前的是彩色版，還有一股很濃的體味。

「我們欠你一次。」我對他說：「你是巴絲特的朋友？」

他耳朵發紅。「是啊……沒錯。她偶爾會找我幫忙，我都會盡量幫。」

我感覺到其中有些過去的事他不想提。

「荷魯斯和我說話時，」我說：「他警告過我，有些神可能會阻止我們去喚醒拉。我想我現在知道是誰了。」

㊱蘇（Shu）是埃及神話中的風神。他是太陽神拉的兒子，掌控空氣，也是聽覺與思考的支配者。

莎蒂吐口氣。「如果他們不喜歡我們的計畫，發個憤怒的簡訊來就夠了。奈赫貝特和巴比差點把我撕成兩半！」

她的臉色有點發青，戰鬥靴上被噴得到處都是洗髮精和泥巴。她很喜歡的那件皮夾克上，肩膀處有個疑似禿鷹大便的汙漬。不過，我還是很佩服她意識清楚，因爲製作藥水很不容易，要使用又更難，況且傳輸那麼多魔法能量，一定得付出代價。

「你做得很好。」我對她說。

她不滿地看著擺在大腿上那把黑色小刀，是阿努比斯給她的儀式用刀。「要不是貝斯，我早就死了。」

「不會啦，」貝斯說：「不過，好吧，你大概會死，但會死得很好看。」

莎蒂將那把奇怪的黑色小刀轉過來，像是她可能會在另一面找到使用說明一樣。

「這把刀是奈截利刀，」我說：「是蛇形的刀。祭司用這種刀來……」

「進行開口儀式。」她說：「可是這把刀要怎麼幫我們？」

「不知道。」我承認。「貝斯，你覺得呢？」

「死亡儀式。我試著避開這些東西。」

我看著華特。魔法物品是他的強項，但他似乎沒有注意聽我們說話。自從莎蒂把她和阿努比斯的對話告訴我們，華特就出奇地安靜。他坐在莎蒂旁邊，不停玩弄手上的戒指。

「你還好嗎？」我問他。

「沒事……我只是在想事情。」他瞄了一下莎蒂。「我是說，我正在想奈截利刀的事。」

莎蒂用力拉她的頭髮，像是試圖在自己和華特之間弄出一塊窗簾。他們兩人之間的緊張氣氛很強烈，說不定連那把有魔法的刀都切不開。

「討厭的阿努比斯，」她喃喃說著：「雖然他在乎，但我有可能死掉耶。」

在那之後，我們沉默了好一陣子。最後，貝斯轉進西敏橋，並且在泰晤士河循原路折返。

莎蒂皺起了眉頭。「我們要去哪裡？我們需要一個通道，可是所有最好的文物都在大英博物館裡。」

「對，」貝斯說：「而且其他魔法師也都知道。」

「其他魔法師？」我問。

「小子，生命之屋在全世界都有分部。倫敦是第九行省。剛才在滑鐵盧的那場特技表演，莎蒂小姐根本就是發出超大煙火信號告訴狄賈登的支持者說：『我在這裡喔！』你絕對可以確定他們正在追捕你們。他們會包圍博物館，以防你們從那裡逃跑。幸好，我知道另一個可以開啓通道的地方。」

侏儒幫我上了一課。

我早該想到倫敦還有其他魔法師。生命之屋無所不在，離開了布魯克林之家的防護，世界上沒有任何一個地方對我們來說是安全的。

我們通過南倫敦，順著康伯威爾路走。沿途的景色就和我的想法一樣令人洩氣低沉。一排排破爛磚瓦建造的公寓和房租低廉的商店林立街上。有個老婦人在公車站牌對我們亂罵一通。在一間連鎖超市門口有幾個小混混正盯著賓士車，彷彿準備下手偷車；不知道他們是不是偽裝的神或魔法師，因爲大部分的人都不會注意到這輛車。

我想不到貝斯要帶我們去哪裡，這似乎不像那種可以找到許多埃及文物的地區。

終於，一個大公園出現在左手邊，綠地上瀰漫著濃霧，樹木沿走道兩側排列，幾道崩壞的牆很像古羅馬水道橋，上面布滿了藤蔓。這片土地往上延伸直達山丘頂，那裡有一座無線電塔。

貝斯越過路緣，開上草皮，撞倒一塊上面寫著「請沿走道行走」的告示牌。傍晚的天空灰暗又下著雨，所以附近沒什麼人。幾個在附近走道上慢跑的人甚至沒在看我們，彷彿他們每天都看得到賓士禮車從公園開過去似的。

「我們要去哪裡？」我問。

「小子，看好了。」貝斯說。

被一個比我還矮的小個子叫「小子」，讓我有點不高興，但我閉上嘴沒說什麼。貝斯一路開上山丘。接近山丘頂時，出現一段約九公尺寬的石子樓梯，看不出來通往何處。貝斯踩了煞車，我們轉個彎停下來。山丘比我以爲的還高，整個倫敦開展在山丘下。

然後我更仔細看了樓梯。有兩尊已經風化的斯芬克斯[37]石像列在樓梯兩旁，看顧守衛著城市。每一尊石像大約三公尺高，有著典型的獅身及法老頭，但是出現在倫敦的公園內似乎有點格格不入。

「那些不是眞的。」我說。

貝斯哼了一聲。「這些當然都是眞品。」

「我是說不是來自古埃及，這些沒這麼老。」

「雞蛋裡挑骨頭，」貝斯說：「這些是前往水晶宮的樓梯。水晶宮是個和教堂一樣大小、用玻璃和鋼製成的大型展覽廳，以前就在這座小山上。」

莎蒂皺著眉。「我在學校讀過這件事，維多利亞女王在那裡辦了場派對之類的活動。」

「派對之類的活動？」貝斯咕噥著，「是在一八五一年舉行的萬國博覽會才對。爲了要展示大英帝國的強大或諸如此類。他們有很好吃的蜜糖蘋果。」

「你當時在場嗎？」我問。

貝斯聳聳肩。「這個地方在一九三〇年代被燒毀，要感謝某個蠢蛋魔法師，但這是另一個故事了。目前剩下的只是一些遺跡，例如這些樓梯和斯芬克斯像。」

「一道哪裡也去不了的樓梯。」我說。

「不是哪裡都去不了，」貝斯糾正我，「今晚這道樓梯會帶我們去聖彼得堡。」

37 斯芬克斯（sphinx）是埃及神話中的獅身人面獸，象徵高貴與仁慈，古埃及人常將斯芬克斯雕像立在神廟和陵寢前做鎮守之用。參《紅色金字塔》一七五頁，註45。

華特往前坐。他對雕像的興趣顯然讓他不再憂傷。

「但是，如果斯芬克斯不是眞正的埃及文物，」他說：「那要如何打開通道？」

貝斯對他露齒一笑。「小子，這要看你怎麼定義『眞正的埃及』啦。每個偉大的帝國都想成爲埃及，在身邊擺些埃及的東西，會讓他們覺得自己很重要，所以才會有『新的』埃及文物在羅馬、巴黎或倫敦出現，隨便你點名任何地方。比方那個在華盛頓的方尖碑……」

「拜託不要提到那一個。」莎蒂說。

「反正，」貝斯繼續說：「這些還是埃及的斯芬克斯。這是爲了將大英帝國與埃及帝國連結在一起，所以沒錯，它們可以傳輸魔法，尤其是我開車的時候。現在嘛……」他看著華特說：「差不多是你該下車的時候了。」

我驚訝得說不出話來，但是華特低頭緊盯著自己的大腿，一副早就料到會有這種事發生的樣子。

「等等，」莎蒂說：「爲什麼華特不能跟我們一起走？他是魔法師，他能幫忙。」

貝斯的表情變得嚴肅。「華特，你還沒告訴他們？」

「告訴我們什麼？」莎蒂質問。

華特緊抓著身上那些護身符，像是其中一個可以幫助他不要回應這段對話。「沒事，眞的沒事。只是……我應該在布魯克林之家幫忙才對。潔絲認爲……」

他結結巴巴，大概是發現自己不該提到她的名字。

「怎樣？」莎蒂的語氣冷峻得帶有殺傷力。「潔絲還好嗎？」

「她……她還在昏迷中，」華特說：「阿摩司說她會撐過來的，但這不是我……」

「很好，」莎蒂說：「很高興知道她會好轉。所以你必須回去，那太好了。你走吧。阿努比斯說過我們動作要快。」

她說出這個名字的方式不是很含蓄，華特看起來像是被她在胸口踢了一腳似的。

我知道莎蒂對他很不公平。從我和華特之前在布魯克林談話的內容來看，我知道他喜歡莎蒂。不管有什麼事在困擾他，都不是任何與潔絲有關的羅曼史。話說回來，如果我試著站在他那邊，莎蒂只會叫我少管閒事。我甚至會讓他們兩人之間的關係更加惡化。

「並不是我想回去。」他勉強說出來。

「但你不能跟我們一起走。」貝斯堅定地說。我覺得從貝斯的語氣裡聽到一些關心，甚至是有點同情。「小子，走吧。沒事的。」

華特在口袋裡摸索著。「莎蒂，關於你的生日……呃，你大概不想再收到任何生日禮物了。這不是一把魔法刀，卻是我親手爲你做的。」

他掏出一條金項鍊放進她手裡。項鍊上有一個小小的埃及符號：

Ω

「那是拉頭像上的籃球框。」我說。

華特和莎蒂都皺眉看著我，我發現，我沒有替他們把這一刻變得更加魔幻。「我是說，這個圖像代表繞著拉的太陽王冠，」我說：「永恆的圓圈，這是象徵永生，對吧？」

莎蒂吞了一口口水，像魔法藥水還在她胃裡咕嚕咕嚕一樣。「永生？」

華特看了我一眼，很明顯表示「請不要幫忙」。

「對，」他說：「嗯，這符號叫做『生』。我只是想，你在找尋拉。而這些好的事情和重要的事情都應該要長長久久，因此，也許這個護身符可以替你帶來好運。本來今天早上想拿給你，但是……我不太敢。」

莎蒂看著手心裡發亮的護身符。「華特，我不是……我是說，謝謝你，但是……」

「你只要記得我並不想離開就好，」他說：「如果你需要幫忙，我一定會到。」他看了我一眼，糾正自己的話：「我是說，如果你們兩個需要幫忙的話。」

「不過現在，」貝斯說：「你得走了。」

「莎蒂，生日快樂，」華特說：「祝你好運。」

他下了車，拖著腳步往山下走。我們看著他，直到他變成昏暗天色中一個小小人影，然後消失在樹林間。

「兩個道別禮物，」莎蒂喃喃說著：「是兩個帥哥送的。我討厭我的生活。」

她把金項鍊掛在脖子上，撫摸著「生」的符號。

貝斯往下凝視著華特消失的樹林。「可憐的小子，一出生就與眾不同。眞不公平。」

「你說的話是什麼意思？」我問：「爲何這麼急著要華特走？」

侏儒搔了搔他髮絲稀疏的頭。「我沒資格解釋，現在還有工作要做。我們要是給緬什科夫更多時間去準備防禦措施，要拿到紙草卷就難上加難了。」

我還沒準備放棄這個話題，但貝斯固執地瞪我，我知道他不會再告訴我任何答案。沒有人會像侏儒這麼頑固。

「那麼，到俄國去，」我說：「從一條空蕩蕩的樓梯往上開去。」

「完全正確。」貝斯踩下油門。賓士車在草地上攪動青草泥巴，一口氣直往樓梯上衝。我很確定我們到了山頂只會看到一個壞掉的輪軸而已，但在最後一秒鐘，一道旋轉的飛沙通道出現在我們面前。我們的輪子離開地面，黑色禮車一頭飛入漩渦中。

我們撞上另一邊的人行道，使得一群受到驚嚇的青少年散開。莎蒂發出呻吟聲，從頭靠上抬起頭來。

「難道我們去任何地方都不能溫柔一點嗎？」她問。

貝斯啓動雨刷，掃掉擋風玻璃上的沙子。車子外面既漆黑又下著雪，十八世紀的石頭建築排列在結冰的河流旁，被路燈照亮。從河這一側看過去，更遠的地方還有更多童話般的建築物閃著光，像是金色的教堂圓頂、白色宮殿、漆著復活節彩蛋那種藍色及綠色裝飾的豪宅。要不是街上有車子、電燈，還有一群身上打洞、染髮、穿著黑色皮衣的青少年用俄語對我們叫囂並敲打賓士車蓋（因爲我們差點輾過他們），我很可能會以爲我們回到了三百年前的俄國。

「他們看得見我們？」莎蒂問。

「俄國人，」貝斯的語氣帶點不是很甘願的崇敬，「非常迷信的民族。他們就是會認眞地看待魔法。我們在這裡必須小心。」

「你以前來過這裡？」我問。

他給我一個「拜託」的眼神，然後指著車子兩邊。我們降落在兩尊站在基座上的斯芬克斯像中間，它們看起來跟我看過的許多斯芬克斯像一樣，獅子身體上有著戴王冠的人頭，但我從沒見過被雪覆蓋的斯芬克斯像。

「這些都是眞的嗎？」我問。

「這是世界最北邊的埃及文物，」貝斯說：「從底比斯盜來的，放在這裡裝飾俄國新興帝國城市聖彼得堡。就像我之前說過的，每一個帝國都想分一杯埃及的羹。」

車外的青少年仍舊在大吼大叫、敲打車子，還有人用瓶子砸我們的擋風玻璃。

「呃，」莎蒂說：「我們是不是該走了？」

「不用，」貝斯說：「俄國小鬼老是喜歡在斯芬克斯像附近晃蕩，好幾百年來都是這樣。」

「但現在這裡是午夜，」我說：「而且還在下雪。」

「我有沒有說過他們是俄國人？」貝斯說：「別擔心。我來處理。」

他打開車門。如冰河般的強烈寒風吹進車裡，但貝斯全身上下只穿著泳褲就下車了。那些小孩立刻退後。不能怪他們。貝斯用俄語說了一些話，然後就像頭獅子般大吼。那些小孩尖叫，拔腿就跑。

貝斯的形體似乎開始晃動。當他回到車上時，穿戴著一件暖和的冬外套、一頂毛邊帽和一雙毛手套。

「看到了嗎？」他說：「眞迷信。他們知道最好離神遠一點。」

「對，一個穿著泳褲的小多毛神。」莎蒂說。「我們現在要做什麼？」

貝斯指著河對岸一棟白色與金色石頭相間的發光宮殿。「那裡就是隱士廬㊳。」

「有隱士住在那裡嗎？」莎蒂問。

「不是，」我說：「我聽說過這個地方。這是沙皇的宮殿，現在成了博物館。這裡擁有全俄國最好的埃及文物。」

「我猜爸以前帶你來過？」莎蒂問。我以爲她那「和爸一起環遊世界」的嫉妒感早就沒了，但偶爾還是會出現一下。

㊳隱士廬（Hermitage），原稱冬宮，是俄國歷代沙皇的住所，之後改名為隱士廬博物館。起先只開放貴族及上流人士參觀，後來才開放一般民眾進入參觀。

「我們從來沒去成。」我試著讓自己的話聽起來不要像在辯解。「他有次曾經受邀演講，但他婉拒了。」

貝斯笑出聲來。「你爸很聰明。俄國的魔法師不怎麼歡迎外來客，他們會死命保護自己的地盤。」

莎蒂看著河流對岸。「你是說第十八行省的總部在博物館裡面？」

「在裡面的某個地方，」貝斯同意，「但那裡用魔法隱藏起來，因爲我從來沒有找到入口。你現在看的這地方是冬宮，是沙皇以前的老家。冬宮後面還有一整群豪宅建築。聽說要花十一天才能看完每一樣隱士廬博物館的收藏。」

「但是除非我們喚醒拉，否則世界再四天就會滅亡。」我說。

「從現在算起是三天，」莎蒂糾正我，「如果從午夜開始算起的話。」

我做了個鬼臉，說：「謝謝你提醒啊。」

「所以我們就來個精簡版快速導覽吧，」貝斯說：「從埃及區看起，主要館藏區的一樓。」

「你不跟我們進去嗎？」我問。

「他不能去，對吧？」莎蒂猜測，「就像巴絲特不能進入狄賈登在巴黎的家一樣。魔法師在自己的總部施法不讓神接近，對不對？」

貝斯做了一個更醜的臉。「我會陪你們走到橋那裡，但不能再過去了。如果我通過涅瓦河，太接近隱士廬，會觸發所有警鈴。你們必須自己想辦法溜進去……」

「在晚上闖進博物館。」莎蒂喃喃說著：「我們之前這麼做的時候，運氣不太好。」

「……然後還要找到進入第十八行省的入口，而且不要活著被逮。」

「這句話是什麼意思？」我問：「是指最好我們被逮到的時候已經死了？」

他的眼神流露出一種悲傷。「相信我，你們不會想要成為緬什科夫的犯人。」

貝斯手指一彈，我們身上突然就穿著刷毛連帽大衣、滑雪褲和雪靴。

「來吧，孩子們，」他說：「我會陪你們走到宮殿橋。」

這座橋只有幾百公尺長，但感覺上似乎更遠。三月顯然不是聖彼得堡的春天，漆黑的天空、風、雪，在在都使這裡感覺像是一月的阿拉斯加。比起來，我個人是寧願在埃及的沙漠熱得半死。即使身上穿著貝斯召喚給我們的暖和衣物，我的牙齒還是顫抖個不停。

貝斯一點都不急。他一直放慢速度，為我們導覽四周，直到我覺得鼻子大概快凍得掉下去了。他告訴我們目前所在位置是瓦西里島，在聖彼得堡中央涅瓦河的對面。他指出不同的教堂尖頂及紀念碑，說到激動處，還說起了俄語。

「你在這裡待了很久啊。」我說。

他沉默不語地走了幾步。「那是很久以前的事了。那不是……」

他突然停下腳步，我撞到他身上。他看著街道對面一棟很大的宮殿，有著淡黃色外牆和綠色角樓屋頂，透著大雪在夜晚中發光，看起來很不真實，就像在第一行省時代廳裡那些標緲的影像。

「這是緬什科夫大公[39]的宮殿。」貝斯喃喃說著。

他的聲音帶有恨意。我差點以爲他要對這棟建築大喊「噗」，不過他只是咬牙切齒。

莎蒂看看我，希望我能解釋一下，但我又不是她以爲的人體維基百科。我是知道有關埃及的事，俄國的事就不太清楚了。

「你說的就是弗拉迪呼吸器那個緬什科夫嗎？」我問。

「弗拉迪是他的後代。」貝斯不屑地噘起嘴，說了一個俄文字，我敢打賭是一句很糟的罵人的話。「在一七○○年，緬什科夫大公替彼得大帝[40]，也就是建造這座城市的沙皇舉辦了一場宴會。彼得大帝很喜歡侏儒，他在那方面很像埃及人。他認爲我們侏儒代表好運，所以總是在自己的宮廷裡留著幾個侏儒。總之，緬什科夫想要取悅沙皇，他認爲辦一場侏儒的婚禮會很好笑。於是他逼他們……他逼我們打扮、假裝結婚，然後滿場跳舞。所有在場的大人物都狂笑不止……」

他的聲音愈來愈小。

貝斯描述這場宴會的神情，彷彿昨天才舉行過一樣。然後我想起眼前這個小個子是一位神，他已經存在這世上好幾億萬年了。

莎蒂將手放在他的肩膀上。「抱歉，貝斯，那一定很痛苦。」

貝斯大罵：「俄國魔法師……喜歡把神抓起來利用一番。我到現在還聽得見婚禮上的音樂、沙皇的笑聲……」

「你是怎麼逃走的？」我問。

貝斯瞪著我，顯然我問了一個很爛的問題。

「這件事已經說得夠多了。」貝斯把領子翻起來。「我們是在浪費時間。」

他大步往前走，但我感覺他並未眞正把緬什科夫的宮殿拋在腦後。宮殿愉悅的黃色外牆與明亮的窗戶，突然間令人感到邪惡。

我們在刺骨寒風中又走了幾百公尺，終於走到這座橋。在橋的另一邊，冬宮閃閃發光。

「我會開著賓士車遠遠繞過去，」貝斯說：「走到下一座橋，繞到隱士廬的南邊，這樣比較不會觸動警報讓魔法師知道我在這裡。」

我現在知道他爲什麼對於觸發警報這麼緊張兮兮，因爲魔法師以前曾經在聖彼得堡抓過他。我想起他在車上提醒我們的話：「不要活著被逮。」

「如果我們成功了，要怎麼找你？」莎蒂問。

「你們成功得手的話，」貝斯說：「小妞，就正面思考，否則世界就毀滅了。」

㊴ 緬什科夫大公（Prince Menshikov, 1673-1729）為俄皇彼得大帝的親信及寵臣，是聖彼得堡第一任市長。彼得大帝死後，曾扶植繼任的凱薩琳一世，但政權實際在他手裡。後來昔日王族聯合起來推翻他的政權。

㊵ 彼得大帝（Peter the Great, 1672-1725），帶領俄國進行現代化改革，在他統治期間建立起勢力興盛的帝國，與當時的歐洲強權並駕齊驅。

「好。」莎蒂穿著她的新外套直打哆嗦。「正面思考。」

「我會在涅瓦大街跟你們會合，那裡是條熱鬧大街，開了各式各樣的商店，就在隱士廬南邊。我會在巧克力博物館㊶裡。」

「你說在什麼地方？」我問。

「呃，那其實不是一間博物館，比較像是一家店，像現在這種時候已經打烊了，但是老闆總會開門讓我進去。他們有各種用巧克力做的東西，西洋棋盤組、獅子、列寧頭……」

「你是說那個共產黨傢伙？」我問。

「對，聰明人，」貝斯說：「就是那個共產黨傢伙，用巧克力做的。」

「讓我把整件事弄清楚，」莎蒂說：「我們闖入戒備森嚴的俄國國家博物館，去找出魔法師的祕密總部，找到那份危險的紙草卷，然後逃出來。在此同時，你在吃巧克力。」

貝斯嚴肅地點點頭。「這是個很好的計畫，有可能會成功。萬一發生事情，我沒辦法在巧克力博物館和你們碰面的話，我們的逃亡出口是在埃及橋，就在南邊的丰坦卡河上。就是在那個轉彎……」

「夠了，」莎蒂說：「你會在巧克力店和我們碰面，你要給我一大袋巧克力，就這麼說定了。現在快走吧！」

貝斯對她歪嘴笑了一下。「小妞，你眞是好樣的。」

他拖著腳步走回賓士車上。

我看著結凍一半的河面，眺望對面的冬宮。不知爲何，倫敦似乎沒有這裡這樣令人感到不安、危險。

「我們的麻煩和我想的一樣多嗎？」我問莎蒂。

「還更多。」她說：「我們來去大鬧沙皇的宮殿吧，怎麼樣？」

41 巧克力博物館（Chocolate Museum）是聖彼得堡當地知名的頂級巧克力店。

10 遇見紅色老友

進去隱士廬根本不成問題。

先進的安全措施抵抗不了魔法。莎蒂和我必須結合兩人的力量才能通過隱士廬四周，但只需要一點注意力、墨水和紙草紙，再稍微用一點我們的朋友艾西絲與荷魯斯的能量，我們成功地從杜埃抄了小路進去。

前一分鐘，我們還站在半個人影都沒有的宮殿廣場上，接下來，眼前一切就變得灰黑、模糊不清。我的胃拚命翻動，好像正在玩自由落體一樣。我們不再與凡人世界同步，而是跳過鐵門和堅硬的石頭進入博物館。

埃及展覽室在一樓，就跟貝斯說的一樣。我們重新進入凡人世界，發現自己身處一堆收藏品之中。放在玻璃櫃裡的石棺、寫著象形文字的紙草卷、神和法老雕像，這些和其他我所見過的上百種埃及文物沒什麼兩樣，但是這裡的環境相當令人讚歎。這裡有挑高的拱頂天花板；打亮的大理石地板以灰白兩色相間的鑽石形狀鋪成，走在地板上有點像是走在一張錯視圖上。不知道沙皇的皇宮裡還有多少像這樣的房間？是否真的需要花十一天才能全部看完？貝斯說，通往行省的祕密入口就在這個房間裡，希望他是對的。我們沒有十一天的時間來搜尋這裡，不到七十二小時，阿波非斯就會掙脫逃出。我記得那對在聖甲蟲殼堆下的發光紅眼，一股混沌的力量大到足以融化人類的知覺。再三天，那個東西就會被釋放到世界上。

莎蒂召喚出她的魔杖，指向最近的監控攝影機。鏡頭碎裂，發出類似捕蚊燈的聲響。即使在最好的情況下，科技和魔法仍舊無法合作愉快。世界上最簡單的咒語之一就是讓電器產品失效。我只要對手機做出奇怪表情，就能讓手機爆炸。電腦呢？更不用說了。我想像莎蒂剛才透過安全監控系統傳輸一陣魔法電波，讓整個網路內的每支攝影機和感應器報銷。

不過，這裡還有其他監控方式，是魔法。我從袋子裡拿出一塊黑色亞麻布和一對薩布堤蠟像。我用布把薩布堤包起來，唸了一句咒語：「伊牧。」

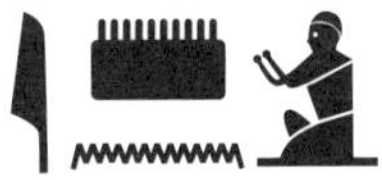

這個表示「隱藏」的象形文字在亞麻布上方亮了一下。一道有如烏賊墨汁的黑雲從布包上升起，黑雲不斷擴散，將莎蒂和我包覆在又輕又薄的陰影泡泡中。我們可以看透泡泡，但希望沒有人看得見裡面。這道烏雲對外面的人來說應該會隱形才對。

「你這次弄對了！」莎蒂說：「你什麼時候學會這個咒語？」

我大概臉紅了。自從我在第一行省看姬亞使用過之後，已經花了好幾個月的時間想弄懂隱形咒。

「其實我還在……」一道金色的火花射出黑雲，有如迷你的煙火，「我還在學。」

莎蒂嘆口氣。「嗯……至少比上次好。這片雲看起來像熔岩燈。而上一次，有股臭雞蛋的味道……」

「我們可不可以走了？」我問：「我們要從哪裡開始？」

她的目光鎖定其中一件展示品，她有如被催眠般直接往那裡飄去。

「莎蒂？」我跟著她走到一個石灰岩做的墳墓標記。是一塊石碑，大約長六十公分、寬九十公分。旁邊的說明用俄語及英語寫成。

「『這是來自書吏[42]伊比的墳墓，』我大聲唸出來：「『他在圖坦卡蒙王[43]的宮廷裡服務。』爲什麼你會有興趣……噢。」

我眞笨。墓碑上的圖畫顯示已逝的書吏崇敬阿努比斯。跟阿努比斯本人說過話之後，看到他出現在三千年前的墓室畫裡，一定讓莎蒂覺得很怪，尤其畫裡的阿努比斯是胡狼頭，還穿著裙子。

「華特喜歡你。」

我不知道爲何脫口說出這句話，現在的時間和地點都不對。我知道站在華特那邊也幫不到他，然而貝斯把他趕下車後，我開始替他難過。這個人大老遠去倫敦幫我救莎蒂，而我們就把他扔在水晶宮公園，好像一個想搭便車卻沒人要載的人。

莎蒂對華特態度冷淡，而且又對一個比她大了五千歲，甚至不是人類的阿努比斯著迷，這讓我有點生氣。再加上她冷落華特的態度，完全讓我想起姬亞剛開始對待我的樣子。也許，我如果誠實面對自己，會發現我其實也有點氣莎蒂；她在倫敦並不需要我們幫助，自己就解決了問題。

喔，聽起來有點自私，但我想這是事實。妹妹居然可以同時有這麼多激怒哥哥的方式，我對這點感到不可思議。

莎蒂的目光沒有離開石碑。「卡特，你不知道自己在說什麼。」

「你沒有給他機會，」我堅持說：「不管他現在有什麼事，都與你無關了。」

「還眞是讓人安慰啊，但那不是……」

「而且，阿努比斯是個神。你不會眞的認爲……」

「卡特！」她發飆了。我的斗蓬咒語一定對情緒很敏感，因爲又有一道金色火花從不怎麼隱形的雲裡射出。「我不是因爲阿努比斯才看著這塊石頭。」

「不是嗎？」

---

42 書吏（scribe）是指古埃及神廟中的文書抄寫員，除了抄寫經文外，還必須協助執行各種儀式。

43 圖坦卡蒙王（King Tut.）約生於西元前十四世紀，為古埃及新王國時期的法老王。他英年早逝，其墓室於一九二二年發現時因保存良好，成為現今研究古埃及的重要文物。參《紅色金字塔》十五頁，註❶。

「對。而且我也絕對不想跟你爭執華特的事。和你想的相反，我並沒有在醒著的每分每秒都在想男生的事。」

「或許是大部分醒著的時候？」

她轉了轉眼珠。「白痴，你看一看墓碑，四周有邊框，就像窗框或……」

「一扇門，」我說：「這是一扇假門，許多墳墓都有這種東西。這就像是死人的『巴』專用的象徵性大門，所以『巴』才能在杜埃與人世間來回。」

莎蒂拿出魔棒，沿著石碑邊勾勒比畫。「這個叫伊比的傢伙是書吏，書吏也是代表魔法師的另一個詞。他可能是我們的一份子。」

「所以呢？」

「所以，或許這就是石頭發亮的原因，卡特。要是這扇假門一點都不假呢？」

我更靠近看著石柱，但沒看到任何光芒。我想莎蒂可能是因爲太累或體內還有太多藥水而神智不清。她將魔棒指向石柱中央，唸出我們所學會的第一個咒語：「烏佩。」

這是「打開」的意思。一個金色象形文字出現在石頭上：

石碑有如電影放映機般射出一道光。突然間，一個實體大小的門在我們面前發光，這是

一條長方形通道，另一個房間的模糊景象顯示在另一端。

我驚訝地看著莎蒂。「你怎麼做到的？」我問。「你以前都做不到。」

她聳聳肩，好像沒什麼了不起似的。「我以前又還沒滿十三歲。或許那就是原因。」

「但我十四歲！」我抗議。「而且我還做不到。」

「女生比較早熟。」

我咬牙切齒。真討厭春天的月份，也就是三、四、五月，因爲在我六月生日到來之前，莎蒂可以說她只比我小一歲。她每次過完生日就會很驕傲，像是她總算追上我變成我姊姊一樣。眞是可怕的惡夢。

她在發光的門口前示意。「親愛的哥哥，你先請，因爲你有最多火花的隱形雲。」

在我失去冷靜、鎮定下來之前，我踏入通道。

我差點跌傷了我的臉。通道另一邊掛著一面離地一公尺多的鏡子。我走到壁爐架上，莎蒂走過來時我抓住她，好險沒讓她從壁爐架摔下去。

「嘖，」她輕聲說：「有人看了太多《愛麗絲鏡中奇遇》。」

我以爲埃及展覽室已經夠壯觀了，但是和這間宴會廳相比，根本就不算什麼。這裡天花板上的銅製設計閃閃發亮，牆壁排列深綠色的柱子，大門還鍍了金。白色及金色大理石鑲嵌在地板上，組合成一個很大的八邊形。頭頂上那光彩奪目的水晶吊燈精雕細工，綠白兩色相間並磨亮的石頭十分耀眼，刺痛了我的眼睛。

然後我才發現，原來光線大多不是來自吊燈，而是因爲在房間的另一端有個魔法師在施法。他背向我們，但我知道他就是弗拉迪·緬什科夫。如同莎蒂的描述，他長得矮矮胖胖，有著一頭灰白捲髮，穿著一身白西裝。他站在隨綠光起伏波動的防護圈內舉起魔杖，魔杖頂端發出熾烈的光，有如一把焊接槍。在他右邊，就在防護圈外，立著一個和成年人一般高的綠色花瓶。在他左邊，有個東西在發光鎖鍊中痛苦扭動，看得出來是一個惡魔。那惡魔長滿了毛，有著像人類的身體、紫色的肌膚，但應該是頭的地方，則從肩膀之間伸出一個巨大的瓶塞鑽子。

「求您大發慈悲！」惡魔用單音哀嚎，聲音很刺耳。別問我爲何惡魔有個瓶塞鑽的頭還能尖叫，那聲音在鑽子的部位迴盪，有如一把巨大的音叉。

弗拉迪·緬什科夫繼續誦唸。綠色的花瓶發光跳動。

莎蒂推推我，輕聲說：「你看。」

「對，」我輕聲回答：「這是某種召喚儀式。」

「不是啦，」她噓我，「你看那裡。」

莎蒂告訴過我阿比努斯的指示。我們要去緬什科夫的書桌找紙草卷，下一份《拉之書》會在中間抽屜裡。眞的會放在書桌嗎？似乎太簡單了。我們盡可能保持安靜，躡手躡腳從壁爐架爬下來，沿著牆壁低身爬行。我祈禱隱形罩不會再發出任何火花。

正當我們爬到一半，弗拉迪·緬什科夫唸完了咒語。他將魔杖往地板上一敲，就直挺挺插在那裡，頂端仍在燃燒，溫度大概高達一百萬度。他稍微轉頭，我看到他白色太陽眼鏡的光。他在外套口袋裡翻找，而綠色大花瓶發光，被鎖鍊綁住的惡魔放聲尖叫。

「不要抱怨，木塞死者。」緬什科夫責備著。他的聲音比莎蒂描述的還要粗，就像一個老煙槍透過電風扇葉片講話一樣。「你知道我需要有人犧牲來召喚一位大神。這無關私人恩怨。」

莎蒂對我皺眉，用嘴型說著：「大神？」

我搖搖頭，一臉茫然。生命之屋不准凡人召喚神，這是狄賈登討厭我們的主要原因。緬什科夫應該是他最要好的朋友，但他現在違反規定到底要做什麼？

「好痛！」可憐的惡魔哀嚎著，「主人，我服侍您五十年了。拜託！」

「好了，好了，」緬什科夫毫不同情地說：「我必須使用詛咒。只有最痛苦的放逐形式才能產生足夠的能量。」

緬什科夫從他的西裝外套口袋中拿出一支普通的瓶塞鑽子，以及一塊寫有紅色象形文字的陶片。

他高舉起兩樣物品，再次誦唸：「我命令木塞死者、緬什科夫的僕人，在夜晚變身。」

惡魔的名字被說出來的時候，魔法鎖鍊發出蒸氣，並緊緊纏繞惡魔的身體。緬什科夫將瓶塞鑽子放在他的魔杖火焰上方。惡魔不停打滾哀嚎。當小支瓶塞鑽子變得又熱又紅，惡魔的身體開始冒煙。

我驚恐萬分地看著一切。我當然知道感應魔法。這種魔法藉由將一種大東西與小東西結合起來，由小東西影響大東西。兩件東西愈相似，就愈容易結合，例如瓶塞鑽子和這個惡魔，巫毒娃娃也是同樣道理。

但詛咒是很嚴重的，這表示要徹底摧毀一個生物，要將他的形體，甚至名字完全抹去，彷彿從未存在過。這需要某種高階的魔法才能使咒語成功，如果做錯，有可能使施法的人喪命；但如果做對了，大多數被害人一點機會都沒有，一般凡人、魔法師、鬼魂，甚至連惡魔都會從世界上完全消失。詛咒或許不會消滅像神這種強大的力量，但還是會像在神的臉上丟了一顆核彈一樣。他們會被炸進杜埃最深處，可能永遠無法回到世上。

弗拉迪．緬什科夫繼續唸著咒語，好像他每天都在做這件事一般熟練。他繼續誦唸，瓶塞鑽子開始融化，惡魔也隨之融化。緬什科夫將陶片丟在地板上，紅色的象形文字拼的是惡魔的各種名字。緬什科夫唸出最後一個有力的字，便一腳踩在陶片上壓得粉碎。木塞死者消失了，就連鎖鍊和一切東西也一起消失。

我通常不會同情冥界的生物，但我忍不住覺得喉嚨裡有個東西哽住。我不能相信緬什科夫只爲了要加強一個大符咒的力量，就隨便殺死他的僕人。

惡魔一消失，緬什科夫魔杖上的火焰也熄滅了。象形文字在召喚圈四周發亮。綠色大花瓶動了動，從裡面傳來一個低沉回聲說：「哈囉，弗拉迪米爾，好久不見。」

莎蒂急促地倒吸一口氣，我必須摀住她的嘴巴避免她大叫。我們都認得那個聲音，那場紅色金字塔之戰讓我想忘也忘不了。

「賽特。」在經過這樣的召喚之後，緬什科夫看起來一點都不累。對於一個與邪惡之神打交道的人來說，他的聲音聽起來異常冷靜。「我們需要談一談。」

莎蒂推開我的手，輕聲說：「他瘋了嗎？」

「書桌，」我說：「紙草卷。拿到就離開。開始行動。」

她總算有一次不跟我爭執，開始從袋子裡掏出用具。

同時間，綠色大瓶子不停晃動，彷彿賽特正在試著弄倒它。

「孔雀石花瓶？」火神的語氣聽起來有點火大。「說眞的，弗拉迪米爾，我以爲我們的交情比這好太多了。」

緬什科夫的笑聲聽起來像有人在掐死一隻貓一樣。「這用來箝制惡靈很棒啊，對吧？這個房間是世界上擁有最多孔雀石的地方。艾麗珊卓拉皇后[44]用這種石頭來蓋她的起居室眞的很有智慧。」

瓶子發出叮噹響聲。「但這個瓶子聞起來有舊銅板的臭味，而且太冷了。弗拉迪，你曾經被困在一個孔雀石瓶子裡嗎？我又不是神燈精靈。如果我們可以坐下來面對面或是喝杯茶的

[44] 艾麗珊卓拉皇后（Empress Alexandra, 1872-1918）是最後一位俄國沙皇皇后。他們全家於一九一八年遭布爾什維克革命黨人處決。

話，我會更健談喔。」

「恐怕不行，」緬什科夫說：「現在，你要回答我的問題。」

「喔，好吧。」賽特說：「我希望巴西獲得世界盃足球賽冠軍。我建議投資白金和小額資金。你這週的幸運數字是二、十三……」

「不是這種問題！」緬什科夫怒罵。

莎蒂從袋子裡拿出一塊蠟，開始積極工作，捏出了一個動物造型。她在這方面的咒語比我厲害，但我不確定她要怎麼用。埃及的魔法可說是毫無限制，完成任務有上千種不同的方法，訣竅在於如何有創意地運用工具，並且選擇不會害死自己的做法。

「你要把我需要知道的事情告訴我，」緬什科夫要求，「否則那個瓶子只會讓你愈來愈不舒服。」

「親愛的弗拉迪米爾，」賽特的聲音充滿邪惡的消遣意味，「你需要知道的事情跟你想知道的事情可能很不一樣。難道你以前的不幸意外沒有教會你嗎？」

緬什科夫摸一摸他的太陽眼鏡，像是在確保眼鏡不會掉下來。

「你要告訴我控制阿波非斯的方式，」他以強硬語氣說：「然後你要告訴我如何使布魯克林之家的魔法防護失效。只有你最了解凱恩的防護措施。一旦我消滅他，就沒有對手了。」

當我漸漸明白緬什科夫說的話，氣得差點站不穩。這一次，換莎蒂必須摀住我的嘴巴。

「冷靜點！」她輕聲說：「你這樣會讓隱形防護罩冒火花啦！」

我推開她的手，小聲說：「但是他想釋放阿波非斯！」

「我知道。」

「還要攻擊阿摩司……」

「我知道！所以你要幫我拿到那份該死的紙草卷，然後我們趕快離開這裡！」她將動物蠟像放在書桌上，我想那是一隻狗，然後她開始用筆在蠟像背上寫象形文字。

我緊張地吸了口氣。莎蒂是對的，不過，緬什科夫說的可是要釋放阿波非斯並殺了我們叔叔啊。哪種魔法師會跟賽特打交道？除了莎蒂和我以外。但是那不一樣。

賽特的笑聲迴盪在綠色花瓶裡。「好吧，控制阿波非斯，還有布魯克林之家的祕密。弗拉迪米爾，就這些事嗎？如果你的主子狄賈登發現你真正的計畫，還有與你來往的是哪些人，不知做何感想？」

緬什科夫拿起他的魔杖，雕刻著蛇的尖頂又燃起火焰。「惡日，當心你所說的威脅。」瓶子搖晃。整個房間的玻璃櫃都在震動，吊燈有如三噸重的風鈴不停擺盪。

我驚慌地看著莎蒂。「他剛才是……」

「他說了賽特的祕密名字。」她確定地說，並繼續在狗蠟像身上寫字。

「怎麼會……」

「卡特，我不知道。安靜一點啦！」

神的祕密名字具有各種力量，原本應該幾乎不可能被他人知道。要真正知道神的祕密名字，不能只是聽到某個不相關的人不斷對你說，必須要由那位神親口告訴你，或是某個最親近他內心世界的人才行。一旦你知道了祕密名字，會讓你具有魔法優勢來控制那位神。在去年聖誕節的冒險中，莎蒂得知賽特的祕密名字，但緬什科夫是怎麼知道的？

賽特在瓶子裡憤怒地咆哮。「我眞的很討厭那個名字。爲什麼不能叫做『光榮日』？或是『搖滾紅死神』？那種名字好多了。弗拉迪，只有你一個人知道已經夠糟了。我現在還要擔心那個凱恩家的女孩……」

「替我們效力，」緬什科夫說：「凱恩家的人會被消滅，你會成爲阿波非斯的榮譽戰將。你可以再蓋一座神廟，甚至比紅色金字塔更壯觀。」

「嗯哼，」賽特說：「或許你沒注意到，但我不喜歡這個當第二指揮官的想法。至於阿波非斯，他不會容許其他神得到注意。」

「不管有沒有你的幫忙，我們都會釋放阿波非斯，」緬什科夫警告，「到了春分，他就會興起。但如果你幫我們讓這件事早點完成，會得到獎賞。你的另一個選擇是詛咒。噢，詛咒不會完全摧毀你，但有了你的祕密名字，我可以把你送進萬丈深淵待上幾億萬年，這可是會讓你痛苦萬分。我給你三十秒鐘的時間決定如何？」

我推推莎蒂。「快點。」

她點了點狗蠟像，蠟像立刻活了過來。它開始在書桌附近嗅來嗅去，找尋魔法陷阱。

賽特在瓶子裡嘆氣。「好吧，弗拉迪米爾，你眞是很了解要如何提出誘人建議。你剛說控制阿波非斯的方式？沒錯，拉把大蛇丟進聖甲蟲大牢裡時，我也在那裡。我想我記得拉用來束縛他的配方。那天眞是個大日子！我想，我那天是穿紅衣。在慶祝勝利的宴會上，他們準備了最好吃的蜜烤蝗蟲……」

「你剩十秒鐘。」緬什科夫說。

「好啦，我會合作！希望你已經準備好紙筆了。這個配方材料很多。讓我想想……拉是用什麼東西當做基底？蝙蝠糞便？然後是乾掉的蟾蜍，還有……」

賽特開始說那些材料說個不停，而莎蒂的狗蠟像在書桌聞來聞去。最後它躺在吸墨紙上睡覺去了。

莎蒂皺著眉頭看我。「沒有陷阱。」

「這樣太過容易了。」我輕聲回答。

她打開上層抽屜。紙草卷就在那裡，就跟我們在布魯克林找到的一樣。她將紙草卷放進袋子。

我們退回壁爐，才走到一半，賽特出其不意逮到了我們。

「還有蛇皮。沒錯，要三條大蛇皮，再灑一點辣醬……」他突然停住，像是得到某種啓示。他從房間另一頭提高音量大喊：「再來一個受害者做犧牲品會很棒！也許就找搞不定隱形咒的年輕愚蠢魔法師，例如在那裡的卡特．凱恩！」

我整個人僵住。弗拉迪米爾．緬什科夫轉身，隱形罩承受不住我的驚慌。

幾道金色火花既大聲又快樂地咻咻咻往上竄出，黑雲消失了。

緬什科夫直瞪著我。「唉呀呀……你自己親自送上門來，眞是太客氣了。賽特，做得好。」

「什麼？」賽特無辜地問：「我們有客人嗎？」

「賽特！」莎蒂大吼：「我會因爲這件事好好踢你的『巴』，如果你不想被踢，就趕快幫我們！」

瓶子裡的聲音倒抽口氣。「莎蒂．凱恩？眞是太開心了！可惜我被困在這個瓶子裡，沒有人要讓我出來。」

這個暗示未免太不婉轉，但在他破壞了我們的掩護行動後，當然也不相信我們眞的會放他出來。

莎蒂面對緬什科夫，她已經準備好魔棒及魔杖。「你跟阿波非斯合作。你選錯邊了。」

緬什科夫拿掉眼鏡。他的眼睛是受重傷後疤痕累累的凹洞，皮膚被燒傷過，還有發亮的角膜。相信我，那已經是用來形容他最不糟糕的方式了。

「選錯邊？」緬什科夫問。「你根本不了解現在檯面上的力量。五千年前，埃及祭司預言世界會如何毀滅。拉會衰老、失去體力，阿波非斯會呑噬拉，讓世界陷入黑暗。混沌會永遠統治。現在時候到了！你阻止不了。你只能選擇被殺，或是屈服於混沌的力量而活命。」

「對，」賽特插嘴，「我被困在這個瓶子裡太可惜了，否則我可能會選擇幫助某一邊。」

「賽特，閉嘴，」緬什科夫怒斥著，「沒有人會瘋狂到去相信你。至於你們這些小鬼，根本威脅不了我。」

「好極了，」我說：「所以我們可以走了嗎？」

緬什科夫大笑。「你們該不會想跑去找狄賈登，把剛才聽到的話都告訴他吧？他才不會相信你們。他會押你們去受審，然後處決。我將替你們免除掉這種難堪場面，因為我現在就要殺了你們。」

「真好玩！」賽特說：「真希望能親眼目睹，但我卻困在這個瓶子裡。」

我試著思考。緬什科夫仍在防護圈裡，這表示他有很大的防禦優勢。就算我召喚戰鬥化身，也不確定是否能衝破他的防護。同時，緬什科夫可以慢慢嘗試用不同方式殺了我們。他會用元素魔法炸掉我們？還是把我們變成蟲？

他將魔杖扔在地上，我暗自咒罵。

把魔杖扔在地上聽起來像是投降，但在埃及的魔法中，這可是個壞消息，通常表示：「喂，我要召喚一隻兇狠的大怪物來殺你，而我會安全地站在防護圈裡大笑！」

果然沒錯，緬什科夫的魔杖開始扭動變長。

好極了，我心想。又是一條大蛇。

但是這條蛇有點不對勁，在牠原本是尾巴的地方長出一顆頭，所以現在蛇身兩端都各有個頭。我起先以為我們滿好運的，因為緬什科夫召喚出一個稀罕的殘缺怪物，然而這東西伸出四隻龍腳，身體不斷長大，大到變得和一匹挽馬一樣。牠的身體如同英文字母U一般的彎曲，上面綴有紅綠色相間的鱗片，兩端各有一個響尾蛇頭。牠讓我想起《杜立德醫生》㊺裡的那隻雙頭動物，就是那隻波西米雙頭鹿。只不過怪醫杜立德本人絕不會想跟我眼前這隻怪物說話，如果他跟怪物對話，怪物大概會說：「你好啊，我要把你吃掉。」

兩顆頭都朝向我們發出嘶嘶聲。

「我在一週內碰到的蛇已經夠多了。」我喃喃說著。

緬什科夫微笑著。「啊，蛇類可是我的專長呢，卡特．凱恩！」他摸摸掛在領帶上的銀色墜子，是一個形狀像蛇的護身符。「這個特別的生物是我的最愛，叫做『翠蘇西魯』。兩個麻煩的小鬼，用來餵牠那兩張飢餓的嘴。剛剛好！」

莎蒂和我彼此互看。此時就是那種我們能清楚了解彼此想法的時刻。

我們都知道我們無法擊敗緬什科夫，他讓那隻雙頭蛇怪消耗我們的戰力。如果我們活了下來，他會再用其他方法來對付我們。這傢伙是專家，我們不是死就是被活捉，而貝斯警告過我們不要活著被逮。看過那個木塞死者的遭遇後，我認眞看待貝斯的警告。

爲了活命，我們必須做一件瘋狂的事，這做法形同自殺，而且緬什科夫一定想不到。我們必須即刻、馬上得到幫助。

「我該這麼做嗎？」莎蒂問。

「動手吧。」我同意。

翠蘇西魯露出淌著口水的利牙。你不會以爲一個沒有尾巴的生物動作很快，但這怪物的雙頭一彎就朝我們衝來，如同一個巨大的馬蹄鐵。

我抽出劍。莎蒂的動作更快。

她將魔杖指著賽特的孔雀石瓶，大喊她最喜歡的咒語：「哈—迪！」

我很怕這方法不管用。自從她與艾西絲分離後，就沒有試過毀滅咒語了。就在怪物接近我之前，綠色花瓶碎裂開來。

緬什科夫大喊：「不！」

一陣沙塵暴出現穿過房間，熱風將莎蒂和我吹到壁爐上，一道紅沙牆打在翠蘇西魯身上，使牠飛起來撞上一根孔雀石柱。弗拉迪．緬什科夫被震離防護圈，他的頭撞到了桌子，接著癱倒在地，紅沙在他身上旋轉，直到他完全被紅沙覆蓋。

風暴結束後，一個穿著紅色絲質西裝的男子站在我們面前。他的膚色像櫻桃口味的汽水一樣鮮紅，理著小平頭，蓄著黑色山羊鬍，一對發亮的黑眼睛用化妝墨畫了眼線。他看起來就是一個準備進城狂歡一晚的埃及邪神。

他露出笑容，攤開雙手比出「你瞧」的手勢。「這樣好多了！莎蒂．凱恩，謝啦！」

㊺《杜立德醫生》（*Doctor Dolittle*）是美國作家休．羅夫登（Hugh Lofting）的著名兒童文學作品。主角杜立德醫生擁有與動物對話的天賦，協助許多動物解決自然界的問題。自一九二〇年出版第一集後，陸續出版多本續集。

在我們左手邊，翠蘇西魯發出斷斷聲不停擺動，還試圖站起來。覆蓋住弗拉迪的那堆紅沙開始移動。

「惡日，快幫忙！」莎蒂下令，「解決他們。」

賽特皺著一張臉。「不需要喊我這個私密的名字吧。」

「還是你比較喜歡『紅色搖滾客』？」我問。

賽特用手指比出相框的樣子，彷彿想像自己的名字放在駕照上的模樣。「沒錯……那是個好名字，可不是嗎？」

翠蘇西魯搖搖晃晃站起來，甩甩兩顆頭，對我們怒目而視，但牠似乎不理會賽特，即使是賽特害牠摔到牆壁上。

「牠身上的顏色很漂亮吧？」賽特問。「眞美的東西。」

「殺了牠就對了！」我大喊。

賽特一副受到驚嚇的模樣。「噢，我不能這麼做！我太喜歡蛇了。而且『神道會』會剝了我的皮。」

「神道會？」我問。

「就是『神之道德對待怪物協會』。」

「這是你瞎掰出來的！」我大叫。

賽特露出笑容。「不過……恐怕你們還是得自己解決翠蘇西魯。」

怪物對著我們發出嘶嘶聲，大概是在說：「太好了！」我舉起劍阻止牠接近。

那堆紅沙開始移動。緬什科夫呆滯的臉從沙堆中露出來。賽特手指一彈，一個大陶罐出現在空中，砸碎在魔法師頭上。緬什科夫又倒回沙堆裡。

「我要留在這裡娛樂弗拉迪米爾。」賽特說。

「你不能詛咒他或做些什麼嗎？」莎蒂質問。

「噢，我也想啊！可惜，有人握有我的祕密名字，尤其是特別交代我不可以殺了他們的時候，我的能力有限。」他有所責難地看著莎蒂。「無論如何，我或許可以替你爭取幾分鐘時間，但是弗拉迪醒來時會非常生氣，所以如果我是你，動作要快了。祝你們有活命的好運！翠蘇西魯，祝你有吃掉他們的好運！」

我想要勒死賽特，可是我們還有更大的問題要解決。翠蘇西魯彷彿受到賽特這番話的打氣與激勵，牠撲向我們。莎蒂和我朝最近的門狂奔而出。

我們跑過冬宮，賽特的笑聲迴盪在身後。

11 雙頭蛇怪

卡特，我懂。我眞的懂。

把最痛苦的部分留給我講，關於這點，當然，我不能怪你。發生的事對我來說已經夠糟了，但對你……嗯，我也不想多談。

我們快速跑過冬宮的磨光大理石走廊。這裡根本不是設計來讓人跑的。在我們後面，兩個頭的翠蘇西魯在轉彎的時候，滑倒撞上牆壁，就像瑪芬每次在外婆拖地時發生的情況。這是怪物沒有立刻抓到我們的唯一原因。

因爲我們是透過魔法進入孔雀石廳，所以根本不知道最近的出口在哪裡。我甚至不確定我們是不是還在冬宮，還是說緬什科夫的辦公室其實只是存在杜埃的某種精緻複製品。就當我開始思考是否永遠都出不去時，我們繞過轉角，爬下樓梯，發現一道有著鐵框的玻璃門可以通往宮殿廣場。

翠蘇西魯就在我們後面。牠從樓梯上滾落，打破某個可憐沙皇的石膏像。

我看見門上的鎖鍊，這時我們距離出口還有十公尺遠。

「卡特。」我喘著氣說，對掛鎖無助地揮手比劃。

我討厭承認我感覺到自己有多弱。我沒有力量再去執行另一個咒語。在孔雀石廳打破賽特的花瓶是我最後的傑作，這是一個很好的例子，可以清楚告訴你爲何不該用魔法解決所有的問題。召喚神聖文字來打破花瓶消耗掉很多能量，我感覺自己像在熱烘烘的太陽上挖洞，看來只丟個石頭還簡單得多。如果我活得過今晚，我決定以後要在工具袋裡放幾塊石頭。

當卡特將手對著大門比劃時，距離出口還有三公尺遠。荷魯斯之眼在掛鎖上發亮，大門就像被大拳頭擊中般砰的一聲打開。自從我們在紅色金字塔那一戰之後，就沒看卡特這樣做過，但我沒時間讚歎了。我們衝到外面，進入寒冷的冬夜，翠蘇西魯在我們身後發出怒吼。

你會認爲我瘋了，然而我腦中浮現的第一個念頭是：剛才那太簡單了。

儘管怪物在後面追著我們，還有和賽特的事（以後有機會我一定要勒死他。那個在背後捅人一刀的爛人！），我忍不住覺得我們根本是輕而易舉地突襲了緬什科夫的密室，並且拿走紙草卷。陷阱在哪裡？警報呢？會爆炸的驢子詛咒呢？我確定我們偷到的是眞正的紙草卷。我在布碌崙博物館裡拿紙草卷時，手指也有相同的刺痛感（謝天謝地，這次沒有火）。爲什麼紙草卷沒有受到更嚴密的保護？

我累得要命，腳步比卡特慢了些，或許是這點救了我一命。我的頭皮出現有東西爬行的感覺，頭頂上出現一片黑暗，這讓我想起奈赫貝特翅膀的陰影。我抬起頭，看見翠蘇西魯從我們頭上飛過，有如一隻巨大的牛蛙，牠算準了時間降落，就在……

「卡特，站住！」我大喊。

在結冰的人行道上，說的比做的容易。我滑了一段才停下來，但卡特的速度太快，他屁股著地滑倒，而他的劍滑到一旁。

翠蘇西魯就掉在他身上。要不是這隻怪物的形狀像英文字母U，卡特早就被壓扁了。怪物繞著他的樣子就像一副大耳機，而且兩個頭從兩側兇狠地瞪著他。

這麼大的東西怎麼會跳這麼遠？太遲了，我發現我們應該留在室內才對，因爲怪物在那裡比較不方便行動。在這裡，我們沒有機會打敗牠。

「卡特，」我說：「千萬不要動。」

他全身僵住呈現螃蟹走路的姿勢。怪物的兩個頭流下的毒液滋滋作響，在結冰的石頭上冒煙。

「喂！」我大喊。我手裡沒有石頭，於是撿起一大塊破冰往翠蘇西魯丟過去。很自然的，我打中卡特的背。儘管如此，我還是吸引到翠蘇西魯的注意。

牠的兩顆頭都轉向我，兩個舌頭不停吐信。我做到了第一步：分散怪物注意力。

至於第二步：想出一個聰明的辦法引牠離開卡特。這一點比較棘手。

我已經用掉了我唯一的藥水，而且大多數的魔法用品都不見了，況且我的魔法儲量已經用得差不多，魔杖和魔棒也不太派得上用場。阿努比斯送我的刀呢？不知爲何，我懷疑現在並不是用來打開某人嘴巴的正確時機。

華特送我的護身符？我根本不知道要怎麼用。

這是第一百萬次，我後悔放棄讓艾西絲寄宿在我體內。我本來眞的可以使用神的所有魔法能量，不過，那當然也是我必須和艾西絲分開的原因。那是一種具有毒性的力量，很危險，會讓人上癮，一下子就能要你的命。

但我如果能形成一個有限的連結呢？在孔雀石廳的時候，我終於在幾個月來第一次成功完成「哈—迪」的咒語。雖然很難，也不是做不到。

「對，艾西絲，」我心想：「我需要的就是……」

「莎蒂，不要想。」她幾乎立刻就輕聲回應，讓我嚇了一大跳。「神聖魔法必須是自發性的，就像呼吸一樣。」

「你是說……」我阻止自己繼續，「不要想。」嗯，應該不會太難才對。我舉起魔杖，一個金色象形文字出現在空中。一公尺高的切特符號在庭院中發光，有如聖誕樹上的星星一樣。

翠蘇西魯怒吼，黃色的眼睛直盯著象形文字。

「不喜歡嗎？」我大叫：「這是艾西絲的象徵，你這個醜八怪。現在，你離我哥遠一點！」

這當然全是虛張聲勢，我很懷疑發亮的象徵物能做出什麼有用的事，希望這隻蛇怪沒有聰明到知道這東西毫無用處。

我繼續盯著怪物。我用魔杖底部在四周雪地上畫了一個魔法圈。這沒有多大保護作用，但總比什麼都沒有好。

「卡特，」我大喊：「我叫你跑的時候，趕快跑來這裡。」

「這傢伙動作太快了！」他說。

「我會努力引爆象形文字，炸瞎牠的眼睛。」

我仍舊照著會成功的計畫進行，但沒機會先試看看效果。從我左邊傳來冰上嘎吱作響的靴子聲。怪物轉向注意聲音來源。

一個年輕人跑到象形文字的光芒下。他穿著厚重的羊毛外套，戴著一頂警帽，手裡拿著來福槍，但他應該沒有大我幾歲。他的制服幾乎把整個人都蓋住。他看見怪物的時候，眼睛睜得很大，不穩地後退幾步，手上的武器差點掉了。

他用俄語對我大叫了幾句，大概是說：「爲什麼這裡有一隻沒有屁股的兩頭蛇怪？」怪物同時對著我們嘶嘶叫，這點牠辦得到，因爲牠有兩個頭。

「那是一隻怪物。」我告訴守衛。我很確定他聽不懂，可是我試著保持平靜的語氣。「保持冷靜，不要開槍。我正試著救我哥。」

守衛吞了一下口水。他的大耳朵是唯一撐得住帽子的部位。他看看怪物，再看看卡特，然後視線移到我頭上發光的切特。接著他做了一件我沒料到的事。

他用古埃及語說：「黑喀忒。」這是我每次用來召喚魔杖的咒語。他的來福槍變成一根兩公尺長的橡木棍，上面刻有隼頭。

好極了，我想。這個守衛其實是祕密魔法師。

他對著我說了一串俄語，大概是某種警告。我只聽出緬什科夫這個名字。

「讓我猜猜看，」我說：「你想帶我去找你老闆。」

翠蘇西魯大嘴一張。牠很快就不怕我那個發光的切特。卡特的距離還不夠遠，無法逃開。

「聽著，」我對守衛說：「你老闆緬什科夫是個叛徒。他召喚出這隻怪物要殺我們，好讓我們不會到處大聲嚷嚷他要釋放阿波非斯的計畫。你知道什麼是阿波非斯嗎？是一條壞蛇，壞得不得了！好了，你看你是要幫我殺了這隻怪物，還是不要擋路！」

這個魔法師守衛遲疑了一下。他緊張地指著我，說：「凱恩。」這不是一個問題。

「對，」我同意，「是凱恩。」

他的表情混雜各種情緒，有恐懼、不可置信，大概還有驚歎。我不知道他聽說過有關我們的什麼事蹟，但在他決定是要幫我們還是跟我們對打之前，情況急轉直下。

翠蘇西魯撲過來。我那荒謬的哥哥不但沒有滾到一旁，反而和怪物扭打了起來。他雙手緊繞住怪物的脖子，並試圖爬到怪物背上，但翠蘇西魯把另一顆頭轉過來攻擊。我哥到底在想什麼？或許他以爲自己可以駕馭這頭野獸，或許他想試著替我爭取一些時間來唸咒語。如果你現在問他這件事，他會說他根本不記得了。但如果你問我的話，這個大笨蛋是努力想救我，就算犧牲他自己也沒關係。眞勇敢！

【喔，對，卡特，你現在想要自己解釋。我以爲你一點都不記得了！你安靜點，讓我把故事說完。】

就像我說的，翠蘇西魯攻擊卡特，一切似乎靜止下來，我只記得我尖叫著將魔杖對準怪物。守衛魔法師用俄語大喊了幾句，怪物的牙齒咬進卡特左肩，卡特摔到地上。

我忘了自己的假防護圈，朝他跑過去，魔杖發著光。我不知道是如何控制自己的力量，如同艾西絲所說，我沒有去想，只是將所有憤怒和震驚情緒傳給魔杖。

看見卡特受傷是最後的侮辱。我的外公外婆被神附身，我的朋友被攻擊，我的生日毀了，但對付我哥就太超過了，沒有人可以傷害他。

我發出一道金色的光，如同噴砂器的力道重重擊中怪物。翠蘇西魯整個粉碎，只剩下雪地裡一條沙子的痕跡，還有幾片緬什科夫斷裂的魔杖碎片。

我跑到卡特身邊。他全身發抖，還翻著白眼，外套上兩個穿透的傷口正在冒煙。

「凱恩。」年輕的俄國人用一種讚歎的口氣說。

我抓起一塊木頭碎片，舉到他面前給他看。「這是你老闆緬什科夫做的，他替阿波非斯工作。緬什科夫。阿波非斯。你快走吧！」

魔法師可能聽不懂我在說什麼，但是他了解我的意思。他轉身就跑。

我抱著卡特的頭。我不可能自己一個人抬著他走，卻又必須帶他離開這裡。我們現在是在敵人的地盤上。我要找到貝斯。

我奮力讓他能站起來，然後有人抓起了卡特另一隻手臂，幫我們兩個人一起起身。我發現是賽特對著我露出笑容，身上仍是那套可笑的紅色迪斯可裝，上面沾滿孔雀石灰。緬什科夫破掉的太陽眼鏡掛在他頭上。

「你……」我說，因爲太討厭他而說不出惡毒的死亡威脅。

「是我，」賽特開心地說，「我們帶你哥哥離開這裡吧？弗拉迪米爾的心情不太好喔。」

要不是因爲現在是凌晨時分，又下著大雨，而且還要攙扶著我那中毒又昏迷的哥哥，否則涅瓦大街會是一個逛街的好地方。大街上有寬廣的人行道，很適合散步，兩旁有各種讓人眩目的高級精品店、咖啡館、教堂和豪宅。所有招牌和標誌都是俄文，我不知道要怎麼找到那間巧克力店，而且到處都沒看到貝斯那輛黑色賓士車。

賽特自願背卡特，但我才不要讓混沌之神全權照料我哥，所以我們把他架在兩人中間拖著走。賽特高興地聊起翠蘇西魯的毒液。「根本沒有解藥！十二小時內會致命。眞是了不起的東西！」接著聊到和緬什科夫的打鬥。「在他頭上打破了六個花瓶，這樣他還活著！眞羨慕他的頭骨這麼硬。」然後也聊到我能活著找到貝斯的機率。「喔，親愛的，你完蛋了！當十二名資深魔法師聚集到緬什科夫那裡，我那時……呃，正採取策略性撤退。他們很快就會追上你。我當然可以一次就解決他們，但我不想冒險讓緬什科夫再次使用我的祕密名字。也許他會得到失憶症，然後全部忘光光。如果你也死了，這樣兩個問題都解決了。噢，抱歉，我想這聽起來很冷酷無情。動作快！」

卡特的頭垂下，他的呼吸聽起來幾乎就和弗拉迪呼吸器一樣糟。

現在，請千萬不要認爲我很笨。我當然記得潔絲之前給我的那個迷你卡特蠟像，我曉得現在就是這種東西可能派上用場的緊急情況。潔絲是如何預言出卡特會需要治療，這我不知道；雖然賽特說這種毒沒得救，但這個蠟像或許可以吸出卡特身上的毒液。不過，一個邪惡之神又哪裡懂得治療呢？

然而，還有其他問題。首先，我非常不熟療癒魔法。我需要時間去想出恰當的方式，因爲我只有一個蠟像，不能白白浪費。再說，當緬什科夫和他的俄國魔法師警衛小隊追著我跑，我沒有辦法進行這種魔法，況且賽特在旁邊，我也不想鬆懈心防。不知爲何，他突然決定要幫忙，但只要一有機會，我就要甩掉他，愈快愈好。我一定要找到貝斯，撤退到比較安全的地方，如果眞有這種地方存在的話。

賽特繼續滔滔不絕說著如果魔法師抓到我，他們會使用各種刺激的處決方式。最後我看到一座在結凍運河上的橋，一輛黑色賓士車就停在橋中央。貝斯正靠在引擎蓋上吃著巧克力做的西洋棋盤，他的旁邊放了一個大塑膠袋，希望裡面裝滿了要給我的巧克力。

我朝他大喊，但他吃巧克力吃得渾然忘我（這點我想我可以理解），所以等我們走到只離他幾公尺遠時他才發現。他抬起頭來，看到賽特。

我開口說：「貝斯，不……」

太遲了。侏儒神像一隻臭鼬般啓動他的預設防禦模式。他的眼睛突出，嘴巴誇張地開得非常寬。他大喊：「噗！」聲音大到讓我頭髮分邊，橋上街燈的冰柱如下雨般掉落。

賽特看起來絲毫不受影響。

「貝斯，你好呀，」賽特說：「說眞的，你臉上沾滿巧克力的時候不怎麼嚇人。」

貝斯瞪著我。「他在這裡做什麼？」

「這不是我的主意！」我向他保證。我很快將我們和緬什科夫對手的過程講給他聽。

「卡特受傷了。」我總結，這似乎不用說也看得出來。「我們必須把他帶離這裡。」

「但是，首先，」賽特插嘴，指著放在貝斯旁邊的巧克力博物館提袋，「我無法忍受驚喜。袋子裡面有什麼？是給我的禮物嗎？」

貝斯皺眉。「莎蒂想要紀念品。我帶了一個列寧的頭給她。」

賽特高興地拍了一下大腿。「貝斯，你眞是太邪惡了！你還是有希望的。」

「不是他眞正的頭，」貝斯說：「是用巧克力做的。」

「噢……可惜了。那我能不能吃一塊你的棋盤？我就是愛吃卒子。」

「賽特，你給我滾開！」貝斯說。

「這個嘛，要我走沒問題，但是既然我們的朋友已經在路上了，我想，或許我們可以做筆交易。」

賽特手指一彈，一顆紅色光球出現在他面前。光球裡出現全景畫面，是六個穿著安全制服的男子擠進兩輛白色跑車，車頭燈發出強光，車子轉過停車場，直接穿過石牆，彷彿牆壁是用煙做的一樣。

「我會說你們大概還有兩分鐘時間。」賽特微笑著，光球消失了。「貝斯，你記得緬什科夫的手下吧。你確定想再碰到他們嗎？」

侏儒臉一沉，將手裡的白巧克力棋子捏碎。「你這愛說謊、詭計多端的殺人兇手……」

「別說了！」我說。

昏迷中的卡特發出呻吟。可能是他變重了，也可能是我扶他扶到累了。

「我們沒時間吵架，」我說：「賽特，你是要提議阻止魔法師嗎？」

他大笑。「不，不！你知道我仍然希望他們會殺了你，可是我要告訴你《拉之書》的最後一份紙草卷放在哪裡。那就是你在找的東西，不是嗎？」

我猜他在說謊。他通常都是這樣子……但是，如果他是認真的……

我看著貝斯。「他有可能知道地點嗎？」

貝斯咕噥著：「絕對知道。拉的祭司把紙草卷交給他保管。」

「他們到底爲何要這麼做？」

賽特試著擺出謙虛的樣子。「嘿，莎蒂，我好歹也是拉的忠心護衛。如果你是拉，不想被任何打算叫醒你的老魔法師打擾，你會不會把你所在地的鑰匙交給最令人害怕的僕人？」

他說得有道理。「那麼，紙草卷在哪裡？」

「別這麼急。如果你把我的祕密名字還給我，我就會告訴你地點。」

「不可能！」

「這相當簡單，只要說：『我把你的名字還給你。』這樣你就會忘了該如何確切說出那個祕密名字……」

「然後我就沒有力量控制你了！你會殺了我！」

「我保證不會殺你。」

「對，你總是一諾千金，但如果我用你的祕密名字來逼你告訴我呢？」

賽特肩膀一聳。「花個幾天時間研究出正確的咒語，你有可能辦得到，可惜……」他將耳朵貼近手心。遠處傳來車子輪胎的嘎吱聲，兩輛車正快速接近我們。「你沒有幾天的時間。」

貝斯用埃及語怒罵著：「別這麼做，孩子。不能相信他。」

「我們能不能不靠他找到紙草卷？」

「嗯……也許。大概不行。不行。」

兩輛車子的車頭燈已經照進涅瓦大街，距離我們大概剩半公里遠。我們沒有時間了。我必須帶卡特離開這裡，但如果賽特眞是我們唯一找到紙草卷的方法，我不能就這樣讓他走。

「好吧，賽特，可是我要給你一個最後命令。」

貝斯嘆氣。「我眞的看不下去了。把你哥交給我，我帶他進去車裡。」

侏儒將卡特推進賓士車後座。

我的目光繼續停留在賽特身上，試著思考以最不可怕的方式去進行這項交易。我不能只是告訴他永遠都不能傷害我的家人。一項魔法協定的內容必須小心訂定，需要列出清楚的規範限制和有效期限，否則整個咒語就毀了。「惡日，你不能傷害凱恩家族，你必須與我們維持停戰協定，直到……直到拉被喚醒。」

「或是要到你嘗試過卻無法喚醒拉的時候？」賽特無辜地問。

「如果這件事發生，」我說：「世界也滅亡了，所以有何不可？有關你名字的事，我會照你要求的做，但是你要告訴我《拉之書》最後一份紙草卷的放置地點，而且不能耍陰謀或欺騙我，然後你要離開這裡，回到杜埃。這是交換條件。」

賽特考慮著我開出的條件。那兩輛白色跑車已經離我們不到幾個街區。貝斯關上卡特那邊的門後跑回來。

「就這麼說定了，」賽特同意，「你會在巴哈利亞找到紙草卷。貝斯知道我說的地方。」

貝斯看起來很不高興。「那個地方戒備森嚴。我們得用亞歷山卓通道。」

「沒錯，」賽特露出笑容，「應該會很有趣！莎蒂．凱恩，你能憋氣多久呀？」

「什麼意思？」

「別介意，別介意。我想你現在還欠我一個祕密名字。」

「我把你的祕密名字還給你。」我說。就這樣，我感覺到那股魔法離開了我。我還是知道賽特的祕密名字叫做「惡日」，但不知爲何，我記不得以前是如何說出這個名字，或是如何用在咒語裡。那段記憶已經被消除了。

令我驚訝的是，賽特沒有當場殺了我。他只是面露微笑，將緬什科夫的太陽眼鏡丟給我。「畢竟，我希望你活著，莎蒂．凱恩。你很有意思。但要是他們眞的殺了你，至少你該好好享受這個受死的經驗！」

「老天，謝了。」

「就因為我很喜歡你，我還有一個免費資訊要給你哥哥。告訴他，姬亞・拉席德的村子叫做『埃爾哈畝拉麥肯』。」

「為什麼要……」

「旅途愉快！」賽特在一陣血紅色的雲霧中消失無蹤。就在一個街區外，兩輛白色跑車朝我們疾駛而來。一個魔法師從帶頭那輛跑車的天窗探出頭，魔杖指著我們的方向。

「該走了，」貝斯說：「上車！」

我會這樣形容貝斯：「他開車像個瘋子一樣。」我這是在稱讚他的開車技術一流。結冰的街道一點都難不倒他。交通號誌、人行道、運河，他也都無所謂，甚至有兩次他連橋都懶得找，就飛車躍過運河。幸好在這種凌晨時刻，整座城都空蕩蕩，否則不管有多少俄國人，我很確定我們會被壓扁。

我們在聖彼得堡中心穿梭，兩輛白色跑車緊追在後。我試著在後座穩穩抱著坐在旁邊的卡特。他眼睛半開，角膜出現很可怕的深綠色。雖然天氣很冷，他卻發著高燒。我費了一番工夫脫掉他身上的冬天外套，發現汗水滲透他的襯衫。他肩膀上的穿透性傷口冒出……我還是不要描述這部分好了。

我回頭看了一下。那個從天窗露出頭來的魔法師將魔杖瞄準我們，但在飛車追逐下要這麼做不太容易。一支發出白色亮光的標槍從魔杖頂端射出，有如追蹤導彈迅速朝我們飛來。

「閃開！」我大喊，並且把卡特推倒在座椅上。

標槍打破後車窗，直接衝破擋風玻璃。如果貝斯的身高和一般人一樣，他大概會得到免費的頭部穿洞。好險他不高，所以飛過來的武器完全沒傷到他。

「我是侏儒，」他抱怨說：「我不閃躲。」

他轉向右邊。在我們後面的商店櫥窗爆炸了，我往後一看，整面牆壁變成一堆活生生的蛇。追兵現在離我們愈來愈近。

「貝斯，帶我們離開這裡！」我大喊。

「小鬼，我正在努力。埃及橋就要到了。最初是建於一八〇〇年代，但是……」

「我不管！開車就對了！」

的確，在聖彼得堡有這麼多零零星星的埃及文物的確很了不起，想到我有多麼不在乎也是很訝異。在扔擲標槍和蛇彈的邪惡魔法師追殺之下，很容易可以排出事情的優先順序。

我只是要說，對，丰坦卡河上的確有一座埃及橋，是從聖彼得堡中心往南的主要道路。爲什麼會有一座埃及橋在那裡？我不知道，也不在乎。我們往橋疾駛而去，我看見橋的兩側都有黑色石頭做成的斯芬克斯像，是戴著鍍金法老王冠的母斯芬克斯，但現在對我來說，最重要的是這些雕像有沒有辦法召喚通道。

貝斯用埃及語大喊了幾句話。在橋的頂端藍光閃動，出現一股沙子漩渦。

「賽特剛才說的話是什麼意思？」我問：「就是問我慫氣的事？」

「希望不用太久，」貝斯說：「我們只會在水底下九公尺的地方。」

「水底下九公尺？」

「砰！」的一聲，賓士車突然往旁邊開去。我後來才發現另一支標槍一定是射中我們的後輪。我們旋轉穿過冰面，整輛車翻過來，頭朝下跌進漩渦中。

我的頭撞到東西。我睜開眼睛，掙扎著恢復意識。要不是我瞎了，就是我們正處在一片黑暗中。我聽見水從被標槍打破的玻璃流進來的聲音，賓士車的車頂如同鋁罐般被壓爛。

我還有時間想著：「成為青少年還不到一天，我就要死了。」

接下來，我眼前一片黑暗，失去了意識。

12 祕密名字

當自己醒過來時，發現變成一隻雞眞的很讓人討厭。我的「巴」漂流通過黑壓壓的水域。當我努力想弄清楚往上面該從哪裡走，我的發亮翅膀不停地拍打。我假設身體就在附近，大概已經在賓士轎車後座淹死了，但我不知道要怎麼樣才能回到體內。

到底爲何貝斯要載我們通過水底的通道？我希望可憐的卡特能夠活下來，或許貝斯能把他從水裡拉出來。但是中毒身亡比起淹死似乎也沒有好到哪裡去。

一道水流抓住了我，將我拋進杜埃。水變成冰冷的大霧，黑暗中充滿哀嚎和咆哮聲。我的腎上腺素漸漸降下來，等大霧退散，我發現自己回到布魯克林之家，就飄浮在醫護室的門口。阿努比斯和華特坐在靠牆的一張長椅上，兩人像老朋友般坐在一起，看起來像是在等待壞消息。華特的手交疊在大腿上，肩膀下垂，還是穿著那件無袖T恤和慢跑短褲，但看起來像是從倫敦回來後都沒睡一樣。

阿努比斯用安慰的語氣對他說話，彷彿試著安撫他的哀傷。我從來沒看過穿著傳統服裝的阿努比斯。他打著赤膊，一條黃金和紅寶石鑲嵌的項鍊掛在脖子上，一件簡單的黑裙繫繞在腰間。這不是一種我會推薦給大部分男生的打扮，但是穿在阿努比斯身上就很成功。我總是想像如果阿努比斯脫掉襯衫的話（提醒你，我沒有常常這樣想像他），看起來應該很瘦，不過他的體格棒極了。冥界一定有很棒的健身房，有仰臥推舉槓鈴用的墓碑之類的東西。

無論如何，從看到他們兩人在一起的驚嚇中恢復過來後，我的第一個念頭是，潔絲一定發生什麼不好的事。

「怎麼了？」我問，不確定他們是否可以聽到我說話。「發生什麼事？」

華特沒有反應，但是阿努比斯抬起頭來。跟往常一樣，我的心沒有得到允許就興高采烈地跳起舞來；他的眼睛如此迷人，我完全忘記要如何用腦。

我說：「呃。」

我知道，麗茲一定會感到驕傲的。

「莎蒂，」阿努比斯說：「你不該在這裡。卡特快死了。」

這句話讓我清醒過來。「胡狼男，我知道！我沒有要求在……等一下，爲什麼我會出現在這裡？」

阿努比斯指著醫護室的門。「我猜是潔絲的靈魂喊你過來。」

「她死了嗎？我死了嗎？」

「都不是，」阿努比斯說：「但你們兩個人都在死亡之門前，表示你們的靈魂能輕易地彼此交談。不要待太久就好。」

華特還是沒有看到我。他喃喃自語地說：「不能告訴她。為何我不能告訴她？」他打開雙手，手掌裡握的是一塊金色的「生」護身符，就跟他給我的那塊一模一樣。

「阿努比斯，他怎麼了？」我問：「他聽不到我說話嗎？」

阿努比斯把手放在華特的肩上。「他看不見你，也看不見我，雖然我想他能感覺到我就在旁邊。他召喚我請求引導，所以我才會在這裡。」

「你的引導？為什麼？」

我猜我說的話聽起來比預期中還要粗魯，然而，就所有華特可能召喚的神之中，阿努比斯似乎是最不可能的選擇。

阿努比斯抬頭看我，他的眼睛似乎比平常更加哀傷。

「莎蒂，你現在應該進去了，」他說：「你的時間不多。我保證會盡力撫慰華特的痛苦。」

「他的痛苦？」我問。「等一下……」

醫護室的門打開，杜埃的水流將我拉進裡面。

醫護室是我去過最棒的醫療地點，雖然這樣子有說跟沒說一樣。我討厭醫院。我爸曾開玩笑說我出生時尖叫不停，一直叫到出了產房才停止。我真的很怕針頭、藥丸，最討厭病人的味道。死人和墓園呢？不會讓我不舒服。但是疾病……這個嘛，很抱歉，難道一定要聞起來這麼有生病的味道嗎？我第一次去醫護室看潔絲的時候可是鼓起了所有的勇氣；第二次去看她，即使是以「巴」的模樣，並沒有比較輕鬆。

醫護室和我的房間大小差不多。牆壁是粗鑿出來的石灰岩，紐約晚上的光亮透過大窗戶照射進來。松木櫃裡擺滿仔細標示的藥品、急救品、魔法護身符和藥水，其中一個角落擺著噴泉，裡面有實際大小的獅子女神薛克梅特的雕像，她是醫療者的守護神。我聽說過從薛克梅特雕像的手湧出的水，可以立即治好風寒或感冒，並能提供一個人每日所需的大部分維他命和鐵，但我從來沒有勇氣去喝喝看。

噴泉汩汩流動，非常祥和。這裡的空氣沒有消毒水的味道，而是被施了魔法的香草蠟燭飄浮在空中的味道。不過，這裡還是讓我覺得緊張不安。

我知道蠟燭是要藉由火焰改變顏色來表示並監控病人的情況。目前的蠟燭都在唯一一張有病人的床上盤旋，那是潔絲。火焰的顏色現在是深橘色。

潔絲的手交叉放在胸前，她的金髮梳放在枕頭上，淺淺的笑容看起來像正在做好夢。

坐在潔絲的床腳的是……潔絲，或至少是她的綠色發光影像。那不是「巴」，完全是一個人的形體。不知道她是不是死了，眼前這個是不是她的鬼魂？

「潔絲……」我的心頭上又湧現罪惡感。過去兩天來每次出差錯的事，從潔絲的犧牲開始，這都是我的錯。「你是不是……」

「死了？莎蒂，我沒死。這是我的『仁』。」

她的透明身體閃爍。當我更靠近看仔細，發現這是由不同影像組合在一起，宛如潔絲這一生的立體影像實錄。還是小寶寶的潔絲坐在高腳椅上，用嬰兒食物把自己畫了大花臉。十二歲的潔絲在體操館的地板上不停側翻，橫跨整個體操館，參加她生平第一次的啦啦隊甄選。現在的潔絲打開她學校的置物櫃，發現一個發亮的結德護身符——也就是引領她來到布魯克林的我們的魔法名片。

「這是你的『仁』，」我說：「這是你靈魂的另一部分？」

發亮的綠色影像點點頭。「埃及人相信靈魂一共由五個部分組成。『巴』代表個性。『仁』代表……」

「你的名字，」我想起來了，「但是那怎麼會是你的名字？」

「我的名字就是我的身分，」她說：「是我所有人生經驗的全部。即使我死了，只要我的名字被記得，我仍舊存在。你了解嗎？」

我一點都不了解，但我知道她可能會死，而且是我的錯。

「對不起，」我努力不要哭出來，「要是我沒有抓起那份愚蠢的紙草卷……」

「莎蒂，不要覺得抱歉。我很高興你來了。」

「可是……」

「莎蒂，每件事發生都有原因，即使是不好的事。」

「完全不對！」我說：「這樣太不公平了！」

爲什麼潔絲可以這麼平靜又親切，甚至在她昏迷中？我不想聽到有壞的事情發生，只是爲了某個偉大計畫的一部分。我討厭有人這樣說。我失去了母親，失去了父親。我的生活被搞得一團亂，不知道有多少次差點沒命。現在，就我所知，我不是已經死了，不然就是快死了。我哥中毒加上快要溺斃，而我救不了他。

「這一切沒有任何值得這麼做的理由，」我說：「人生無常。人生殘酷。人生……」

潔絲仍舊面帶微笑，臉上露出覺得有趣的表情。

「喔，」我說：「你想讓我生氣，對不對？」

「這才是我們大家都喜歡的莎蒂呀。哀傷沒有用，你生氣時才能做得更好。」

「嗯。」我想她說得對，雖然我不一定喜歡這個評語。「爲什麼你要帶我來這裡？」

「有兩個原因，」她說：「第一，你還沒死。你醒過來的時候，只有幾分鐘的時間可以救卡特。你必須動作快。」

「用那個蠟像，」我說：「對，我現在懂了。但我不知道要怎麼用，我不擅長治療魔法。」

「只要再找一樣重要的材料就好了，你知道答案。」

「可是我不知道啊！」

潔絲揚起一邊的眉毛，像是我在那裡固執己見、不肯聽話一樣。「莎蒂，你已經很接近答案了。想一想艾西絲，想想你在聖彼得堡時如何傳輸她的力量，答案自然會在你心中浮現。」

「但是……」

「我們動作要快了。第二個原因是，你會需要華特的幫忙。我知道這很冒險，也知道貝斯反對，但是你要用護身符呼喚華特回到你身邊，這是他想做的事。有些風險就算犧牲性命也值得一試。」

「犧牲誰的性命？他的嗎？」

醫護室的景象開始消失了，變成模糊的水彩畫。

「想一想艾西絲，」潔絲重複說：「還有，莎蒂，這一切都有目的，是你教會了我們這一點。我們選擇相信瑪特；我們從混沌中建立秩序，從醜陋的無常創造美及意義。埃及就是這麼一回事。所以埃及文的名字──『仁』才會延續幾千年而不消失。不要感到絕望，否則混沌就贏了。」

我想起在其中一堂課上我講過類似的話，即便如此，我還是不相信這種話。

「我告訴你一個祕密，」我說：「我是個很爛的老師。」

潔絲的形體、她所有的記憶，漸漸化為一陣霧。「我也告訴你一個祕密，」她說，聲音漸漸遠去，「你是個很好的老師。快去拜訪艾西絲吧，看看一切如何開始。」

醫護室消失不見。突然間，我站在一艘皇家遊艇上，正在尼羅河上航行。頭頂上的太陽相當熾烈，豐厚的綠色沼澤青草和棕櫚樹沿著河岸排列。在沙漠後延伸至地平線，貧瘠乾裂的紅土丘嚴峻險惡，看來我們似乎有可能在火星上。

這艘船就跟卡特描述他與荷魯斯會面中所搭乘的一樣，雖然現在船的狀況看起來比較好。筆挺的白帆畫上太陽圓盤圖案，紅色與金色閃閃發光。五顏六色的一道道光線穿梭在甲板上，划著船槳並且拉繩。我不知道它們是如何不靠手來做事，但這也不是我第一次見到魔法船員。

船身以珍貴的金屬鑲嵌，使用了銅、銀和金的設計來描繪太陽船通過杜埃的景象，以及用來召喚太陽力量的象形文字。

在船的中央，一個藍色與金色相間的頂篷蓋替太陽神的王座提供遮蔽，這絕對是我看過最讓人驚豔，同時也最不舒服的一張椅子。起先我以爲這是熔化的金子做的，後來才發現其實整個都是正在燃燒的火焰，黃色的火焰不知如何被雕塑成王座的形狀。被鑿刻過的椅腳及扶手處，白亮熾熱的象形文字光芒如此耀眼，我覺得眼睛快要燒焦了。

王座主人看起來沒這麼威風。拉是一個衰弱的老人，身體因爲彎腰形成問號的形狀，已經禿光的頭頂布滿褐黃斑點。他的臉皮皺到下垂，皺紋多到看起來像面具，只有塗著化妝墨的雙眼顯示他還活著的跡象，因爲他的眼睛充滿痛苦和疲累。他穿著短裙，戴著大項鍊，這套裝扮在他身上沒有阿努比斯那麼好看。在此之前，我所看過最老的人是前大儀式祭司伊斯坎德，他活了兩千年。但是伊斯坎德活著的時候，還有他快過世時，看起來也沒這麼老。拉看起來最糟的地方是他的左腿用繃帶纏繞，腫了兩倍大。

他痛苦地不停呻吟，把腿放在一堆墊子上。在他的脛骨上，兩個穿刺傷口不斷有液體滲出繃帶，看起來很像卡特肩膀上被咬的傷口。太陽神拉揉弄著自己的腿，綠色毒液向上擴散到他的大腿血管。光是在旁邊看，就讓我的「巴」的羽毛因爲噁心而打顫。

拉看著天空，眼睛如同王座般熾黃。

「艾西絲！」他大喊：「很好！我就大發慈悲！」

一個陰影在頂篷下盪過。出現一名女子跪在王座前。我當然認得她。她有一頭又長又黑的頭髮，剪成如同克麗奧佩特拉㊻的髮型，身穿一件白色薄紗突顯她優雅的身形，而她閃亮的七彩翅膀如極光般耀眼。

她低著頭，高舉雙手，手心朝上做出懇求的樣子，看起來畢恭畢敬。但我太了解艾西絲了，我看得出她試圖想要隱藏的笑容；我感覺得到她興奮的情緒。

「陛下，」她說：「我活著就是爲了服侍您。」

「哈！」拉說：「艾西絲，你活著是爲了權力。別費心騙我了。我知道那條咬我的蛇是你搞的鬼！所以沒有任何人能找到解藥。你覬覦我的王位，想要讓你那狂妄自大的丈夫俄塞里斯登基爲王。」

艾西絲開口抗議：「陛下……」

「夠了！如果我再年輕一點……」拉不該移動他的腿。他痛苦大叫，綠色毒液又更往他的血管上擴散。

「算了。」他難過地嘆氣。「我厭倦這個世界。這些陰謀詭計夠多了。替我治好毒傷。」

「陛下，欣然之至。但我需要……」

「我的祕密名字，」拉說：「對，我知道。你保證會治好我，你就會得到所有你渴望的東西……甚至更多。」

我聽得出拉的話中警告，但艾西絲要不是沒聽見，就是她根本不在乎。

「我發誓會治好您。」她說。

「那麼，女神，到我面前來。」

艾西絲傾身向前。我以爲拉會附在她的耳邊說出祕密名字，他卻抓住她的手，放在自己稀疏的眉毛上。她的指尖悶燒，想把手拿開，但拉抓住她的手腕。火焰閃耀，顯示太陽神整個形體如何開始出現，以及他漫長的一生。第一個日出；他的太陽船在新升起的埃及土地上照耀；他創造出其他天神及凡人；拉每晚通過杜埃，與阿波非斯無止盡的戰鬥並阻擋混沌勢力。閃過的東西太多讓人無法吸收，每次心跳的瞬間就等於過了好幾世紀。他的祕密名字就是他所有的經歷，即使在古代，拉都已經老到無法想像。火焰光擴及艾西絲的手，一路升至她的手臂，直到她全身籠罩在火焰之中，她一度發出尖叫聲。接著，火焰漸漸退去，艾西絲癱倒在一旁，煙從她的衣裙上裊裊升起。

「那麼，」拉說：「你活了下來。」

我看不出他是覺得失望還是因爲不情願的尊敬。

㊻克麗奥佩特拉（Cleopatra）是古埃及的最後一位法老，即俗稱的「埃及豔后」。參《紅色金字塔》頁一八三，註㊻。

艾西絲搖搖擺擺站起來，看起來疲累不堪，彷彿剛剛走過歷經戰亂的戰區一樣。她舉起手，一個火焰般的象形文字出現在她掌心，那是拉的祕密名字，濃縮成一個具有令人無法置信強大力量的字。

她將手放在拉受到毒傷的腿上，並且唸了一個咒語。綠色毒液從他的血管裡消退，同時也漸漸消腫。繃帶掉落，兩個咬傷的傷口癒合。

拉躺在王座上，放鬆地嘆口氣。「終於不痛了。」

「陛下需要休息，」艾西絲建議：「需要好好地長久休息。」

太陽神睜開眼睛。現在眼睛裡已經沒有火焰了，看起來就像一般老人的混濁眼睛。

「巴絲特！」他喊著。

貓女神立刻出現在他身邊。她穿著以皮革和鐵做成的埃及盔甲，看起來似乎比較年輕，或許那是因爲這時的她尚未飽受幾世紀來在無底洞大牢裡與阿波非斯對戰的經歷摧殘。我好想對她大叫，警告她接下來會發生什麼事，但我的聲音就是不聽使喚。

巴絲特斜視了艾西絲一眼。「陛下，這個……女人讓您煩心嗎？」拉搖搖頭。「我忠心的貓兒，再也沒有任何事讓我煩心了。現在跟我來吧。在我離開前，我們還有重要的事要談。」

「陛下？您要去哪裡？」

「被迫退休，」拉對艾西絲怒目而視，「魔法女神，這就是你要的嗎？」

艾西絲鞠躬。

「陛下，千萬不可以！」巴絲特抽出她的刀，朝艾西絲走去，但拉抓住她的手臂。

「夠了，巴絲特，」他說：「我替你想好了另一場戰鬥，是最後一場，最重要的戰鬥。至於你，艾西絲，因爲你握有我的祕密名字，你可能以爲自己贏了。你了解自己造成了什麼事端嗎？俄塞里斯或許會成爲法老，但是他的統治不會長久，而且充滿苦澀。他的王位將會是我火焰王座的暗淡倒影。這艘船不再行駛通過杜埃，瑪特和混沌的平衡會慢慢消失，埃及本身將會滅亡，埃及神祇的名字將成爲遙遠的記憶。將來有一天，全世界會面臨滅亡的邊緣，你會大聲呼喊我，而我將不在那裡。等到那一天來臨，記住你的貪婪和野心是如何引發了這一切。」

「陛下。」艾西絲畢恭畢敬地鞠躬，但我知道她沒有在思考遙遠的未來，而是沉醉在自己的勝利中。她認爲俄塞里斯會永遠統治埃及，拉只不過是個老傻瓜而已。她不知道她的勝利很快會變成悲劇，俄塞里斯會被自己的弟弟賽特謀殺，拉的其他預測將會一一成眞。

「巴絲特，我們走吧，」拉說：「這裡不再需要我們。」

王座冒出一道火柱，燒光了藍色與金色相間的頂篷。一顆火球往天空升去，直到消失在太陽的熾烈熱焰中。

當煙霧退去，艾西絲獨自站在那裡開心大笑。

「我成功了！」她大喊：「俄塞里斯，你會成爲國王！我握有拉的祕密名字！」

我想對她說，她什麼都沒得到，但我只能看著艾西絲在船上興奮地飛舞。她十分陶醉在勝利的喜悅中，絲毫沒注意到魔法僕人的光點已經消失。繩子被放下，船帆平緩不動。船槳在水裡拖拉，太陽船在河裡漂流，無人掌管。

我的預視消失了，沉入黑暗之中。

我在一張柔軟的床上醒來，起先開心了一下，以爲回到布魯克林之家的房間。我可以起床，和朋友們、阿摩司、馬其頓的菲利普和古夫一起共享美味早餐，然後一整天教導生徒如何將彼此變成爬蟲動物。聽起來眞美好。

但我當然不是在家裡。我坐起身，頭開始旋轉。我躺在一張超大床鋪上，有柔軟純棉床單和一堆羽毛枕頭。臥室很時髦，裝潢白得發亮，這與我的暈眩無關。我感覺似乎回到了天空女神努特的家。無論如何，這個房間可能會消失變成雲。

我的腿感覺僵硬，但我努力下床。我穿著一件又大又毛茸茸的旅館浴袍，看起來像一個得了白化症的布偶。我搖搖晃晃走到門口，發現一個可愛的客廳，一樣白得發亮。打開玻璃拉門，可以走到一個很高的陽台，大概有十五或二十層樓高，那裡可以眺望海洋。天空和海水都藍得好美。

我的眼睛花了一點時間適應光線。在一旁的桌子上，卡特和我的東西被整齊排列在上面，有我們皺巴巴的衣服、魔法工具袋、兩份《拉之書》紙草卷，以及貝斯在巧克力博物館買東西的袋子。

卡特像我一樣被包裹在浴袍內。他躺在躺椅上，閉著眼睛，全身都在發抖。貝斯坐在他旁邊，用冰涼的毛巾輕輕擦拭卡特的額頭。

「他……他怎麼樣了？」我努力擠出話來。

貝斯看我一眼。他看起來像是一個迷你觀光客，穿著醒目的夏威夷花襯衫、卡其短褲和夾腳拖鞋。這是個迷你版的醜美國人。

「也該是時候了，」他說：「我才要開始想說，你是不是永遠都不會醒過來呢。」

我向前走一步，感覺房間正前後搖擺。

「小心。」貝斯趕緊過來扶著我的手臂。「你頭上有個撞得很嚴重的傷口。」

「別管那個了，」我喃喃說著：「我必須幫助卡特。」

「莎蒂，他的情況很糟。我不知道是否……」

「我能幫忙。我的魔棒、蠟像……」

「好好好，我去拿來。」

有了貝斯幫忙，我搖搖晃晃走到卡特旁邊。貝斯替我拿東西，我檢查卡特的額頭。他燒得比之前厲害，脖子上的血管因爲毒液而變綠，就跟我在預視裡看到的拉一樣。

我對貝斯皺眉。「我昏過去多久了？」

「現在快要星期二中午了。」他將我的魔法用品攤開，放在卡特腳邊。「所以差不多是十二個鐘頭。」

「十二個鐘頭？貝斯，那是賽特預估卡特中毒後能存活的時間！爲什麼你不早點叫醒我？」

他的臉變得和身上的夏威夷襯衫一樣紅。「我試過了！我不就將你們兩個人從地中海拉出來，然後把你們帶到這間旅館了嗎？我用盡所有我知道的喚醒魔咒！你只是在睡夢中一直喃喃說著什麼華特、阿努比斯、祕密名字……」

「好啦！」我說：「來幫我……」

門鈴響了。

貝斯示意我冷靜。他用另外一種語言大喊，大概是阿拉伯語，然後一名旅館服務生打開門。他向貝斯深深一鞠躬，彷彿這個侏儒是國王一樣，然後推了一輛擺滿熱帶水果、剛出爐麵包和瓶裝汽水的客房服務推車進來。

「太好了，」貝斯對我說：「我馬上回來。」

「你在浪費時間！」我責備他。

貝斯很自然地不理我。他從餐桌上拿走他的袋子，從裡面拿出一個列寧頭巧克力。服務生的眼睛瞪得好大。貝斯把這顆頭放在餐車中間，並且點點頭，彷彿這顆頭成爲餐車上最美的重點擺飾。

貝斯用阿拉伯語向服務生吩咐了幾句，然後交給他幾枚金幣。服務生趴在地上，看起來一臉驚恐。他仍然以鞠躬的姿態倒退離開房間。

「我們到底在哪裡？爲何你在這裡是國王？」

「埃及的亞歷山卓，」貝斯說：「抱歉我們這麼匆忙來到這裡。利用魔法傳輸來到這裡很不保險。這裡是以前克麗奧佩特拉的首都，最後造成埃及帝國四分五裂的地方，所以魔法在這裡容易產生混亂。唯一有用的通道在舊城，不靠岸邊，在水底九公尺以下。」

「那這裡呢？顯然是間高級旅館，但是你怎麼……」

「這裡是亞歷山卓四季飯店的頂樓套房。」他的口氣聽起來有點不好意思。「埃及的人即使不願意承認，還是記得以前的神。我以前很受歡迎，所以有需要時可以開口找人幫忙。抱歉，我的時間不夠，不然可以找一間私人小屋。」

我說：「你怎麼敢讓我們待在一間五星級的旅館啊。我在治療卡特的時候，你何不去確認一下我們不會受到干擾呢？」

我抓起潔絲給我的蠟像，跪在哥哥旁邊。這個雕像因爲在我袋子裡撞來撞去有點變形。不過話說回來，卡特因爲受了傷看起來也很糟。希望魔法連結會有用。

「卡特，」我說：「我要治療你，但我需要你的幫忙。」

我把手放在他發燙的額頭上。現在我知道爲何潔絲會以「仁」的形象、以代表她名字靈魂的部分出現在我面前。我知道爲何她要讓我看到艾西絲與拉的景象。

「莎蒂，你已經很接近答案了。」她曾經對我說過。

我從來沒想過，但是「仁」就和一個人的祕密名字一樣，這不僅僅只是一個特別的字。

祕密名字包含了你最黑暗的想法、你最尷尬難堪的時刻、你最偉大的夢想、最深的恐懼，是你所經歷的全部，即使那些你不想與人分享的事也通通在裡面。你的祕密名字就等於是你這個人。

所以祕密名字才具有力量，這也是為何不能只是聽一個人重複說著祕密名字，就知道如何使用它。你必須知道這個人，並了解他的一生。你愈了解這個人，他的名字所釋放的力量就愈強大。你只能從本人那裡得知他的祕密名字，或是某個最貼近他內心的人。

上天幫幫我吧，因為對我來說，卡特就是那個人。

「卡特，」我心想：「你的祕密名字是什麼？」

即使他現在生病，他的心靈還是在抵抗我。你不能只是把祕密名字交出去就算了。每個人都有祕密名字，就跟每個神一樣，但是大多數人一輩子都不知道，甚至也寫不出來他們最私人的身分表徵。這真的可以理解。試著用五個字或不到五個字來總結你所有的人生經驗，不算簡單吧？

「你做得到，」我小聲說：「你是我哥哥。我愛你。所有難堪的事、討厭的事，我能想到的就是大部分的你。如果有一千個姬亞知道這些事實，可能都會離你遠遠的，但是我不會跑掉，我還是在這裡。現在，你這個大笨蛋，把你的祕密名字告訴我，好讓我救你的命。」

我的手顫抖地放在他額頭上。他的一生穿過我的手指，出現我們小時候與父母住在洛杉磯的模糊記憶。我看見我的六歲生日派對和蛋糕爆炸。我看見我們的媽媽把一本大學科學教科書當床邊故事唸給我們聽。我們的爸爸放爵士樂和我在房間跳舞，而卡特用手摀住耳朵大喊：「爸！」我也看到我沒有與卡特共處的時刻，像是卡特和爸被困在巴黎的暴動、卡特和姬亞在第一行省的燭光下交談、卡特自己在布魯克林之家的圖書室裡注視著他的荷魯斯之眼護身符，掙扎抵抗重新取得神力的誘惑。他從來沒告訴過我這件事，但這讓我鬆了一口氣。我以爲只有我才那麼受到誘惑。

漸漸的，卡特放鬆了。他最糟的恐懼已經傳給我，那些最尷尬的時刻。當毒液抓住他的心臟，他力量衰弱。他用了最後一點意志力，將名字告訴了我。

【我當然不會告訴你他的祕密名字是什麼，反正你從錄音帶裡面聽到也不能用。總之，我還是不要冒險比較好。】

我舉起蠟像，說出卡特的祕密名字。毒液立刻從他的血管消褪。蠟像變成綠色，在我手裡融化。卡特的高燒退了。他全身抖動，深呼吸一口氣，睜開眼睛。

「好了，」我嚴厲地說：「你再也不可以騎在任何一隻要命的蛇怪身上！」

「抱歉……」他沙啞地說：「你剛才是不是……」

「沒錯。」

「用我的祕密名字……」

「對。」

「我所有的祕密……」

「對。」

他發出哀嚎聲，用手遮住臉，彷彿想要再度昏過去，但老實說，我沒有嘲笑他的意思。殺殺哥哥的銳氣與殘酷地對待他，這兩者之間是有區別的。我並不殘酷，而且，看過卡特心裡最黑暗的深處後，我有點慚愧，甚至是對他感到欽佩，因爲他眞的沒什麼黑暗祕密。與我的恐懼和難堪的祕密相較起來……噢，老天，他眞是溫馴得可以。我希望我們的情況永遠不要對調，而他也不用來治療我。

貝斯將列寧頭夾在臂彎裡走過來。他顯然一直在啃，因爲列寧的額頭已經不見了——一個受到巧克力額葉切除術㊼的受害人。

「莎蒂，做得好！」他扯下列寧的鼻子，拿給卡特。「小子，拿去。這是你贏得的獎品。」

卡特皺眉。「巧克力具有魔法的療效？」

貝斯哼了一聲。「如果有的話，那我就是全世界最健康的侏儒了。沒有特別功效啦，只不過很好吃而已。」

「而且你需要力氣，」我補充，「我們有很多事要談。」

儘管我們的最後期限迫在眉睫，就在明天，到春分開始、世界毀滅前，僅僅只有兩天，貝斯仍堅持我們要休息到明天早上才行。他警告我們，如果卡特在中毒之後馬上走動或使用魔法，毒藥仍會殺了他。

雖然失去時間讓我們焦慮不安，但費了這麼多工夫才救回我哥，我寧願讓他好好活著。我承認自己的情況也沒好到哪裡去，我耗盡魔法能量，不覺得自己能走到超過陽台的地方。

貝斯打電話到櫃檯，吩咐採購服務員替我們到城裡買新衣服和補給品。我不確定戰鬥靴用阿拉伯語要怎麼說，不過採購小姐幫我找到一雙新的戰鬥靴。她把東西送來時，想把鞋子拿給卡特，貝斯指著是我要穿的時候，她一臉驚恐。我也拿到染髮劑、一條舒服的牛仔褲、一件沙漠迷彩色的棉質上衣和一條大概是埃及女性的流行時尚頭巾，但我決定不要綁，因爲那大概會與我想要新的紫色挑染髮色不搭。

卡特拿到牛仔褲、靴子，以及一件上面用英語及阿拉伯語寫著「亞歷山卓大學財產」的T恤。顯然，就連那位服務員也認定他是一個怪胎。

採購服務員也替我們的魔法工具袋找到補給品，有幾塊蠟、繩子，甚至還有一些紙草紙和墨水，雖然我懷疑貝斯有向她解釋這些東西的用途。

在她離開後，貝斯、卡特和我點了一些客房服務的餐點。我們坐在陽台邊，看著下午的時光流逝。從地中海吹來的微風涼爽宜人。現在的亞歷山卓延展在我們左手邊，這奇怪的組

---

47 額葉切除術是二次大戰後所發明的外科手術，將額葉與大腦其他部分分離，主要用來治療精神病人。病人在術後失去主觀的痛苦感受，對任何事不再具有任何感覺。一直到了一九五〇年代發明治療精神疾病的藥物，才使精神病患不需要再接受這樣的治療方式。

合包含了光鮮亮麗的摩天大樓、破舊且搖搖欲墜的房子、古代廢墟。海岸線公路上點綴著棕櫚樹，擠滿了各種車子，從BMW到驢子都有。從我們的頂樓套房看出去，一切似乎有點不眞實，這個城市充滿了原始活力，底下的街道車水馬龍，而我們坐在陽台上、在藍天下吃著新鮮水果，以及最後一點已融化的列寧頭。

不知道這感覺是否就像神從他們在杜埃的王座廳看著凡人世界。

在我們討論時，我將兩份《拉之書》放在戶外餐桌上。紙草卷看起來平凡無奇、完全無害，我們爲了拿到這兩份紙草卷差點沒命。況且還有一份要找，接下來眞正的樂趣才要開始，就是要想出如何用這些紙草卷來喚醒拉。我們要在四十八小時內做這麼多事，似乎是不可能的任務，但是我們坐在這裡，因爲受傷而退到場邊休息，而且累得要命，被迫休息到早上。卡特和他那該死的英雄氣概，還有他被那隻杜立德醫生的蛇咬到……而他居然還說我衝動。同時，阿摩司和我們的菜鳥生徒被拋在布魯克林之家，準備抵擋弗拉迪·緬什科夫，他是一個殘酷無情的魔法師，以祕密名字站在邪惡之神那邊。

我告訴卡特他中毒之後發生在聖彼得堡的事，像是我爲了獲知最後一份紙草卷在某個叫做巴哈利亞的地方，而放棄了賽特的祕密名字；我描述我看到了阿努比斯與華特的景象、我與潔絲的靈魂談話、我回到拉的太陽船上的旅程，唯一沒說出來的是，賽特說姬亞住的村子叫做埃爾哈畝拉麥肯。對，我知道這不對，但我曾經在卡特的腦袋裡過，我現在知道姬亞對他來說有多重要，知道任何有關她的資訊都會讓他非常坐立難安。

卡特坐在休閒椅上，全神貫注聽我說。他的臉色已經恢復正常，眼睛顯得清澈而專注，很難相信幾個小時前他去鬼門關繞了一趟。我想將此歸功於我的治療力量，但我覺得他能快速復原，與充分休息、喝了幾瓶薑汁汽水和吃了客房服務送來的起司漢堡加洋芋片有很大的關係。

「巴哈利亞……」他看著貝斯，「我知道這個地名。爲什麼我會知道這個地名？」

貝斯搔搔頭。自從我重述與賽特的對話以來，他就一直愁眉苦臉、不發一語。「巴哈利亞」這個地名似乎特別讓他心煩。

「這是一個綠洲，」他說：「遠在沙漠之中。一九九六年之前，埋在那裡的木乃伊一直是個祕密。後來一隻笨驢的腿掉進地上一個洞，打破一個墳墓頂端，才發現那些木乃伊。」

「沒錯！」卡特對我微笑，那種「老天，歷史眞酷！」的神情在他眼裡發亮，所以我知道他一定是覺得好多了。「那裡稱爲『黃金木乃伊之谷』。」

「我喜歡黃金，」我說：「木乃伊呢，就沒這麼喜歡了。」

「喔，那是因爲你見過的木乃伊還不夠多。」貝斯說。

不知道他是不是在開玩笑，我決定不要問。「那麼，最後一份紙草卷是被藏在那裡？」

貝斯聳聳肩。「這說得通。這個綠洲很遙遠，直到最近才被發現。那裡也布下了強力的詛咒防止通道旅行。凡人考古學家開挖了部分墳墓，但是那裡還有龐大的隧道網絡和墳墓，幾千年來都沒有被打開過。裡面有很多木乃伊。」

我想到恐怖片裡的木乃伊追逐著驚聲尖叫的小明星，並勒死考古學家的畫面，它們伸出手臂，包裹的亞麻布掉了下來。

「你說有很多木乃伊，」我大膽地進一步問：「多少才算多？」

「他們挖掘出幾百具木乃伊，」貝斯說：「大概是從一萬多具中挖出來的。」

「一萬？」我看著卡特，他對此似乎一點都不以爲意。

「莎蒂，」他說：「這又不是說他們會復活來殺你。」

「對，」貝斯同意，「大概不會，幾乎肯定不會。」

「謝了，」我喃喃說：「我感覺好多了。」

（對，我知道我先前曾說過我不在意死人和墓園，但有一萬具木乃伊？那太超過了。）

「總之，」貝斯說：「那裡大多數木乃伊屬於羅馬時期，甚至都沒有用適當的埃及方法處理。有一堆想當埃及人的拉丁民族試圖進入我們的死後世界，因爲這比較酷。但是有些年代比較久遠的墳墓……嗯，我們必須去看了才知道。有了兩份《拉之書》的紙草卷，只要夠接近，你們應該能夠找到第三份。」

「到底要怎麼做？」我問。

貝斯肩膀一聳。「魔法物品被打破之後，碎片會像磁鐵一般，彼此距離愈近，就愈能夠互相吸引。」

這並沒有讓我覺得比較好過。我想像自己雙手黏著燃燒的紙草卷跑過隧道。

「對，」我說：「所以我們只要爬過網狀系統墳墓群和一萬具木乃伊就好。幾乎可以肯定的是，那些木乃伊不會復活來殺我們。」

「沒錯，」貝斯說：「他們不是眞的黃金。大多數木乃伊只是用黃金畫上去。不過，你說得沒錯。」

「這樣就有很大的不同。」

「那就這麼決定了。」卡特聽起來絕對是在興奮。「我們可以早上出發。那裡有多遠？」

「大概三百多公里，」貝斯說：「不過路上的變數很多，而通道……嗯，就像我說過的，這個綠洲受到詛咒，所以不能使用通道。就算沒有被詛咒，我們現在回到第一行省，盡可能不使用魔法比較聰明。如果你在狄賈登的地盤被發現……」

他不需要說完這句話，我們都知道意思。

我凝視著亞歷山卓的天際線，它沿著閃閃發亮的地中海岸彎曲著。我試著想像這個城市在古代的模樣，埃及最後一位法老，克麗奧佩特拉在羅馬內戰中選錯邊，不但在此喪命，還失去了她的王國。古埃及在這座城市滅亡，這裡似乎不是個開啓冒險旅程的吉祥之地。

遺憾的是，我別無選擇。我必須跋涉三百多公里通過沙漠到一個偏僻荒涼的綠洲，在茫茫的木乃伊海中，大海撈針地找出一份紙草卷。我看不出來我們能在剩下的時間內及時完成任務。

更糟的是，我還沒有把最後那一點有關姬亞村子的消息告訴卡特。我大可以閉緊嘴巴，這很自私，甚至可能是正確的做法。因爲我需要他的幫忙，我不能冒險讓他因此而分心，但我也不能不告訴他。我入侵了他的心靈，得知他的祕密名字。我至少該做到對他誠實。

「卡特……還有一件事。賽特想要你知道，姬亞住的村子叫做『埃爾哈畝拉麥肯』。」

卡特的臉色又變綠了。「你忘了把這件事告訴我？」

「你要記住，賽特是個騙子。」我說：「他沒有在幫我們忙。他願意告訴我們消息，是因爲他想造成我們內訌。」

我看得出來我失去他了。他的心被困在一個從一月開始就一直拉住他的強烈水流，就是他能拯救姬亞的想法。既然我看過他的內心，我知道他不會放手；他不能放手，要一直到找到她爲止。這已經遠遠超過喜歡一個女生的程度。他說服自己她是自己命運裡的一部分。

這是他其中一個黑暗祕密嗎？在內心深處，卡特仍然怨恨我們的父親沒有救回媽媽，儘管她是爲了一個崇高目的而死，儘管她選擇犧牲自己。卡特就是不能以同樣的方式讓姬亞失望，不論要付出什麼代價。他需要有人相信他、有人可以讓他去拯救，而他確信姬亞就是那個人。抱歉，妹妹就是不行。

這讓我很受傷，尤其是因爲我不同意他，但我知道不要跟他吵架，那只會把他推得更遠而已。

「埃爾哈畝拉麥肯……」他說：「我的阿拉伯語不太好，但『麥肯』是『紅色』的意思。」

「沒錯，」貝斯同意，「而『埃爾哈畝拉』指的是『沙子』。」

卡特的眼睛瞪得好大。「紅沙之地！我在布碌崙博物館裡聽到的那個聲音，就說姬亞沉睡在紅沙之地。」他懇求似地看著我。「莎蒂，這是她老家的斷垣殘壁。伊斯坎德就把她藏在那裡。我們必須找到她。」

就這樣，世界的命運被丟到窗外，我們必須找到姬亞。

我大可以提出好幾個可能來反駁他。他憑著一個惡靈說的話就要出發，而這很可能是阿波非斯直接在跟他說話。如果阿波非斯知道姬亞藏匿的地點，為什麼要告訴我們？無非是要拖延我們並讓我們分心。如果他想要姬亞死，為何不早殺了她？還有，賽特告訴我們村莊的名字是埃爾哈畝拉麥肯，他從沒做過什麼好事。很明顯這是為了分化我們。最後，就算我們有了她的村莊名字，也不表示我們能找到這個地方，這地方大約十年前就被夷為平地了。

看著卡特，我發現跟他說道理根本沒用。這不是合理的選擇。他看見拯救姬亞的機會，而他要把握這個機會。

我只說：「這不是個好主意。」沒錯，被迫扮演負責任的手足，感覺很怪。

卡特轉向貝斯。「你能找到這座村子嗎？」

侏儒神拉著自己的夏威夷衫。「也許，但需要時間。你只剩下不到兩天，春分從後天傍晚開始。去巴哈利亞綠洲需要一天，找到這座破敗的村子又花掉一天。如果是在尼羅河，那就是完全相反的方向。一旦你找到《拉之書》，至少要留一天的時間來思考如何使用。我可以保證，喚醒拉就表示要去杜埃一趟，在那裡的時間永遠無法預測。你們必須和拉在春分的清晨返回……」

「我們時間不夠，」我做出結論，「不是去找《拉之書》，就是去找姬亞。」

爲什麼我明知道卡特會說什麼，還要去逼他？

「我不能拋下她不管。」他看著現在已經往地平線落下的太陽。「莎蒂，她在這裡扮演了重要的角色，雖然我不知道是什麼，但很重要。我們不能失去她。」

我等著。會發生什麼事情很明顯，但卡特就是不說出來。

我深呼吸一口氣。「我們必須分頭進行。你和貝斯去找姬亞，我會去找紙草卷的下落。」

貝斯咳嗽。「說到爛主意……」

卡特不敢看我的眼睛。我知道他關心我，他不想要拋開我，但我感覺到他鬆了口氣。他希望他的責任被解開，才能去追尋姬亞。「你救了我一命，」他說：「我不能讓你自己一個人進入沙漠。」

我取下我的「生」護身符項鍊。「我不會自己一個人去，華特會幫忙。」

「他不能幫你。」貝斯說。

「但你不肯告訴我原因。」我說。

「我……」貝斯結結巴巴的，「聽著，我向巴絲特保證過會看著你，確保你安全。」

「而我希望你好好看著卡特，他需要你幫忙找到村子。至於我，華特和我應付得來。」

「可是……」

「不管華特那個祕密是什麼，不管你想保護他什麼，結果只讓他更難過而已。他想要幫忙，我要讓他幫忙。」

侏儒神瞪著我，可能正在想要不要大喊「噗」來攻擊我，並且說服我。我猜他發現了我是個很固執的人。

他放棄地嘆口氣。「兩個年輕人單獨在埃及旅行……而且又是一男一女，看起來很怪。」

「我只要說華特是我哥就好了。」

卡特皺著眉。我不是有意要這麼莽撞，但我想這句話是有一點傷人。現在回想起來，我對我說了這種話感到抱歉，但當時的我既害怕又生氣，因爲卡特讓我陷入一個不可能的情況。

「去啊，」我堅定地說：「去救姬亞。」

卡特試著理解我的表情，但我避開他的眼神。現在不是那種我們兩人沉默溝通的時候，他並不是眞的想知道我在想什麼。

「我們要怎麼找到對方？」他問。

「我們回來這裡會合，」我提議：「清晨就出發。我們只能用二十四小時，就這麼多時間。我去找紙草卷，你去找姬亞的村子，我們兩邊都回亞歷山卓會合。」

貝斯抱怨著。「時間不夠。就算事情發展都很順利，你這樣也只剩下十二個小時將《拉之書》組合起來，而且還得在春分傍晚來臨前完成。」

他說得對，這是不可能的任務。

但卡特點點頭。「這是我們唯一的機會，必須試試看。」

他充滿希望地看著我，但我想，即時在當時，我也知道我們沒辦法在亞歷山卓會合。我們是凱恩家的人，這表示所有事情都會出問題。

「好吧，」我喃喃地說：「抱歉，各位，我該去打包了。」

在我能夠哭泣前，我走進房裡。

13 紅沙之地

在這一刻，我應該將我的祕密名字改爲「被妹妹羞辱而死」，因爲這個名字差不多能總結我的處境。

我準備跳過以下幾段，包括我們的行前準備、莎蒂如何召喚華特並解釋目前狀況、貝斯和我在清晨道別，還向貝斯的一位「可靠友人」借車子，以及車子在開往開羅的半路上拋錨這些事。

基本上，我要直接跳到這一段。貝斯和我坐在一輛由幾個貝都因人駕駛的小貨車後面，在一條黃沙滾滾的路上盪來盪去，找尋一個現在已經消失的村子。

此刻是下午稍晚的時候，我開始在想，貝斯估計需要一天的時間找到埃爾哈畝拉麥肯實在太樂觀了。我們所浪費的每一個小時，阿摩司和我們的生徒必須獨自在布魯克林之家抵擋世上最邪惡的魔法師攻擊。我丟下我妹，讓她自己繼續找尋最後一份紙草卷。所以如果我找不到姬亞……我不能失敗。

跟專業的游牧民族一起旅行有些好處，其中一項是貝都因人知道全埃及的每一座村莊、農田和灰沙滿天的十字路口，他們很樂意停車去詢問當地人關於我們在找的那座消失的村莊。

另外，貝都因人尊敬貝斯。他們把他當作一個活生生的幸運符。當我們停下來吃午餐（花了兩個小時準備），貝都因人甚至把羊最好的部分給我們吃。在我看來，羊最好的部位和最爛的部位似乎沒什麼不同，但我想這對他們來說那應該是至高的榮譽。

和貝都因人一起旅行有什麼壞處？他們一點都不趕時間，十分悠哉。我們花了一整天才蜿蜒離開尼羅河谷南方，整個旅程又熱又無聊。坐在卡車後面，我甚至一開口和貝斯講話，就會搞得滿嘴是沙，所以我閉嘴用來思考的時間非常多。

莎蒂清楚描述了我的執念。她一告訴我姬亞村莊的名字，我就再也無法專心其他的事。當然，我猜這可能是某種詭計，阿波非斯想分化我們，不讓我們成功完成任務；但我也相信他說的是實話，因事實最讓我害怕緊張。在姬亞小時候，他摧毀了她的村莊，爲了什麼，我不知道。而現在她被藏起來，因魔法而進入沉睡狀態，除非我救她，不然阿波非斯會殺了她。

爲何他不在一知道姬亞的藏身處就殺了她？我不確定，而這一點讓我煩惱。也許他還沒有足夠力量，也許他不想。畢竟，如果他想騙我進陷阱，她是最好的誘餌。無論哪種情況，莎蒂說得都對，這對我來說不是理性的選擇。我必須去救姬亞。

儘管如此，再次拋下莎蒂一個人，讓我覺得自己像個小人。首先，雖然我知道去倫敦不好，卻還是讓她自己去；現在我又讓她自己進到擺滿木乃伊的地下墓穴去找紙草卷。的確，華特會幫她，她通常也很會照顧自己，但是，一個好哥哥應該陪在她身邊才對。莎蒂剛救了我，而我卻一副「好極了，待會見。跟木乃伊好好玩喔！」的態度。

「我會說華特是我哥就好了。」

喔，眞令我痛心。

如果我對自己誠實點，姬亞並不是唯一讓我急著離開去冒險的原因。莎蒂發現我的祕密名字讓我吃驚，突然間，她成爲全世界最了解我的人。我感覺自己像躺在手術檯上被她開腸剖肚檢視一番，然後又把我的身體縫合回去。我第一個本能反應是逃跑，盡可能在我們之間增加距離。

在艾西絲知道了拉的祕密名字時，不知道拉是否也有同樣的感覺？不知道這樣被嚴重羞辱，會不會是他決定放逐自己的眞正原因？

而且，我需要時間去消化莎蒂達成的目標。幾個月來，我們一直試著重新學習神之道，努力研究有關古代魔法師是如何使用神的力量卻不會被神強占身體，或難以負荷神的強大力量。現在，我懷疑莎蒂已經找到答案了，與神的「仁」有關。

一個祕密名字不只是個名字，比較像是一個魔法字。這是神的所有經驗總和。你愈了解神，就愈接近他們的祕密名字，而你也愈能接收他們的力量。

如果推論屬實，神之道基本上就是感應魔法。只要找到兩件東西的相似處（例如瓶塞鑽子和瓶塞鑽頭惡魔）形成魔法連結。只是在這裡，這層連結是在魔法師與神之間，如果能找到魔法師與神的共通特質或經驗，就能取用神的力量。

或許這也能解釋我是如何用荷魯斯之拳炸開隱士廬博物館的門，不過這個咒語我還沒辦法只靠自己做到。我還無法不思考、不與荷魯斯的靈魂結合就取用他的情感；我們都討厭被監禁的感覺。我曾經使用簡單的連結進行一個咒語，並打斷鎖鍊。現在，如果我能想出如何更可靠地運用荷魯斯的力量，就有可能在一觸及發的大戰中拯救我們……

我們坐在貝都因人的卡車上走了好幾公里路。尼羅河在我們左手邊蜿蜒流過綠地和棕色土地。我們沒有東西喝，除了一個舊舊的空水瓶，裡面的水喝起來有乳液的味道。羊肉沒有乖乖待在我的胃裡等待消化，我三不五時會想起曾在體內流竄的蛇毒，肩膀上被翠蘇西魯咬到的地方就會疼痛。

傍晚大概六點時，我們得到第一條線索。一個年老的費拉辛人佃農在路邊賣棗子，他說他知道我們在找的村子。當他一聽到埃爾哈畝拉麥肯這個名字，還做出抵擋邪惡之眼的防衛手勢，但因爲發問的人是貝斯，所以老人把他知道的事都告訴我們。

他說紅沙之地是一個邪惡的地方，受到狠毒的詛咒，現在已經沒有人會去那裡。然而這個老人還記得村子被摧毀之前的地點，我們可以在南方十公里一處沙子會變成鮮紅色的河流彎道，找到村子遺跡。

喔，廢話，我心想，卻忍不住興奮了起來。

貝都因人決定要紮營過夜。接下來的行程他們不會跟著我們，不過，他們說如果貝斯跟我借他們的卡車，他們會感到非常榮幸。

幾分鐘後，貝斯和我坐在小貨車裡馳騁在路上。貝斯戴著一頂大寬帽，幾乎就和他那件夏威夷衫一樣醜。他把帽子戴得很低，我很懷疑他能不能看到東西，尤其是他的視線根本看不到儀表板。

每次我們撞上路面不平的地方，貝都因人掛在後照鏡上的小飾品就叮叮噹噹、晃來盪去，包括一塊蝕刻阿拉伯書法的金屬圓盤、聖誕樹造型的松木芳香劑、一條上面有某種動物牙齒的皮帶，還有一個我不懂為什麼會掛在那裡的貓王小圖騰。小卡車上沒有任何可抓握的東西，椅子上根本沒有墊子，我感覺像騎在一頭機器野牛上。就算沒有在車上不停搖晃，我的胃還是很不舒服。經過幾個月來的找尋和希望，我不敢相信自己快找到姬亞了。

「你臉色看起來很差。」貝斯說。

「謝了。」

「我是指就魔法上來說。你看起還沒準備好作戰。不論眼前有什麼東西在等著我們，你知道那不會太友善吧？」

他把下巴頂出帽簷底下，看起來像準備吵架一樣。

「你認為我是錯的，」我說：「你認為我應該和莎蒂待在一起。」

他聳聳肩。「我認為如果你仔細看清這件事，就會發現上面寫滿了『陷阱』。那位前任大儀式祭司伊斯坎德不會沒有布下保護咒語，就把你女朋友藏起來……」

「她不是我女朋友。」

「賽特和阿波非斯顯然都要讓你找到這個地方，這對你來說不是好事。你拋下你妹和華特讓他們自生自滅。最重要的是，我們現在晃蕩過狄賈登的後院，經過在聖彼得堡的那場特技表演後，緬什科夫沒抓到你絕對不會善罷干休，所以我必須說，這不是最聰明的做法。」

我看著擋風玻璃外面。因爲貝斯說我笨，我想對他發飆，但恐怕他說得沒錯。我一直希望能與姬亞來個快樂的重逢，然而我有可能活不過今晚。

「也許緬什科夫腦袋受的傷還沒好。」我滿懷希望地說。

貝斯大笑。「小子，相信我，緬什科夫已經在追捕你了。他永遠不會忘記受過的屈辱。」他的聲音忿忿不平，就像他在聖彼得堡告訴我們侏儒婚禮的時候所出現的憤怒。不知道貝斯在王宮裡到底發生了什麼事？不知道他爲何過了三百年後還這麼在意？

「是弗拉迪嗎？」我問：「他就是抓到你的人嗎？」

我的猜測應該不算牽強，因爲我見過幾個好幾百歲的魔法師。但貝斯搖頭。

「是他的祖父亞歷山大．緬什科夫大公。」貝斯說出這個名字時，彷彿那是個極大的侮辱。「他的祕密身分是第十八行省的省長。他爲人殘酷，和他孫子如出一轍。我從來沒跟這樣的魔法師交手過，這是我第一次被人抓住。」

「但是埃及滅亡後，魔法師不是把你們所有的神都關起來了嗎？」

「大部分的神都被關起來，」貝斯同意，「有些神睡了整整兩千年，直到你爸釋放了我們。其他神偶爾會逃出來，生命之屋就追緝他們，然後再把他們關回去。薛克梅特在一九一八年逃出來，引起大規模流行性感冒。可是有幾個神，例如我，一直留在凡人世界。在古時候，我爲人親切友善；我嚇退惡靈，一般人都喜歡我。所以埃及滅亡後，羅馬人將我納入他們信仰的神之一。到了中世紀，基督徒依我的樣子創造了石像鬼，用來保護他們的教堂或這類建築。他們所編造出來有關地精、矮人、愛爾蘭妖精幫手的傳說，全都是根據我寫的。」

「愛爾蘭妖精幫手？」

他斥罵著：「你不認爲我很會幫助人嗎？我穿綠色緊身衣很好看。」

「我不需要想像你那種樣子。」

貝斯哼了一聲。「反正，生命之屋從來沒有認眞追捕我。我就這樣保持低調，遠離麻煩。從來都沒有人抓到我，直到在俄國。我到現在大概都還是被關著，要不是因爲……」他停住不說，似乎發現自己說了太多。

他開離道路，卡車在沙子和石頭組成的堅硬路面顚簸前進，往河流的方向去。

「有人幫助你逃走？」我猜，「是巴絲特嗎？」

侏儒的脖子變得好紅。「不……不是巴絲特，她那時困在無底洞裡與阿波非斯作戰。」

「那麼……」

「重點是，我獲得自由，也有機會報復。我想辦法讓亞歷山大．緬什科夫因爲貪瀆被定罪。他顏面盡失，失去所有頭銜和財富。他的家族被放逐到西伯利亞。可惜他的孫子弗拉迪米爾東山再起，最後返回聖彼得堡，重建他祖父的財產，並且接管了第十八行省。如果弗拉迪有機會抓到我……」

貝斯在駕駛座上轉動身體，有如泉水般不安地滾動起來。「我想，我告訴你這些……小子，你不錯，你在滑鐵盧橋上挺身保護妹妹，準備挑戰我，這需要膽量。試圖騎在翠蘇西魯身上？那非常勇敢。雖然很笨，但很勇敢。」

「呃，謝了。」

「你讓我想起我自己，」貝斯繼續說：「讓我想到年輕的時候。你個性很堅毅，不過說到女孩子的問題，你蠢得要命。」

「女孩子的問題？」我以為沒有人能像莎蒂知道我的祕密名字那樣讓我尷尬，但貝斯很厲害。「這不是女孩子的問題。」

貝斯打量我的樣子，宛如我是隻可憐的迷路小狗。「你想救姬亞，這我懂，你希望她喜歡你，但是當你救了某人……事情很複雜。不要妄想你得不到的人，尤其是如果這矇蔽了你，讓你沒看到眞正重要的人。不要……重蹈我的覆轍。」

我聽得出他聲音裡的痛苦。我知道他試著幫我，然而聽一個戴著醜帽子、身高約一百二十公分的小個子給自己建議，感覺好怪。

「這個救你的人，」我說：「是一位女神吧？是除了巴絲特以外和你有關聯的神？」

他放在方向盤上的手指關節都變白了。「小子。」

「什麼事？」

「很高興我們有這番對話，但如果你想保護好你的牙齒……」

「我會閉嘴。」

「很好。」貝斯腳踩煞車。「因爲我想我們到了。」

太陽在我們身後西沉。眼前的一切全浸淫在紅色的光芒下，無論是沙子、尼羅河水、地平線上的山丘，甚至棕櫚樹的葉子看起來也像染了血一般。

賽特會喜歡這個地方，我心想。

這裡沒有文明的跡象，只有幾隻蒼鷺從頭上飛過，偶爾河裡出現拍打的水花潑濺，大概是魚或鱷魚吧。我想像這一帶的尼羅河看起來和法老時代應該相差不多。

「來吧，」貝斯說：「帶著你的工具。」

貝斯沒有等我。當我趕上他時，他站在河岸邊用手指淘沙，

「這不只是因爲光線的關係，」我這時發現，「沙子眞的是紅色的。」

貝斯點點頭。「你知道原因嗎？」

我媽會說這是因爲含有氧化鐵之類的。她會用科學來解釋所有的事，但我感覺貝斯要的不是這種答案。

「紅色是邪惡的顏色，」我說：「代表沙漠、混沌、毀滅。」

貝斯拍掉手上的灰塵。「這不是一個建造村子的好地方。」

我看著四周，找尋任何有人住過的痕跡。紅沙從兩旁延伸了近百公尺。濃密的草地和柳樹環繞著這裡，但沙地本身十分貧瘠。在我腳下流動發亮的沙子，讓我想起在杜埃箝制著阿

波非斯的成堆聖甲蟲殼。眞希望我沒有想到這一部分。

「這裡什麼都沒有，」我說：「沒有廢墟，空空如也。」

「你再好好看一次。」貝斯指著河流。所有枯死的蘆葦插在一處大約足球場大小的地方。然後我發現那些並非眞正的蘆葦，而是已經風化的牌子和木頭柱子，以及一些簡單房舍的殘餘物。我走到河邊。河水幾公尺下一切平靜低淺，我能看見一道被蓋住的泥磚線條，一面牆的基底漸漸化爲淤泥。

「整座村莊都沉下去了？」

「是被吞噬了，」貝斯說：「尼羅河想將發生在這裡的邪惡沖刷掉。」

我全身打了寒顫，肩膀上被咬的傷口又開始刺痛起來。「如果這裡是邪惡的地方，爲何伊斯坎德要把姬亞藏在這裡？」

「問得好，」貝斯說：「你想找出答案，就得划水過去。」

有一部分的我想要跑回卡車上。上一次我進入河裡，是在帕索的里約格蘭河，當時事情並不順利。我們和鱷魚神索貝克決鬥，差點無法活著逃出來。這裡是尼羅河，在這裡，神和怪物的力量會更強大。

「你也會一起來，對不對？」我問貝斯。

他的眼角抽動。「流動的水對神不好，會削弱我們與杜埃的連結……」

他一定是看見我臉上露出焦急盼望的神情。

「唉，好吧，」他嘆口氣，「我就在你後面。」

在退縮躲開之前，我將一隻腳踩進河裡，河水浸到腳踝。

「好噁心。」我把腳抽出來。我的腳發出母牛嚼口香糖的聲音。

現在有點太晚了，我發現自己的裝備實在很不足。我沒有劍，因爲在聖彼得堡弄丟了，還沒辦法把劍召喚回來。據我所知，俄國魔法師已經把我的劍融化了。我的魔棒還在，但只能用來施行防禦性咒語，如果要進行攻擊，我會處於劣勢。

我從泥巴裡抽出一根老樹枝，用它到處戳一戳。貝斯和我奮力越過淺灘，試圖找出任何有用的東西。我們踢開幾塊磚塊，發現一些緊密的牆壁，找到一些陶器碎片。我想起姬亞告訴我的故事，她的父親因爲挖出一隻被困在罐子裡的惡魔，而造成整個村莊的毀滅。我只知道，這些就是同一個罐子的碎片。

現在只有蚊子攻擊我們。我們沒有發現任何陷阱，但河裡的每一道水花都讓我想到鱷魚（不是布魯克林那隻好脾氣的白子菲利普），或是姬亞有次在第一行省介紹我看的那條露出大牙齒的虎魚。現在，我想像鱷魚在腳邊游來游去，試著決定我哪條腿看起來最可口。

我的眼角餘光一直看到有漣漪和小小漩渦狀的東西跟著我。當我用樹枝往水裡一戳，什麼都沒有。

經過一小時的搜尋，太陽幾乎下山了。我們應該要在早上回到亞歷山卓與莎蒂會合，這表示我們快要沒有時間去找姬亞。從現在開始的二十四小時，也就是下次太陽下山時，春分就開始了。

我們繼續尋找，但是什麼新奇的東西都沒找到，只發現一個沾滿泥巴、洩了氣的足球和一副假牙。【對，莎蒂，這副比外公的假牙更噁心。】

我停下來把脖子上的蚊子趕走。貝斯從水裡撈出某個東西，是一條扭動的魚還是青蛙之類的，然後往嘴裡塞。

「你一定要這樣嗎？」我問。

「怎樣？」他說，嘴裡還在嚼個不停。「現在是晚餐時間。」

我厭惡地轉過身，繼續用樹枝在水裡戳。

匡啷一聲。

我戳到一樣比泥巴磚或木頭還硬的東西。是石頭。

我拿著樹枝沿著底部找，這不是岩石，而是用方塊磚排成的平台。平台邊緣往下落到一排石階，大約矮了不到半公尺，像樓梯一樣，引人往下走。

「貝斯。」我喊著。

他划水走過來。水深幾乎到他腋下。他的形體在水流中晃動，像是可能隨時消失。

我把找到的東西比給他看。

「嗯。」他將頭浸在水裡。當他抬頭時，鬍子上沾滿泥巴和雜草。「好，樓梯。這讓我想起一座墳墓的入口。」

「墳墓，」我說：「在村子的中央？」

在我左手邊，又出現另一陣水花。

貝斯皺眉。「你看到了嗎？」

「有。從我們一走到水裡就看到了。你沒注意到嗎？」

貝斯把手指伸進水裡，像在試水溫。「我們動作應該要加快了。」

「為什麼？」

「大概沒事。」他比我爸更不會說謊。「我們來仔細看一下這座墳墓。把河流分開。」

他說得好像這是個再簡單也不過的要求，像在說「把鹽遞給我」一樣輕鬆。

「我是戰鬥魔法師，」我說：「所以不知道要怎麼樣把河流分開。」

貝斯看起來像被冒犯了。「噢！少來了，那是標準技能吧。我記得古夫[48]法老時代有個魔法師分開尼羅河，他到河底撿回一條女孩項鍊，然後還有那個叫做米奇的以色列人。」

「你是說摩西[49]？」

---

[48] 古夫（Khufu）是埃及舊王國時期第四王朝的一位法老。目前位於埃及吉薩的大金字塔，普遍認為是由他下令建造。參《紅色金字塔》七十一頁，註[18]。

[49] 摩西（Moses）是西元前十三世紀的猶太先知，聖經中記載了許多他的故事。最知名的一則為摩西率領一群猶太人逃離埃及的奴役生活，在紅海邊遭遇埃及法老的追兵，這時上帝神蹟降臨，讓紅海一分為二。

「對，就是他，」貝斯說：「不管怎麼說，你都應該要有把水分開的能力。我們動作要快點了。」

「如果這麼簡單，爲什麼你不做？」

「你現在是在擺架子啊！小子，我告訴你，流水干擾了神力。如果你朋友在這下面，這大概就是伊斯坎德把她藏在這裡的原因之一。你做得到的，只要……」

他突然全身緊繃。「到岸上去。」

「但你剛才說……」

「快點！」

在我們移動之前，河水在四周炸開。三道分開的水龍捲往上衝，貝斯被拉進水裡。

我試著逃跑，腳卻陷在泥巴裡，水龍捲包圍了我。它們旋轉變成了人形，由轉動的水絲帶變成頭、肩膀、手臂，彷彿是尼羅河創造出來的木乃伊。

在距我六公尺的下游處，貝斯浮出水面。「水惡魔！」他大叫：「驅散它們！」

「怎麼做？」我大喊。

兩個水惡魔轉向貝斯。侏儒神努力站穩，但是河水滾滾變成白浪激流，而水已經淹到他腋下。

「小子，快點！」他大喊：「每個牧羊人以前都知道抵擋水惡魔的符咒！」

「那你去幫我找個牧羊人來啊！」

貝斯大喊：「噗！」第一個水惡魔就消失了。他轉向第二個水惡魔，就在他要攻擊之前，水惡魔直接沖擊他的臉。

貝斯嗆到，往後倒退，水從他的鼻孔噴出。惡魔撞在他身上，貝斯又沉入水裡。

「貝斯！」我大喊。

第三個水惡魔朝我衝過來。我舉起魔棒，勉強形成一個微弱的藍光屏障。水惡魔衝撞屏障，將我打得直往後倒。

惡魔的眼睛和嘴就像小型水龍捲不停轉動。盯著它的臉，有如看著占卜碗一樣。我感覺到它無窮盡的飢餓，還有對人類的憤怒。它想破壞所有水壩，吞噬每一座城市，將世界淹沒在混沌之海裡，而且它會從殺我開始下手。

我的注意力渙散。惡魔衝向我，打破了屏障，將我拉進水裡。

你有沒有被水淹超過鼻子的經驗？想像有一道大浪打到你的鼻子，而且這還是一道聰明的大浪，知道如何淹死你。我弄掉了魔棒，肺裡充滿了水，所有理智思考轉化為驚恐。

我亂打亂踢，知道自己只在水底下一公尺多的地方，卻起不來。黑暗中，我什麼都看不到。我的頭浮出水面，看見貝斯被丟在水龍捲上的模糊影像，他在叫喊：「噗！來啊！嚇死你們！」

然後我又沉入水裡，手抓著泥巴。

我的心怦怦跳得好快，視線開始變暗。即使我能想到咒語也說不出來，眞希望自己擁有海神的力量，但這根本不是荷魯斯的專長。

有個東西抓住我的手臂，當時的我已經漸漸失去意識。我朝那個東西亂打一通，拳頭碰到了一個長滿鬍子的臉。

我再次浮出水面，大口喘氣。貝斯在我旁邊快要滅頂，還大喊著：「笨蛋……咕嚕咕嚕……想要救你的咕嚕咕嚕。」

惡魔再次把我拉到水底，突然間，我的思緒變清晰。或許是最後一口吸入的氧氣起了作用；或許揍了貝斯一拳突然讓我不再恐慌。

我想起荷魯斯以前也碰過這種情形。賽特有次試圖淹死他，把他拉進尼羅河。

我抓住這段記憶，化為自己的力量。

我的手伸進杜埃，將戰神的力量傳輸到自己身上。我全身充滿憤怒。我不會被別人壓制不動；我跟隨荷魯斯之道，不會讓一個愚蠢的水木乃伊將我淹死在不到一公尺的水裡。

我的視覺轉為紅色。我放聲尖叫，一次猛烈的爆炸將肺裡的水全部排出。

傳來一聲轟隆巨響！尼羅河爆炸了，我整個人癱倒在泥巴地上。

起先我累到什麼都做不了，只有不斷咳嗽。當我終於能搖搖晃晃地站起來，抹掉眼睛上的汙泥，我看到河流改變了流向。現在它蜿蜒繞著村子廢墟而流，發亮的紅泥巴露出磚塊、板子、垃圾、舊衣服、汽車擋泥板、可能是動物甚至人類的骨頭；幾條魚在附近翻動，心裡大概納悶河流到哪裡去了。

到處都沒看到水惡魔的蹤影。大約三公尺外，貝斯正怒氣沖沖瞪著我。他的鼻子流血，腰部以下都被埋在泥巴裡。

「通常把河分開時，」他抱怨連連，「用不著揍侏儒。現在快把我弄離開這裡！」

我費了一番工夫將他拉開，引起一陣抽吸聲，聲音大得嚇人，真希望我有錄下來。【不，莎蒂，我才不要對著麥克風試著發出這種聲音。】

「對不起，」我結結巴巴地說：「我不是有意要……」

他搖搖手不要我道歉。「你處理掉了水惡魔，這才重要。現在讓我們看看你是不是能應付得了那個東西。」

我轉身看見墳墓。

那是一個長方形的坑，排列著石磚，大約有一個衣帽間大小。階梯通往一扇關閉的石門，上面刻有象形文字。最大的字是生命之屋的象徵：

「那些惡魔在守護著入口，」貝斯說：「裡面的惡魔或許更難對付。」

在這個象徵之下，我認出一排象形文字：

「姬——亞。」我唸出來。「姬亞在裡面。」

「那個，」貝斯喃喃說著：「在我們魔法這一行叫做『陷阱』。小子，這是你最後一次改變心意的機會。」

但我沒有認真聽他說話。姬亞就在下面，就算我知道會發生什麼事，我都不認爲阻止得了自己。我爬下階梯，把門推開。

14 姬亞之墓

石棺是水做的。

這是一個超大的人形棺，有圓弧的雙腳、寬闊的肩膀，並且繪有誇張的笑臉，如同我以前所看過的埃及棺木。但眼前這副棺材全是用發光的液體型塑而成，並且安放在一間方形房間的石檯上。房間牆上以埃及藝術裝飾而成，不過我沒特別注意。

穿著白袍的姬亞漂浮在石棺裡。她的手臂交疊在胸前，手裡抓著一隻牧羊人的彎柄手杖和作戰用的連枷，這些是象徵法老權力的物品。她的木杖和魔棒在她身邊漂盪，一頭黑色短髮漂散在臉旁。她就跟我記憶中一樣美麗。如果你看過著名的娜芙蒂蒂王后[50]雕像，姬亞那挑高的眉毛、高顴骨、優雅的鼻子和完美的紅唇，在在都讓我想到她。

【莎蒂說我形容得太誇張了，但我說的都是事實。娜芙蒂蒂被稱為世界上最美的女人是有原因的。】

[50] 娜芙蒂蒂王后（Queen Nefertiti）是埃及新王國時期的王后，被喻為世界上最美的女人。參《紅色金字塔》四七一頁，註[78]。

我走近石棺，水開始晃動。一道水流泛起漣漪從兩側落下，不斷重複繞著一個圖案：

貝斯在喉嚨裡發出咕嚕聲。「你沒跟我說她也是一個小神。」

我沒想到要說這件事，不過這當然也是伊斯坎德要把姬亞藏起來的原因。當我們的爸爸在大英博物館裡釋放出五位神，河水女神奈弗絲[51]選擇了姬亞做她的宿主。

「那是奈弗絲的象徵？」我猜測。

貝斯點點頭。「你不是說過這個女孩是火之魔法師？」

「沒錯。」

「嗯，這個組合不妙，難怪大儀式祭司要讓她靜止不動。一個火之魔法師成爲河水女神的宿主……那可能會要了她的命，除非……哈，眞聰明。」

「什麼？」

「水蓋過火的組合可以掩飾姬亞的力量。如果伊斯坎德試圖把她藏起來不讓阿波非斯找到……」他的眼睛瞪得好大。「我的天空女神啊，那是彎柄手杖和連枷嗎？」

「對，我想是的。」我不確定他爲何有這麼震驚的反應，「難道不是有很多重要人物也帶著這兩樣東西下葬嗎？」

貝斯不可置信地看了我一眼。「小子，你不懂。那兩樣是最原始的彎柄手杖和連枷，是拉的皇室器具。」

突然間，我感覺自己像吞了一顆彈珠一樣。如果貝斯是說「對了，你靠在一枚氫彈上」，我不認為自己會比現在更驚訝。拉的彎柄手杖和連枷是最厲害的埃及神的最強象徵。然而放在姬亞的手裡，看起來沒什麼特別。彎柄手杖像是一根金色與藍色相間的超大枴杖糖；連枷則是一根木棍，尾端有三條帶刺鍊條。這兩樣東西都沒有發光，也沒有標示說這是「拉的財產」。

「為什麼會擺在這裡？」我問。

「不知道，」貝斯說：「但它們確實是拉的東西沒錯。我最後是聽說它們被鎖在第一行省的金庫，只有大儀式祭司才有權經手。我猜是伊斯坎德把它們和你的朋友藏在一起。」

「為了保護她？」

貝斯聳聳肩，顯然也一頭霧水。「那就像是把你家的安全防盜系統綁在一顆原子彈上，完全攻不破，難怪阿波非斯無法攻擊她。那是一種對抗混沌的嚴密防禦措施。」

「如果我叫醒她會發生什麼事？」

「保護她的咒語就會被打破，這可能是阿波非斯指引你來這裡的緣故。一旦姬亞離開石

51 奈弗絲（Nephthys）是埃及神話中的夜晚與河水之神。參《紅色金字塔》一二一頁，註32。

棺，她就成了一個容易下手的攻擊目標。至於爲何阿波非斯要置她於死地，或是伊斯坎德爲何要花這麼大力氣保護她，我能猜到的跟你一樣不多。」

我端詳姬亞的臉。三個月來，我一直夢想找到她，現在卻害怕到不敢叫醒她。一旦打破沉睡的咒語，我可能會意外傷害她，或使她毫無招架能力成爲阿波非斯的箭靶。就算我成功了，會不會她醒過來後還是決定恨我？我很想相信她與她的薩布堤替身擁有共有的記憶，這樣她就會記得我們在一起的點點滴滴。但是如果她沒有這些記憶，我不確定承受得了被她拒絕的結果。

我觸摸水棺材。

「小子，小心點。」貝斯警告。

魔法能量貫穿我全身。感覺很微妙，就像在看水惡魔的臉，但我能感覺到姬亞的想法。她被困在一個快要滅頂的夢境中，正試圖緊緊抓住她最後那一點美好回憶。當伊斯坎德把彎柄手杖和連枷放在她手裡時，他流露出和藹的神情對她說：「親愛的，將這些收好，你會用到這兩樣東西。夢境再也不會打擾你。」

但伊斯坎德錯了。惡夢侵入沉睡中的她，阿波非斯在黑暗中發出嘶嘶聲音對她說：「我殺了你的家人，下一個就是你了。」姬亞一次又一次看見自己的村子被摧毀，而阿波非斯放聲大笑，奈弗絲的靈魂不安地在姬亞體內轉動。伊斯坎德的魔法也把女神困在被魔法控制的沉睡中。女神試圖保護姬亞，召喚尼羅河的河水來遮蓋這間墓室，將她們兩人都隱藏起來不讓阿波非斯發現。但是，她阻止不了可怕的夢境。姬亞三個月來不斷做著同樣混亂的惡夢，而她的神智快要四分五裂了。

「我必須釋放她，」我說：「有一部分的她仍然有意識。」

貝斯從齒縫間吸著氣。「那應該不可能，但如果是眞的……」

「她的麻煩就大了。」我的手伸進棺材底部，使用之前分開河流的魔法，只不過出的力比較少。水漸漸退去，棺材像冰塊一樣融化。在姬亞從石檯摔下來之前，我抱住她。她手裡的彎柄手杖和連枷落下，魔杖及魔棒也匡啷掉在地上。

隨著最後剩下的棺材散去，姬亞睜開眼睛。她試著呼吸卻似乎吸不到氣。

「貝斯，她怎麼了？」我說：「我該怎麼辦？」

「是女神，」他說：「姬亞的身體在排斥奈弗絲的神靈。快把她帶到河邊！」

姬亞的臉色發青。我把她抱在懷裡，快速爬上溼滑的階梯，這實在不容易，因爲姬亞一路上對我又踢又打。我總算走過泥巴而沒有跌倒，將她輕輕放在河邊。

她緊抓著喉嚨，眼睛充滿恐懼，但她的身體一碰到尼羅河水，一圈藍色的光環在她身邊跳動。她的臉色恢復正常，水從她嘴裡噴出，彷彿變成一座人體噴泉。現在回想起來，那個場面應該很噁心，不過當時的我因爲心中大石總算放下而沒有注意太多。

河面升起一個穿著藍衣的水形女子。大多數埃及的神在流動水域時，力量都會變弱，但奈弗絲顯然是例外，她散發出力量的光芒。她的黑色長髮上戴著一頂銀色王冠，那充滿威嚴的臉孔讓我想到艾西絲，但這位女神的微笑比較溫柔，眼神也和藹許多。

「貝斯，你好。」她的聲音很溫柔，像是微風吹拂過河畔的青草。

「奈弗絲，」侏儒神說：「好久不見了。」

河水女神低頭看著姬亞，她還在我臂彎裡發抖，大口喘息努力呼吸。

「我很抱歉用她來當我的宿主，」奈弗絲說：「這個選擇很不好，差點毀了我們兩個。卡特．凱恩，好好守護她。她心腸很好，也有很重要的命運。」

「什麼命運？」我問：「我要怎麼保護她？」

奈弗絲沒有回答，她融入尼羅河中。

貝斯咕噥著說：「尼羅河才是她該去的地方，這是她最合適的身體。」

姬亞說不出話，整個人彎著腰。

「她還是沒辦法呼吸！」我做了唯一想得到的一件事，就是口對口人工呼吸。

是，好，我知道這聽起來像什麼，但我當時沒這樣想。

【莎蒂，不要笑了！】

眞的，我沒有要占便宜，我只是想幫忙。

姬亞可不是這麼想。她用力擊出一拳打在我胸口，我像出氣玩具般叫出聲，然後她轉向一邊狂嘔。

我不覺得我的口氣有那麼臭。

當她再次注意到我，眼中燃燒著憤怒，就跟從前一樣。

「你竟然敢親我！」

「我沒有……我不是……」

「伊斯坎德在那裡？」她質問我。「我以爲……」她的眼睛失焦，「我夢到他……」她開始全身發抖，「永恆的埃及，他沒有……他不可能……」

「姬亞……」我試著把手放在她肩上，但她推開我，轉身面朝河水，開始啜泣。她的手指緊緊抓著泥巴。

我想要幫她，我受不了看到她這麼痛苦。但是我看著貝斯，他拍拍流血的鼻子，彷彿警告我說：「慢慢來，否則她也會揍爛你的鼻子。」

「姬亞，我們有很多事要談。」我說，試著不讓自己的聲音聽起來心碎。「我們先離開河邊吧。」

她坐在自己墳墓的台階上，環抱著雙臂。她的衣服和頭髮開始乾了，然而，儘管晚上氣候暖和，沙漠裡的風也很乾燥，她仍舊在發抖。

在我的請求下，貝斯從墳墓裡把她的魔杖、魔棒，連同彎柄手杖和連枷一起拿來，不過貝斯看來不太高興。他把東西拿給我時，彷彿這些東西有毒一樣。

我試著向姬亞解釋許多事，像薩布提、伊斯坎德的死、狄賈登成爲大儀式祭司、與賽特戰爭後這三個月來發生的一切，但我不確定她聽進去多少。她不停搖頭，用手摀住耳朵。

「伊斯坎德不可能死。」她的聲音顫抖，「他不會……他不會對我做這種事。」

「他是想保護你，」我說：「他不知道你會作惡夢。我一直在找你……」

「爲什麼？」她質問我。「你要我的什麼？我記得你來自倫敦，但那之後……」

「我在紐約遇見了你的薩布提替身。她……你……帶莎蒂和我去第一行省，你開始訓練我們。我們一起在新墨西哥州合作，然後在紅色金字塔……」

「不。」她緊閉雙眼。「不，那不是我。」

「可是你記得薩布提做過的事，只要試試看……」

「你是凱恩家的人！」她大喊：「你們全都是非法之徒。而且你還跟著……跟著那個。」

她指著貝斯。

「『那個』是有名字的，」貝斯抱怨說：「我開始懷疑爲什麼我要開車繞過大半個埃及來叫醒你。」

「你是神！」姬亞說，然後她轉向我。「如果是你召喚他，你就會被處死！」

「小女孩，你聽著，」貝斯說：「你之前是奈弗絲的宿主。如果有人要被處死的話……」

姬亞一把抓起她的魔杖。「消失吧！」

幸好，她的體力還沒完全恢復，只能對著貝斯的臉射出一道微弱火柱，侏儒神很輕易就揮開了火焰。

我抓住她魔杖的另一端。「姬亞，住手！他不是敵人。」

「我可以揍她嗎？」貝斯問。「小子，你剛才揍了我。這樣做似乎才公平。」

「不可以揍人，」我說：「不要使出爆炸火焰，姬亞，我們是站在同一邊的。春分從明天傍晚開始，阿波非斯會從他的牢籠逃出來。他想殺了你，我們是來救你的。」

阿波非斯的名字重重打擊了她。她掙扎著要呼吸，彷彿肺裡又積滿了水。「不，不，這不可能。為何我要相信你？」

「因為……」我遲疑了。我能說什麼？因為我們三個月前喜歡著彼此？因為我們一起經歷過這麼多事，並且互相拯救對方的性命？那些都不是她的記憶。她雖然記得我，我們在一起的時光卻像一場她所觀看的電影，裡面有女演員扮演她，做了她從來沒做過的事。

「你不認識我，」她痛苦地說：「在我被迫與你戰鬥之前，你走吧。我會自己想辦法回到第一行省。」

「小子，也許她說得對，」貝斯說：「我們該離開了。我們在這裡已經使用這麼多魔法，早就觸發各種警報了。」

我緊握拳頭。我最害怕的事情成眞了。姬亞不喜歡我。我們一起共享的每件事，都隨著她的陶土分身碎裂而消逝。就像我之前可能說過的，如果有人對我說我不能做某件事時，我就會變得很固執。

「我不會離開你。」我指著她的村落廢墟。「姬亞，這個地方被阿波非斯摧毀，這不是意外，也不是你爸的錯，因爲大蛇把你當目標。伊斯坎德撫養你長大，是因爲他感覺到你有重要的命運。他把你跟彎柄手杖及連枷藏在一起，也是爲了同樣的原因；不只是因爲有女神寄宿在你體內，而是他快死了，擔心自己無法再保護你。我不清楚你的命運是什麼，但……」

「不要說了！」她重新讓魔杖頂端燃起火焰，這次冒出的火光更加明亮。「你在扭曲我的想法，你就跟那些惡夢一樣。」

「你知道我沒有騙你。」我應該閉嘴才對，但我不敢相信姬亞會眞的把我燒成灰燼。「伊斯坎德臨死前，他了解必須回到從前的方式，所以他讓莎蒂和我活下來。神與魔法師必須團結合作。當我們一起在紅色金字塔作戰的時候，你……你的薩布提了解這點。」

「小子，」貝斯的語氣更急了，「我們眞的該走了。」

「跟我們一起走，」我對姬亞說：「我知道你一直都覺得孤單，你僅有的朋友與家人就是伊斯坎德。我懂，但我是你的朋友，我們可以保護你。」

「沒有人需要保護我！」她立刻站起來。「我是生命之屋的書吏！」

她的魔杖射出火焰。我想抓起我的魔棒，但是早就在河裡弄丟了。我的手本能地抓起法老的象徵，也就是那支彎柄手杖和作戰連枷，交叉比出代表防衛的X形，姬亞的魔杖立刻斷裂。火焰消散了。

姬亞踉蹌往後，手裡冒煙。

她十分震驚地瞪著我看。「你膽敢使用拉的象徵？」

我看起來大概也是一臉驚訝。「我……我不是故意的！我只是想談一談。你一定餓了。我們的小貨車裡有水和食物……」

「卡特！」貝斯全身緊繃。「事情不太對勁……」

他太晚轉身了。一道令人睜不開眼的白光在他身體四周炸開。當我眼冒金星好不容易恢復過來後，看到貝斯被凍結在一個如同螢光燈管閃亮的鐵條籠裡。站在鐵籠旁邊的是兩個我最不想看到的人。

米歇爾．狄賈登與弗拉迪．緬什科夫。

狄賈登看起來比我在預視中看到樣子更加蒼老。他頭髮花白，下巴尾端分叉的鬍子又長又亂。乳白色袍子鬆垮垮地掛在他身上，大儀式祭司的豹皮披肩從肩膀上滑落。

另一方面，弗拉迪．緬什科夫看起來經過充分休息，準備好好玩一場折磨凱恩的遊戲。他穿著一件新的白色亞麻西裝，手裡拿一根新的蛇形魔杖，蛇形銀項鍊在領帶上襯得閃閃發亮。他捲曲灰白的頭髮上戴著一頂白色紳士帽，大概是要蓋住被賽特打傷的地方。他露出一副很高興見到我的微笑，但因爲沒戴太陽眼鏡，那笑容顯然不太有說服力。他那帶著嚴重傷疤和紅色傷痕的可怕眼睛閃爍著怨恨。

「狄賈登，聽我說，」我說：「緬什科夫是叛徒。他召喚賽特，想要釋放阿波非斯……」

「你聽到沒？」緬什科夫大喊：「和我預測的一樣，這個男孩試圖把他非法使用魔法的事怪到我頭上。」

「什麼?」我說:「不對!」

俄國人轉身檢查貝斯,他仍被凍在發亮的籠子裡。「卡特.凱恩,你口口聲聲說你是無辜的,我們卻發現你在這裡和神打交道。在這裡的是誰呀?侏儒貝斯!幸好,我祖父教了我一個很棒的束縛咒語,專門用來對付這種生物。我祖父也教了我許多折磨的咒語,用在……侏儒神身上非常有效,我一直很想親自試驗一下威力。」

狄賈登輕蔑地皺起鼻子,看不出來那是因爲我,還是緬什科夫的緣故。

「卡特.凱恩,」大儀式祭司說:「我知道你貪圖法老的王位,我知道你和荷魯斯在密謀策畫。而我現在發現你正拿著拉的彎柄手杖和連枷,最近我們金庫才發現這兩樣東西遺失。就算是你,這也是肆無忌憚的挑釁行爲。」

我低頭看著手裡的武器。「不是這樣的。我才剛發現它們……」

我停止說話。我不能告訴他這些法老的象徵物一直隨著姬亞葬在這裡,就算他相信我好了,這也會讓姬亞惹上麻煩。

狄賈登點點頭,彷彿我承認是我偷走了。「就跟我想的一樣。阿摩司對我保證過你是瑪特的榮譽僕人。相反的,我卻發現你是個小神,而且還是個賊。」

「姬亞,」我轉身對她說:「你一定要聽我說。你現在有生命危險,緬什科夫替阿波非斯做事,他會殺了你。」

緬什科夫裝出一個很逼眞的受傷表情。「我爲什麼會想傷害她?我感覺得到她現在身上沒有奈弗絲了。女神侵入她的形體，並不是她的錯。」他朝姬亞伸出手。「孩子，很高興看到你平安無事。伊斯坎德在他死前做的一些怪事都不能怪你，比方說把你藏在這裡，或是對凱恩這個犯罪家族軟化先前的態度。離開這叛徒吧，跟我們回家。」

姬亞猶豫著。「我做了……奇怪的夢……」

「你現在很迷惘，」狄賈登溫柔地說：「這是很自然的。你的薩布堤將它的記憶傳送給你。你看見卡特．凱恩和他妹妹在紅色金字塔與賽特做了協定。他們沒有摧毀掉紅帝，反而放了他。你還記得嗎？」

姬亞謹慎地打量我。

「你記得我們為何會那麼做。」我請求她。「混沌的勢力正在興起，阿波非斯會在二十四小時之內重獲自由。姬亞……我……」

我的話哽在喉嚨。我想告訴她我對她的感覺，但是她如琥珀般的雙眼堅毅不為所動。

「我不認識你，」她喃喃地說：「對不起。」

緬什科夫露出微笑。「孩子，你當然不認識他，你跟叛徒沒有關聯。有了狄賈登殿下的允許，我們會把這個離經叛道的年輕人帶回第一行省，他會在那裡接受公平審判……」緬什科夫轉向我，他受傷的眼睛裡燃起成功的光芒，「……然後被下令處決。」

15 邪惡的駱駝

對，卡特，和水惡魔交手一定可怕得要命，但是我一點都不同情你。因爲，第一，這趟行程全是你自己決定要去的；第二，你忙著救姬亞的時候，我正在處理駱駝。駱駝很噁心。

你可能會想：「可是，莎蒂，這些是魔法變出來的駱駝，是用華特的護身符召喚出來的。華特眞聰明！魔法駱駝一定不像一般的駱駝那麼糟吧。」

我現在可以證實，魔法駱駝就跟眞正的駱駝一樣會吐口水、大便、流口水、咬東西、吃東西，最噁心的是，連味道也一樣。如果眞要說有什麼不同，那就是噁心的程度因爲魔法而加重了。

我們一開始當然不是騎著駱駝出發。我們是經過一連串愈來愈可怕的交通方式之後，才進入騎駱駝的階段。首先，我們搭公車到亞歷山卓西邊的一個小鎭。那輛公車沒有冷氣，上面擠滿了尙未發現腋下清香劑好處的男人。接著，我們雇了一位司機開車載我們到巴哈利亞。這個司機一開始竟敢播放阿巴合唱團[52]的暢銷歌，還吃生洋蔥，然後把我們載到不知名的某處給我們一個驚喜！他將我們介紹給他的朋友，是一群迫不及待想搶劫手無寸鐵美國青少年的搶匪。我很高興能向他們展示魔杖如何變成一頭飢腸轆轆的大獅子。就我所知，這群搶匪司機到現在還在逃命，不過車子已經不能動了，也沒有足夠的魔法讓引擎再次發動。

我們後來決定最好不要走大路。我能應付當地人拋來的憎惡眼神，我能應付被當成怪胎引起眾人側目，因爲我是個挑染了紫色頭髮的美國或英國的女生，再加上和一個看起來不像哥哥的男生一起旅行。事實上，這些非常清楚地說明了我的生活，但自從公路搶劫事件後，華特和我才發現當地人有多注意我們，把我們當成目標。我一點都不想被更多歹徒、埃及警方，更糟的是任何可能露出臥底身分的魔法師揪出來，於是我們召喚魔法駱駝，對一把沙子施法指向巴哈利亞，出發穿越沙漠。

你可能會想說：「莎蒂，你覺得沙漠怎麼樣？」

謝謝你問起。沙漠很熱。

還有一個問題。爲什麼沙漠都這麼大？爲什麼不能只有幾百公尺寬，讓你對滿是沙子、乾燥、不舒服等感覺做點體驗就好，然後就換成某種舒適宜人的風景，像是有河流過的草地或滿是商店的熱鬧大街？

我們運氣沒這麼好，沙漠似乎永遠走不完。我能想像荒地之神賽特在我們奮力跋涉過一

52 阿巴合唱團（ABBA）是一九七二年在瑞典成立的流行音樂團體，以英語演唱，雖然於一九八二年解散，當年的暢銷金曲仍受到不少人喜愛。

個個永無止盡的沙丘時嘲笑我們。如果這裡是他的家，我還眞不欣賞他的裝潢風格。

我將我的駱駝取名爲卡崔娜，因爲牠根本就是個天然災害[53]。牠的口水滴得到處都是，而且似乎把我紫色挑染的頭髮當作某種珍奇異果，執著於想吃掉我的頭。我將華特的駱駝取名爲興登堡[54]，因爲牠幾乎和飛船一樣大，而且體內充滿氣體。

我們一起並肩騎著駱駝前進，華特似乎一直在沉思，他眺望著地平線。如同我的猜測，我們兩人的「生」護身符彼此連結，只要稍微用點心，我就能利用心電感應向他傳送出我們有麻煩的訊息。只要稍微努力，我眞的可以把他從杜埃拉到我身邊。這種魔法物品眞好用，帥哥隨傳隨到。

不過，華特來到這裡變得更加安靜與不安。他的打扮和戶外健行的一般美國青少年一樣，穿了很合身的黑色運動上衣、休閒褲和靴子。但是如果更靠近一點，可以看出他把自己做的每個魔法物品都帶來了。他的脖子上掛著五花八門的動物護身符，兩手各戴有三枚發亮的戒指，繫了一條我沒看過的繩紋腰帶，我猜這條腰帶也具有魔法力量。儘管身上配戴著軍火庫，華特似乎仍舊非常緊張。

「天氣眞不錯。」我主動開口。

他皺著眉，回過神來。「抱歉。我剛才……在想事情。」

「你知道，有時說說話也有幫助。比方說……噢，我不知道。不過如果我遇到大麻煩、生命有威脅、只願意跟潔絲說的時候……如果貝斯知道發生了什麼事但沒說……如果我同意來這裡和好朋友一起冒險，並且在穿越沙漠時有空可以聊天，我可能會想要告訴她到底發生了什麼事。」

「這只是假設。」他說。

「對。如果這個女生是世界上最後一個知道我到底怎麼了的人，而且她真的很在乎……我能想像她會因為被矇在鼓裡而非常沮喪。假設她可能因此勒死你……我是說勒死我啦。假設的話。」

華特勉強擠出一絲微笑。雖然我不能說他的眼睛和阿努比斯的一樣會融化我，但他的確有張很英俊的臉。他看起來一點也不像我爸，卻擁有相同的力量和粗獷的帥氣，是一種能讓我覺得更安全、更踏實的溫柔力度。

「這件事很難說，」他說：「我不是有意要瞞你所有的事。」

「幸好現在還不算晚。」

我們的駱駝慢慢走著。卡崔娜想要吻興登堡，或者可能是要對牠吐口水，而興登堡用放屁當作回答。我發現，牠這反應對男女關係來說，算是個令人沮喪的評語。

---

53 這裡指的是二〇〇五年八月重創美國南部的卡崔娜颶風（Hurricane Katrina），當時造成嚴重死傷，也毀損許多地區建設，災情十分慘重。

54 興登堡（Hindenburg）是一架德國飛船。自一九三六年開始載客以來，曾經完成十趟成功飛行，卻在一九三七年五月六日於美國新澤西州降落時起火焚毀，造成三十六人死亡，是當時重大空難之一。

最後，華特說：「這件事與法老的血統有關。你們……我是說凱恩家族結合了兩個強而有力的皇室血統，也就是納爾邁[55]以及拉美西斯大帝[56]，對吧？」

「他們是這麼告訴我的。『莎蒂大帝』這名字聽起來眞不錯。」

華特對此沒有反應。或許他在想像我是法老的模樣，我承認這是一個很嚇人的想法。

「而我的皇室血統……」他猶豫了一下，「你對阿肯納頓[57]了解多少？」

「我現在一下子很難想到，但我會說他是一個法老。大概是埃及的法老。」

華特笑了，這是好事。如果我可以繼續讓他的心情不要太嚴肅，可能他會更容易對我吐露實情。

「他是最厲害的一個。」他說：「阿肯納頓決定消除所有舊的神，並且只崇拜信仰太陽神阿吞。」

「噢……對。」這故事聽起來有點耳熟，也使我有所警惕，因爲這讓我覺得自己幾乎跟卡特一樣是個埃及怪胎。「他就是那個遷移首都的傢伙吧？」

華特點點頭。「他在尼羅河東岸的阿瑪那蓋了一座新城。他這個人有點怪，但他是第一個認爲舊有的神不好的人。他試圖禁止大家信仰這些神與奉祀他們的神廟。他想要崇拜一位神就好，但是他選上的神很奇怪。他認爲這個神是太陽，卻不是太陽神拉，而是眞正的太陽圓盤——阿吞。總之，原來的祭司和魔法師，尤其是在阿蒙．拉底下的……」

「阿蒙．拉是拉的另一個名字？」我猜。

「可以這麼說，」華特說：「所以阿蒙．拉的神廟人員對阿肯納頓非常不滿。在他死後，他們毀壞他的雕像臉孔，想把所有紀念碑和任何東西上刻有他名字的地方全都抹去。阿瑪那完全被廢棄，埃及又回復從前的生活方式。」

我讓這段內容慢慢沉澱。在伊斯坎德幾千年前下令放逐神之前，原來有個法老也曾有過同樣的念頭。

「他是你的曾曾曾之類的祖父？」我問。

華特將駱駝韁繩繞在手腕上。「是的，我們就像大多數皇室成員一樣有相同的魔法天賦，但是……我們也有問題。你可以想像得到，神對阿肯納頓有多不滿，他的兒子圖坦卡蒙……」

「圖坦卡蒙王？」我問：「你是圖坦卡蒙王的親戚？」

「很不幸的，」華特說：「圖坦卡蒙是家族中第一個被詛咒折磨的人。他在十九歲過世，而他還是比較幸運的一個。」

「等等，什麼詛咒？」

---

55 納爾邁（Narmer）為埃及歷史上第一位國王。參《紅色金字塔》一二五頁，註34。

56 拉美西斯大帝（Ramesses the Great）即拉美西斯二世，是史上第一位簽署和平協定的國王。參《紅色金字塔》一八一頁，註51。

57 阿肯納頓（Akhenaton）為古埃及第十八王朝的法老，著名的娜芙蒂蒂王后即為他的妻子。他曾進行宗教政治改革，在位時間不到二十年。

卡崔娜就在這時發出刺耳叫聲，突然停住不動。你可能會抗議說，駱駝又不會說話，但你錯得離譜。牠走到大沙丘頂時，所發出的溼答答尖叫聲比汽車煞車還難聽。興登堡則是停住不走，拚命放屁。

我低頭往下看著沙丘另一邊。在我們下方的沙漠中央有個滿布綠地的朦朧河谷，棕櫚樹在那裡蔓延生長，範圍大概和整個倫敦中心一樣大。鳥兒從上面飛過，小湖在午後的陽光下發亮。散布在各處像小黑點般點綴其上的屋子正冒出陣陣炊煙。在沙漠待了這麼久，我的眼睛因爲看到這些豐富的顏色而刺痛，這就像是你從黑暗的電影院走到外面，被下午的耀眼陽光照射到一樣。

我了解古代旅人一定會有的感受，了解在荒野中走了數日之後發現綠洲的感覺。這是我所見過最接近伊甸園的景物了。

然而，兩隻駱駝沒有停下來欣賞美麗風景。有一道小小的腳印蜿蜒穿過沙子，一路從綠洲走到我們的沙丘。來到沙丘上的是一隻看起來脾氣不好的貓咪。

「也該是時候了。」這隻貓說。

我從卡崔娜的背上滑下來，驚訝地看著這隻貓。不是因爲牠會說話，畢竟我看過比這更怪的事。我會驚訝是因爲我認得這個聲音。

「巴絲特？」我說：「你在那裡面做什麼？……那到底是什麼？」

這隻貓用後腳站立，伸出前腳，像在說「啊哈！」似的。牠說：「這當然是隻埃及貓啦。有著美麗的豹紋班點、毛色帶點藍……」

我不是有意要說得這麼狠。這隻貓被打得很慘，好多毛都不見了。牠可能曾經是隻很美的貓，但我更直覺認爲這是從來沒有人養過的貓。牠剩下的髒毛糾結成一團，眼睛腫脹，疤痕累累幾乎就跟弗拉迪米爾．緬什科夫的眼睛一樣慘。

「看起來像被果汁機攪過一樣！」

巴絲特，或是該說這隻貓，才不管現在誰是主人。牠放下四肢，氣憤地到處嗅聞。「親愛的莎蒂，我相信我們討論過貓身上的戰疤。這隻老貓是個戰士！」

「一個打輸的戰士。」我心想，決定不要把話說出來。

華特從興登堡的背上滑下來。「巴絲特，你怎麼……你現在在哪裡？」

「我還是在杜埃的深處，」牠嘆口氣說：「在我找到路出去之前，至少還需要一天的時間。杜埃這裡的情況有點……混亂。」

「你還好嗎？」我問。

貓點點頭。「我只是必須小心一點。這個深淵裡到處都是敵人。所有一般的道路和河流都有戒備，我必須繞遠路才能安全返回，而春分就在明天傍晚開始，時間變得非常緊迫，所以我想最好先發個訊息給你。」

「那麼……」華特緊皺眉頭，「這隻貓不是眞的？」

「這隻貓當然是真的，」巴絲特說：「牠只是被我一小塊的『巴』所控制。我可以輕易透過貓來發聲，一次至少可以講幾分鐘，但這是你第一次這麼接近這樣的貓。你有發現嗎？真令人不敢相信！你真的需要多跟貓相處。對了，等我離開之後，這隻貓需要一點獎賞。給牠一些不錯的魚，或是一點牛奶……」

「巴絲特，」我打斷牠的話：「你說有消息要告訴我們？」

「對。阿波非斯甦醒了。」

「我們早就知道了！」

「但是事情比我們想像的更加嚴重，」牠說：「他有一大批惡魔努力替他打開牢房，他正在計算離開的時間，以便碰上你們叫醒拉的時刻。事實上，他需要你們解放拉，這是他計畫的一部分。」

我的頭感覺像變成果凍一般軟趴趴的，雖然很有可能是因爲駱駝卡崔娜一直在吸我的頭髮。「阿波非斯想讓他的死對頭獲得自由？這說不通。」

「我沒辦法解釋，」巴絲特說：「但我愈接近他的牢房，愈能弄清楚他的想法，我猜是因爲我們交戰了好幾世紀，所以彼此建立了某種連結。不管怎麼說，就像我之前說的，春分會在明天傍晚開始。接下來的清晨，也就是三月二十一日早上，阿波非斯打算從杜埃復出，他計畫吞下太陽，消滅世界。他相信你們喚醒拉的計畫會幫他完成目標。」

華特皺眉。「如果阿波非斯希望我們成功，爲何要這麼努力阻止我們？」

「他有嗎?」我問。

過去幾天來一直困擾著我的十幾件小事情，突然間喀答一聲全都串連在一起。在布碌崙博物館時，薛克梅特之箭大可以殺了卡特，為何阿波非斯只是嚇唬他而已?我們怎麼會這麼容易就逃離聖彼得堡?為何賽特主動說出第三份紙草卷的所在地?

「阿波非斯想要混沌，」我說:「想要分化敵人。如果拉重返世間，可能會讓我們進入內戰。魔法師已經被分化了，而神會彼此交戰。世上沒有確定的統治者。如果拉沒有重生並以強壯的新造型出現，如果他就和我在預視裡看到的一樣又老又衰弱……」

「所以我們不該叫醒拉?」華特問。

「那也不是答案。」我說。

巴絲特歪著頭。「我搞混了。」

我的思緒飛得很快。駱駝卡崔娜還在嚼我的頭髮，把我的頭髮變成一團溼溼滑滑的噁心東西，但我幾乎沒注意到。「我們必須照計畫進行，我們需要拉，瑪特和混沌必須達到平衡，對吧?如果阿波非斯興起，拉也必須興起。」

華特轉動他的戒指。「但是，如果阿波非斯希望拉醒過來，如果他認為這樣可以幫助他消滅世界……」

「我們必須相信阿波非斯是錯的。」我想起潔絲的「仁」告訴過我，我們選擇相信瑪特。

「阿波非斯想像不到有人能將神與魔法師團結起來，」我說:「他認為拉的返回將更加削弱我們的力量。我們必須從混沌中創造和諧，埃及一直都是以這種方式運作。這會有風險，很大的風險，但如果我們因爲害怕失敗而什麼都不做，就等於完全中了阿波非斯的計。」

當旁邊有一隻駱駝不停地舔你的手，實在很難發表什麼激勵人心的話，不過，華特聽了點點頭，而貓看起來不怎麼熱血。話說回來，貓也很少有熱血的樣子。

「別低估了阿波非斯，」巴絲特說：「你們還沒有跟他交手過，但是，我有過與他對決的經驗。」

「所以我們才需要你趕快回來。」我把弗拉迪．緬什科夫與賽特的對話內容，以及他準備摧毀布魯克林之家的計畫全告訴她。「巴絲特，我們的朋友們現在非常危險，緬什科夫的瘋狂程度大概遠超過阿摩司的想像。只要你能夠離開杜埃，就立刻返回布魯克林，我感覺那裡會是最後的戰場。我們要找到第三份紙草卷，並且找到拉。」

「我不喜歡『最後的戰場』這個說法，」貓說：「但你說得對，事情聽來不妙。對了，貝斯和卡特在哪裡？」她一臉狐疑地看著那兩隻駱駝。「你沒有把他們變成駱駝吧？」

「這個想法眞誘人，」我說：「不過，我沒有這麼做。」

巴絲特不屑地發出嘶叫聲。「繞去做別的事眞是蠢斃了！我要跟那個侏儒好好談談，怎麼可以讓你單獨行動？」

「那我算什麼？隱形人嗎？」華特抗議。

「抱歉，親愛的，我不是有意要……」貓的眼睛抽動。牠咳嗽的樣子看起來像嘴裡有一團毛球似的。「我的連結快消失了。莎蒂，祝你好運。進入墓穴的最佳入口是東南邊的一座棗園。去找一座黑色的水塔。小心提防羅馬人。他們相當……」

貓的尾巴豎起來蓬成一大把，然後眨眨眼，困惑地看著四周。

「什麼羅馬人？」我問：「他們相當怎麼樣？」

「喵。」貓看著我，臉上的表情像是在說：「你是誰？食物在哪裡？」

我用力把駱駝的鼻子從我黏黏的頭髮中推開。

「來吧，華特，」我喃喃說：「我們去找木乃伊吧。」

我們從補給袋裡拿了一些牛肉乾和水給這隻貓。雖然不像魚和牛奶那麼可口，但這隻貓看來似乎相當滿意。既然這裡看得到綠洲，而且牠顯然比我們更熟悉這地方，於是我們留下牠慢慢吃完東西。感謝老天，華特把駱駝變回護身符，我們拖著腳步走進巴哈利亞。

棗園不難找。黑色的水塔就在這片私人土地的邊界，是目前視線所及最高的建築物。我們朝著水塔的方向前進，穿過密密麻麻、遮住太陽光的棕櫚樹。一棟土磚蓋的農莊坐落在遠方，可是沒看到任何人。或許埃及人更懂得不要在下午時分暴曬在烈陽下。

我們抵達水塔時，沒看見明顯的墳墓入口。水塔看起來很舊，四根生鏽的鋼柱在空中頂著一個大概和車庫一樣大的圓形水槽。水槽有個小小的缺口，每隔幾秒就有水從空中滴落，打在底下已經變硬的沙子裡。放眼望去沒有任何東西，除了更多棕櫚樹、幾樣失去光澤的農具，以及一塊躺在地上風化褪色的膠合板子。板子上面用噴漆寫著阿拉伯文和英文，大概是農夫想要用來賣東西吧。上面寫著：「棗子，價錢公道。冰冰涼涼的 Bebsi。」

「Bebsi?」

「其實是 Pepsi（百事可樂），」華特說：「我在網路上看過。阿拉伯語沒有『P』的發音，所以這裡的人都把汽水叫做 Bebsi。」

「所以在這裡吃披薩得配 Bebsi？」

「大概吧。」

我哼了一聲。「如果這是著名的挖掘地點，難道不會有更多人在此活動嗎？考古學家？售票亭？賣紀念品的商人？」

「或許巴絲特送我們來到祕密入口，」華特說：「這樣要從一堆守衛和看管的人之中溜進去比較容易。」

祕密入口聽起來很吸引人，然而除非水塔本身就具有魔法的心電傳送器，或是其中一棵棗樹有扇封起來的門，否則我不確定這個「哇！幫了很大的忙」的入口會在哪裡。我踢了那塊 Bebsi 的板子。板子下面除了沙子之外什麼都沒有，還因爲漏水的水塔一直滴水下來而變得一片泥濘。

然後我更靠近看著地上溼掉的地方。

「等等。」我跪在地上。滴下來的水已經匯集成一條小運河，彷彿沙子漏進一道地下裂縫。這道裂縫大約一公尺長，寬度不到一支鉛筆，但是直得很不自然。我開始在沙堆裡挖。在六公分下的沙堆，我的指甲碰觸到石頭。

「幫我把這個清開。」我告訴華特。

一分鐘後，我們挖出一塊約一平方公尺大的扁平鋪地石。我試著想用手指在溼土下用力扳，但石頭太厚太重，根本抬不起來。

「我們可以找個東西來當桿子，」華特建議，「把石頭撬起來。」

「或是，」我說：「站開。」

華特本來要抗議，當我拿出魔杖，他很明白最好是讓開。我對神的魔法有了新的領悟，我沒有用力去想需要的魔法，而是去感覺與艾西絲的連結。我記得有次她曾經發現自己丈夫的棺木長在一棵柏樹的樹幹上，她出於憤怒和急切把樹炸開。我傳輸那些情緒，並將魔杖對準石頭。「哈—迪！」

好消息是，這個咒語的效力比在聖彼得堡用的時候還好。象形文字在我的魔杖底端發光，石頭被炸成一堆碎片，露出地底下的一個黑洞。

壞消息是，我摧毀的東西不只這些。在洞的四周，地面開始往下陷落。華特和我趕緊後退，更多石頭掉進坑洞裡。我發現自己掀開了地下房間的整片屋頂。這個洞不斷變寬，直到碰到水塔的支撐柱子。水塔開始破裂，搖搖晃晃。

「快跑！」華特大喊。

我們一直往後跑，躲在三十公尺遠的一棵棕櫚樹後面。水塔冒出上百個不同的缺口，像喝醉的人一樣前後搖擺，然後往我們的方向倒下，在地上碎開，不僅把我們從頭到腳淋成落湯雞，還形成一股洪流流過一排排棕櫚樹。

震耳欲聾的聲響一定傳遍了整個綠洲。

「噢，慘了。」我說。

華特看我的樣子像是我瘋了。我想我罪證確鑿，但把東西炸開真的很讓人心動，對吧？

我們跑向莎蒂．凱恩紀念坑，那裡現在變成游泳池大小。在五公尺下那堆沙子和岩石下方是一排排木乃伊，全都用舊布包裹著，排列在石板上。不過現在這些木乃伊恐怕都被壓扁了，看得出來這些木乃伊曾經有過紅、綠、金的明亮漆色。

「黃金木乃伊[58]。」華特一臉驚恐。「有部分墳墓系統還沒被挖掘。你剛才毀了……」

「我剛才有說：『噢，慘了。』在水塔主人拿槍出現前，你快幫我到下面去吧。」

[58] 黃金木乃伊（golden mummies）是指一九九六年在埃及巴哈利亞綠洲地區發現的一批木乃伊。最初是一名守衛為了尋找逃脫的驢子意外發現了一個地洞。一九九九年，埃及考古團隊正式對此地進行大規模開挖，發現許多鍍金木乃伊。研究認為，這些是自亞歷山大大帝進軍埃及後遺留在當地的居民。

16 地底墓穴

說實在的，感謝上面水塔漏水產生的溼氣，讓那特別房間裡的木乃伊大部分都毀損了。只要在木乃伊身上多加點水，就會產生嚇死人的味道。

我們爬過碎石堆，發現一條通往更底下的走道。看不出來這是天然隧道還是人工鑿成的，但是在通向另一個墓室之前，走道通過堅硬的岩石蜿蜒了整整四十公尺長。這個房間還沒被水破壞，裡面每件東西都保存得非常好。華特帶來一支手電筒，在微弱的燈光下，石板上和沿著牆壁鑿刻出來的地方都有金色的木乃伊閃閃發光。光是這個房間，至少擺了上百具木乃伊，每個方向還有更多走道通往其他地方。

華特用手電筒照著三具一同躺在中央平台上的木乃伊。他們的身體完全用亞麻布包裹著，看起來更像保齡球瓶。三具木乃伊的共同處在於亞麻布上繪製的精細圖案，像是雙手交疊胸前，脖子上戴著裝飾的珠寶，穿著埃及短裙及涼鞋，每一邊的邊緣都畫有許多保護性象形文字和神的圖像。所有一切都是典型的埃及藝術，但他們的面容卻以完全不同的寫實風格繪製，看起來就像直接將臉剪下來貼到木乃伊頭上。躺在平台左邊的是一個男人，身形削瘦，臉上留著鬍子，雙眼哀傷深邃。躺在右邊的是一個美女，有一頭赤褐色的捲髮。不過眞正讓我揪心的是躺在中間的木乃伊，他的身體很小，顯然還是個小孩，畫像上看來是個大約七歲的小男孩，有著身邊男人的眼睛和女人的髮色。

「他們是一家人，」華特猜測，「被合葬在一起。」

小孩的右手肘下塞了一樣東西，是個木製小馬，大概是他最愛的玩具。雖然這家人已經死了幾千年，但我的眼睛忍不住有點溼潤，眞是令人難過。

「不知道他們是怎麼死的？」我心想。

就在我們前面走道直接傳來一個回音說：「消耗性疾病。」

我的魔杖立即出現在手裡，華特將手電筒對準門口，一個鬼魂走了進來。至少我認爲他是一個鬼，因爲他全身透明。他是個體型壯碩的老人，花白的頭髮剪得很短，臉看起來像鬥牛犬，還帶著嚴肅的表情。他穿著羅馬式的袍子，眼睛用化妝墨畫上眼線，看起來很像前英國首相邱吉爾；如果這位老首相舉辦一個瘋狂的羅馬袍派對，並且在臉上彩繪的話，大概就是長這樣。

「你們是剛死的嗎？」他小心翼翼地打量我們。「我已經很久沒看到新人來了。你們的屍體在那裡？」

華特和我互瞄了一眼。

「其實，」我說：「我們的身體還穿在身上。」

這個鬼魂立刻揚起眉毛。「不死之人！你們還活著？」

「到目前爲止還活著。」華特說。

「那麼你們有帶貢品來吧？」這個男人摩擦雙手。「噢，他們說過你們會來，但我們已經等了好多年！你們到哪裡去了？」

「呃……」我不希望讓一個鬼失望，尤其是他整個身體變得愈來愈亮，這在魔法來說常常是爆炸的前兆。「或許我們應該自我介紹一下。我是莎蒂·凱恩。這位是華特……」

「當然啦！你們需要我的名字才能唸咒。」這個鬼清了清喉嚨。「我是阿皮亞斯·克勞狄烏斯·伊洛塔斯。」

聽到之後，我有一種應該佩服得五體投地的感覺。「好，我猜那不是埃及文吧？」

這個鬼看起來像受到了冒犯。「這當然是羅馬名啊。就是因爲遵循那些受詛咒的埃及習慣，害我們全都終結在這裡！我被派駐在這個偏僻荒涼的綠洲已經夠慘了，搞得像是羅馬需要一個軍團去保護某個棗園一樣！後來我不幸生病，臨死前，我對老婆說：『半邊蓮，我要用傳統的羅馬葬禮，不要當地這種可笑的儀式。』但是沒有！她從來不聽我說話，非得把我做成木乃伊不可，結果我的『巴』就永遠困在這裡。這女人！她後來大概搬回羅馬，並且以合適的方式死去。」

「半邊蓮？」我問，聽到這名字後，我就沒在注意他說了些什麼。哪種父母會替小孩取名叫「半邊蓮」啊？

這個鬼雙手抱胸、氣鼓鼓地抱怨。「你們不想聽我發牢騷，對吧？你們可以叫我『狂人克勞德』。翻譯成你們的話就是這樣。」

不知道一個羅馬鬼魂怎麼會說英語，還是說，我是透過某種心電感應聽懂他的話？無論如何，聽到他的名字叫做「狂人克勞德」並沒有讓我放鬆一些。

「呃……」華特舉起手，「你是氣到發狂？還是瘋癲得發狂？」

「都是，」克勞德說：「好了，回來說貢品的事吧。我看到你們有魔杖、魔棒和護身符，所以我猜你們是當地生命之屋的祭司。很好，很好，你們會知道該做些什麼。」

「是該做些什麼！」我衷心同意，「對，很清楚！」

克勞德瞇著眼睛。「噢，我的朱比特[59]啊，你們是新人，對不對？神廟有向你們解釋這個問題嗎？」

「嗯……」

他氣呼呼地走到我們剛才在看的木乃伊家庭旁邊。「這是陸西亞斯、芙拉維雅和小波本斯，他們死於消耗性疾病。我在這裡很久了，可以告訴你們每個人的故事！」

「他們會跟你說話？」我漸漸離木乃伊家庭遠一點，突然間，我覺得小波本斯似乎沒那麼可愛了。

狂人克勞德不耐煩地搖搖手。「對，有的時候，不像以前那麼常聊。現在這裡的靈魂大部分時間都在睡覺。重點是，無論他們死得多慘，他們死後的命運更糟！我們所有人、所有住在埃及的羅馬人，都以埃及人的方式下葬，用當地的風俗習慣，找當地的祭司，爲了來世而將身體做成木乃伊……諸如此類，我們以爲這樣做能兼顧兩邊，兼顧兩種宗教，是雙重保障，問題是，你們愚蠢的埃及祭司根本不再知道自己該做什麼！我們羅馬人來到埃及後，你們大多數的魔法知識都失傳了。但是你們有告訴我們嗎？沒有！你們只是開心地拿了我們的錢，草草了事。」

「呃。」我又再度移開腳步，離狂人克勞德遠一點，因爲他現在散發出非常危險的光。

「嗯，我確定生命之屋有專屬的客服電話……」

「這些埃及儀式不能只做一半。」他發起牢騷，「我們最後被做成木乃伊，永恆的靈魂被拴在木乃伊上，然後就沒有人再接手進行後續的事！沒有人唸誦祝禱詞幫我們進入來世；沒有人帶貢品來照料我們的『巴』，你知道我有多餓嗎？」

「我們有些牛肉乾。」華特提議。

「我們無法像好的羅馬人一樣進入普魯托⑥⓪的領域，」狂人克勞德繼續說：「因爲我們的身體準備好要進入另一個不同的來世。我們無法進入杜埃，因爲沒有人爲我們舉行恰當的埃及儀式。我們的靈魂被困在這裡，被連結在這些屍體上。你們知不知道在這下面有多無聊？」

⑤⑨朱比特（Jupiter），羅馬神話中的眾神之王，掌管與天空相關的一切，包含雷電與氣象，也是羅馬帝國的守護者，等同於希臘神話中的宙斯。在此是口語的「天啊」之意。

⑥⓪普魯托（Pluto），羅馬神話中的冥界之王，掌管整個地底世界，等同於希臘神話中的黑帝斯。

「那麼，如果你是『巴』，」我問：「爲什麼你沒有鳥的形體？」

「我跟你說過了！我們全被混在一起了，不是純粹的羅馬靈魂，也不是眞正的『巴』。相信我，如果我有翅膀，一定會飛離這裡！對了，今年是幾年？現在的皇帝是誰？」

「喔，他的名字是……」華特咳了一聲，然後立刻說：「克勞德，我想我們能幫你。」

「我們能嗎？」我說：「噢，沒錯！我們可以！」

華特鼓勵似地點點頭。「問題是，我們必須先找到一樣東西。」

「一份紙草卷，」我補充，「是《拉之書》的一部分。」

克勞德抓一抓他的大臉。「這樣會幫助你們將我們的靈魂送入來世嗎？」

「這個嘛……」我說。

「沒錯。」華特說。

「很有可能，」我說：「不過我們必須親眼看見才知道那是否就是我們在找的東西。這件東西應該要能夠喚醒拉，而這會幫助埃及的神。我認爲這樣將會增加你進入來世的機會。此外，我和埃及的神交情不錯，他們偶爾會來找我喝茶。如果你幫助我們，我會替你在他們面前說些好話。」

老實說，以上那些都是我編出來的。我確定這樣說會嚇到你，但有時候我緊張起來就會胡言亂語。

【噢，卡特，不准笑。】

不管怎麼說，狂人克勞德的表情變得更狡猾。他仔細打量我們，彷彿在評估我們的銀行帳戶價值。不知道羅馬帝國以前有沒有賣戰車的推銷員？如果狂人克勞德是個推銷員，我能想像他穿著廉價的格紋羅馬袍，出現在羅馬的電視廣告裡說：「我用這種價錢賣戰車給你們，真的是瘋了！」

「你和埃及的神交情不錯，」他一邊思考，一邊說：「而且你說會替我說好話。」然後他轉向華特。克勞德的表情如此充滿算計、如此熱切，這讓我全身起滿雞皮疙瘩。「如果你們在找的紙草卷年代久遠，一定是放在這地下墓穴最古老的區塊。早在我們羅馬人來之前，有些本地人葬在這裡，他們的『巴』都已經進入來世。對他們來說，進入杜埃不是問題，不過他們的安葬地區仍舊很完整，裡面還有很多遺物之類的東西。」

「你願意帶我們去看？」華特問，與我勉強表現出來的興奮相比，他顯然激動多了。

「噢，當然。」狂人克勞德對我們露出他那「二手戰車推銷員」的微笑。「之後，我們會談一個公道的價格吧？我的朋友們，來吧，離這裡不遠。」

底下是我提醒自己的注意事項：當一個鬼主動說要帶你走到墳墓更深的地方，而且他的名字還有個「狂」字，你最好說不。

我們通過隧道和其他墓室，狂人克勞德滔滔不絕地向我們評論不同的木乃伊，像是針對棗子商人卡利古勒，他說：「他的名字有夠爛！不過當你的名字是以皇帝來命名，就算是個精神錯亂的皇帝，你也沒辦法做什麼。他打賭說可以去吻一隻蠍子，結果死了。」針對奴隸販子瓦倫斯，他說：「噁心的人。他很想進入格鬥士這一行。如果你給奴隸一把劍……你能猜到他是怎麼死的！」至於軍團司令的妻子烏塔薇，他說：「她完全埃及化了！還把她的貓做成木乃伊。她甚至相信自己擁有法老的血統，想要接通艾西絲的神靈。她的死，不用說，痛苦至極。」

他對著我笑，彷彿這件事非常滑稽似的。我試著不要露出害怕的表情。

眞正令我恐懼的是這裡的木乃伊數量和種類。他們有些是用眞的黃金包裹起來，畫像栩栩如生，目光似乎跟著我們一起移動。他們安坐在裝飾雕刻過的大理石磚中，被各種珍貴寶物像珠寶、花瓶及一些薩布堤包圍著。其他木乃伊看起來像是幼稚園小孩的美術課作品，以很粗糙簡陋的方式包起來，畫上歪七扭八的象形文字和火柴人般的神。他們的畫像不會比我畫的好到哪裡去，也就是說，很可怕。他們的屍體就塞進鑿刻出來的淺淺凹洞中，或者簡單堆在房間角落。

當我問起他們的事，狂人克勞德不屑一顧。「他們是普通人或想成名的人。他們沒錢請藝匠，沒錢辦儀式，所以就自己來。」

我低頭看著離我們最近的木乃伊畫像，她的臉是用粗糙的手指畫畫成。不知道這是否是她傷心的孩子們畫給他們母親的最後一件禮物。雖然品質不好，我卻覺得很窩心。他們既沒錢也沒有藝術技巧，但他們盡力將她好好送入來世。下次我看到阿努比斯，要問問他這件事。像這樣的婦人就算付不起錢，應該值得一個在來世獲得快樂的機會。我們這個世界上的勢利眼已經夠多了，不用再帶到死後的世界。

華特走在我們後面不發一語。他拿著手電筒照在不同木乃伊身上，彷彿正思索著每個人的命運。不知道他是否在想他那著名的祖先圖坦卡蒙王，而且他的墳墓就在離這裡不遠的洞穴裡。

在通過幾條長長隧道和塞滿木乃伊的房間後，我們到達一個看起來顯然更古老的墓室。牆上的壁畫都模糊了，不過看起來比較像真正的埃及風格，上面畫有側面走路的人，以及那些並非只是裝飾，而是真正有意義的象形文字。這些木乃伊沒有寫實的臉部畫像，而是我在大多數埃及死者的面具上看到的特色，像是普遍的寬眼睛和微笑的臉孔。幾具木乃伊已經崩壞成灰，其他則裝在石棺裡。

「他們是本地人，」狂人克勞德證實，「是在羅馬統治埃及之前的埃及貴族。你們在找的東西應該在這一帶。」

我環視這個房間，另一個僅有的出口被大石頭和碎石堵住。當華特開始尋找，我想起貝斯說過，前兩份拉的紙草卷或許能幫我找到第三份。我將紙草卷從袋子裡拿出來，希望它們能像探尋水源礦脈的占卜枝一樣幫我指出方向，但一點動靜都沒有。

華特從房間的另一邊喊著：「這是什麼？」

他站在一個祭壇之類的東西前面。牆上有一個壁龕，裡面有個包得像木乃伊的男子木雕像，並且用珠寶和珍貴金屬裝飾著。他的包裹布如同珍珠一樣在手電筒光線下發光。他手持一根金色魔杖，上面有個銀製的結德圖樣；在他的腳邊有幾隻金色囓齒類動物，大概是老鼠吧。他臉上的皮膚發出藍綠色亮光。

「這是我爸，」我猜測，「呃……我是說俄塞里斯，對吧？」

狂人克勞德挑著眉。「你爸？」

幸好，華特幫我解了圍。「不是，」他說：「你看他的鬍子。」

雕像的鬍子很不自然，像鉛筆一樣細的筆觸從他的鬢角沿著下巴一路畫成山羊鬍，很像是有人用油性筆在他臉上描出鬍子，然後就把筆插在他的下巴。

「還有那條大項鍊，」華特繼續說：「有流蘇垂掛在後面，你不會在俄塞里斯身上看到這種東西。在他腳邊的動物……那些是老鼠嗎？我記得有個關於老鼠的故事……」

「我以爲你們是祭司，」狂人克勞德抱怨著，「一看就知道這個神是普塔[61]。」

「普塔？」我聽過不少怪怪埃及神的名字，但這個名字倒是第一次聽到。「普塔是蛋塔的兒子嗎？他是甜點之神嗎？」

克勞德對我怒目而視。「你總是這麼沒大沒小嗎？」

「通常比這還厲害。」

「既是個新手又是個異議份子，」他說：「我運氣可眞好。好吧，小女孩，教會你有關你們神的事不是我的義務，但就我所知，普塔是工匠之神，他相當於我們的天神兀兒肯[62]。」

「那他在墳墓裡做什麼?」華特問。

狂人克勞德抓了抓他那不存在的頭。「其實我從來都不太確定。你通常不會在埃及喪葬儀式上看到他。」

華特指著雕像的魔杖。當我更靠近看，發現那個結德符號和別的圖案組合在一起，而那圖案有個彎彎的頭，看起來異常眼熟。

「那是稱爲『瓦思』的符號，」華特說：「代表『力量』。許多神都有這樣的手杖，但我從沒想到看起來會像……」

「對對對，」克勞德不耐煩地說：「看起來像祭司用來打開死者嘴巴的刀子。說眞的，你們埃及祭司沒救了，難怪我們輕輕鬆鬆就征服了你們。」

我的手自己動了起來，伸進口袋拿出一把阿努比斯給我的黑色奈截利刀。

克勞德眼睛發亮。「啊，你還算有救。太好了！有了那把刀和適當的咒語，你應該可以觸碰我的木乃伊，並且將我解放送入杜埃。」

---

61 普塔（Ptah），埃及神話中的工藝與創造力之神，擅長各種藝術與技巧，也是保佑戰事順利的軍隊守護神。

62 兀兒肯（Vulcan），羅馬神話中的火神與工藝之神，等同於希臘神話中的赫菲斯托斯。

「不，」我說：「不對，這把刀的作用不僅如此。這把刀、《拉之書》、甜點之神的雕像，現在全都說得通了。」

華特的眼神發亮。「莎蒂，普塔不只是工匠之神，對吧？他不是也被稱爲『開啓之神』？」

「呃……大概吧。」

「我以爲這是你教我們的。也許是卡特說的。」

「這麼無聊的資訊？那大概是卡特教的沒錯。」

「不過這很重要，」華特堅持說：「普塔是創造之神。在某些傳說裡，他光開口說一個字，就能創造人類的靈魂。他可以使任何靈魂甦醒，打開任何一扇門。」

我的視線飄向塞滿碎石的門口，也就是這房間的另一個出口。「打開任何一扇門？」

我舉起兩份拉的紙草卷朝崩壞的通道走去。紙草卷不對勁地開始變熱。

「最後一份紙草卷在另一邊，」我說：「我們需要通過這個碎石堆。」

我一手拿著黑色的刀，另一手拿紙草卷。我說出「打開」的咒語。沒有動靜。我走回普塔的雕像用同樣方法再試一次。好運還是沒來。

「哈囉，普塔神嗎？」我喊著：「眞抱歉我剛才說你是甜點之神。聽我說，我們正在努力取得拉的第三份紙草卷，現在擺在另一邊，我猜你被放在這裡是爲了打開一條路，所以能不能麻煩你一下？」

還是沒有事發生。

狂人克勞德抓著袍子邊緣，彷彿想用他的衣服勒死我們。「聽著，我不知道爲什麼你們有了那把刀，還需要這份紙草卷來解放我們？但是你們爲何不試試擺一些貢品？所有的神都需要貢品。」

華特在他的袋子裡翻來翻去。他將一罐果汁和一點牛肉乾擺在雕像腳邊。雕像什麼反應也沒有，就連他腳邊的金老鼠都不要我們的牛肉乾。

「該死的甜點之神。」我整個人躺到滿是灰塵的地上。儘管兩旁都有木乃伊，可是我已經不在乎了。我不敢相信我們在對抗過惡魔、天神和俄國刺客之後，現在已經這麼接近最後一份紙草卷，卻被一堆石頭擋住。

「我討厭提出這個建議，」華特說：「但我覺得你可以用『哈—迪』這個咒語把門炸開。」

「然後讓天花板垮下來壓在我們身上嗎？」我說。

「你們會死，」克勞德同意，「這不是我會推薦的做法。」

華特跪在我旁邊。「一定有什麼辦法……」他拿出一堆護身符。

狂人克勞德在房裡踱步。「我還是不懂。你們是祭司，有那把儀式用的刀，爲什麼不能解放我們？」

「這把刀不是給你用的！」我怒罵著：「這是給拉用的。」

華特和克勞德都盯著我看。我之前沒發覺，然而話一出口，我就知道這是事實。

「抱歉，」我說：「但是這把刀要用在開口儀式，用來解放一個靈魂。我需要用它來喚醒拉，所以阿努比斯才會把這把刀給我。」

「你認識阿努比斯！」克勞德高興地拍手。「他可以解放我們所有人！而你……」他指著華特，「你是阿努比斯挑中的人選吧？如果你有需要的話，可以幫我們拿來更多的刀子！我們一見面的時候，我就感覺到你的身邊有神的存在。他知道你快死了啊，那你有沒有接受他的服務呢？」

「等一下……你說什麼？」我問。

華特不肯看著我的眼睛。「我不是阿努比斯的祭司。」

「什麼快死了？」我激動得說不出話。「你怎麼會快死了？」

狂人克勞德一臉不可置信。「你是說你不知道？他身上有古老的法老詛咒。在我那時代不太常見，但我認得出來。偶爾會有個來自古老埃及皇室血統的人……」

「克勞德，你閉嘴！」我說：「華特，你說，是什麼樣的詛咒？」

在微弱的光線下，華特看起來更瘦、更成熟。在他身後的牆上，影子拉長得像一隻畸形的怪物。

「阿肯納頓的詛咒在我家族中流傳，」他說：「有點像是遺傳疾病。不是每一代、每一個人都會得到，但發作時就很慘。圖坦卡蒙死的時候十九歲，其他多數人……大概在十二、三歲。我現在十四歲，而我爸……他死的時候是十八歲。我從來沒看過他。」

「十八歲？」光是這樣就讓我心裡浮出更多新的問題，然而我試著保持專注。「不能治好嗎……？」突然，有股罪惡感朝我襲來，我覺得自己像個超級大笨蛋。「噢，老天，所以你才跟潔絲談事情，因爲她是治療師。」

華特表情凝重地點點頭。「我想她可能知道些我一直找不到的咒語。我爸的家族花了很多年尋找，而我媽從我一出生就不停在找治療方法。西雅圖的醫生都束手無策。」

「醫生，」狂人克勞德不屑地說：「我的軍團裡有個醫生很喜歡把水蛭放在我腿上，結果讓我傷勢變得更嚴重。好了，關於與阿努比斯的關係，還有使用那把刀……」

華特搖搖頭。「克勞德，我們會試著幫你，但不是用那把刀。我很了解魔法物品，我確定刀子只能使用一次，而我們沒辦法再做一把。如果莎蒂需要將那把刀用在拉身上，她就不能冒險先用在別的地方。」

「藉口！」克勞德怒吼。

「如果你不閉嘴，」我警告他：「我會找到你的木乃伊，然後在你的畫像上畫鬍鬚。」

克勞德臉色發白，就像……嗯……一個鬼。「你才不敢！」

「華特，」我說，試著不理那個羅馬人，「潔絲能幫你嗎？」

「她已經盡力了，這個詛咒困惑了治療師三千年。現代的醫生認爲這與鐮狀細胞貧血症有關，但他們都不懂詛咒。他們一直試了好幾十年想找出圖坦卡蒙王的死因，可是都沒有達成共識。有些人說是中毒，有些人說是遺傳疾病。這是詛咒，但他們當然不能這麼說。」

「沒有別的辦法嗎？我是說，我們認識神，或許我能像艾西絲治療拉一樣治好你。如果我知道你的祕密名字……」

「莎蒂，這我有想過，」他說：「每種方法我都想過。這個詛咒無法治癒，只能延緩發生，只要……只要我避免使用魔法，因此我才會去研究驅邪物和護身符。這些東西事先儲存魔法，不需要花掉使用者太多魔法儲量，但只有一點點幫助。我生來就是要使用魔法，所以不管我做什麼，詛咒都會在我身體裡進展。有時候我的情況不太糟，有時候全身上下都非常痛苦。一旦我施展魔法，就會更嚴重。」

「你用的魔法愈多……」

「就死得愈快。」

我一拳打在他胸口上。我忍不住。我所有的悲傷和罪惡感瞬間轉成憤怒。「你這個笨蛋！那你幹嘛要來？你應該叫我走開！貝斯警告你要留在布魯克林，爲什麼不聽他的話？」

我先前告訴過你，華特的眼睛並沒有融化我是吧？我現在收回這句話。當他在那個滿是灰塵的墳墓裡看著我，他的眼睛就跟阿努比斯一樣湛黑、溫柔、悲傷。

「莎蒂，反正我都會死，我想讓我的生命有點意義。而且……我想要盡可能多花點時間和你在一起。」他說。

那句話比被拳頭打在胸口還痛。痛得不得了。

我想我可能會吻他，或是甩他一巴掌。

然而，狂人克勞德不是個有同情心的觀眾。「我相信這非常甜蜜，但你們答應過要給我報酬！回到羅馬墳墓，將我的靈魂從木乃伊中解放，然後釋放其他人的靈魂。在那之後，你們要做什麼都是你們家的事。」

「其他人也要？」我問：「你瘋了嗎？」

他瞪著我。

「我知道這是個蠢問題，」我承認，「但是這裡有幾千具木乃伊，而我們只有一把刀。」

「你們答應過我！」

「我們沒有答應你，」我說：「你是說在我們找到紙草卷『以後』，才會討論報酬。我們什麼都沒找到，只有一條死路而已。」

鬼魂開始發光，看起來更像一匹狼而不是人類。「如果你們不來找我們，」他說：「我們就來找你們。」

他的靈魂發光，閃了一下就消失了。

我緊張地看著華特。「他剛才說的是什麼意思？」

「不知道，」他說：「但我們應該想想如何通過碎石堆，然後離開這裡。動作要快。」

儘管我們努力半天，還是一點動靜也沒有。我們無法移動碎石堆，因爲有太多大石塊。我們也無法從旁邊、上面或下面挖起大石塊。我不敢冒險使用「哈—迪」咒語或是黑刀的魔法。華特沒有一個護身符幫得上忙。我眞的無計可施。普塔的雕像對我們微笑，沒有提供任何有用的建議，對牛肉乾和果汁似乎也沒興趣。

最後，我整個人滿是灰塵，衣服也被汗水溼透。我一屁股坐在一個石棺上，檢查我起了水泡的手。

華特坐在我旁邊。「別放棄，一定有解決方法。」

「有嗎？」我問，感覺忿忿不平。「就像你一定會有解藥？如果沒有呢？要是……」

我嘶吼著。華特把頭轉開，隱身在陰影中。

「對不起，」我說：「剛才那麼說太過分了，但我就是受不了如果……」

我非常困惑，不知道要說什麼，也搞不清楚我的感受。我只知道我不想失去華特。

「你是認眞的嗎？」我問。「當你說想要花時間……你知道的。」

華特聳聳肩。「很不明顯嗎？」

我沒有回答，但是，拜託喔，男生和明顯根本扯不上邊。像他們這樣簡單的生物，實在很令人受挫。

我能想像我的臉紅得厲害，於是決定改變話題。

「克勞德說他感覺到你身邊有阿努比斯的神靈。你和阿努比斯談了很多？」

華特轉動他的戒指。「我想他或許可以幫我，或許能准許給我多一點時間，在我……結束之前。我想待久一點，好幫助你打敗阿波非斯，這樣我才會覺得我的生命有意義。況且……還有其他我想跟他談的原因。有關一些……我一直在發展的力量。」

「什麼力量？」

現在輪到華特改變話題。他看著自己的手，彷彿手變成了危險武器。「問題是，我差點到不了布魯克林。當我拿到結德護身符，就是你們送出的那張邀請卡，我媽不讓我離開，因為她知道學習魔法會加速詛咒。有一部分的我害怕前來，有一部分的我感到憤怒。我感覺這像是一個殘忍的笑話。你們給了我魔法訓練，而我知道自己活不過一、兩年的時間。」

「一、兩年的時間？」我幾乎無法呼吸。我總是認爲一年的時間實在久得不得了。我彷彿等了一輩子才變成十三歲，而每一學期似乎都像永恆般漫長。但突然間，兩年似乎太短了。兩年後我才滿十五歲，甚至還不能開車。我無法想像知道自己在兩年內會死是什麼感受……如果我繼續做我生來要做的事，也就是施展魔法，我大概不到兩年就死了吧。「那你爲什麼要來布魯克林？」

「我必須來，」華特說：「我一輩子活在死亡的威脅下。我媽把每件事搞得很嚴肅、很重大。但是當我來到布魯克林，感覺像有了一個天命、一個目標。即使會使得詛咒更加痛苦，都很值得。」

「但這實在太不公平了。」

華特看著我，我發現他在微笑。「那是我的台詞。莎蒂，那句話我已經說了好多年。我想待在這裡。過去兩個月來，我第一次感覺自己眞正活著。而且認識你……」他清了清喉嚨。他緊張的時候相當迷人。「我開始擔心一些小事情。我的頭髮，我的衣服，我是不是有刷牙，我是說，我快死了，我還在擔心我的牙齒。」

「你的牙齒很漂亮。」

他笑了出來。「那正是我的意思。像是那樣的簡短意見，都讓我覺得好多了。所有這些小事情突然間都重要了起來。我不覺得自己快死了，我覺得很快樂。」

就我個人來說，我很難過。幾個月來，我一直夢到華特承認他喜歡我，但不是像現在這樣，不是像這種「我可以對你誠實，因爲反正我快死了」。

他剛才說的一些話令我苦惱。我想起在布魯克林之家教過的一堂課，有個想法開始在我心中成形。

「小事情突然間都重要了起來。」我重複這句話，低頭看著我們從被擋住的門清出的一小堆碎石。「噢，不可能這麼簡單吧。」

「什麼？」華特問。

「石頭。」

「我才剛對你掏心挖肺，而你在想石頭？」

「門口，」我說：「感應魔法。你認爲……」

他眨眨眼。「莎蒂．凱恩，你眞是天才。」

「這我知道。可是這方法有沒有用？」

華特和我開始收集更多石頭。我們從比較大的石頭上鑿下一些碎片，加在我們的石頭堆上。我們盡力做出一個擋住門口的石堆迷你複製品。

當然，我希望能藉此創造出一條感應連結，就像我在亞歷山卓對卡特和蠟像做的那樣。我們的石堆複製品來自崩塌的隧道，所以我們的石堆和原來的石頭在本質上已經有所關聯，這樣應該很容易建立連結。然而用這麼小的東西去移動非常大的東西總是充滿變數，如果我們沒有小心進行，可能會造成整個墓室坍塌。不知道我們現在在地底多深的地方，但我想像我們的頭上會有很多岩石和泥土，能把我們永遠埋葬。

「準備好了嗎？」我問。

華特點點頭，並且拿出魔棒。

「噢，不行，被詛咒的男孩，」我說：「你幫我留意其他狀況就好。如果天花板開始掉下來或是我們需要防護罩的話，那就是你的工作了。不過你只能在必要的時候使用魔法。我會清空門口。」

「莎蒂，我沒這麼脆弱，」他抱怨著，「我不需要有人保護。」

「胡說，」我說：「那都只是在炫耀男子氣概而已，所有男生都需要人家照顧。」

「什麼?老天，你眞煩人!」

我甜甜一笑。「你說要多花點時間和我在一起的。」

在他抗議前，我舉起魔杖開始唸咒。

我想像在這個迷你石堆與門口的石堆之間有條連結。我想像在杜埃裡，這兩樣東西其實相同。我說了代表「合體」的咒語：

「海—奈姆。」

這個圖案隱隱出現在迷你石堆上方。

我緩慢且小心翼翼地拍掉石堆旁的幾顆小石頭，走道裡的碎石堆開始震動。

「有效了。」華特說。

我不敢看，專心在自己的工作上。我一次移動一點點石頭，將大石堆分成小小的石堆，這幾乎和移動真正的大石頭一樣困難，結果累得我暈頭轉向。當華特把手放在我肩上，不知道已經過了多少時間。我累到看不清楚眼前的東西。

「完成了，」他說：「你做得很好。」

門口清空了。石堆一小落一小落被推到房間的角落。

「莎蒂，太棒了。」華特彎腰吻我。他大概只是想表達欣賞或開心之意，但那個吻還是讓我覺得暈頭轉向。

「呃。」我說，再次表現了我驚人的說話技巧。

華特扶我站起來。我們經過走道進入隔壁房間。我們所做的一切就是爲了進入這裡，這個讓人興奮不起來的房間只是一個五平方公尺大的墓室，裡面空空如也，只有一個漆上紅色油漆的箱子放在砂岩基座上。箱子上有個木頭的雕飾手把，形狀像是長耳朵的邪惡灰狗，是賽特之獸[63]。

「噢，這準沒好事。」華特說。

但我直接走到箱子前，打開蓋子，拿起裡面的紙草卷。

「莎蒂！」華特大喊。

「什麼事？」我轉身說：「這是賽特的箱子。如果他想殺我，在聖彼得堡就可以動手了。他希望我拿到這份紙草卷，大概是覺得我試圖叫醒拉的這種自殺舉動很有趣吧。」我抬頭看天花板，大喊：「賽特，是這樣沒錯吧？」

我的聲音迴盪在地下墓穴中。我不再具有召喚賽特祕密名字的力量，卻仍然感覺到有引起他的注意。空氣變冷，地面不停震動，彷彿地底下有個非常大的東西正在放聲大笑。

華特吐了口氣。「眞希望你不要這樣冒險。」

[63] 賽特之獸（Set animal），有著蛇尾、兔耳、馬腿、食蟻獸口鼻部的怪物，是火神賽特的代表動物。參《紅色金字塔》第二十一章。

「這句話是出自那個爲了有多一點時間和我在一起而願意死的男生嗎？」

華特做了一個誇張的鞠躬動作。「凱恩小姐，我收回這句話。請自便，試著讓自己沒命。」

「謝謝。」

我看著手裡的三份紙草卷，是完整的《拉之書》，大概是從狂人克勞德第一次穿上羅馬式尿布以來，第一次重新組合在一起。我收集到紙草卷，完成了不可能的任務，超乎所有人的期待。然而這樣還不夠，除非我們能在阿波非斯壯大興起前找到拉，並且把他叫醒。「沒有時間了，」我說：「我們……」

深沉的呻吟聲迴盪在走道裡，像是有一個東西……也可能是一群東西醒過來時心情惡劣。

「離開這裡，」華特說：「好主意。」

跑過前一個房間時，我瞄了一眼普塔雕像。我好想把牛肉乾和果汁拿回來，只是想要表達對他的不滿，最後還是決定算了。

我心想：「這不是你的錯。名字叫做『普塔』，生活一定不容易。好好享受點心吧，但我眞的希望你能幫助我們。」

我們繼續跑，很難記得走過的路。在找到那個有木乃伊家庭且遇到狂人克勞德的房間之前，我們折返了兩次。

我正要盲目衝過墓室、跑進最後一條隧道時，華特拉住我，救了我一命。他將手電筒照向遠處的出口，照向兩邊的走道。

「不，」我說：「不，不，不。」

三個出入口都被裹著亞麻布的人形擋住了，我所看到的每一條走道裡都站滿了木乃伊。其有些仍舊包裹完整，它們邊跳邊拖著腳步搖晃前進，彷彿巨大蠶繭參加麻布袋比賽一樣。其他木乃伊有些地方鬆開了，它們用瘦巴巴的腿一跛一跛前進，手如同乾掉的樹枝死抓著包裹布不放。大多數木乃伊仍戴著畫好的臉部畫像，效果非常噁心，像是用骨頭和彩繪亞麻布做成的不死稻草人，頭上戴個栩栩如生的冷笑面具。

「我討厭木乃伊。」我抱怨著說。

「也許可以用火的咒語，」華特說：「它們是易燃物。」

「這樣我們也會燒死自己！這裡面空間太小了。」

「你還有更好的點子嗎？」

我想哭。我們離自由這麼近了……就像我先前所擔心的狀況，我們被一群木乃伊團團包圍，但是，這些木乃伊比電影裡的還要可怕。它們無聲無息、動作緩慢，而這些可憐的腐壞物也曾經是人類。

其中一個在地上的木乃伊抓住我的小腿，在我大聲尖叫前，華特伸手在木乃伊手腕上拍了一下，木乃伊立刻化成灰。

我驚奇地看著他。「那就是你在擔心的力量？實在太厲害了。再做一次！」

我立刻覺得提出這種建議眞糟糕，華特露出非常痛苦的表情。

「我這麼做的次數無法超過一千次，」他難過地說：「或許如果……」

然後，在平台中央，木乃伊家庭開始騷動。

我不會說謊。當小波本斯的木乃伊坐起來時，差點發生一個會毀掉我新牛仔褲的意外。如果我的『巴』能脫掉我的皮膚飛走，它絕對會這麼做。

我抓住華特的手臂。

在房間遠遠的盡頭，狂人克勞德的鬼魂又在我們面前晃動出現。當他朝我們走來，其餘木乃伊開始動了起來。

「我的朋友們，你們應該被世人榮耀。」他對我們露出瘋狂的笑容。「需要很多刺激，才能讓『巴』回到自己已經凋零衰老的身體。我們就是不能讓你們離開，要等到你們解放我們進入死後世界才可以。使用這把刀，唸出咒語，你們才能走。」

「我們無法釋放你們所有人！」我大吼。

「眞可惜，」克勞德說：「那麼，我們只好自己拿這把刀來解放自己。我想，在這個地下墓穴多出兩具屍體也不會有什麼不同。」

他用拉丁語說了一些話，所有木乃伊都朝我們衝過來，有些拖著步伐，有些絆倒、摔跤，甚至滾動而來；有些想要起來走路卻碎成一地，還有些跌倒或被自己的同伴踐踏。但是，有更多木乃伊繼續往前。

我們退回走道。我一手拿著魔杖，另一手緊握住華特的手。我向來不善於召喚火焰，不過這次總算讓我的魔杖冒出火花。

「我們來試試你的方法，」我告訴華特：「在他們身上放火，然後逃跑。」

我知道這個主意不好。在密閉的房間裡，熊熊烈火會傷害我們和木乃伊。我們會吸入濃煙、窒息或因高溫而死，就算能退回地下墓穴，還是會迷路，碰上更多木乃伊。

華特點亮他的魔杖。

「數到三。」我建議。我驚恐地瞪著那個朝我們走來的小孩木乃伊，那個在墳墓對我微笑的七歲小男孩畫像。「一、二……」

我開始結巴，木乃伊離我們只有一公尺遠，但是我身後傳來一陣新的聲響，有如水在流動。不對，那是小動物竄行的聲音。一大群活生生的東西朝我們衝過來，上千隻小爪子在石頭上摩擦，可能是昆蟲或是……

「接下來就是三了，」華特緊張地說：「我們到底要不要放火燒他們？」

「抱住牆壁！」我尖叫。不知道到底是什麼東西跑來，但我可不想擋住牠們的路。我把華特推到石頭上，而我整個人攤平靠在他旁邊。

我們的臉緊貼著牆壁，一大群爪子和毛撞上我們，爬過我們的背脊。一群老鼠大軍沿著地板極速向上，牠們急忙橫過牆壁，抵抗地心引力。

老鼠。上千隻老鼠。

牠們跑過我們身邊，沒有傷害我們，除了留下一些奇怪的抓痕之外。你可能會想，沒那麼糟吧。你有沒有被一群骯髒老鼠大軍強迫站直還被踐踏的經驗？別花錢去試啊。

老鼠湧入整個墓室。牠們對木乃伊又抓又咬，發出小小的戰吼，不停吱吱叫。木乃伊在老鼠的攻擊下扭來扭去，卻毫無勝算。房間裡是一團龍捲風，裡面有毛、牙齒和破碎的亞麻布，就像以前卡通片中白蟻蜂擁衝向木頭，最後啃到什麼都不剩。

「不！」狂人克勞德大喊：「不！」

只有他在尖叫。其餘木乃伊在憤怒的老鼠群底下安靜地消失。

當克勞德的靈魂開始閃動，他咆哮著說：「我會抓到你們！我會報仇！」

他惡狠狠地瞪了我們最後一眼，影像漸漸消失不見。

老鼠分散了力量，快速爬過三條走道，大嚼特嚼牠們碰上的木乃伊，直到整個房間空蕩蕩且靜悄悄，灰塵、亞麻布碎片和一些骨頭散布在地上。

華特看來受到不小的驚嚇。我靠在他身上抱著他。我大概是因為放心而哭了起來，真高興能抱著一個溫暖的活人。

「沒事了。」他撫摸我的頭髮，這種感覺非常好。「那就是……有關老鼠的故事。」

「什麼？」我努力擠出話來。

「牠們……牠們救了曼菲斯。從前有支敵軍包圍這座城市，城裡的人禱告祈求協助，後來他們的守護神派來一大群老鼠。老鼠吃掉敵人的箭弦、涼鞋、所有能啃能嚼的東西。最後，敵人必須撤退。」

「守護神……你是說……」

「我。」在房間對面的出口通道出現一個埃及農夫，他穿著骯髒的袍子，包著頭巾，穿著涼鞋，手上拿著一把來福槍，還對著我們微笑。當他靠近我們，我看見他的眼睛全白，皮膚帶了點藍色，彷彿他曾窒息過，而且很享受那次經驗。

「很抱歉，沒有早點回應你們，」農夫說：「我是普塔。還有，莎蒂．凱恩，我不是甜點之神。」

「請坐，」普塔神說：「不好意思，這裡一團亂，但是你能要羅馬人怎麼樣？他們從來不自己清理善後。」

華特和我都沒有坐。一個露齒而笑、手拿來福槍的神，令人感覺有點不舒服。

「啊，對了。」普塔眨了眨他全白的眼睛。「你們在趕時間。」

「抱歉，」我說：「你是個棗農？」

普塔低頭看著自己身上的邋遢袍子。「你們能了解，我只是暫時借用這個可憐人的身體，我想你們不會介意。他下來是因爲你們弄壞他的水塔，打算開槍射殺你們。」

「不介意，請繼續說，」我說：「但這些木乃伊的『巴』會發生什麼事？」

普塔大笑。「別擔心他們。現在他們的遺體已經毀壞，我想像他們的『巴』會進入羅馬人的隨便什麼世界，就照原本該做的去做。」

他的手摀住嘴巴打嗝，冒出一道如同白煙的雲，與一隻正在發光的「巴」合併起來從走道飛走。

華特指著那隻鳥靈。「你剛剛是否……」

「對，」普塔嘆口氣，「我眞的試過完全不要講話。這就是我用文字創造的方式，可是很容易讓我惹上麻煩。我曾經有一次為了好玩而造了『鴨嘴獸』這個詞……」

一隻鴨子嘴、毛茸茸的動物出現在地板上，驚慌失措地到處爬來爬去。

「噢，老天，」普塔說：「對，就是會發生這種事，這就是說溜嘴的後果。這是東西唯一會被創造出來的方式。」

他手一揮，鴨嘴獸消失了。「無論如何，我都必須小心，所以我不能說太久。很高興你們找到了《拉之書》！我一直很喜歡那個老傢伙。你們在向我請求時，我原本可以早點幫忙，但是從杜埃到這裡花了點時間，況且我一次只能為一位客戶打開一扇門。我認為你們處理那道被堵住的走道時表現很好，但你們還需要一扇更重要的門。」

「你是指……？」我問。

「你的哥哥，」普塔說：「他現在碰上了嚴重的麻煩。」

儘管我非常疲累，而且全身髒兮兮的滿是老鼠爪痕，但是這個消息仍讓我神經緊繃。卡特需要幫忙，我必須去救我哥一命。

「你能送我們過去嗎？」我問他。

普塔微笑著。「我以為你不會問呢。」

他指著最近的一面牆，石頭化為一道旋轉的飛沙通道。

「還有，親愛的，給你幾個字建議。」普塔神那乳白色的眼睛打量著我。「勇氣。希望。犧牲。」

我不確定他是怎麼讀出那些在我體內的特質，或是在對我信心喊話，或是像創造出「巴」和鴨嘴獸時那樣創造我所需要的特質。無論是哪一種情形，我突然覺得體內溫暖許多，充滿了新的能量。

「你已經開始了解，」他對我說：「文字是所有力量的來源。名字不僅僅是字母的組合而已。莎蒂，你做得很好。你可能會成功。」

我盯著沙之通道。「我們在另一邊會遇到什麼人？」

「敵人和朋友，」普塔說：「但誰是朋友、誰是敵人，我不能說。如果你活下來，就去大金字塔頂端，那裡應該會是進入杜埃很好的起點。當你誦唸《拉之書》……」

他喘不過氣，彎下腰，丟下來福槍。

「我得走了，」他說，努力想站直身體，「這個宿主已經承受不了了。但是，華特……」他哀傷地微笑。「謝謝你的牛肉乾和果汁。會有答案給你，雖然不是你喜歡的，卻是最好的方式。」

「這是什麼意思？」華特問：「什麼答案？」

農夫眨眨眼。突然間，他的眼睛恢復正常，驚訝地看著我們，然後他用阿拉伯語大喊幾句，舉起來福槍。

我抓起華特的手，一起跳入通道。

17 死亡大軍

莎蒂，我想我們算是扯平了。起初，華特和我趕去倫敦救你，接下來換你和華特趕來救我。兩邊都吃了苦頭的人是華特。這可憐的傢伙被拉著在全世界跑透透，把我們從麻煩中救出來。不過我會大方承認我需要幫忙。

貝斯被關在一個發亮的螢光籠子裡，姬亞深信我們是敵人，而我的劍和魔棒都消失了。我手裡拿的彎柄手杖和連枷，顯然是別人失竊的東西，此外，兩個全世界最厲害的魔法師米歇爾．狄賈登和弗拉迪吸入器，已經準備要逮捕我、審判我、將我處決，而且還不一定會照這程序來。

我退回姬亞墳墓的階梯上，卻無路可退。紅色的泥巴往各個方向延伸，裡面混雜著各種殘骸和死魚。我既逃不了，也無處可躲，只剩下兩個選擇：投降或抵抗。

緬什科夫的疤痕雙眼閃爍著。「凱恩小子，想抵抗的話，儘管放馬過來。使用致人於死的力量，會讓我的工作簡單得多。」

「弗拉迪米爾，住嘴，」倚靠魔杖的狄賈登疲憊地說：「卡特，別傻了，現在立刻投降。」

三個月前的狄賈登會很開心能將我炸成碎片，但是他現在看起來既悲傷又疲累，有如殺了我是很不舒服的必要手段。姬亞站在他旁邊。她警覺地瞄了緬什科夫一眼，彷彿能感覺到這男人邪惡的一面。

如果我能使用那樣東西，或許能爭取一些時間……

「弗拉迪，你有什麼計畫？」我問。「你讓我們輕輕鬆鬆從聖彼得堡逃走，簡直像是希望我們把拉喚醒一樣。」

這俄國人笑了。「那會是我跑過半個地球來阻止你的原因嗎？」

他努力擺出嘲弄的表情，嘴角卻掛著微笑，彷彿我們正在分享一個只有我們知道的私密笑話。

「你來這裡不是要阻止我，」我猜測，「你靠我們替你找出所有紙草卷，並組合在一起。你需要拉甦醒，是爲了釋放阿波非斯嗎？」

「夠了，卡特！」狄賈登說話時沒有抑揚頓挫，平板地有如手術病患在倒數等待麻醉藥效發作一樣。我不懂他爲何這麼無動於衷，但緬什科夫的兇狠模樣就足夠他們兩人一起用。從這個俄國人眼裡的憎恨，我知道我已經觸碰到他的敏感神經。

「就是這樣吧？」我說：「瑪特和混沌彼此連接。爲了釋放阿波非斯，你必須喚醒拉，但你想要控制召喚的過程，確保拉重返時依舊年老體弱。」

緬什科夫那根新的橡木魔杖燃起綠色火焰。「小子，你不知道自己在說什麼。」

「賽特嘲笑你過去犯的一個失誤，」我回憶說：「你以前就試圖喚醒拉，對吧？你是用了什麼東西……就只靠你擁有的那份紙草卷？你就是這樣毀容的吧？」

「卡特！」狄賈登打斷我。「弗拉迪‧緬什科夫是生命之屋的英雄。他爲了防止其他人使用那份紙草卷，所以試圖銷毀它。那才是他毀容的原因。」

我一度震驚得說不出話來。「那……不可能是眞的。」

「小子，你該好好做功課才對，」緬什科夫那對受傷的眼睛盯著我看，「緬什科夫家族是阿蒙‧拉的祭司後代。你聽過那座神廟吧？」

我努力回想爸以前告訴我的故事。我知道阿蒙‧拉是太陽神拉的另一個名字，至於他的神廟……

「可以說是完全掌控埃及好幾世紀。」我想起來了。「當阿肯納頓放逐過去的神，神廟祭司群起反抗，甚至要暗殺他。」

「的確，」緬什科夫說：「我的祖先是眾神的護衛！是他們製作了《拉之書》，並將三部份紙草卷藏起來，希望將來有一天，一位眞正優秀的魔法師會再次喚醒他們的太陽神。」

我試著理解他說的話。我完全能想像弗拉迪‧緬什科夫在古代是一名嗜血祭司的模樣。

「但如果你是拉的祭司後代……」

「爲何我要反對神？」緬什科夫瞄了一眼大儀式祭司，彷彿我問了一個預料中的蠢問題。「因爲神毀了我們的文明！等到埃及衰亡、伊斯坎德殿下禁止神之道，我的家族終於明白事實，從前的方式必須被嚴格禁止。對，我是想摧毀紙草卷替我的祖先贖罪。想召喚神的人必須被清除。」

我搖搖頭。「我看見你召喚賽特，我聽到你說要釋放阿波非斯。狄賈登、姬亞，這個人在說謊。他會殺了你們。」

狄賈登一臉茫然地看著我。阿摩司曾堅持認定大儀式祭司很聰明，既然如此，他為何不懂威脅呢？

「不要再說了，」狄賈登說：「卡特．凱恩，示好投降吧，否則就是死路一條。」

我再次哀求地看了姬亞一眼。從她眼裡，我看出她有疑慮，但是她目前的狀況根本幫不了我。她才剛從長達三個月的惡夢中醒來，她想相信生命之屋仍舊是她的家，而狄賈登與緬什科夫都是好人。她不想再聽到任何有關阿波非斯的事。

我舉起彎柄手杖和連枷。「我不會乖乖投降。」

緬什科夫點點頭。「那麼，受死吧。」

他將魔杖指著我，我立刻採取本能反應，拿起彎柄手杖用力一揮。

我離他太遠，不可能碰到他，但某種看不見的力量將魔杖從緬什科夫的手中抽離並讓它飛進尼羅河中。他拿出魔棒，我再次在空中揮動一下，緬什科夫整個人飛出去，臉朝下重重摔在地上，變成一個泥巴人。

「卡特！」狄賈登將姬亞推到自己身後。他的魔杖燃起了紫色的火焰。「你竟敢使用拉的武器？」

我訝異地看著雙手。我從來沒有感覺到力量如此輕易就灌入體內，彷彿我註定要當一個王。在我內心深處，聽見荷魯斯的聲音不斷催促我說：「這就是你要走的路。這是你與生俱來的權利。」

「反正你都會殺了我。」我告訴狄賈登。

我的身體開始發光，從地面升起。這是自新年以來，我第一次包覆在老鷹神的化身中。這是一個比我正常體型大上三倍的隼頭戰士，並且手裡也複製出巨大彎柄手杖和連枷的立體投影影像。我沒有太注意連枷，然而這是一支會造成對方痛苦的殘酷武器——木頭把手加上三條帶刺鎖鍊，而每條鍊子上都有銳利的星狀金屬物，就像鞭子和拍肉器的綜合體。我拿著連枷往地面一揮，隼戰士反映了我的動作，發光的連枷弄碎姬亞墳墓的石階，好幾塊石灰岩飛到空中。

狄賈登舉起一面盾牌擋掉碎片。姬亞的眼睛瞪得好大。

我知道我大概嚇壞她了，而且讓她相信我是壞人。可是我必須保護她，不能讓緬什科夫把她帶走。

「戰鬥魔法，」狄賈登不屑地說：「卡特．凱恩，我們以前追隨神之道時，生命之屋就是這樣，魔法師彼此交戰、背地暗算，不同神廟相互決鬥。你希望這樣的歷史再度重演嗎？」

「事情不必變成那樣，」我說：「狄賈登，我不想跟你打，但緬什科夫是叛徒。你們快點離開這裡，由我來對付他。」

緬什科夫從泥巴裡站起來，臉上掛著微笑，好像很喜歡被人丟來丟去。「對付我？真有信心啊！當然可以，大儀式祭司，就讓這小子試試。等到我解決了他，我一定會把碎了一地的東西都掃好撿起來。」

狄賈登開口說：「弗拉迪米爾，不行。你沒有資格去……」

緬什科夫沒等他把話說完。他重重在地上跺腳，泥巴在他四周變得又乾又白。兩條變硬的泥土線朝我蛇行前進，交叉成有如DNA雙螺旋的形狀。我不確定它們要做什麼，但是我不想讓它們碰到我。我用連枷打它們，揮走一大塊足以做成泡澡水池的泥巴。泥土線繼續朝我而來，一路漂白了整個土坑，並爬到另一邊向著我爬行。我試著移開它們的前進路線，可是戰鬥化身的動作太慢。

白線來到我的腳邊，如同藤蔓般往戰鬥化身的腿上攀爬，直到我腰部以下都被緊緊纏繞住。它們勒緊我的防護，吸取我的魔法，我還聽見緬什科夫的聲音強行進入我腦海中。

「蛇，」一個聲音低聲說：「你是個會發出嘶嘶聲的爬蟲動物。」

我努力反抗我的恐懼。我有一次在違反自己意志下被變成動物，那是我這輩子遇過最慘的經驗之一。這一次，這種狀況以慢動作緩緩發生。戰鬥化身努力維持原形，但緬什科夫的魔法很強。發光的白色藤蔓繼續往上爬，將我整個胸部圍繞起來。

我用彎柄手杖朝緬什科夫揮去。無形的力量勾住他的脖子，將他從地上舉起。

「動手啊！」他被勒住，好不容易擠出話來。「小神……拿出你的力量……給我看！」

我舉起連枷，只要打一下，就可以把弗拉迪．緬什科夫當一隻蟲般打爛。

「不要緊！」他抓著脖子喘氣說：「反正咒語……會打敗你。凱恩，就讓我們看看你這個……殺人兇手！」

我瞄向姬亞驚恐的臉。我遲疑了太久，白色藤蔓纏繞我的手臂，戰鬥化身膝蓋一軟，我放下了緬什科夫。

我全身痛苦不堪，血液變冷，戰鬥化身的四肢開始萎縮，鷹首慢慢變成蛇頭。我感覺到心跳減慢、視線變暗，毒液的滋味在我嘴裡擴散。

姬亞大喊。「住手！太超過了！」

「恰恰相反，」緬什科夫說，一邊揉擦他被勒痛的脖子，「這對他來說不算什麼，他應該受到更嚴厲的處分。大儀式祭司，你也看到這個男孩是如何威脅你，他想坐上法老的王座，我們必須解決他。」

姬亞想跑到我身邊，但狄賈登阻止她。

「弗拉迪米爾，停止你的咒語，」他說：「這個男孩可以用比較人道的方式來處理。」

「殿下，人道？他幾乎不是人！」

兩個魔法師目不轉睛注視著彼此。我不知道會發生什麼事，但就在那時候，一個通道在貝斯的籠子底下打開。

我見過許多通道，但沒有一個像這樣。一個有開口的漩渦與地面平行，吸入了彈跳床一般大的紅沙區塊，還混雜了死魚、舊木頭、陶片和一個裝著侏儒神的發亮螢光籠子。當籠子被吸入漩渦，籠子的柵欄斷裂成一道道光束。貝斯解凍，他發現自己有一半的身體陷入沙堆中，於是說了不少很有創意的咒罵的話。然後我妹和華特直接從通道裡面跳出來，暫時在半空中靜止，有如他們正跑向天空。當地心引力開始作用，他們揮動雙手掉回沙子漩渦。要不是貝斯抓住他們兩人，並努力把他們從漩渦裡拉出來，他們可能會被拖下去。

貝斯把他們丟在堅實的地面上，然後轉向弗拉迪·緬什科夫。他邁開腳步用力站穩，把夏威夷衫和短褲當作面紙般用力扯下，眼中燃著熊熊怒火。他的泳褲上繡著「侏儒的驕傲」幾個字，我眞的不需要看見這種東西。

緬什科夫只來得及說：「怎麼……」

「噗！」貝斯大吼。

這個聲音如同氫彈爆炸，或者應該說「醜彈」才對。地面震動，河面泛起波紋。我的戰鬥化身摔倒在地，緬什科夫的咒語也隨之消失，我嘴裡的毒液味道漸漸散去。壓力減除，我又能再次呼吸。莎蒂和華特已經被震倒在地，姬亞迅速後退，緬什科夫和狄賈登的臉則是直接被打中。

他們的表情變爲震驚，然後兩個人當場解體消散。

經過一陣驚嚇，姬亞倒抽一口氣。「你殺了他們！」

「沒有。」貝斯拍掉手上的灰塵。「只是嚇嚇他們，把他們趕回家去。他們可能會失去意識幾個鐘頭，腦袋試著處理我的健美體格，但他們會活著。更重要的是……」他轉身斥責莎蒂和華特：「你們兩個好大膽子，竟敢把我當作錨點來設通道？我看起像古文物嗎？」

莎蒂和華特很聰明地沒有回答。他們從地上站起來，拍掉身上的沙子。

「這又不是我們的主意！」莎蒂抗議，「普塔把我們送來這裡救你們。」

「普塔？」我說：「普塔神？」

「不，是棗農普塔。我晚點再跟你說。」

「你的頭髮怎麼了？」我問。「看起來像被駱駝舔過。」

「閉嘴。」然後她注意到姬亞。「我的天，這是她嗎？真正的姬亞？」

姬亞踉蹌後退，試圖點亮她的魔杖。「走開！」魔杖頂端射出微弱的火焰。

「我們不會傷害你。」莎蒂向她保證。

姬亞的腿搖晃著，手也顫抖個不停。然後，對一個剛從三個月昏睡中醒來並經歷剛才那陣騷動的人來說，她做了一件唯一有邏輯的事。她翻個白眼，整個人昏過去。

貝斯咕噥著：「堅強的女孩。她挺過了我正面全裸的噗式攻擊！不過……我們最好把她抱起來，離開這裡。狄賈登可不會永遠消失。」

「莎蒂，」我說：「你有找到紙草卷嗎？」

她從袋子裡拿出三份紙草卷。有一部分的我鬆了口氣，另一部分的我則是害怕不已。

「我們需要去大金字塔，」她說：「拜託你告訴我說你有車。」

我們不但有車，還有一整群貝都因人跟著我們。我們在天黑後把車還給他們，雖然還多帶了三個人，其中一人昏迷不醒，但貝都因人似乎很高興看見我們。貝斯不知如何跟他們達成交易，讓他們答應載我們去開羅。貝斯在他們的帳篷裡談了幾分鐘，走出來時身上穿著新的袍子。貝都因人從帳篷出來時，將貝斯剩下的夏威夷衫撕成一條一條，然後把這些布條當成會帶來好運的吉祥物，小心翼翼地綁在手臂、無線電天線和後照鏡上。

我們一群人擠在卡車後面的車廂。在往開羅的路上，車上又擠又吵，不太能講話。貝斯要我們睡覺休息，他會負責守護警戒。他答應等姬亞醒過來後會善待她。

莎蒂和華特一下子就睡著了，但我凝視著星星好一會兒。

我很痛苦地知道姬亞，眞正的姬亞，就在我旁邊睡得不太安穩，而拉的魔法武器，也就是彎柄手杖及連枷，現在放在我袋子裡。我的身體因爲剛才的對戰還在嗡嗡耳鳴。緬什科夫的魔咒雖被打破，不過我仍然能在腦海裡聽見他的聲音，聽到他想把我變成一隻有點像他的冷血爬蟲動物。

最後，我閉上眼睛。在沒有魔法防護的狀態下，我的「巴」立刻飄走。

我發現自己身在時代廳裡，站在法老的王座前。兩側的柱子中間，立體投影影像發光閃動。如同莎蒂的描述，魔法光幕的邊緣已經從紅色變成深紫色，這代表了新時代。紫色的影像很難看清楚，但我認爲我看見兩個身影在一張燃燒的椅子前扭打。

「沒錯，」荷魯斯的聲音說：「戰爭接近了。」

他出現在一陣光芒中，站在大儀式祭司通常所坐的高台階梯上。他現在是以人類的形象出現，是一個充滿肌肉的年輕人，有古銅色的肌膚，並剃了光頭。珠寶在他穿的皮製盔甲上發光，卡佩許劍掛在一邊腰際。他的雙眼發亮，一隻是金色，另一隻是銀色。

「你怎麼能來到這裡？」我問：「這裡不是不讓神進來嗎？」

「卡特，我不在這裡，是你在，但我們倆曾經連結在一起，我是你心裡的回聲，那一部分的荷魯斯從來沒有離開過你。」

「我不懂。」

「聽我說就好。你的處境已經改變了，你站在偉大成就的分界上。」

他指著我的胸。我低頭發現自己的形體不是平常的「巴」。我不是一隻鳥，而是一個人，如同荷魯斯一樣身穿埃及盔甲，手裡拿著彎柄手杖及連枷。

「這些不是我的東西，」我說：「是跟著姬亞被埋起來的。」

「這些也可以是你的東西，」荷魯斯說：「這些是法老的象徵，就像魔杖與魔棒，只是這些東西的力量相較之下強了百倍。即使沒有練習，你也能傳輸這兩樣物品的力量。想像一下我們可以一起做的事。」他指著空蕩蕩的王座。「你可以成爲生命之屋的領袖，將他們團結起來，我們可以一起打敗敵人。」

我不會否認，有一部分的我對此感到興奮不已。幾個月前，想到成爲領袖就讓我怕得要死，現在事情不一樣了。我對魔法的了解已經增長，我花了三個月的時間教導生徒，把他們變成一支隊伍；我了解我們面臨的威脅已經逼近，開始明白如何傳輸荷魯斯的力量，而不會讓自己無法承受。說不定荷魯斯是對的，或許我眞能率領神及魔法師一起對抗阿波非斯。我喜歡這個擊敗敵人並將打亂我們生活秩序的混沌勢力殺個落花流水的主意。

然後我想到，當我正要殺掉弗拉迪·緬什科夫時，姬亞看著我的樣子宛如我是個怪物。我想起狄賈登說過以前魔法師彼此互鬥的悲慘日子。如果荷魯斯是我心裡的回聲，他想要統治的慾望也許影響了我。我現在很了解荷魯斯，他在許多方面是一個好人，他勇敢、正直、光明磊落；但是他也具有野心、貪婪、嫉妒，想達成目標時就變得一心一意、什麼都不考慮。他最大的希望就是要統治眾神。

「彎柄手杖和連枷都屬於拉，」我說：「我們必須喚醒他。」

荷魯斯歪著頭。「即使這是阿波非斯希望發生的事？即使拉又老又弱？我警告過你，眾神已經分化。你看見奈赫貝特和巴比試圖自己解決問題。爭吵的情形只會愈來愈嚴重。混沌靠著虛弱的領導、分散的忠誠而滋養壯大，這就是弗拉迪米爾·緬什科夫想要的。」

時代廳開始震動。紫色的光幕沿著兩邊的牆延展開來。當立體投影影像變寬，我看得出那張椅子是一張火焰王座，就像莎蒂描述她在拉的太陽船上所預視到的王座一樣。兩個陰影彼此摟住扭打，如同摔角選手抓著對方，但看不出來他們是要把對方推上王座，還是不讓對方坐上去。

「緬什科夫眞的想要摧毀《拉之書》嗎？」我問。

荷魯斯的銀色眼睛閃閃發光，這隻眼睛似乎比金色那隻來得亮，這點總讓我有點困惑，感覺好像全世界都往一邊傾倒。「如同大多數緬什科夫所說的話，只有部分是眞的。他曾經跟你一樣深信不疑，認爲自己可以把拉帶回世間並修復瑪特。他想像自己是個光榮新神廟裡的大祭司，甚至比他的祖先更有力量。因爲他的驕傲，他認定自己能藉由手上那份紙草卷重建《拉之書》。他錯了。拉費了很大的力氣不想被喚醒。紙草卷上的詛咒燒傷了緬什科夫的眼睛，並且因爲他大膽唸出紙草卷上的咒語，太陽火灼傷了他的喉嚨。在那之後，緬什科夫心裡充滿恨意。起先，他密謀銷毀《拉之書》，但他沒有這種力量，然後偶然間想到新計畫。他會喚醒拉，全是爲了報復。這就是他這些年來一直在等待的事，所以他才要你們去收集紙草卷並重建《拉之書》。緬什科夫想要看到老神被阿波非斯吞噬，他想看到世界墜入黑暗和混沌中。他完全瘋了。」

「喔。」

【回答得眞好，我知道。但是你聽了這樣的故事要怎麼說才對？】

在荷魯斯旁邊的平台上，法老空蕩蕩的王座在紫色光芒下似乎高低起伏著。那張椅子總是讓我畏懼。很久以前，法老曾經是世界上最有力量的統治者，所控制的一整個帝國歷史悠久，遠比我自己的國家美國存在的時間還長了二十倍。我怎麼有資格坐在這裡？

「卡特，你做得到，」荷魯斯催促我，「你能控制。爲何要冒險去喚醒拉？」你曉得，是你妹妹必須去唸《拉之書》。一份紙草卷所造成的逆火意外，你已經在緬什科夫身上看到了下場，你能想像比那厲害三倍的力量釋放在你妹妹身上嗎？」

我的嘴巴好乾。我讓莎蒂自己去找最後一份紙草卷已經很不對了，怎麼能讓她冒著會留下如同弗拉迪．緬什科夫身上的疤痕，甚至更悲慘命運的風險？

「你現在看到了事實，」荷魯斯說：「你宣誓擁有彎柄手杖及連枷，登上王位。我們一起打敗阿波非斯，我們可以返回布魯克林，保護你的朋友及家園。」

「家園。」這聽起來實在誘人。我們所有朋友都陷入極大的危險中。我親眼看見弗拉迪．緬什科夫會做出什麼可怕的事。我想像小菲力斯和膽小的克麗約試著對抗那種魔法；我想像緬什科夫將我們的年輕生徒變成無助的蛇；我甚至不確定阿摩司是否對付得了他。有了拉的武器，我可以保護布魯克林之家。

然後，我看著牆上閃動的紫色影像，兩個身影在火焰王座前打鬥，那就是我們的未來。成功的關鍵不是我，甚至不是荷魯斯，而是拉，是埃及眾神最原始的王。在拉的火焰王座旁，法老的椅子似乎和一張躺椅一樣無足輕重。

「我們兩人的力量還不夠，」我告訴荷魯斯：「我們需要拉。」

神用他的金色及銀色眼睛看著我，好像我是距離他好多公里下的小小獵物，而他在思考我是否值得他飛撲下來捕捉。

「你不了解現在面臨的威脅，」他決定了，「卡特，留在這裡。聽聽你的敵人是如何計畫致你於死。」

荷魯斯消失了。

我聽見王座後面陰影中傳來的腳步聲，然後是一個熟悉的沙啞呼吸聲。希望我的「巴」是隱形的。弗拉迪米爾．緬什科夫走進光線中，半攙扶著他的老闆狄賈登。

「殿下，就快到了。」緬什科夫說。

俄國人看起來經過充分的休息，並穿著新的白西裝，唯一能證明我們最近打鬥過的痕跡，是他脖子上綁了繃帶，因爲我之前曾勒住他的脖子。然而狄賈登看起來像在幾個鐘頭內老了十歲。他步履蹣跚，靠在緬什科夫身上。他的臉非常憔悴，頭髮變得雪白，我不認爲這是因爲看到穿著泳褲的貝斯造成的。

緬什科夫試著扶狄賈登坐進法老王座，但是狄賈登抗議著。「絕不可以，弗拉迪米爾。階梯。只能坐在階梯上。」

「可是殿下，以您現在的情況當然可以……」

「絕對不行！」狄賈登坐在王座腳邊的階梯上。我不敢相信他看起來有多慘。

「瑪特的力量在衰退。」狄賈登伸出手。一道微弱的象形文字雲從他的指尖飄向空中。

「弗拉迪米爾，瑪特曾經給我力量，而現在似乎在吸取我的生命力。這是我唯一能做的……」

他的聲音慢慢變小。

「殿下，別怕，」緬什科夫說：「只要處理完凱恩家族，一切都會變好。」

「是嗎？」狄賈登抬起頭，眼睛一度像以前一樣燃燒著憤怒。「弗拉迪米爾，難道你沒有懷疑過嗎？」

「不，殿下，」俄國人說：「我奉獻生命去對抗神，我會繼續這麼做。如果要我大膽建言，大儀式祭司，您不該讓阿摩司．凱恩來到您面前。他說的話如同毒藥。」

狄賈登抓住空中飄過的一個象形文字，當文字在他的手心裡打轉，他仔細看著。我認不出那個圖案，但讓我想到，這像是簡單畫出來的紅綠燈旁站了一個人。

「曼黑得，」狄賈登說：「這是書吏的石板。」

我看著發出微光的象形文字，這個字和我袋子裡的書寫工具很像。長方形的部分是石板，上面擺著黑色和紅色墨水。旁邊的火柴人是寫字工具，上面綁了一條繩子。

「是的，殿下，」緬什科夫說：「眞是……有意思啊。」

「這是我祖父最喜歡的圖案，」狄賈登若有所思地說：「我的祖父就是商博良[64]。他使用羅塞塔石碑[65]破解了象形文字，是第一個生命之屋以外做到的人。」

「殿下，的確如此，我聽過這個故事。」他臉上的表情似乎在說：「已經聽過幾千遍了。」

「他從一個無名小卒變成偉大的科學家，」狄賈登繼續說：「而且還是一位了不起的魔法師，同樣受到凡人和魔法師的敬重。」

緬什科夫的笑容像在嘲弄一個已經令人厭煩的小孩。「而您現在是大儀式祭司，他會以您爲榮的。」

「他會嗎？」狄賈登想著。「當伊斯坎德接受我的家族進入生命之屋，他說過歡迎新血加入，也歡迎帶來新的想法，他希望我們能重振生命之屋。但是我們做出了什麼貢獻？我們什麼都沒改變；我們什麼都沒質疑。生命之屋愈來愈弱。我們每年招收的生徒愈來愈少。」

「啊，殿下。」緬什科夫露出牙齒。「由我來告訴您，我們一點都不弱。您的攻擊武力已經準備就緒。」

他拍拍手。在大廳遠遠的一頭，巨大的青銅門打開。起先我不敢相信我的眼睛，但是隨著小批軍隊邁開大步朝我們走來，我愈來愈害怕不安。

十二名魔法師是這批軍隊裡最不可怕的人，大多是穿著傳統亞麻袍子的年長男性和女

---

❻❹ 商博良（Jean-Francois Champollion, 1790-1832）是成功破解埃及象形文字的法國學者。參《紅色金字塔》三十五頁，註❿。

❻❺ 羅塞塔石碑（Rosetta Stone）是一塊刻有埃及國王托勒密五世（Ptolemy V）詔書的石碑，為近代考古學家解讀出失傳千年的埃及象形文字關鍵。參《紅色金字塔》三十三頁，註❽。

性。許多人的眼睛塗上化妝墨，手上和臉上都有象形文字的刺青。有些人戴的護身符比華特還多。男人都剃成光頭；女人不是留著短髮就是把頭髮綁成馬尾。所有人臉上的表情都很凝重，像一群憤怒的佃農暴民要去把科學怪人燒死，只不過他們手上拿的不是草耙，而是魔杖和魔棒。有幾個人身上也佩了劍。

走在他們兩旁的是惡魔，全部大概有二十個。我以前和惡魔對戰過，但這些惡魔不太一樣，他們充滿信心前進，宛如有共同的目標。他們散發出的邪惡，強烈到我的「巴」都感覺像被曬黑了。他們的膚色從綠色、黑色到紫色都有，有些穿盔甲，有些穿動物皮，有些穿絨布睡衣。有個惡魔的頭是一把電鋸，另一個的則是一架斷頭台，第三個惡魔肩膀的中間冒出一隻腳。

比那些惡魔更恐怖的是有翅膀的蛇。對，我知道，你可能在想：「不要再有蛇出現了！」相信我，在聖彼得堡被翠蘇西魯咬過之後，我也不喜歡再看到牠們。這些不是三頭蛇，體型也不比普通的蛇大，但是光看著牠們就讓我全身起雞皮疙瘩。請先想像一條身上長出老鷹翅膀的眼鏡蛇，現在再想像一下這條蛇在空中飛來飛去的樣子，如同一個表演玩火的人吐出長長的火焰。這種蛇有一半都繞著攻擊隊伍飛翔，鑽進鑽出，嘴裡噴火。沒有一個魔法師被燒焦眞是奇蹟。

當這支隊伍接近時，狄賈登掙扎著站起來。魔法師及惡魔都跪在他面前。其中一條有翅膀的蛇飛到大儀式祭司面前，狄賈登用驚人的速度從空中抓住牠，這條蛇在他的拳頭裡扭動掙扎，但沒有攻擊他。

「這是昂首聖蛇？」狄賈登問。「弗拉迪米爾，這很危險。這些是拉的動物。」

緬什科夫歪著頭。「牠們曾經在阿蒙．拉的神廟服務。但是，大儀式祭司，您別擔心，因爲我的家族淵源，我能控制牠們。我認爲使用太陽神的動物來消滅那些想喚醒他的人，是很合適的做法。」

狄賈登放開蛇。牠噴出火焰，然後飛走。

「那這些惡魔呢？」狄賈登問。「我們從什麼時候開始也用了混沌的生物？」

「殿下，牠們都受到嚴密控制。」緬什科夫的聲音聽起來很不自然，彷彿他已經厭倦取悅他的老闆。「這些魔法師都知道適當的束縛咒語。他們全是我親自從全世界行省中挑選出來，他們擁有很好的技術。」

大儀式祭司將注意力放在一個穿藍袍的亞洲男人身上。「你是桂，對吧？」

男人點點頭。

「在我的印象中，」狄賈登說：「你因爲謀殺一名魔法師而被流放到位於北韓的第三百行省。而你，莎拉．雅各比……」他指著一名穿著白袍、留著有如短髭般黑髮的女子說：「因爲在印度洋引發海嘯而被發配到南極。」

緬什科夫清了清喉嚨。「殿下，這裡許多魔法師過去曾經有些問題，但是……」

「他們都是冷血殘忍的殺人兇手和小偷，」狄賈登說：「是我們生命之屋裡的敗類。」

「可是他們都急切想證明自己的忠誠，」緬什科夫向他保證，「他們很高興能貢獻己力！」

他對著手下露齒而笑，彷彿鼓勵他們露出快樂的表情。沒有一個人笑。

「殿下，況且，」緬什科夫很快繼續說：「如果您想要布魯克林之家被消滅殆盡，我們一定要毫不留情。這是爲了瑪特好。」

狄賈登皺眉。「弗拉迪米爾，你呢？你要率領他們？」

「不，殿下。這麼一支優秀的軍隊能自己對付布魯克林之家，我對他們深具信心。他們會在黃昏出擊。至於我，會跟蹤那兩個凱恩小鬼進入杜埃，並且親自對付他們。而殿下，您應該留在這裡休息，我會派一名占卜師到您房間，讓您能觀看我們的進展。」

「留在這裡……」狄賈登厭惡地重複這句話：「觀看……」

緬什科夫鞠個躬。「我們會挽救生命之屋，我發誓。凱恩家族會被消滅，神會遭到流放，瑪特會被修復。」

我希望狄賈登能清醒過來取消攻擊行動，但相反的，他的肩膀垂下來。他轉身背向緬什科夫，凝視空蕩蕩的法老王座。

「去吧，」他疲憊地說：「叫這些傢伙離開我的視線。」

緬什科夫微笑。「是的，殿下。」

他轉身，帶著私人軍隊大步走過時代廳。

他們一離開，狄賈登就舉起手來，一道光從天花板飛下來，停在他的手上。

「把《消滅阿波非斯之書》[66]拿給我，」狄賈登對這道光說：「我必須參考裡面的內容。」

魔法光束晃了晃，有如在鞠躬一樣，然後迅速離開。

狄賈登轉身面朝紫色的光幕，看著那火焰王座前兩個對打的影像。

「弗拉迪米爾，我會『觀看』，」他喃喃說著：「但我不會『留在這裡休息』。」

景象消失，我的「巴」返回身體。

[66]《消滅阿波非斯之書》（*The Book of Slaying Apophis*）講述宇宙天地創造情形，以及秩序與混沌彼此抗衡。參《紅色金字塔》一一三頁，註[22]。

18 前進杜埃

這是我這一週來第二次在旅館房間沙發上醒來，而且完全不知道自己是怎麼到達旅館。

這個房間不像亞歷山卓的四季飯店一樣好。石膏牆壁出現裂痕，外面的光線隨著凹陷的天花板照進來。一台行動電風扇在咖啡桌上嗡嗡響，但是房裡的空氣就跟一個燒得正旺的火爐一樣熱。

下午的陽光從敞開的窗戶照射進來。樓下傳來汽車喇叭聲及商人用阿拉伯語叫賣兜售商品的聲音。微風中有股氣味混合了廢氣、動物糞便和帶有水果味道的水煙味。換句話說，我知道我們現在一定是在開羅。

莎蒂、貝斯、華特和姬亞圍坐在窗邊的一張桌子旁，像老朋友般在下棋。這個畫面實在太詭異了，我以爲我一定還在作夢。

然後莎蒂注意到我醒了。「唉呀，卡特，下次你要再來一趟延長變身的『巴』之旅，請務必先通知我們。背著你走了三層樓梯一點都不好玩。」

我揉一揉自己仍舊抽痛的頭。「我昏過去多久了？」

「比我還久。」姬亞說。

她看起來好極了，平靜且得到充分休息。她剛洗過的頭髮放在耳後，穿著一件新的無袖白衣裙，襯出發亮的古銅色肌膚。

我猜我一定是很用力盯著她看，因爲她目光低垂，脖子變紅。

「現在是下午三點，」她說：「我今天早上十點就起來了。」

「你看起來……」

「好多了嗎？」她揚起眉毛，像是要挑戰我去否認她說的話。「你錯過刺激的部分了。我試著反抗，試著逃跑。這是我們待過的第三間旅館房間。」

「第一間房間失火。」貝斯說。

「第二間爆炸。」華特說。

「我已經說過『對不起』了。」姬亞皺眉。「無論如何，你妹妹最後終於讓我冷靜下來。」

「這可是花了我好幾個小時，」莎蒂說：「運用我所有的外交手腕。」

「你有外交手腕？」我問。

莎蒂轉了轉眼珠。「卡特，就像你知道的一樣！」

「你妹妹很聰明，」姬亞說：「她在你醒來之前說服了我，讓我對你的計畫改變看法，我們能好好談一談。她相當具有說服力。」

「謝謝你。」莎蒂得意地說。

我看著她們兩人，開始出現一種可怕的感覺。「你們兩個現在處得很好？你們不可能處得好！你和莎蒂都受不了對方。」

「卡特，之前那個是薩布提，」姬亞說，雖然她的脖子還是很紅，「我發現莎蒂……很令人欽佩。」

「你聽到沒？」莎蒂說：「我令人欽佩！」

「這眞是惡夢。」我坐起身來，毯子掉下去。我低頭一看，發現我穿著神奇寶貝的睡衣。

「莎蒂，」我說：「我要殺了你。」

她無辜地眨了眨眼睛。「但是街頭小販給了我們一個很好的價錢，而且華特說很適合你。」

華特舉起雙手。「老兄，別怪我。我試著替你出頭過了。」

貝斯發出哼的一聲，然後維妙維肖地模仿華特說：「『至少買到的是特大號的皮卡丘。』卡特，你的東西在浴室裡。好了，我們現在到底是不是在下施奈特棋[67]？」

我一跛一跛走進浴室，看到那裡擺著一套要給我穿的衣服，是乾淨的內褲、牛仔褲和一件上面沒有皮卡丘的T恤。

一打開蓮蓬頭，那聲音聽起來像一隻快死的大象，但我最後還是在浴缸裡放了有生鏽味的水，盡可能全身上下清洗乾淨。

雖然我走出浴室時沒有覺得自己煥然一新，至少身上已經沒有死魚和羊肉的味道了。

我的四個同伴還在下施奈特棋，這大概是全世界最古老的棋戲之一，但我從來沒看過有人玩過。長方形的棋盤上畫有藍白相間格子，一共分成三排，每一排共有十格。圓形的棋子有白色和藍色。這個棋戲不是丟擲骰子，丟的是四根像冰棒棍的象牙棍，象牙棍的一面什麼裝飾都沒有，另一面則寫有象形文字。

「我以爲這個遊戲的規則已經失傳了。」我說。

貝斯揚起一邊的眉毛。「對你們凡人來說或許如此，但是神永遠不會忘記。」

「遊戲很簡單，」莎蒂說：「你在棋盤上弄出一個S形。將所有棋子都先移到終點的那一隊獲勝。」

「哈！」貝斯說：「不只這樣而已。這需要很多年的經驗才能精進。」

「侏儒神，是這樣嗎？」姬亞丟出四根棍子，所有棍子都露出有象形文字的那一面。「已經精通了！」

莎蒂和姬亞彼此擊掌，顯然她們兩人是一隊。莎蒂移動一枚藍棋，將一枚白棋撞回起點。

「華特，」貝斯抱怨說：「我就跟你說不要移動那一枚棋！」

「又不是我的錯！」

莎蒂對我微笑。「這是女生對男生之戰。我們拿弗拉迪．緬什科夫的太陽眼鏡來下注。」

她舉起那副賽特在聖彼得堡給她的壞掉白色眼鏡。

67 施奈特棋（senet）是一種古老的埃及棋戲。考古學家在挖掘古埃及墳墓時發現這種遊戲，確切規則已經失傳，但考古學家從出土的文物拼湊出部分規則。

「世界就要毀滅了，」我說：「而你們還在為了太陽眼鏡賭博？」

「嘿，老兄，」華特說：「我們可是身兼多職。我們一直在談事情，大概談了有六小時吧，但我們必須等你醒來才能做決定，對吧？」

「況且，」莎蒂說：「貝斯告訴我們，確定要下施奈特棋的話就必須賭，否則會動搖瑪特的基礎。」

「這是真的，」侏儒說：「華特，丟棍子吧。」

華特丟出棍子，有三支朝上的都是空白。

貝斯咒罵：「小鬼，我們需要一個二才能移出『拉．阿圖姆之屋』。我不是解釋過嗎？」

「抱歉！」

我不確定該做什麼，所以拉了一張椅子坐下。

窗外的景色比我預期的美多了。大約在一公里外的地方，吉薩的金字塔群在午後的陽光下紅得發亮。我們一定是在開羅西南邊外圍靠近曼蘇拉的地方。我和爸在前往許多不同挖掘地點時，經過這一帶已經有十幾次了，但是看見金字塔離我們這麼近，仍舊覺得它們令人目眩神迷。

我有一百萬個問題要問。我需要把我變成「巴」所看到的景象告訴朋友們。然而在我鼓起勇氣說出來之前，莎蒂開始長篇大論解釋他們在我昏過去時做了什麼事。她大多時候專心描述我睡覺的樣子有多好笑，還有他們把我從前面兩間失火的房間搬出來時，我所發出的各種呻吟聲。她描述他們的午餐吃了剛烤好的扁麵包、炸豆丸子和香料牛肉（她還說：「噢，抱歉，我們沒有留一份給你。」），還有他們在「蘇克」，也就是當地的露天市場買到很划算的東西。

「你們去逛街？」我問。

「當然啊，」她說：「反正我們到黃昏前什麼事也不能做。貝斯說的。」

「這是什麼意思？」

貝斯丟出棍子，將其中一枚棋子移到終點。「小鬼，是春分。我們現在很接近了。全世界的通道此時都會關閉，除了兩個時間點以外，傍晚和日出，這是夜晚和白天達到完美平衡的時候。」

「不管怎麼說，」莎蒂說：「如果我們想找到拉，就得跟著他的航程走，這表示我們要在日落時進入杜埃，然後在日出時出來。」

「你是怎麼知道的？」我問。

她從袋子裡拿出一份紙草卷。這份紙草卷比我們所收集的還要厚，邊緣如同火焰般發光。

「這是《拉之書》，」她說：「我把它們拼湊起來。你現在可以謝我了。」

我的頭開始旋轉。我記得荷魯斯在我的預視裡所說的話，有關紙草卷燒傷緬什科夫的臉那件事。「你是說你讀了紙草卷，而沒有……遇上任何麻煩？」

她聳聳肩。「只看了介紹的部分，警告、指示那一類的。在我們找到拉之前，我不會眞的把咒語唸出來，但我知道我們要去那裡。」

「如果我們決定去的話。」我說。

這句話引起大家的注意。

「如果？」姬亞問。她離我這麼近，讓我覺得很痛苦，但我可以感覺到她在我們之間加入的距離。她離我很遠，肩膀緊繃，警告我要尊重她的空間。「莎蒂告訴我你已經下定決心了。」

「我是下定決心，」我說；「但那是在我知道緬什科夫的計畫之前。」

我把我在預視裡看到的景象告訴他們，關於緬什科夫在傍晚派武力前往布魯克林攻擊，並計畫在杜埃親自追拿我們。我解釋荷魯斯說過喚醒拉會帶來的危險，以及我如何用彎柄手杖和連枷打敗阿波非斯。

「但那些都是拉的神聖象徵。」姬亞說。

「它們屬於任何一個強而有力、足以使用它們的法老，」我說：「如果我們不能幫忙在布魯克林的阿摩司……」

「你的叔叔和所有朋友都會被消滅。」貝斯說：「從你的描述聽起來，緬什科夫集結一批討厭的小型軍隊，而昂首聖蛇是火焰蛇，它們可是壞消息。就算巴絲特及時趕回去幫忙……」

「我們需要讓阿摩司知道，」華特說：「至少要警告他。」

「你有帶占卜碗來？」我問。

「是比那更好用的東西。」他拿出一隻手機。「我要告訴他什麼？說我們要回去了？」

我的決心開始動搖。我怎麼能讓阿摩司和我的朋友們單獨對抗邪惡大軍?有一部分的我好想拿起法老的武器,狠狠狂掃我們的敵人。荷魯斯的聲音仍在我的體內,催促我主動出擊。

「卡特,你不能回布魯克林。」姬亞看著我的眼睛,我發現她仍舊感到恐懼和慌亂。她努力忍耐不去理會那些情緒,但在平靜的表面下,那些情緒還是波濤洶湧。「我在紅沙之地所看到的……那些景象太讓我不安了。」

我感覺她像重重踩在我心頭上。「聽我說,我很抱歉提到化身、彎柄手杖和連枷的事,我不是有意要嚇壞你,但是……」

「卡特,你沒有嚇壞我。嚇壞我的是弗拉迪.緬什科夫。」

「喔……對。」

她顫抖地深呼吸了一口氣。「我從來都不信任那個男人。當年我完成了生徒訓練後,緬什科夫要求把我被分派到他的行省。幸好,伊斯坎德拒絕了。」

「那麼……爲什麼我不能去布魯克林?」

姬亞把施奈特棋盤當作戰略圖一樣仔細檢查。「我相信你說的是實話,緬什科夫是叛徒。你所描述的預視景象……我認爲狄賈登被邪惡魔法影響。他的生命力被吸走,並非因爲瑪特正分崩離析。」

「是緬什科夫搞的鬼。」莎蒂猜測。

「我相信是……」姬亞的聲音變得沙啞。「而且我相信,我從前的導師伊斯坎德把我放進那個墳墓是爲了保護我。他讓我在夢裡聽見阿波非斯的聲音並不是錯誤，反而是某種警告，是他的最後一課。他將彎柄手杖和連枷藏在我身上有其目的，或許是因爲他知道你會來找我。不管怎麼說，一定要阻止緬什科夫才行。」

「但你剛才說我不能去布魯克林。」我提出抗議。

「我是說你不能放棄你的冒險任務。我認爲伊斯坎德預見會出現這個選擇。他相信神必須與生命之屋一起合作，而我信任他的判斷。你必須喚醒拉。」

聽見姬亞這麼說，我第一次感到冒險任務是眞的，而且很重要、瘋狂得不得了。不過我也感到一股小小的希望火花被點燃，也許她沒有完全討厭我。

莎蒂撿起施奈特棋的棍子。「那就這麼說定了。傍晚時，我們會打開位於大金字塔頂端的通道。我們會跟隨太陽船從前沿著夜之河航行的路徑找到拉、叫醒他，在日出時再次把他帶出來。可能的話，沿路找個吃晚餐的地方，因爲我又餓了。」

「這很危險，」貝斯說：「莽撞，大概會致命。」

「這對我們來說是很普通的一天。」我做出總結。

華特皺眉，依然握著他的手機。「那麼我該對阿摩司說什麼？他要靠他自己了？」

「不盡然，」姬亞說：「我會去布魯克林。」

我差點噎到。「你？」

姬亞狠狠地看了我一眼。「卡特，我擅長使用魔法。」

「我不是那個意思。只是……」

「我想親自跟阿摩司說話。」她說：「當生命之屋的人出現時，或許我可以出面調停，拖延時間。我對其他魔法師有某些影響……至少伊斯坎德在世時，我具有一定的影響力。有些人願意聽得進理智的說明，尤其是緬什科夫沒有在那裡慫恿他們的話。」

我想起我在預視裡所看到的憤怒暴徒。理智不是我第一個會想到的詞。

顯然華特想的也是同一件事。

「如果你在黃昏時利用魔法傳輸，」他說：「你就會跟敵人同時抵達。到時候一定會很混亂，沒有太多時間可以好好談話。要是你必須戰鬥該怎麼辦？」

「讓我們希望，」姬亞說：「事情不會演變至此。」

這個答案不太令人放心，但是華特點點頭。「我會跟你一起去。」

莎蒂把她的施奈特棋棍子丟到地上。「什麼？華特，不行！以你的情況……」

她摀住嘴巴，但是太遲了。

「什麼情況？」我問。

如果華特有邪惡之眼的咒語，我想他那個時候就會用在我妹身上了。

「我的家族史，」他說：「這件事是我……『私底下』告訴莎蒂的。」

他的口氣聽來不太高興，但他解釋了他們阿肯納頓家族的詛咒，以及對他的意義。

我坐在那裡，震驚不已。華特的祕密行爲、與潔絲的談話、不穩定的情緒……現在全都說得通了。我自己的問題突然間似乎變得微不足道。

「噢，老兄，」我喃喃地說：「華特……」

「卡特，聽著，不管你要說什麼，我都感謝你的心意，可是我已經受夠了別人的同情。我和這個病共存了很多年，我不要別人可憐我，或是我好像特別需要不同的對待。我想幫助你們。我會帶姬亞回布魯克林，如此一來，阿摩司就會知道她是和平前去。我們會試著拖延攻擊，在你們日出時帶著拉回來之前擋住他們。況且……」他聳聳肩，「如果你們失敗，或是我們沒有阻止阿波非斯，反正我們大家都會沒命。」

「那還算是比較樂觀的情況。」我說。突然我想到某件事，有個想法像在我腦中產生小型核子反應般。「等一下，緬什科夫說過他是阿蒙・拉的祭司後代。」

貝斯輕蔑地哼了一聲。「我討厭那些人，狂妄自大。但是那又跟啥有關？」

「難道那些不是對抗阿肯納頓、詛咒華特祖先的同一批祭司嗎？」我問：「要是緬什科夫握有詛咒的祕密呢？要是他能治好……」

「別說了。」華特聲音裡的怒氣嚇了我一跳。他的手在發抖。「卡特，我已經和我的命運和解。我不會爲了不知道的事而徒增希望。緬什科夫是敵人，就算能幫忙，他也不會這麼做。如果你碰到他，不要跟他談條件，別試著跟他說理。做你該做的事，就是打倒他。」

我瞄向莎蒂。她的眼睛發光，像是我終於做對一件事一樣。

「華特，好吧，」我說：「我不會再提起這件事。」

但是莎蒂和我有一段沉默的對話。我們要進入杜埃觀光。當我們在那裡，我們要將弗拉迪·緬什科夫打得落花流水。我們會找到他，把他痛打一頓，逼他告訴我們如何治好華特的病。突然間，我對這趟冒險任務的感覺好多了。

「所以我們要在傍晚出發，」姬亞說：「華特和我去布魯克林，你和莎蒂去杜埃。就這麼決定。」

「除了一件事。」貝斯瞪著莎蒂剛才丟在地上的棍子。「你才沒有丟出這個數字來。這不可能！」

莎蒂低頭往地上看，臉上出現一抹微笑。她意外丟出一個三，剛好就是她需要贏得勝利的步數。

她將最後一枚棋子移回終點，然後拿起緬什科夫的白色眼鏡戴上。這副眼鏡戴在她臉上看起來好詭異，我忍不住想到緬什科夫被燒壞的聲音和傷疤累累的眼睛，以及如果我妹想誦唸《拉之書》時可能發生在她身上的事。

「讓不可能變成可能，正是我的專長。」她說：「親愛的老哥，走吧。我們準備出發前往大金字塔。」

如果你參觀過金字塔，給你一個小小建議，欣賞金字塔的最好地點是從遠遠的地方看過去，像是在水平線之類的地方。你愈靠近金字塔，就會愈失望。

這句話或許聽起來很毒，但是首先，太靠近金字塔的話，看起來就會比你想像的還小。看過金字塔的人好像都這麼說。沒錯，金字塔是屹立在世界上好幾千年的最高建築物，但是與現代建築相較，它們就沒這麼雄偉壯觀了，那些附在上面使它們在古代看起來很酷的白色石塊和金色壓頂石都已經掉了。它們現在還是一樣美麗，尤其在黃昏被點燈照耀的時候，不過你可以從遠處好好地欣賞金字塔，而不用和其他觀光客擠在一起。

第二件事是，留意暴民般的觀光客和小販。我不管你是去哪裡度假，時代廣場、皮卡迪利廣場，還是羅馬競技場，那裡永遠都有小販在賣便宜的T恤和小玩意，一群群汗流浹背的觀光客抱怨著，並且擠來擠去試著想拍照。金字塔那裡也一樣，除了人更多、小販眞的非常粗魯以外。他們懂許多英文，但沒有包含「不」這個字。

我們努力穿過人群，小販想要賣給我們三趟騎駱駝體驗、一打T恤，還有比華特身上戴的還更多護身符（「特價！好魔法！」）和十一個眞正的木乃伊手指，不過我猜那些大概是中國製。

我問貝斯他是不是能嚇跑遊客，他只是大笑。「小鬼，不值得這麼做。遊客來這裡參觀的歷史，幾乎就跟這些金字塔一樣久，我確保他們不會注意到我們。我們爬到頂端吧。」

警衛巡邏大金字塔底部，但是沒有人想阻止我們。也許是貝斯把我們都隱形起來，也許警衛因爲我們跟一個侏儒神同行而選擇忽略。不管如何，我很快就發現爲何不准人們爬到金字塔上面，因爲非常難爬而且很危險。大金字塔差不多有一百多公尺高，而且石頭邊緣本來就不是讓人爬的。我們往上爬的時候，我有兩次差點掉下去，華特還扭到腳踝。有些磚塊太鬆且搖搖欲墜。有些「階梯」大約一公尺半高，我們互相拉對方上去。最後，經過二十分鐘渾身是汗的辛苦工作，我們終於抵達頂端。在開羅上方空氣汙染所排放出來的煙混合了霧，使得東邊的一切看起來模模糊糊，西邊卻能清楚看見太陽往地平線的方向降下，將沙漠轉爲赤紅色。

我試著想像大約五千年前這座金字塔剛完工時，這裡看到的會是何種光景。古夫法老是否曾經站在自己的墳墓上讚嘆自己的帝國？或許沒有。他大概聰明得很，不會想爬到上面來。

「好了，」莎蒂把袋子擺在最近的一塊石灰岩磚上，「貝斯，小心提防。華特，幫我打開通道，好嗎？」

姬亞摸了我的手臂一下，害我整個人跳起來。

「我們能談談嗎？」她問。

她爬到下面一點的地方。我的脈搏跳得好快，但努力跟在後面不要絆倒，或是避免看起來像個傻瓜。

姬亞凝視整片沙漠，她的臉在黃昏的光芒下顯得泛紅。「卡特，你不要誤會。我很感謝你喚醒了我，我知道你的心在正確的地方。」

我的心感覺不像在正確的地方，比較像被困在我的食道裡。「可是……？」我問。

她環抱自己的手臂。「我需要時間。這對我來說很陌生。也許我們未來能夠……變得比較熟，但是現在……」

「你需要時間，」我說，聲音很沙啞，「假設我們都沒有死掉的話。」

她的眼睛發出金色光芒。不知道這是不是昆蟲被困在琥珀前最後看到的顏色。當昆蟲被永遠困在琥珀裡之前，是不是在想：「哇，好美！」

「我會盡全力保護你的家，」她說：「答應我，如果必須做出選擇，你要聽從自己的心，而不是神的意志。」

「我保證。」雖然我自己也很懷疑，我還是會在腦海裡聽見荷魯斯催促我去宣誓取得法老的武器。我想再多說一些，把我的感受告訴她，但我嘴巴打開只說得出：「呃……好。」

姬亞勉強擠出笑容。「莎蒂說得對，你這個人……她是怎麼說的？笨拙得很可愛。」

「好極了。謝了。」

一道光在我們上空閃了一下，一個通道在金字塔頂端打開。不像大多數通道是旋轉的沙柱，這個通道發出了紫色的光，是一扇直接進入杜埃的大門。

莎蒂轉向面對我。「這是我們的通道。你要來嗎？」

「小心點。」姬亞說。

「我會的，」我說：「我不太會小心，但是……我會注意。」

我費力往上爬。莎蒂把華特拉過去，附在他耳朵旁低聲說了幾句話。

他嚴肅地點點頭。「我會的。」

我還來不及問莎蒂要他幫什麼忙，莎蒂看著貝斯說：「準備好了嗎？」

「我會跟你們去，」貝斯保證，「先等我把華特和姬亞送入他們的通道。我會跟你們在夜之河第四層碰面。」

「第四什麼？」我問。

「你會知道的，」他保證，「快去吧！」

我又看了姬亞一眼，不知道這會不會是最後一次看到她。然後莎蒂和我一起跳入正在旋轉的紫色大門。

杜埃是個奇怪的地方。

【莎蒂剛才叫我「廢話隊長」……但是，我這麼說很對啊。】

靈體世界的水流和你的思想互動，將你拉來拉去，將你看到的與你知道的形塑成相同的景象，所以即使我們踏入另一層眞實，這裡看起來就像外公外婆公寓旁的泰晤士河岸。

「眞是的。」莎蒂說。

我懂她的意思。她那趟回到倫敦的慘兮兮生日之旅讓她很不好受，況且，去年聖誕節時，我們第一次從倫敦出發前往布魯克林，我們和阿摩司一起走下這些階梯到碼頭，登上他的魔法船。那時，我對於失去爸爸感到難過，對於外公外婆會放棄我們、把我們直接交給一個我甚至不記得的叔叔感到震驚，對於害怕航向未知的地方感到害怕。現在，所有這些感覺累積在我體內，尖銳得令我異常痛苦。

這條河被濃霧包覆。沒有城市的燈光，只有天空詭譎的光芒。倫敦天際線似乎像液體般，建築物到處改來改去，不停增高融化，似乎無法找到能舒服定下來的地方。

「莎蒂，」我說：「你看。」

有一艘船停泊在階梯底部，不是阿摩司的船，而是太陽神的船，就跟我在預視裡看到的一樣。這曾經是王室的船，上面有甲板室和給二十個划槳水手的空間，現在卻連浮在水上都有問題。船帆破破爛爛，船槳也斷了，索具布滿蜘蛛網。

在階梯上，外公外婆站在那裡擋住我們的去路。

「又是他們，」莎蒂抱怨，「快來。」

她大步走下階梯，直到我們與外公外婆發亮的影像面對面。

「讓開。」莎蒂對他們說。

「老天。」外婆的眼睛發亮。「你那是跟外公外婆說話的方式嗎？」

「噢，抱歉，」莎蒂說：「現在一定是我說『老天，你的牙齒可真大』的時候了。奈赫貝特，你不是我的外婆！不要擋我們的路！」

外婆的影像開始晃動。她的花花家居服變成一件油亮亮的黑羽毛斗蓬。她的臉萎縮成一張皺巴巴的面具，大部分的頭髮都掉了，使得她在醜陋等級上的分數是九點五分，和貝斯居於同樣位置。

「親愛的，放尊重一點，」女神哄我們，「我們只是來這裡給你們善意的警告，你們就要通過無法回頭的定點。如果你們登上那艘船，就再也沒辦法回頭，要等你們通過所有夜晚之十二屋才會結束，否則就要等你們死了才能停下來。」

外公大吼：「啊！」

他搔搔自己的腋下，可能表示他被狒狒神巴比附身，也或許不是，因爲這種動作對外公來說也不陌生。

「聽巴比的話，」奈赫貝特勸阻我們，「你們不知道河上有什麼東西在等著。小妞，你在倫敦幾乎無法抵抗我們兩個，混沌大軍會更難對付！」

「她這次不是自己一個人，」我拿著彎柄手杖和連枷走到前面，「你們現在閃到一邊去。」

外公發出斷吼，往後倒退。

奈赫貝特瞇起眼睛。「你能拿起法老的武器？」她的語氣暗示她很不情願地佩服我。「孩子，很勇敢的舉動，但是這救不了你。」

「你不懂，」我說：「我們也是在救你。我們在解救我們所有人免於阿波非斯的統治。當我們帶著拉返回時，你要來幫忙。你要服從我們的命令，說服其他神做同樣的事。」

「太可笑了。」奈赫貝特發出斷斷聲說。

我舉起彎柄手杖，王的力量貫穿我全身上下。彎柄手杖是牧羊人的工具，王就像帶領自己牲畜的牧羊人一樣帶領他的子民。我執行自己的意志，這兩位神的腳一癱軟，跪在地上。

奈赫貝特和外公的影像消散，露出了神眞正的形體。奈赫貝特是一隻很大的禿鷹，頭上有頂黃金王冠，脖子上戴著精美的寶石項鍊。她的翅膀仍舊又黑又油，羽毛卻像在黃金塵中打滾過一般閃閃發光。巴比是一隻巨大的灰色狒狒，有著熾烈如火的紅眼睛、如短彎刀的利牙和樹幹般粗的手臂。

他們都抱著純粹的仇恨對我怒目而視。我知道如果我只是猶豫一下，如果我動搖了彎柄手杖的力量，他們就會將我撕碎。

「宣誓效忠，」我命令著：「當我們帶著拉返回，你們要服從他。」

「你永遠都不會成功。」奈赫貝特說。

「那麼要你宣誓效忠也不會傷害你，」我說：「宣誓！」

我舉起作戰連枷，神不安地扭動著。

「啊！」巴比咕噥著說。

「我們發誓，」奈赫貝特說：「但只是一個空洞的保證。你們是在航向死亡。」

我拿著彎柄手杖在空中一揮，神就化爲一陣霧消失了。

莎蒂深呼吸一口氣。「做得好，你的話聽起來充滿信心。」

「完全是演戲。」

「我知道，」她說：「現在困難的來了。要找到拉並把他叫醒。最好是順路有頓很棒的晚餐，然後完成這一切而沒有死掉。」

我低頭看著船。知識之神透特曾經告訴我們，需要的時候永遠有力量可以召喚船，因爲我們是法老的子嗣。但我從沒想過會是這艘船，而且船況這麼糟。兩個小孩坐在一艘壞掉又進水的船上，孤單地對抗混沌的勢力。

「上船囉。」我對莎蒂說。

19 麋鹿神的復仇

我應該提一下卡特穿裙子的事。

【哈!你搶不到麥克風。現在輪我講了。】

他省略這件事沒告訴你們。其實我們一進入杜埃，外型都改變了，我們發現自己身上穿的都是古埃及服裝。

那樣的衣服穿在我身上很好看。

我的白色絲質長袍發亮，手臂掛滿金環和手鐲做裝飾。的確，珠寶項鍊有點重，就像那種你去看牙醫拍X光片時得穿在身上的鉛製圍裙。我的頭髮編成辮子，所用的噴霧髮膠量多到大概會嚇死一個大神，不過我很確定我看起來相當迷人。

另一方面，卡特穿著男性短裙，其實就是用簡單的亞麻布圍著下半身，腰部綁了一條像工具腰帶的東西，彎柄手杖及連枷都掛在上面。他打著赤膊，但跟我一樣戴著大項鍊。他的眼睛四周塗上化妝墨，而且沒穿鞋子。

對埃及人來說，我相信他這身打扮看起來很有國王的樣子而且驍勇善戰，是男子漢中的珍品。【你聽到沒?我還是能夠不哈哈大笑把這件事說出來。】在我看來，雖然脫掉襯衫的卡特不是這種打扮的最後一名，但那不表示我想跟一個身上只戴珠寶和圍一條浴巾而什麼都沒穿的哥哥一起在冥界冒險。

當我們踏上太陽神的船，卡特的腳立刻被刺到。

「你爲什麼要光腳走路？」我質問他。

「這又不是我的主意！」他皺著眉頭，一邊把牙籤大的木刺從腳趾間拔出來。「我猜是因爲古代戰士都是打赤腳作戰，畢竟涼鞋會因爲汗和血而變得太滑穿不住。」

「短裙呢？」

「我們出發啦，好嗎？」

結果證明說的比做的簡單。

這艘船漂離碼頭，然後卡在幾公尺外下游無法流動的死水裡。我們開始在河裡打轉。

「有個小問題，」我說：「你對船了解多少？」

「一點都不懂。」卡特承認。

我們破破爛爛的船帆就跟一張撕開的面紙一樣沒什麼用。船槳不是斷了，就是一點作用都沒有，只能在水裡拖行，而且看起來很笨重。就算河流保持平穩，我不知道我們兩個要怎麼去划一艘原本配置了二十名船員的船。我們上一次坐船通行杜埃的時候，快得像坐雲霄飛車一樣。

「那些發光的光球呢？」我問：「像是我們在『埃及女王號』上面碰到的船員？」

「你能召喚一些出來嗎？」

「對，」我抱怨說：「把困難的問題又丟回來給我。」

我環視整艘船，希望發現一個上面寫著以下文字的按鈕：「呼叫發光船員請按此！」但我沒看到這種有用的東西。我知道太陽神的船曾經有過光球船員，我在預視裡見過，但是要如何召喚它們？

頂篷空蕩蕩的，火焰的王座已經消失。這艘船安靜到只聽得見從船身裂縫流入的河水聲。船不停打轉，讓我開始覺得不舒服。

然後，我出現一種可怕的感覺。十幾個細微的聲音在我的頭皮下低語：「艾西絲。詭計多端。下毒者。叛徒。」

我這才明白，我感到噁心不只是因爲旋轉的水流，而是整艘船都對著我的心裡傳送惡毒的訊息。我腳下的板子、船桅、船槳和索具……太陽神的船的每一部分都痛恨我的出現。

「卡特，這艘船不喜歡我。」我大聲宣布。

「你是說這艘船很有品味？」

「哈哈，眞好笑。我是說，船感覺到艾西絲的存在。畢竟，是她對拉下毒，迫使他引退流亡。這艘船記得這件事。」

「那麼……你跟它道歉好了。」

「船兒，你好，」我說，覺得這樣做實在很蠢，「很抱歉我做了下毒的事。但是你看，我不是艾西絲，我是莎蒂．凱恩。」

「叛徒。」眾多聲音低語。

「我可以了解爲什麼你會認爲我是叛徒，」我承認，「我身上大概還有『艾西絲魔法』的味道吧？但老實說，我已經要艾西絲打包離開了，她已經不住在我這裡了。我哥和我現在要去把拉帶回來。」

這艘船開始震動。十幾個細微的聲音安靜下來，彷彿這是它們在神界裡第一次眞正被嚇到。（嗯，它們之前都還沒見過我，對吧？）

「這麼做很好，是嗎？」我繼續大膽說：「拉會回來，就像往日一樣，可以在河上航行。我們是來這裡把事情導回正軌，但是我們首先得航行通過夜之屋才行。如果你們能合作的話……」

十幾個光球發亮復活。它們繞著我，彷彿一群憤怒的火焰網球，熱度高到我以爲會燒壞我的新衣。

「莎蒂，」卡特警告，「它們看起來很不高興。」

卡特還在納悶我爲什麼要叫他「廢話隊長」。

我試圖保持冷靜。

「乖乖聽話，」我語氣嚴肅地告訴光球：「這不是爲了我，是爲了拉。如果你們要自己的法老回來，就要各就各位做好自己的工作。」

我想我大概會被做成一隻坦都里烤雞[68]，但是我得堅定立場，因爲我被團團包圍，眞的別無選擇。我使用魔法，試圖讓這些光球屈服於我，這是我用來將某人變成老鼠或蜥蜴的方式。

「你們要幫助我們，」我命令它們，「你們要服從，做好你們的工作。」

在我腦袋裡出現集體的嘶嘶聲，要不是我的腦子已經燒壞，就是這些光球變溫馴了。

船員各就各位。它們拉緊繩子、修補船帆、划動沒有壞掉的船槳、操縱舵柄。

當船在下游倒頭轉向時，進水的船身發出嘎吱聲響。

卡特吐了口氣。「做得好。你還好嗎？」

我點點頭，不過我的頭感覺像在打轉。我不確定我是否說服了光球，還是它們其實在等待復仇的時機。無論如何，把我們的命運交在它們手裡，我一點也興奮不起來。

我們航行過黑暗，倫敦的城市景致漸漸消失。我的胃出現了進入更深層杜埃時那種熟悉的自由落體感。

「我們正要進入第二屋。」我猜測。

卡特抓住船桅保持身體平衡。「你是說，就像貝斯提到的夜之屋？夜之屋到底是什麼？」

我覺得向卡特解釋埃及神話很奇怪。我以爲他會笑我，但他似乎眞的毫無頭緒。

「我在《拉之書》裡看過，」我說：「晚上的每一個小時就是一間『屋子』。我們必須通過這條河的十二個段落，代表夜晚的十二小時。」

卡特仔細看著我們前方的陰暗區。「所以如果我們在第二屋，也就是說已經過了一小時嗎？感覺沒有這麼久啊。」

他說得對，是沒有這麼久。話說回來，我也不知道時間在杜埃到底是如何過的。任何一間夜之屋可能都不完全吻合凡人世界的一小時。

阿努比斯曾經告訴我，他已經待在死人之境五千年了，然而他感覺起來還是像一個青少年，彷彿時間完全靜止。

我突然開始發抖，要是我們突然出現在夜之河的另一邊，發現幾千億萬年已經過去了呢？我才剛滿十三歲，還沒準備好變成一千三百歲。

我也希望沒有想到阿努比斯。我摸著項鍊上那個「生」護身符。經過華特的事情後，腦中出現想看見阿努比斯的想法，讓我有種奇怪的罪惡感，同時也有點興奮。或許阿努比斯會在我們的旅程中幫助我們，或許他會咻的一下把我帶到某個私人地點去聊一聊，就像上次我們參觀杜埃時去過的一個浪漫小墓園，到棺木咖啡館來個雙人晚餐……

「莎蒂，不要再想那些了，」我心想，「要專心。」

我從袋子裡拿出《拉之書》，再次大略讀過指示的部分。我已經讀了好幾遍，但這些內容都像數學課本一樣神祕難懂而且混淆不清。紙草卷裡寫了滿滿一堆名詞，像是「首個來自杜

68 坦都里烤雞（Tendori chicken）是一道廣受歡迎的印度料理。作法是先以優格、檸檬汁加上各種香料去醃製雞，之後再放入陶爐或一般烤箱燒烤。

埃」、「呼吸注入陶土」、「夜晚動物群」、「在火裡重生」、「太陽土地」、「小刀之吻」、「光之賭徒」、「最後的聖甲蟲」等等，有很多詞都看不懂是什麼意思。

我推測在我們通過河流的十二個段落時，我得在其中三個不同地方誦唸《拉之書》的三個部分，大概是要喚醒太陽神的三個不同面向，而每個代表都會現身向我們提出挑戰。我知道要是失敗了，唸咒時只要有一個字沒唸好，就會變得比弗拉迪．緬什科夫還慘。這個念頭嚇死我了，但我不能一直想著失敗的可能性，只希望這一刻來臨時，紙草卷的胡言亂語全都說得通。

水流開始加速，船的進水情形也加快了。卡特召喚桶子把水舀出去，藉此表現他的戰鬥魔法技巧，而我則專心讓船員繼續乖乖工作。

我們愈往杜埃深處航行，發亮的光球就愈想反叛我。它們頂撞我的意志，想起自己多麼想要把我燒成灰。

在一條魔法河上漂蕩並聽見腦海裡有聲音低語著：「死吧，叛徒，受死吧。」實在是令人緊張不安。

我三不五時就感覺好像被人跟蹤。我轉身回頭，認為自己看到黑暗中有白色的痕跡，像是晃動光束的殘影，但我決定把這當作自己的幻想。其實，最令人害怕的是眼前的黑暗，沒有海岸線，沒有地標，什麼都看不見。船員可能轉向載我們朝大岩石或是怪物大嘴裡開過去，而我們絕對不會收到任何警告，只是繼續在黑暗且虛無的空間中航行。

「為什麼……什麼都看不到？」我喃喃自語。

卡特倒光桶子裡的水。他的樣子很怪，一個打扮像法老、身上掛有彎柄手杖和連枷的男生，卻在一艘不斷進水的船上把水舀出去。

「或許夜之屋依循人類睡覺的模式。」他提出想法。

「人類的什麼？」

「睡覺模式。媽以前在我們睡覺前告訴過我們，記得嗎？」

不記得了，話說回來，媽媽過世時我才六歲。她是一位科學家，也是魔法師，對於把牛頓定律或週期表當床邊故事唸給我們聽，她覺得很正常。大部分內容我早就忘記了，但是我很想記得她說過的東西。我討厭卡特比我更記得媽媽的事。

「睡眠有不同階段，」卡特說：「像是在前幾個小時，大腦像是陷入昏迷，在眞正熟睡的狀態下幾乎不會作夢，也許這就等同於這一段河流很黑又沒有形體。後來，大腦會經過眼球快速移動的階段，那時就會作夢。這些循環會愈來愈快、愈來愈清楚。也許，夜之屋是比照那樣的模式運作。」

我覺得這有點扯，不過話說回來，媽總是告訴我們科學與魔法並非互相排斥，她說兩者是同一種語言的兩種方言。巴絲特曾經告訴我們，總共有幾百萬條不同的通道和支流可以進入杜埃的河流；每進行一趟旅程，地理就會有所變化，來回應旅者的想法。如果河流被世界上所有在睡覺的人所形塑，如果航道隨著晚上前進變得愈來愈清楚且瘋狂，那就表示我們將進入更困難的航程。

河流最後變窄，兩邊都出現了河岸線。黑色的火山沙在我們魔法船員的光芒下閃爍。空氣變得愈來愈冷。船底摩擦著岩石和沙洲，使進水的情形惡化。卡特放棄用桶子舀水，他從補給袋裡拿出蠟塊。如果我有口香糖的話，我就會拿來用。

我們沒有看到任何標誌，沒有像是「現在進入第三屋，服務中心在下一個出口」之類的告示，但顯然已經進入不同河段。時間以驚人的速度流逝，而我們到現在什麼事都沒完成。

「或許第一個挑戰就是無聊，」我說：「到底什麼時候才有事發生？」

我應該要清楚知道這種話不能大聲嚷嚷。在我們面前，一個形體從黑暗中現身。一隻和水床一般大、穿著涼鞋的腳踩進船頭，阻止我們在水裡前進。

這也不是隻很吸引人的腳，主人絕對是男性。這些腳趾濺滿泥巴，趾甲發黃、有裂痕，而且太長。皮製涼鞋的鞋帶被苔蘚和甲殼類動物覆蓋。簡單來說，這隻腳無論看起來或聞起來，都像是幾千年來一直站在河中央同一塊石頭上，而且穿著同一隻涼鞋。

不幸的是，這隻腳連著一隻腿，而腿又連到了身體。這個巨人彎腰看著我們。

「你覺得很無聊嗎？」他的聲音宏亮，說話的語氣還算友善。「我可以殺了你，如果這樣比較有幫助的話。」

他穿著一條像卡特身上的裙子，只不過巨人的短裙大得可以做十面船帆。他的身體像人類且充滿肌肉，長滿體毛，是那種噁心的體毛，會讓我想替體毛過多的男性發起慈善用蠟除毛基金會。他的眼睛分得好開，有閃閃發亮的紅色眼瞼，眼球部分則是一條垂直線。我想，這些描述聽起來相當可怕，但這個羊頭男並沒有邪惡之氣。事實上，不知為何，他看起來很眼熟。他的男子氣概甚於他帶來的威脅感，像是他站在河中央小岩島上這麼久，早已忘了為何自己要站在那裡。

【卡特問我何時變成會說羊話的人。卡特，你閉嘴！】

我真心替羊頭男感到難過，他的眼中充滿寂寞。我不相信他會傷害我們，直到他從腰帶裡抽出兩把大刀，就跟他的羊角一樣有著彎曲的刀鋒。

「你沒說話，」他注意到了，「那是同意被殺掉嗎？」

「不，謝了！」我說，試圖讓自己聽起來很感激這個提議。「我有一個詞和一個問題想跟你說。這個詞是『腳部美容』，而問題是：『你是誰？』」

「哇哈哈哈！」他說，然後像綿羊一樣咩咩叫。「如果你知道我的名字，我們就不必介紹了，而且我會讓你通過。可惜沒有人知道我的名字，真是太丟臉了。我知道你已經找到《拉之書》，你已經使他的船員甦醒，並努力將他的船航向第四屋的大門。但是，從來沒有人能通過這裡。很抱歉，我必須把你們碎屍萬段。」

他兩手各舉起一把刀。我們的發光光球狂亂旋轉，並低聲說：「對！切碎她！對！」

「先等一下，」我對上方的巨人大喊：「如果我們能說出你的名字，我們就能通過？」

「當然。」他嘆口氣。「但是從來都沒人說對。」

我曾向卡特。這不是我們第一次在夜之河被攔阻下來，並且被要求說出一個掌管死亡痛苦的守護者名字。顯然，這種經驗對於要通過杜埃的埃及靈魂和魔法師來說很普通，但是我不相信我們的考驗這麼簡單。現在我確定我認得這個羊頭男，我們曾在布碌崙博物館看過他的雕像。

「就是他，對不對？」我問卡特：「那個看起來像麋鹿布溫科的傢伙？」

「不要叫他布溫科！」卡特罵我。他抬頭看著巨大羊頭男說：「你是克奴姆，對吧？」

羊頭男從他的喉嚨深處發出咕嚕聲。他拿著一把刀擦過欄杆。「那是一個問題嗎？還是你最後的答案？」

卡特眨眨眼。「呃……」

發現我們差點就要走入陷阱，我大喊：「那不是我們的最後答案！那根本連邊都碰不上。克奴姆只是你的一般名字，對吧？你想要我們說出你的真正名字，也就是你的『仁』。」

克奴姆歪著頭，羊角上的鈴鐺叮鈴鈴響。「要是能說出來的話很不錯啊，但是，唉，沒有人知道，就連我也忘了。」

「你怎麼可能忘記自己的名字？」卡特問。「還有，對，這是一個問題。」

「我是拉的一部分，」羊頭神說：「我是他在冥界的一個面向，是他的第三個人格。可是，當拉不再進行每天晚上的航行，他就不再需要我了。他把我留在第四屋的大門前，像件舊外套一樣丟棄。現在我看守大門……我沒有其他目標。如果我能找回我的名字，我願意將我的神靈交給任何能讓我自由的人。他們能讓我與拉團聚，但是在那天到來之前，我不會離開這裡。」

他聽起來非常沮喪，像一頭迷路的小羊，或者該說是一頭身高十公尺、手拿超級大刀的迷路羊。我很想幫助他，不過我更想找出不被切碎的方法。

「如果你不記得自己的名字，」我說：「為什麼你不告訴我們你以前其他的名字？你要怎麼知道答案是否正確？」

克奴姆放下刀子在水裡比劃。「我沒有想過這一點。」

卡特瞪我，好像是在說：「你為什麼要跟他說？」

羊頭神發出咩咩叫。「等我聽到的時候，我想我就會知道對不對，」他堅決地說：「雖然我不能確定。僅僅身為拉的一部分，我有很多事都不確定。我失去了大多數的記憶、力量和身分。我現在只是自己從前的空殼子。」

「以前的你一定很巨大。」我喃喃地說。

羊頭神笑了，儘管羊臉很難看出是否在笑。「很遺憾你們沒有我的『仁』。你是個聰明的女孩。你是第一個航行這麼遠的人；是第一個，也是最好的一個。」他難過地嘆氣。「啊，好吧，我想我們該進行殺人的部分了。」

第一個，也是最好的一個。我的腦袋開始快速運轉。

「等一下，」我說：「我知道你的名字。」

卡特大喊：「眞的嗎？告訴他！」

我想到《拉之書》裡其中一行寫著：「首個來自杜埃。」我牽引出艾西絲的記憶，她是唯一知道拉的祕密名字的女神，而我也開始了解太陽神的本質。

「拉是第一個從混沌中誕生的天神。」我說。

克奴姆皺眉。「那是我的名字？」

「不是，仔細聽我說，」我說：「你說過，你沒有拉就不完整，就只是從前的你的空殼。那對所有其他埃及的神來說也一樣。拉比較年長、比較有力量。他是瑪特的原始力量來源，就像……」

「就像所有神的根柢。」卡特說。

「沒錯，」我說：「我不知道什麼是根柢，不過這麼說沒錯。因爲拉失蹤了，億萬年來，其他神已經漸漸消失、失去力量。他們可能不願意承認，但拉就是他們的心。他們仰賴拉。我們這麼久以來一直在猜想是否值得把拉帶回來，我們不知道這件事爲什麼這麼重要，現在我明白了。」

卡特點點頭，對這個想法很感興趣。「拉是瑪特的中心。如果眾神想要贏得這場戰爭，他必須回來。」

「所以阿波非斯才希望把拉帶回來，」我猜測，「拉與阿波非斯是相連的，就是瑪特與混沌。如果阿波非斯在拉又老又虛弱的時候把他呑掉……」

「所有的神都會死，」卡特說：「世界會瓦解並陷入混沌中。」

克奴姆轉頭用一隻發光的紅眼端詳我。「你剛剛說的很有意思，」他說：「但是我沒聽到我的祕密名字。要喚醒拉，你必須先說出我的名字。」

我打開《拉之書》，深呼吸一口氣。我開始誦唸第一段咒語。現在，你大概在想：「天啊，莎蒂，你的大考驗就只是從紙草卷唸出幾個字？那有什麼難的？」

如果你這麼想，顯然你從來沒有唸過咒語。想像一下在舞台上大聲朗讀，面對台下一千個有敵意、準備替你打爛成績的老師；想像一下你只能靠著從鏡子的反射來唸；想像一下所有的字都混在一起，而你必須一邊唸一邊把句子組合起來；想像一下如果你犯了一個錯誤、一個字沒有唸好或發錯一個音，你就會沒命；想像一下要一次完成上面說的這些事，你就會知道從紙草卷唸出咒語大概是什麼情形。

儘管如此，我感到異常有信心。咒語突然間全說得通了。

「我命名你是『首個來自杜埃』，」我說：「克奴姆，是拉，是黃昏時的太陽。我召喚你的『巴』去喚醒偉大的神，因爲我……」

我第一個差點致命的錯誤是，紙草卷上寫著「這裡要放進你的名字」，而我差點大聲唸成：「因爲我是這裡要放進你的名字！」

怎樣？這會是一個誠實的錯誤。不過，我總算努力說成：「因爲我是莎蒂．凱恩，修復火焰王座的人。我命名你是『呼吸注入陶土』、『夜之動物群的公羊』、『神聖……」

我差點又說錯了。我確定埃及的說法是「神聖陶土人」，但是這樣說不通，除非克奴姆擁有我不知道的魔法力量。幸好，我記得在布碌崙博物館裡看過的東西，克奴姆被描繪成一個製陶工匠，正將陶土雕塑成一個人。

「……『神聖製陶人』，」我趕快糾正，「我命名你爲克奴姆，是第四大門的守護者。我把你的名字還給你。我把你的本質還給拉。」

羊頭神的巨大眼睛睜得好大，鼻孔也撐開了。「對。」他將刀收回刀鞘。「小姐，做得好。你們可以進入第四屋，但是要小心火焰，並準備好面對拉的第二個形體。他不會感激你們的幫助。」

「什麼意思？」我問。

羊頭神化爲一陣霧，《拉之書》吸入一縷縷白煙後，自己收捲起來。克奴姆和他的島消失了。船漂進更窄的隧道裡。

「莎蒂，」卡特說：「你剛才實在太了不起了。」

通常我會很高興用我的聰明才智嚇嚇他，但我心跳加速、手心冒汗，以爲自己會吐。除此之外，我能感覺到光球船員從震驚中恢復過來，又開始想反抗我。

「沒有切碎她，」它們抱怨著：「沒有切碎她！」

「你們少管閒事，」我在心裡對他們回嗆，「繼續開船。」

「呃，莎蒂？」卡特問：「爲什麼你的臉這麼紅？」

我以為他是在笑我臉紅，然後我才發現他的也很紅。整艘船籠罩在紅寶石般的光芒下。我轉頭看著眼前的東西，喉嚨發出了和克奴姆咩咩叫沒什麼兩樣的聲音。

「噢，不，」我說：「不要又是這個地方。」

大約在我們前頭一百公尺的地方，隧道展開通往一個巨大的洞穴。我認得那巨大滾燙的火焰湖，但上次我沒有從這個角度看過它。

我們開始加速，往一連串像滑水道的激流衝去。在激流的尾端，水變成火焰瀑布，並且直接掉進底下一公里多的湖中。我們以完全無法停止的速度朝懸崖衝過去。

「繼續開船，」船員竊喜低語：「繼續開船！」

我們的時間大概不到半分鐘，但感覺似乎更久。我想，如果你玩樂的時候感到時間是用飛的，那麼當你朝著死亡前進，時間感覺上真的是慢慢爬行。

「我們得掉頭！」卡特說：「就算那不是火焰，掉下去的話一樣沒命！」

他開始對著光球船員大喊：「掉頭！划槳！求救啊！」

它們開心地完全不理他。

我凝視著火焰湖和不斷往下掉落消失的火焰。雖然熱浪像火龍噴氣般朝我們襲來，我卻覺得好冷。我知道一定會發生什麼。

「在火裡重生。」我說。

「什麼?」卡特問。

「這是《拉之書》裡的一行字。我們沒辦法轉向。我們必須過去，直接進入湖裡。」

「你瘋了嗎?我們會被燒死!」

我拉開魔法袋翻找補給品。「我們必須帶著這艘船通過火焰，這是太陽每晚重生之路的一部分，對吧?拉一定也要這麼做。」

「但是拉又不會著火燃燒!」

現在只距離瀑布二十公尺。我將墨水倒進寫字板，雙手不停顫抖。如果你從來沒試過站在船上使用書法用具，這實在很不簡單。

「你在做什麼?」卡特問：「在寫遺囑嗎?」

我深呼吸一口氣，拿筆沾了黑色墨水。我將我需要的象形文字具象化。眞希望姬亞現在和我們在一起，並不是因爲我們在開羅時很合得來【噢，卡特，不要嘟嘴。她發現我是我們家的聰明人又不是我的錯】，而是因爲姬亞是火文字的專家，我們現在需要這種專長。

「把你的頭髮往上撥，」我告訴卡特：「我需要畫你的額頭。」

「我才不要在快死之前，額頭上被寫『輸家』兩個字!」

「我是努力在救你啊，快點啦!」

他把頭髮撥開。我在他的額頭上寫了代表「火」和「防護」的象形文字，很快的，我哥就著火了。

我知道，這就像是美夢和惡夢同時實現。他跳來跳去，吐出一些很有創意的罵人的話，然後才發現火焰沒有傷害到他。

「到底是什麼……」他的眼睛瞪得好大，「趕快找東西抓牢！」

這艘船討人厭地撞到瀑布邊緣。我趕緊在手背上寫下象形文字，但是寫得不好。火焰在我四周微弱地冒出來。唉，我沒時間寫得好一點。我緊緊抱住欄杆，我們直接往下衝。

當你陷入個人危機，奇怪的是竟有這麼多事從你腦海中閃過。從高處往下看，火焰湖很漂亮，就像太陽的表面。不知道我是否會感到任何痛苦或影響，或者我們只會被蒸發掉。我們墜入灰和煙霧中，應該很難看到東西，但我想我看到一公里外的一個熟悉小島，那裡有座黑色神廟，是我第一次遇見阿努比斯的地方。不知道他是否可以從那裡看見我，是否會趕來救我。如果我像一個從峭壁跳水的人一樣跳離這艘船並墜落，不知道我存活的機率是否比較高，但是我不可能自己這麼做。我用盡全力抓緊欄杆，不確定魔法的火焰屏障是否有保護作用。我冷汗直流，並且確定我把喉嚨和大部分內臟都留在瀑布上了。

最後我們撞上底部，發出不只是「砰」這麼簡單的巨響。

如何描述墜入液體火焰湖的感覺？這個嘛……感覺是燙的，但也是溼的。我不敢呼吸。猶豫了一下，我睜開眼睛，所看到的景象全轉成紅黃相間的火焰。我們還在水底下……還是火底下？我清楚知道兩件事，我沒有被燒死，而且船繼續在前進。

我不敢相信那瘋狂的保護文字眞的有效。當船滑過旋轉的熱流，光球船員的低語聲在我心中響起，這回興奮的語氣甚於憤怒。

「更新，」它們說：「新生。新的光芒。」

這句話聽起來很有希望，然而我感受到一些不太舒服的事實，我還是無法呼吸。我的身體不喜歡悶，現在卻愈來愈熱。我能感覺到我的保護文字效力在消失，墨水在我的手上燃燒。我盲目地伸出手，抓到一隻手臂，我猜是卡特的。我們握著手，雖然看不見他，但知道他在那裡讓我很安心。或許是我的想像，不過熱度似乎降低了。

很久以前，阿摩司曾經告訴我們，我們兩個人在一起時的力量會更強大，光是在彼此附近就會增強彼此的魔法能量。現在希望這點是眞的，我試著將我的想法傳給卡特，催促他趕快幫我維持住防火屛障。

船繼續航行通過火焰。我想我們要開始上升了，但有可能只是想得太美。我的視線開始變黑，我的肺在大叫。如果我吸入了火焰，不知道最後會不會變成弗拉迪．緬什科夫。

就在我感覺要昏過去時，船開始往上爬升，我們衝出湖面。

我大口喘氣，不只是因爲需要空氣。我們停靠在沸騰的湖邊，就在一個巨大的石灰岩大門前，和我在路克索看過通往古代神廟的入口很像。我仍然握著卡特的手。就我看來，我們兩個現在都沒事了。

太陽船現在好太多了，整個煥然一新。船帆白得發亮，太陽的象徵在船帆中央發出耀眼的金色光芒。船槳經過整修並重新打磨發亮。油漆重新上過，塗上黑色、金色和綠色。船身不再進水，帳篷屋又再次有個美麗的頂篷。雖然沒有王座，也沒有拉，但是當船員將繩子綁在碼頭上，它們散發出耀眼又愉悅的光芒。

我忍不住了。我的手環抱著卡特，讓他發出啜泣聲。「你還好嗎？」

他尷尬地掙脫開來，點點頭。他額頭上的象形文字消失了。

「多謝你了，」他說：「這裡是……」

「陽光田野。」傳來一個熟悉的聲音說。

貝斯走下階梯到達碼頭。他穿著一件新的，甚至更花稍的夏威夷衫，下半身只穿泳褲，所以我不能說他有礙觀瞻。現在他在杜埃裡，全身散發出力量的光芒。他的頭髮變得更黑更捲，連他的臉也看起來年輕了幾十歲。

「貝斯！」我說：「你怎麼現在才來？華特和姬亞……」

「他們很好，」他說：「我說過會在第四屋和你們碰面。」他的拇指比著一塊刻在石灰岩大門上的牌子。「這裡以前被稱爲休憩之家。顯然他們已經改了名字。」

這塊牌子上寫的是象形文字，但我毫無閱讀上的困難。

我唸著：「『陽光田野輔助生活社區，先前是休憩之家，現在由新的經營團隊接手管理。』這到底是……」

「我們應該走了，」貝斯說：「在跟蹤你們的人來這裡之前。」

「跟蹤我們的人？」卡特問。

貝斯指著火焰瀑布的頂端，現在距離我們大概半公里遠。起先我什麼都沒看到，然後紅色的火焰上出現一條白線。顯然黑暗中的白色印子不是我的想像。我們被跟蹤了。

「是緬什科夫？」我說：「那是……」

「壞消息，」貝斯說：「現在快走吧。我們必須找到太陽神。」

20 天神安養院

醫院。教室。現在我要在我最討厭的地方名單上再加一個地點：老人之家。

這麼說聽起來可能很奇怪，因爲我之前一直和外公外婆住在一起，我想他們的公寓也算是老人之家。但我所說的老人之家指的是「醫療機構」，就是安養院，那是世界上最糟的地方，那裡有股像是混合了大鍋飯、清潔用品、領退休金老人的可怕氣味。裡面的獄友（抱歉，我是說病人）總是看起來一臉難過。而且安養院常常取一些可笑的歡樂名字，比方說「陽光田野」。喔，眞是夠了。

我們走過石灰岩做成的大門，進入一間寬敞開放的大廳，是埃及版的生活護理之家。一排排柱子漆滿五顏六色，柱子上的鐵製火炬架都插著熊熊燃燒的火炬。種在花盆裡的棕櫚樹和開花的木槿植物擺得到處都是，卻無法讓這裡有令人愉悅的感覺。大窗戶的外面可以眺望火焰湖，對喜歡硫磺的人來說，我想這個景致還算不錯。牆壁上畫有埃及的死後世界，還用象形文字寫著具有活力的標語，像是「安全保障的永生」、「人生三千才開始！」。

發亮的僕人光球和穿著醫療制服的陶土薩布提忙進忙出，拿著擺有醫療用品的托盤或是推著輪椅。不過病人就沒這麼忙碌了。十幾個衰老的形體穿著用亞麻布做的醫院袍子坐在房內各處，眼神呆滯地凝視四周。幾個人在房裡遊蕩，推著掛有點滴袋的架子走來走去。所有人都戴著手環，上面用象形文字寫著他們的名字。

有些病患看起來像人類，但許多人都有動物頭。一位有鶴頭的老人坐在金屬摺疊椅上前後搖動，拚命去啄擺在咖啡桌上的施奈特棋。一個有著灰白母獅鬃毛頭的老婦人坐在輪椅上推自己跑來跑去，嘴裡還咕噥著：「喵，喵。」一個沒比貝斯高多少的乾瘦藍皮膚男子正抱著一根石灰岩柱低聲啜泣，彷彿害怕柱子想要離開他身邊。

換句話說，這裡的景象令人非常沮喪。

「這是什麼地方？」我問：「他們都是神嗎？」

卡特似乎和我一樣摸不著頭緒。貝斯看起來像是起滿了雞皮疙瘩。

「我沒有眞正來過這裡，」他承認，「我聽過謠言，但是……」他吞下口水，彷彿剛吃了滿滿一匙花生醬。「走吧，我們去護理站打聽看看。」

新月形的桌子用花崗岩做成，上面擺了一排電話（雖然我想像不出來他們要從杜埃打電話給誰）、一台電腦、許多寫字板和一個有著三角形突起的石頭圓盤。這是一個日晷，擺在這裡有點奇怪，因爲這裡又沒有太陽。

在櫃檯後面有位矮小臃腫的女人背對我們，正在檢查寫有名字和服藥時間的白板。她帶有光澤的黑髮編成辮子放在背後，看起來像一條特大號的海狸尾巴，而她的大頭幾乎戴不住護士帽。

我們往櫃檯走去的半路上，貝斯僵住不動。「是她。」

「誰？」卡特問。

「慘了。」貝斯臉色發白。「我早該知道……該死！不行，你們兩個得自己過去。」

我更仔細看著護士，她現在仍舊背對我們。她似乎的確有點威嚴，手臂又厚又壯，脖子比我的腰還粗，還有奇怪的紫色皮膚。但我不懂爲什麼她讓貝斯這麼困擾。

我轉身去問他，但貝斯躲在離我們最近的一株盆栽後面。這棵盆栽不夠大，沒辦法擋住他，當然更無法提供保護色來掩藏他的夏威夷衫。

「貝斯，不要這樣。」我說。

「噓！我現在隱形了！」

卡特嘆口氣。「我們沒時間搞這種事。來吧，莎蒂。」

他帶頭走到護理站。

「請問一下。」他往櫃檯喊。

護士轉身，我叫了出來。我有試著掩飾我的震驚，但實在太難了，因爲這個女人是一隻母河馬。

我這麼說並不是在做什麼比喻，她眞的就是一隻河馬。她長長的口鼻部位就像上下顚倒的愛心，上面有短粗鬍鬚、小小的鼻孔，嘴裡還有兩顆很大的下排牙齒。她的眼睛非常細小，她的臉則被一頭光亮的黑髮框住，看起來很怪，可是沒有身體那麼與眾不同。她把護士衣當外套穿，露出了裡面的比基尼上衣……該怎麼巧妙地形容呢……就是想用很少的布料去蓋住一大塊上半部的地方。她的粉紫色肚子腫得很大，像是懷孕九個月了。

「有我能效勞的地方嗎？」她問，聲音親切又和藹，你想像不到河馬會有這種聲音。不過再仔細一想，我根本也沒指望河馬會說話。

「呃，河馬……我是說，你好！」我結結巴巴。「我哥和我在找……」我瞄了一眼卡特，發現他並沒有在看護士。「卡特！」

「什麼事？」他甩甩頭，讓自已清醒過來。「對了。抱歉。呃，你不是一位女神嗎？是不是叫做托爾特[69]還是什麼的？」

河馬女人露出她的兩顆大牙，希望這代表微笑。「哇，眞高興有人認出我來！沒錯，親愛的，我就是托爾特。你剛才說你們在找人？是親屬嗎？你們是神嗎？」

在我們身後，木槿盆栽窸窣作響，因爲貝斯把盆栽舉起來，試圖移到柱子後面。托爾特眼睛睜大。

「那是貝斯嗎？」她喊著：「貝斯！」

侏儒突然站起來，拍拍他的襯衫。他的臉比賽特還紅。「這一盆看起來水澆夠了，」他喃喃地說：「我應該去檢查其他盆栽。」

他正要走開，托爾特再喊一次：「貝斯！是我托爾特！我在這裡！」

貝斯身體僵硬，有如背後被她用箭射中一般。他轉過身，臉上露出痛苦的微笑。

「嗯……嗨。托爾特。哇！」

她穿著高跟鞋從櫃檯後面跑出來，對於一隻看起來懷孕的水中哺乳動物來說，似乎應該建議她不要穿這麼高的鞋。她伸開胖胖的手臂要給貝斯一個擁抱，貝斯卻只是跟她握握手而已。他們兩個最後變成像在跳一種尷尬的舞蹈，半是擁抱，半是握手。在我看來，有件事非常明顯。

「你們兩個以前有約會過嗎？」

貝斯狠狠地瞪我。托爾特臉紅了起來，這是我第一次讓一隻河馬感到害羞。

「那是很久以前的事……」托爾特轉向侏儒神。「貝斯，你好嗎？自從在皇宮那段可怕的經歷後，我擔心……」

「我很好！」他大喊：「對，謝了。我很好。你好不好啊？很好！我們現在有要事在身。莎蒂剛才正要告訴你。」

他踢了一下我的小腿，雖然我認爲他這樣是多此一舉。「對，沒錯，」我說：「我們在找拉，想要叫醒他。」

如果貝斯希望能重新改變托爾特的思路，他的計謀成功了。托爾特張開嘴像在發出無聲

---

69 托爾特（Tawaret），家庭照護與生產女神。她有河馬般的外形，並有著獅子前腳、鱷魚背和尾巴。因為有著母性的守護特質，所以廣受埃及民眾歡迎。

的驚嘆，彷彿我剛剛說了狩獵河馬這類可怕的事。

「叫醒拉？」她說：「噢，親愛的……這眞是太悲慘了。貝斯，你在幫他們做這件事？」

「嗯，」他結結巴巴，「只是，你知道的……」

「貝斯是在幫我們忙，」我說：「我們的朋友巴絲特請他照顧我們。」

我馬上發現事情被我搞得更糟。氣溫似乎下降了十度。

「我懂了，」托爾特說：「幫巴絲特的忙。」

我不確定說錯了什麼，但是我試圖挽救。「拜託你聽我說，世界的命運岌岌可危。我們必須找到拉，這是很重要的事。」

托爾特狐疑地雙手交叉在胸前。「親愛的，他已經失蹤了幾千年，想要把他喚醒會非常危險。爲什麼現在要叫醒他？」

「莎蒂，告訴她。」貝斯慢慢往前移動，像是準備跳進木槿叢中。「這裡沒有祕密。我們可以完全信任托爾特。」

「貝斯！」她馬上精神一振，並且眨了眨睫毛。「你這話是眞心的？」

「莎蒂，快說！」貝斯求我。

於是我說了。我把《拉之書》拿給托爾特看。我解釋爲何我們需要喚醒拉，包括阿波非斯興起的威脅、巨大的混沌和毀滅、世界就要在日出時結束等等。從她的河馬表情實在很難看出她的想法【卡特，沒錯，我很確定可以講『河馬表情』】，但我說話的時候，托爾特緊張地捲繞她的黑色長髮。

「不好，」她說：「一點都不好。」

她往後瞄了一眼日晷。儘管這裡沒有太陽，指針還是清楚地在代表「五」的象形文字刻度上投下清楚陰影。

「你們快沒時間了。」她說。

卡特皺眉看著日晷。「這裡不是夜之第四屋嗎？」

「親愛的，你說對了，」托爾特同意，「這個地方有好幾個不同的名字，像是陽光田野、休憩之屋，不過也稱爲第四屋。」

「那麼爲何日晷會指向五？」他問：「我們不是應該被凍結在第四個小時嗎？」

「小子，不是這樣運作的。」貝斯插話進來，「凡人世界的時間不會因爲你在第四屋就停止不動。如果你想跟隨拉的航行，必須與他的時間同步。」

我感覺就要出現令人頭痛欲裂的解釋了。我本來打算就是簡簡單單、什麼都不知道，然後繼續去找拉，但卡特很自然地就是要問個仔細。

「那麼，如果我們走太遠會發生什麼事？」他問。

托爾特又檢查一次日晷，現在正慢慢超過數字五。「這裡的十二屋與它們在夜晚相對應的時間有所連結。你可以在任何一個地方待到滿意爲止，但只能在它們代表的時間點進出。」

「嗯。」我揉揉太陽穴。「護理站有沒有頭痛藥啊？」

「沒有這麼難懂啦，」卡特說，純粹只是爲了要惹人厭，「這就像旋轉門。你必須等門打開時跳進去。」

「差不多是這樣，」托爾特同意，「大部分的夜之屋都有一點小小的彈性空間，比方說你幾乎可在任何時候離開第四屋，但是有幾扇特定大門根本不可能任意通行，只能準時通過，比方說，你只能在日出時離開第十二屋。還有在被稱爲挑戰之屋的第八屋大門……只能在第八個小時進入。」

「挑戰之屋？」我說：「光聽名字就讓我開始討厭那裡了。」

「噢，你們有貝斯陪著。」托爾特眼神迷濛地望著貝斯。「那些挑戰對你們不成問題。」

貝斯對我投射出驚慌的眼神，像是在說：「救我！」

「但是如果你們時間拖太久，」托爾特繼續說：「大門在你們抵達前就已經關上，你們會被困在杜埃，要等到明天晚上才能離開。」

「要是我們沒有阻止阿波非斯，」我說：「就沒有明天晚上了。那部分我有聽懂。」

「你能幫助我們嗎？」卡特問托爾特：「拉在哪裡？」

女神不停玩弄她的頭髮。她的手融合了人和河馬的特徵，有著粗短的手指和厚厚的指甲。

「親愛的，那就是問題所在，」她說：「我不知道。第四層非常大。拉大概就在這裡某個地方，可是走道和門的數量多得永無止盡。我們有非常多病人。」

「你難道沒有替他們做記錄嗎？」卡特問：「這裡沒有地圖之類的東西嗎？」

托爾特哀傷地搖搖頭。「我盡力了，但這裡只有我、薩布提和僕人光球……而年老的神卻有上千位。」

我的心一沉。我連我所碰過的十幾個大神都快記不住了，何況是上千位？我數了一下，光是這個房間就有十二名病人，還有六名朝不同方向走出去，兩名在樓梯上，三名在電梯。或許是我的想像，但自我們進到這個房間後，有些走道才出現。

「這些老人都是神嗎？」我問。

托爾特點點頭。「即使在古代，他們大多數地位比較低，魔法師認爲不值得花力氣把他們關起來。幾世紀來，他們就這樣衰退、寂寞、被人遺忘，最後來到這裡，純粹是在等。」

「等死嗎？」我問。

托爾特眼裡有一種飄渺的神情。「眞希望我知道答案。有時他們就消失了，但我不知道是因爲他們在大廳走來走去迷路，還是找到一個新房間躲起來，或者眞的消失得什麼都不剩。令人難過的事實是，這其實等同於死亡，他們的名字被上面的世界所遺忘。一旦很久沒有人說起你的名字，生命有何意義？」

她瞥向貝斯，彷彿試著要告訴他什麼事。

侏儒神很快把頭別開。「那是梅基特[70]，對吧？」他指著一位正坐在輪椅上到處走的年老獅子女人。「我想，她在靠近亞比多斯的地方有一座神廟。她是地位比較低的獅子女神，大家總是把她和薛克梅特搞混。」

當貝斯提到薛特梅特的名字，這位老母獅微弱地吼了一聲，然後又繼續推著輪椅前進，喃喃說著：「喵，喵。」

「這是一段悲傷的故事，」托爾特說：「她跟她丈夫歐努里斯[71]一起來到這裡。他們在古時候是一對名人夫妻，有段非常浪漫的愛情。他曾經長途跋涉一路趕到努比亞去救她，後來他們結婚了。我們都以爲是快樂結局，但是他們倆都被世人遺忘，一起來到這裡。有一天，歐努里斯消失不見，梅基特的心智在那之後快速退化。現在她一整天漫無目標地推著輪椅到處走，雖然我們一直提醒她，她還是不記得自己的名字。」

我想到我們在河上遇到的克奴姆，以及他不知道自己的祕密名字看起來有多麼哀戚。我望著年老的女神梅基特，她一下喵喵叫，一下獅吼聲，到處打轉，完全不記得自己往日的榮耀。我想像努力照顧上千位那樣的神，全都是永遠不會康復或永遠不會死亡的老人。

「托爾特，你怎麼受得了？」我敬佩地說：「你爲什麼在這裡工作？」

她下意識地摸摸自己的護士帽。「親愛的，這說來話長，而我們現在時間不多。我並非一直在這裡工作。我曾經是保護女神，也嚇跑惡魔，雖然功力沒有貝斯高。」

「你已經相當可怕了。」貝斯說。

河馬女神傾慕地嘆口氣。「你眞好。我也保護要生產的婦女……」

「因為你懷孕了嗎?」卡特問,並且朝著她的大肚子點頭。

托爾特一臉迷惑。「沒有啊。你為什麼這麼認為?」

「呃……」

「那個…」我趕緊插話,「你正在解釋為什麼要照顧年老的神。」

托爾特檢查日晷,我警覺地發現陰影爬向數字六的速度有多快。「我向來喜歡幫助人,但是在上面的世界……唉,顯然大家已經不需要我了。」

她小心翼翼不去看著貝斯,但侏儒神的臉更紅了。

「年老的神需要人照顧,」托爾特繼續說:「而我懂他們的哀傷。我懂得永遠等待……」

貝斯握拳咳嗽。「看這時間!對,有關拉的事。你在這裡工作之後有沒有看過他?」

托爾特想了想。「有可能。我在東南側的房間看過一個隼頭人身的神,噢,好久之前的事了。我以為那是奈姆迪[72],但也有可能是拉。他有時喜歡以隼的形體出現走動。」

「往哪邊走?」我問她。「如果我們能靠近那裡,或許《拉之書》可以指引我們找到他。」

---

[70] 梅基特(Mekhit),獅子女神,形象類似薛克梅特,在文物上常出現於歐努里斯(Onuris)身邊。

[71] 歐努里斯(Onuris)是埃及神話中的戰神,能保護戰士,並幫助驅避邪惡與蟲害,在新王國時期頗受歡迎。

[72] 奈姆迪(Nemty)是埃及神話中載神渡河的船夫。

托爾特轉向貝斯。「貝斯，你是在求我幫忙嗎？你眞的相信這件事很重要，或者你只是因爲巴絲特叫你這麼做？」

「錯！對！」他氣得把臉鼓起來。「我是說，對，這件事很重要。對，我是在拜託你。我需要你幫忙。」

托爾特從最近的柱子上拿下一把火炬。「這樣的話，往這邊走。」

我們在一個魔法安養院裡漫遊過許多大廳，由一個拿著火炬的河馬護士帶路。眞的，這對凱恩家的人來說只是普通的一夜。

我們經過的房間多到數不清。大部分房門都關著，但有幾間打開，可以看見衰弱的老神躺在床上，瞪著電視機晃動的藍光，或只是躺在黑暗中哭泣。經過二、三十間這樣的房間，我就不再往裡面看，實在太讓人沮喪了。

我拿著《拉之書》，希望我們接近太陽神時，紙草卷會愈來愈溫暖，然而我們沒這麼好運。托爾特在每一個交叉路口都會猶豫一下，看得出來她不確定要帶我們走去哪裡。

又過了幾個大廳，紙草卷還是沒有變化，我開始覺得慌了。卡特一定有注意到。

「沒關係，」他保證，「我們會找到他。」

我想起護理站的日晷移動速度十分快速。我想到弗拉迪·緬什科夫。我希望他掉進火焰湖之後會變成一個油炸俄國人，但是這不太可能實現。如果他還在追我們，他應該離我們不遠了。

我們轉進另一條走廊，托爾特整個人僵住。「噢，老天。」

在我們前面，一個有著青蛙頭的老女人跳來跳去，我說的「跳」，是說她跳了大約三公尺遠，發出蛙鳴聲，然後在跳到下一面牆壁之前，先跳到牆上黏在那裡不動。她的身體和四肢都像人類，穿著一件醫院的綠袍，但是她那咖啡色、溼溼的、長滿了疣的頭完全就是兩棲動物。她像球一樣的眼睛看往每個方向，從她所發出的焦急蛙鳴聲，我猜她大概迷路了。

「赫凱特[73]又跑出來了，」托爾特說：「抱歉，等我一下。」

她趕緊走到蛙女旁邊。

貝斯從他的夏威夷衫口袋裡掏出一條手帕，緊張地擦了擦額頭。「不知道赫凱特發生了什麼事。你知道的，她是位青蛙女神。」

「我不知道。」卡特說。

我看著托爾特試圖安撫老女神。她用溫柔的語調告訴赫凱特，如果她能夠不要從牆上跳下來，她保證會找回她的房間。

「她好厲害，」我說：「我是指托爾特。」

「是啊，」貝斯說：「她很好。」

[73] 赫凱特（Hecket），埃及神話的青蛙女神，專門保護生產中的婦女。

「很好？」我說：「她很明顯喜歡你。你為什麼這麼……」

突然間，我弄懂所有事情了。我感覺自己和卡特一樣遲鈍。

「喔，我懂了。她提過在王宮有一段可怕的時間，是吧？把你從俄國救出來的就是她。」

貝斯用手帕大力擦過脖子。他真的是汗如雨下。「為什麼……這麼說？」

「因為你在她旁邊的時候非常不自在！就像是……」我正要說「就像是她看過你穿內褲的樣子」，但我懷疑那對一個泳褲之神來說沒什麼大不了的。「像是她看過你最慘的樣子，而你想要忘記那一切。」

貝斯看著托爾特，臉上浮現痛苦，他之前在聖彼得堡緬什科夫大公的王宮裡也有過這種表情。「她總是親切、溫和、仁慈。在古時候，大家都以為我們兩個在約會。大家都說我們是一對可愛的情侶，兩個嚇退惡魔的天神、兩個不搭的神之類的。我們的確出去約會過幾次，但是托爾特就是太……太好了。而我以前很喜歡另一個人。」

「巴絲特。」卡特猜測。

侏儒神的肩膀垂了下來。「這麼明顯啊？對，就是巴絲特。她是最受平民歡迎的神，而我也是。所以，我們在一些慶典之類的場合見過面。她很……漂亮。」

典型的男人，我心想，只看事情表面。不過我沒說出來。

「總之，」貝斯嘆氣說：「巴絲特把我當弟弟一樣看待，到現在還是如此。她完全對我沒興趣，但我花了很久的時間才了解。我以前非常迷戀她，而我有好幾年都對托爾特很不好。」

「但她還是去俄國救你出來。」我說。

他點點頭。「我發出求救信號，以爲巴絲特會來幫我，或是荷魯斯，或其他神。你也曉得我不知道他們在哪裡，我以前有很多朋友，我想總會有人出現，結果唯一出現的是托爾特。舉行侏儒婚禮時，她冒著生命危險潛入王宮，看到整個婚禮經過，看到我在一群人高馬大的凡人面前被羞辱。那天晚上，她打破我的牢籠救我出來。我欠她一切，但我一得到自由……就逃跑了。我非常羞愧，不敢見她，每次想到她，就會想到那一晚，聽見那些笑聲。」

他聲音裡的痛苦非常眞實，彷彿在描述一件昨天發生、而非三百年前的事。

「貝斯，這不是她的錯，」我溫柔地說：「她在乎你。這很明顯。」

「太遲了，」他說：「我傷害她太深。我希望能把時鐘倒轉，但是……」

他說不出話來。托爾特朝我們走來，臂彎裡挽著青蛙女神。

「好了，親愛的，」托爾特說：「跟我們一起來，我們會找到你的房間。不用再跳了。」

「但這是堅定信念的一跳。」赫凱特呱呱叫（我是說她眞的發出那種青蛙叫聲，也幸好她沒有跳死在我們面前）。「我的神廟就在附近，是在喀斯，一座很漂亮的城市。」

「對，親愛的，」托爾特說：「但是你的神廟現在已經沒了，我們所有的神廟都消失了。不過你有一間舒適的房間……」

「不，」赫凱特喃喃說著：「祭司會替我舉行奉獻儀式。我必須……」

她大大的黃眼睛盯著我看，我現在了解蒼蠅被青蛙舌頭抓到之前是什麼感覺。

「那是我的女祭司！」赫凱特說：「她來這裡看我。」

「親愛的，她不是，」托爾特說：「她是莎蒂・凱恩。」

「我的女祭司。」赫凱特用她溼溼的、布滿網狀紋路的手拍拍我的肩膀，我盡最大努力不要扭動。「告訴神廟的人，不需要等我就可以先開始舉行儀式了，好嗎？我晚一點就會到。你會告訴他們嗎？」

「呃，好啊，」我說：「赫凱特殿下，當然沒問題。」

「很好，很好。」她的眼睛開始失焦。「現在很想睡了。工作繁重。記得……」

「是，親愛的，」托爾特說：「你要不要先躺在這邊的房間休息呢？」

她護送赫凱特進到最近的一間空房。

貝斯哀傷的目光隨著她移動。「我眞是一個差勁的侏儒。」

或許我應該安慰他，但是我忙著想其他事情。「不用等我就可以開始舉行儀式了。」赫凱特剛才這麼說過，她還說：「堅定信念的一跳。」

突然間我覺得呼吸困難。

「莎蒂，」卡特問：「怎麼了？」

「我知道爲何紙草卷沒有指引我們，」我說：「我必須開始誦唸第二份紙草卷咒語。」

「可是我們還沒到那裡。」卡特說。

「除非我開始唸咒，否則我們永遠到不了。這是找到拉的一部分。」

「什麼？」托爾特出現在貝斯旁邊，把侏儒嚇得差點連夏威夷衫都掉下來。

「咒語，」我說：「我必須堅定信念跳下去。」

「我想是青蛙女神影響到她了。」卡特擔心地說。

「不，你這個笨蛋！」我說：「這是找到拉的唯一辦法。我很確定。」

「喂，小鬼，」貝斯說：「如果你開始唸咒，等你唸完我們還沒找到拉的話……」

「我知道，咒語會逆火攻擊。」我說的「逆火攻擊」，真的就如同字面上的意思。如果咒語沒有找到適當的目標，《拉之書》的力量可能會把我的臉炸開。

「這是唯一的辦法，」我很堅持，「我們沒時間在這些走道永遠找下去，除非向拉祈求，他才會出現。我們必須冒險來證明我們自己。你們必須帶著我前進，因爲我不能唸錯任何一個字。」

「親愛的，你很有勇氣。」托爾特舉起她的火炬說：「別擔心，我會指引你。你專心唸咒就好。」

我打開紙草卷到第二部分。一行行曾經看起來像沒有關聯的垃圾話象形文字，現在完全有意義了。

「我呼喊拉之名，」我大聲唸出：「沉睡的國王、正午太陽之王，安坐在火焰的王座……」

你們都知道是什麼情況。我描述拉從混沌之海升起。我回溯他照亮在埃及最初原始之地，將生命注入尼羅河谷的時刻。我在唸咒時，感覺愈來愈熱。

「莎蒂，」卡特說：「你在冒煙。」

有人說這種話時，很難不感到慌張，但我知道卡特是對的。一縷縷煙從我的身體冒出，形成一道灰柱，飄在走廊上。

「這是我的想像，」卡特問：「還是煙在帶領我們前進？噢！」

他說「噢」是因爲我踩到他的腳，我並沒有分散注意力，這一點做得很好。卡特則藉此得到了以下訊息：「閉嘴，開始走就對了。」

托爾特挽著我的手臂，引領我向前。貝斯和卡特像安全護衛走在我們兩側。我們跟著煙的蹤跡又走過兩道走廊，往上爬一層樓梯。《拉之書》在我手裡燙得令人難受，從我身體冒出的煙開始擋住文字。

「莎蒂，你做得很好，」托爾特說：「這邊的走道看起來很眼熟。」

我不知道她怎麼分辨得出來，但我專心在紙草卷上。我描述拉的太陽船航行越過天空；我說到他的王國和他打贏阿波非斯的戰爭。

一顆汗珠從我臉上滴落。我的眼睛開始發燙，希望眼睛不是眞的著火了。

當我唸到「拉，太陽的頂點……」這一行，我發現我們停在一扇門前。

看起來和別的房門沒什麼兩樣，但我把門推開，走進房裡。我繼續誦唸，雖然就快要接近咒語的尾聲了。

房間裡一片漆黑。在托爾特火炬的晃動光線下，我看見一個世界上最老的人坐在床上。

他的臉滿是皺紋，手臂如同木棍，皮膚呈半透明狀，看得見每一條血管。在巴哈利亞的某些木乃伊，看起來比這個老傢伙還更像活著。

「拉的光芒返回。」我唸著，朝向蓋著厚重窗簾的窗戶點點頭，幸好貝斯和卡特懂我的意思。他們拉開窗簾，火焰湖的紅光照進房間。老人沒有移動，他的嘴嘶起來，像嘴唇被縫在一起似的。

我走到他床邊繼續唸。我描述拉在日出時醒來坐在王座上，當太陽船飛上天空，植物紛紛朝向太陽，沐浴在陽光的溫暖下。

「沒有用。」貝斯喃喃地說。

我開始驚慌。咒語只剩兩行就要唸完，我感覺咒語的力量開始累積，要燒焦我的身體。我的身體仍在冒煙，而我不喜歡火煮莎蒂的味道。我必須喚醒拉，否則會被活生生燒死。

我把紙草卷放在拉的床上，盡力用一手拿著讓它保持攤開。「我讚揚歡唱太陽神的讚美。」

我伸出另一隻空的手，朝卡特彈了彈手指。

神的嘴……當然。

感謝老天，卡特知道我的意思。

他在我的包包裡東翻西找，將阿努比斯送我那把隕鐵做成的奈截利刀拿給我。如果有任何需要執行開口儀式的時刻，就是現在。

我將刀觸碰老人的嘴唇，並且唸了最後一行咒語：「吾王，在新的一天醒來吧。」

老人喘著氣。煙霧以螺旋的方式進入他口中，彷彿他變成一台吸塵器。咒語的魔力集中進入他體內。我的體溫下降到正常，整個人差點因爲放鬆而癱在地上。

拉的眼睛一下就張開了。帶著害怕與驚奇，我看著血液再次流遍他全身血管，慢慢像熱氣球般膨脹起來。

他轉向我，眼睛無法聚焦，而且混濁帶有白內障。「嗯？」

「他看起來還是很老，」卡特緊張地說：「他不是應該看起來很年輕才對嗎？」

托爾特向太陽神敬禮致意（如果你是一個穿著高跟鞋的懷孕河馬，不應該在家裡如法炮製），並且觸摸拉的額頭。「他還不完整，」她說：「你需要完成整趟夜之旅程才行。」

「第三份紙草卷，」卡特猜測，「他還有一個面向，對吧？是聖甲蟲？」

貝斯點點頭，雖然他看起來一點都不樂觀。「聖甲蟲凱布利。或許我們找到他的最後一部分靈魂，他就會適當地重生。」

拉露出沒有牙齒的笑容。「我喜歡斑馬！」

我累得要命，不知道我有沒有聽錯。「抱歉，你剛才說斑馬嗎？」

他對著我們笑，就像小孩發現了好東西一樣。「黃鼠狼生病了。」

「好……好吧！」卡特說：「也許他需要這些……」

卡特從腰帶裡拿出彎柄手杖和連枷，把這兩件東西拿給拉。老神把彎柄手杖拿到嘴邊，當成撫慰工具開始用牙齦啃咬。

我開始覺得不安，並不是因為拉的狀況，而是現在究竟過了多久？弗拉迪．緬什科夫又在哪裡？

「我們把他帶到船上，」我說：「貝斯，你能不能……」

「可以。陛下，抱歉了，我必須把您抱起來。」他把太陽神從床上抱起，我們衝出房外。拉不會太重，因為貝斯雖然腳短，卻輕而易舉就跟上我們。我們跑過走廊，往原路返回，拉一邊用顫音叫著：「耶！耶！耶！」

或許他很開心，但我覺得難堪。我們經歷這麼多困難，這卻是我們喚醒的神？卡特的臉色就跟我的感受一樣差。

我們跑過其他年老體弱的神，他們都相當興奮。有些神指著我們，發出咯咯聲。有個胡狼頭的老神晃動他的點滴架，大喊：「太陽來了！太陽來了！」

我們衝到大廳，拉說：「喔，喔，在地上。」

他低著頭，我以為他想下來，然後我發現他是在看某個東西。就在我腳邊地板上，有一條發光的銀項鍊，這個熟悉的護身符形狀像蛇。

對於一個幾分鐘之前還在冒熱煙的人來說，我突然全身發冷。「緬什科夫，」我說：「他來了。」

卡特抽出魔棒，環視整個房間。「但是他在哪裡？為何要把項鍊丟在這裡走掉？」

「他故意留在這裡，」我猜：「他想嚇唬我們。」

我話一說完，就知道這是眞的。當緬什科夫往下游繼續他的旅程，我幾乎能夠聽見他的笑聲。

「我們必須上船！」我說：「快點，趁……」

「莎蒂。」貝斯指著護理站，他的表情凝重。

「噢，不，」托爾特說：「不，不……」

日晷上的指針陰影指向八，這表示就算我們能離開第四屋，就算我們能過第五屋、第六屋、第七屋，都已經無所謂了。根據托爾特的說法，第八屋的大門已經關上。

難怪緬什科夫根本懶得跟我們打，就直接把我們留在這裡。

我們已經輸了。

21 月神的棋局

在大金字塔與姬亞道別後，我以爲自己不會比現在更沮喪。結果我錯了。站在火焰湖的碼頭，我覺得自己乾脆變成一顆砲彈投入熔岩算了。

這不公平。我們努力半天，一路趕來這裡，冒了這麼多風險，竟然是被時間限制打敗。難怪大家都認爲我們不可能成功把拉帶回來，這是不可能的任務。

「卡特，這不是一場遊戲，」荷魯斯的聲音在我腦海裡響起：「這雖然被認為不可能，但你必須繼續下去。」

我看不出來有繼續下去的必要。第八屋的大門已經關上，緬什科夫早已繼續往下游走，把我們遠遠拋在這裡。

也許這就是他一直以來的計畫。他讓我們去喚醒拉，部分原因只是爲了讓太陽神維持又老又衰弱的狀態，然後他就可以把我們困在杜埃，好好去施展任何準備釋放阿波非斯的邪惡魔法。等清晨來臨，將不再有日出，拉也不會回來。相反的，阿波非斯會壯大興起，摧毀文明。我們朋友在布魯克林之家奮戰一整晚的努力將通通白費。從現在起的第二十四小時，當我們終於能離開杜埃時，會發現全世界陷入黑暗，成爲冰凍的荒原，混沌取得統治權，所有我們在乎的一切都會消失。然後阿波非斯就會吞噬拉，得到勝利。

爲何我們都已經輸了，卻還得繼續往前衝？

「身為將軍永遠不要露出絕望，」荷魯斯說：「他要替自己的軍隊注入信心。即使衝入死亡之口，他仍會率領大軍向前衝。」

「你是啦啦隊吧，」我心想，「是誰請你回到我腦袋裡的？」

雖然荷魯斯令人討厭，不過他說得有道理。莎蒂說過她的希望，就是要相信我們能夠讓瑪特從混沌中勝出，即使看似不可能完成。也許我們唯一能做的就是，繼續努力、繼續相信我們能從危難中拯救些什麼。

阿摩司、姬亞、華特、潔絲、巴絲特和我們年輕的生徒們……所有人都倚靠我們。如果我們的朋友還活著，我不能放棄。我欠他們太多了。

托爾特陪我們走到太陽船，她的兩名薩布堤把拉送上船。

「貝斯，對不起，」她說：「眞希望還有更多我能幫忙的地方。」

「這不是你的錯。」貝斯伸出手來像是要跟她握手，但當他們的手指碰觸時，他擁抱了她。「托爾特，從來都不是你的錯。」

她抽噎著說：「噢，貝斯……」

當薩布堤帶拉坐上王座，拉打岔說：「耶！看到斑馬！耶！」

貝斯清了清喉嚨。

托爾特將貝斯的手放開。「你……你該走了。或許蘆葦地會提供答案。」

「蘆葦地？」我問：「那是誰？」

托爾特似笑非笑，但她的目光因慈祥而變得柔和。「親愛的，那不是一個人，而是一個地方，稱為第七屋。替我向你父親問好。」

我的精神提振了一些。「我爸會在那裡？」

「卡特、莎蒂，祝你們好運。」托爾特親吻我們的臉頰，感覺像是被艘和善、刺刺的、有點溼的飛艇擦過。

女神看著貝斯，我很確定她要哭了。她轉身快速爬上樓梯，薩布堤在後面跟著。

「黃鼠狼生病了。」拉若有所思地說。

憑著那一丁點的神的智慧，我們登上了太陽船。發亮的船員光球划動船槳，太陽船駛離了碼頭。

「吃。」拉開始用牙齦咬著一條繩子。

「不行，你不能吃那個東西，你這個老笨蛋！」莎蒂責罵他。

「呃，小鬼？」貝斯說：「你不應該叫眾神之王『老笨蛋』吧。」

「他的確是啊，」莎蒂說：「拉，來吧，進來帳篷裡，我想看一樣東西。」

「不要帳篷，」他嘟噥著說：「斑馬。」

莎蒂試著抓住他的手臂，但是他從她旁邊爬開，還對她吐舌頭。最後，她從我的腰帶上拿走法老的彎柄手杖（當然沒先問過我），然後把它當狗骨頭一樣揮動。「拉，要不要彎柄手杖？一支好吃的彎柄手杖喔？」

拉虛弱地想抓住手杖。莎蒂一步步往後退，終於連哄帶騙把拉拐入頂篷裡。他一站到空蕩蕩平台上，一道刺眼的光芒出現在他四周，亮得讓人什麼都看不見。

「卡特，你看！」莎蒂大喊。

「我希望我能看。」我眨眨眼，讓眼中出現的黃點消失。

平台上擺著一張閃著金光的椅子，是一張雕刻著閃亮白色象形文字的火焰王座，看起來就跟莎蒂說她在預視中看到的一樣，然而現實生活裡，這是一件我所見過最漂亮、也最令人心生畏懼的家具。船員光球興奮地繞著椅子飛來飛去，發出的光芒比之前更亮。

拉似乎沒有注意到這張椅子，或是他根本就不在乎。他的醫院袍子變成一件皇袍，還戴上了金項鍊，但他看起來仍舊是原來那個蒼老虛弱的老人。

「請坐。」莎蒂對他說。

「不要椅子。」他喃喃說。

「剛才他說的幾乎是完整的句子，」我說：「也許這是一個好兆頭？」

「斑馬！」拉從莎蒂手上抓走彎柄手杖，一跛一跛走過平台，大喊：「耶！耶！」

「陛下！」貝斯大叫：「小心！」

在太陽神拉差點掉出船之前，我考慮過要制服他，可是不知道船員對此會有什麼反應。

然後，拉替我們解決了這個難題。他撞到桅杆，倒在甲板上。

我們趕忙衝過去，但老神似乎只是一臉茫然。當我們把拉拖回篷子、扶他坐上王座，他的口水滴滴答答，並喃喃自語。這很棘手，因爲王座散發出的熱度大概有攝氏五百多度，我不想再次著火，然而拉對這種高溫似乎不以爲意。

我們往後站，看著眾神之王癱倒在自己的椅子上鼾聲雷動，把彎柄手杖當作泰迪熊抱在懷裡。我把作戰用的連枷放在他大腿上，希望會有點不同，比方說可以讓他的力量完整恢復之類的。結果，沒這麼好運。

「生病的黃鼠狼。」拉喃喃說著。

「你們看看，」莎蒂忿忿不平地說：「光榮的拉。」

貝斯不耐煩地瞪了她一眼。「沒錯，小鬼，去嘲笑他吧。我們神最喜歡被凡人嘲笑了。」

莎蒂的表情變得柔和。「貝斯，對不起，我不是有意要……」

「隨便啦。」他氣沖沖走到船頭。

莎蒂哀求地看著我。「眞的，我不是有意要……」

「他只是壓力太大，」我對她說：「就跟我們一樣。會沒事的。」

她擦掉臉上的一滴眼淚。「世界快要毀滅，我們被困在杜埃，而你卻認爲會沒事？」

「我們要去見爸。」我試著讓自己的聲音充滿信心，雖然一點都感覺不出來。荷魯斯曾說過：「身爲將軍永遠不要露出絕望。」於是我告訴莎蒂：「爸會幫我們。」

我們航行過火焰湖，直到湖岸變窄，而河裡的火焰變回水。火焰湖的光芒在我們身後變暗，河流也更加平緩，我知道我們已經進入了第五屋。

我想到爸，不知他是否眞的能幫助我們。他過去幾個月來變得出奇地沉默，我想我不該感到驚訝，因爲他現在是冥界之王。他在這下面的手機訊號大概很差。不過，想到我是在遇到人生中最重大失敗時和他見面，就覺得很緊張。

雖然河水很黑，但火焰王座亮得幾乎無法直視。我們的船投射出溫暖的光線，照亮岸邊。在昏暗的河流兩岸出現了鬼魅般的村莊。失落的靈魂跑向河邊，看著我們航行通過。在黑暗中度過了數千年，他們終於看到太陽神，全都呆住了。許多鬼魂因爲喜悅而想大叫，但他們的嘴發不出聲音。其他鬼魂往拉的方向伸長手。他們沐浴在拉的溫暖光芒之下，全都露出了笑容。他們的形體似乎變得更具體實在，臉上、衣服上再次出現顏色。當他們落到我們身後，消失在黑暗中，我的心裡留下了他們充滿感激的神情與伸長手的畫面。

不知爲何，這使我覺得好多了，至少我們在混沌摧毀世界前，讓他們最後一次看見太陽。

不知道阿摩司和我們的朋友是否還活著，是否仍然繼續保護著布魯克林之家、對抗弗拉迪的攻擊小隊，並等待我們的出現。眞希望能再看見姬亞，就算只是向她道歉，說我讓她失望了也好。

我們很快就通過第五屋及第六屋，雖然我不能確定到底過了多久時間。我們看見更多鬼村、用骨頭做成的沙灘，還有一個洞穴，裡面都是滿滿有翅膀的「巴」困惑地飛來飛去，撞到洞穴岩壁，並如同飛蛾繞著門廊上的燈飛舞般，整群飛向太陽船。我們探測某些可怕的激流，不過船員光球使這件工作變得容易許多。長得像龍的怪物有幾次從河裡冒出來，可是只要貝斯大喊「噗」，怪物就紛紛發出嗚咽，沉入水裡。拉一直在睡覺，在他燃燒的王座上斷斷續續發出鼾聲。

最後河流流速減緩，也變寬了，河水如同融化的巧克力般平順。太陽船進入新的洞穴，頭上的洞穴頂端閃著藍色水晶，反射出拉的光芒，看起來就像平常的太陽通過美麗的藍天。沼澤青草和棕櫚樹排列在岸邊。更遠之處，綿延起伏的翠綠山丘上，點綴著看起來舒適溫馨的白色土磚房子。一群鵝從頭頂上飛過。空氣中瀰漫著一股茉莉花香和剛烤好的麵包香味。我全身放鬆，彷彿你經歷一段長途旅行之後回到家裡，終於躺在自己床上的感覺。

「這就是蘆葦地。」貝斯宣布。他的聲音聽起來沒那麼暴躁了，臉上憂慮的線條也隨之消失。「這是埃及的死後世界，第七屋。我想你們可以稱這裡是『天堂』。」

「我不是要抱怨，」莎蒂說：「但這裡比陽光田野好太多了。我終於聞到像樣的食物味道。這表示我們已經死了嗎？」

貝斯搖搖頭。「這是拉的夜晚旅程必經之地，我想，你們可以說這裡是他的休息站。他會和款待他的主人聊一會兒，吃吃喝喝，然後休息一下，再繼續航行，因爲接下來的那段行程可說是最危險的一段。」

「款待他的主人？」我問，雖然我很確定貝斯說的是誰。

我們的船轉向碼頭，一男一女站在那裡等著我們。爸穿著他平常那件咖啡色袍子，帶點藍色的皮膚發亮。媽散發出靈魂的白光，她的腳沒有著地。

「還用問嗎？」貝斯說：「這裡是俄塞里斯之屋。」

「莎蒂、卡特。」爸緊緊擁抱我們，好像我們還是小孩一樣，但我們都沒有抗議。

他實在的感覺很像一個眞的人，就跟從前的他一樣，我用盡所有意志不讓眼淚掉下來。他的山羊鬍修剪得很整齊，剃光的頭發亮，就連他噴的古龍水味道聞起來都一樣有股淡淡的琥珀香。

他將我們拉遠一點仔細端詳。

他的眼睛發亮，我幾乎相信他還是個普通的凡人，但如果我更靠近一點，就能看到他外表有一層像蓋上去的模糊影像。那是個穿著白袍的藍皮膚男子，頭上有法老王冠，脖子上戴著結德護身符，俄塞里斯的象徵。

「爸，」我說：「我們失敗了。」

「噓，」他說：「別說了。還有時間休息一下、恢復精神。」

媽露出微笑。「我們一直看著你們進步，你們兩個都很勇敢。」

要看著她比看著爸還難。我不能抱她，因爲她沒有實體；當她撫摸我的臉，感覺就像是一道溫暖的微風。她看起來跟我記憶中一模一樣，她的金髮垂落到肩膀，藍色的眼睛充滿了生命力，然而，她現在只是一個靈體。她的白衣裙似乎是霧，如果我直接看著她，她彷彿會消失在太陽船的光芒中。

「我很為你們兩個感到驕傲，」她說：「來吧，我們準備了一頓豐盛的宴席。」

他們帶著我們上岸時，我仍舊感到暈眩。貝斯負責帶領太陽神，他在撞到桅杆、睡了一覺之後似乎心情很好。拉對每個人露出沒有牙齒的笑容，並且說：「噢，好漂亮。宴席？斑馬？」

穿著古埃及服飾的鬼影僕人引領我們走到戶外帳篷，那裡排著實際大小的埃及神像。我們穿過天橋，底下的護城河裡滿是白子鱷魚，這讓我想起馬其頓的菲利普，以及可能發生在布魯克林的事。

然後我走進帳篷，驚訝到下巴掉了下來。

豐富的餐點擺在一張桃花心木做成的長桌上，這是我們在洛杉磯老家的餐桌。我甚至能看到我用我的第一把瑞士刀在木頭上刻出的缺口，這也是我唯一讓老爸狠狠對我發飆的一次。不鏽鋼椅上擺著皮製座墊，和我記憶中的一樣。而當我往外看出去，景象來回閃動，一下是死後世界的翠綠山丘和發亮藍天，一下變成我們老家的白牆和巨大玻璃窗。

「噢……」莎蒂用小小的聲音說。她的目光直盯著桌子中央。在一盤盤披薩、一碗碗糖霜包裹的草莓和各種你能想到的食物中間，有一個藍白相間的冰淇淋蛋糕，就跟莎蒂六歲生日派對上那個爆炸的蛋糕一模一樣。

「希望你們別介意，」媽媽說：「我認爲你們從來沒機會嘗到這個蛋糕，實在很可惜。莎蒂，生日快樂。」

「各位請坐。」爸伸開雙手說：「貝斯，我的老朋友，能不能請你讓陛下坐在主位呢？」

我準備要去坐在離拉最遠的位子，因爲我不希望他在用牙齦吃東西的時候，口水流到我身上，但是媽卻說：「噢，親愛的，不要坐那裡，坐我旁邊吧。那張椅子是要給……另一位客人。」

當她說「另一位客人」時，語氣中似乎帶點苦衷。

我環顧餐桌四周。總共有七張椅子，但我們只有六個人。「還有誰要來？」

「是阿努比斯嗎？」莎蒂充滿希望地問。

爸笑了。「不是阿努比斯，雖然我很確定要是他能來的話，他一定會到。」

莎蒂癱在椅子上，像是有人把她體內空氣都抽光一樣。【對，莎蒂，你就是那麼明顯。】

「那麼，他在哪裡？」她問。

爸猶豫了很久，連我都感受到他的不安。「總之，我們先開動吧？」

我坐下來，從鬼影服務生手中接過一塊生日蛋糕。你應該不認爲我會感到餓，因爲世界即將毀滅，我們任務失敗，現在坐在死人之境裡一張從前的餐桌旁，身邊坐著我媽的鬼魂和藍莓色皮膚的爸爸。但是我的胃才不在乎這些，它讓我知道我還活著，而且需要食物。這是一個夾著香草冰淇淋的巧克力蛋糕，嘗起來美味極了。在我發現這點之前，我早就把我那一份吃得精光，然後拿一片義大利臘腸披薩放在盤子上。神像就立在我們後面，有荷魯斯、艾西絲、透特、索貝克等，全都靜靜看著我們吃東西。帳篷外，蘆葦地向四周延伸，彷彿洞穴無止盡一樣。這裡有綠色的山丘、草地、一群群壯碩的牛隻、麥田和種滿棗樹的果園；小溪橫越沼澤，流入數個拼湊在一起的小島，如同尼羅河三角洲，上面有如畫一般完美的村莊，專屬受到祝福的死者居住，還有帆船航行在河流上。

「古埃及人看到的就是這種景象。」爸說，彷彿讀到我心裡的想法。「但是每個靈魂所看到的蘆葦地都有些不同。」

「像是我們在洛杉磯的房子？」我問：「我們全家人又團聚在一起，回到那張餐桌旁？這是眞的嗎？」

爸的目光變得哀傷，就像以前我問到媽的死一樣。

「這個生日蛋糕很好吃吧？」他問。「我的小女孩十三歲了。眞不敢相信……」

莎蒂把她的盤子掃到桌子下，盤子掉在石頭地板上。「這些現在又有什麼關係？」她大吼：「該死的日晷、討厭的大門！我們失敗了！」

她把臉埋在手臂下，開始哭泣。

「莎蒂。」媽媽像一團親切的霧飄到她旁邊。「沒關係。」

「月亮派。」拉語氣激勵地說。蛋糕糖霜抹在他嘴巴四周。他快要從椅子上掉下來，貝斯把他推回去坐好。

「莎蒂說得對，」我說：「拉的情況比我們想像中還糟，就算我們能把他帶回人間，他也永遠無法打敗阿波非斯，除非阿波非斯自己笑到呼吸停止。」

爸爸皺著眉。「卡特，他還是拉，是眾神的法老。你要尊敬他。」

「不喜歡泡泡！」拉對著想替他擦拭嘴巴的僕人光球揮動雙手。

「陛下，」爸說：「您記得我嗎？我是俄塞里斯。您以前每晚在繼續航向日出的行程前，都會在我這裡吃飯休息。您記得嗎？」

「想要黃鼠狼。」拉說。

莎蒂用力拍桌。「那到底是什麼意思？」

貝斯舀了一大球用巧克力包裹的東西，恐怕是蚱蜢，然後丟進嘴裡。「我們還沒有唸完《拉之書》。我們需要找到凱布利。」

爸摸了摸他的山羊鬍。「對，聖甲蟲之神，這是拉的日出形象。或許你們找到凱布利，拉就能完全重生，但你們需要通過第八屋的大門才行。」

「門已經關上了，」我說：「我們得扭轉時間才有辦法。」

貝斯停止咀嚼蚱蜢。他的眼睛瞪得像是剛得到天啓一樣。他不可置信地看著我爸。「他？你邀請他？」

「誰？」我問：「這是什麼意思？」

我看著我爸，但他不肯看著我的眼睛。

「爸，怎麼了？」我質問他：「有可以通過大門的方法嗎？是你能利用心電傳送的方式把我們送到另一邊，還是類似的方法？」

「卡特，眞希望我做得到，可是這趟旅程必須照該有的方式進行。這是拉重生的一部分，我不能干預。然而，你是對的，你們需要更多時間。可能還有另一個方法，因爲賭注太大，其實我也不會建議……」

「太危險了，」我們的媽媽警告著：「我認爲太危險了。」

「什麼東西太危險？」莎蒂問。

「我猜是我。」從我後面傳來一個聲音說。

我轉身發現一名男子站在身後，雙手放在我椅背上。如果他不是無聲無息靠近我而我沒聽到，不然他就是憑空冒出來的。

他看起來二十歲左右，又瘦又高，而且有點帥氣。他的臉完全是人臉，眼睛虹膜卻是銀色的。他剃了光頭，只在一側留有一撮光滑黑髮綁成馬尾，就像古代埃及年輕人的髮型。他的銀色西裝看起來像是在義大利特別訂製的（我會知道這種事，是因爲阿摩司和我爸都特別重視西裝），西裝的質料發亮得出奇，像混和了絲和鋁箔。他的黑襯衫沒有領子，幾斤重的白金鍊子掛在脖子上，其中最大一塊閃亮亮的部分是一個銀色的彎月形護身符。當他的手指在我的椅背後敲打，他的戒指和白金勞力士錶都閃閃發光。如果我是在凡人世界看到他，可能會猜他是一個擁有億萬身價的美國原住民賭場老闆。但是在杜埃，脖子上還掛著彎月形護身符的是……

「月亮派！」拉開心地咯咯笑。

「你是月神孔蘇[74]。」我猜測著。

他對我露出不懷好意的笑容，把我當開胃菜般虎視眈眈地看著我。

「悉聽尊便，」他說：「想要玩個遊戲嗎？」

「不會是你！」貝斯咆哮。

孔蘇攤開雙臂，給了他一個大大的無形擁抱。「我的老朋友貝斯啊！你過得怎麼樣啊？」

「少跟我攀交情，你這個大騙子。」

「我好受傷喔！」孔蘇坐在我的右邊，像要策畫陰謀似地往我靠過來。「可憐的貝斯很久以前跟我打賭過。他想要得到更多與巴絲特在一起的時間，用了自己幾公分的身高來下注。恐怕他當時輸了。」

「事情才不是這樣！」貝斯怒吼。

「兩位先生，」爸爸用他最具威嚴的父親口氣說話，「你們都是我餐桌上的客人，我不希望有人在這裡打架。」

「當然不會，俄塞里斯。」孔蘇對他一笑。「我能來到這裡倍感榮幸。這兩位就是你那有名的孩子吧？太好了！孩子們，你們準備好一起玩了嗎？」

「朱利斯，他們不明白有什麼風險，」我們的媽媽抗議著，「我們不能讓他們這麼做。」

「等一下，」莎蒂說：「到底是要做什麼？」

孔蘇手指一彈，桌上所有的食物都消失了，換成一個發亮的銀色施奈特棋盤。「莎蒂，你沒聽說過我嗎？艾西絲沒有說故事給你聽嗎？還是努特？她可眞是個專業的賭徒！天空女神不肯停止下棋，直到她從我這裡贏走了整整五天的時間。你知道要贏到這麼多時間有多難嗎？像天文數字般難！當然啦，她全身上下都是星星，所以我想她本身就代表了天文數字。」

孔蘇對自己說的笑話大笑了起來，似乎不在意沒人跟著他笑。

「我想起來了，」我說：「你和努特打賭，她贏得了足夠的月光，創造五天的時間，這五天被稱爲『邪靈日』，那使她得以避開拉不准她生下五個孩子的命令。」

「努特，」拉喃喃地說：「壞努特。」

月神揚起一邊的眉毛。「老天，拉的情況眞糟，對吧？不過，卡特‧凱恩，你說得沒錯，完全正確。我是月神，我也對時間有影響力。我可以延長或縮短凡人的生命。我的力量就連神都會被影響。月亮變化無窮，月光會消長，時間在我手裡也會消長。你需要……多少，大概再三小時嗎？如果你和你妹妹願意賭一把，我可以用月光替你創造出三小時的時間。我可

[74] 孔蘇（Khons），第一代月神。他以小孩造型出現時代表新月，以鷹首人身的成年男子、頭上帶月亮圓盤造型出現時表示滿月。

以創造出時間讓第八屋的大門尚未關上。」

我不懂他怎麼有辦法倒轉時間，然後在晚上插入多出來的三小時，但這是自陽光田野以來，我第一次感覺有微弱的希望出現。「如果你能幫忙，爲什麼不直接把多的時間給我們就好？世界的命運已經岌岌可危了。」

孔蘇大笑。「說得眞好！直接給你時間！不，說眞的，如果我開始到處發送那麼貴重的東西，瑪特會分崩離析。況且，要玩施奈特棋就一定要賭。貝斯可以告訴你。」

貝斯嘴裡吐出一隻巧克力蚱蜢腿。「卡特，不要跟他下棋。你知道他們以前是怎麼說孔蘇的嗎？有些金字塔裡把關於他的詩刻在石頭上，詩名就叫做〈食人之歌〉。只要法老付出代價，孔蘇就會幫法老殺掉任何干擾他的神。孔蘇會吞下他們的靈魂，從中得到力量。」

月神轉了轉眼珠。「貝斯，那是古代史，我很久沒有吞靈魂了……現在是幾月？三月？反正，我已經完全適應現代的世界，我現在非常文明。你應該看看我在拉斯維加斯的路克索酒店賭場的豪華套房。謝謝你！美國有很不錯的文明！」

他對我微笑，那對銀色眼睛像鯊魚眼一般閃爍著。「卡特、莎蒂，你們怎麼說呢？跟我玩一盤施奈特棋吧。我拿三枚旗子，你們拿三枚。你們會需要三個月光小時，所以你們還要再找一個人來下注。只要你們這一隊能從棋盤上移開一枚棋子，我就給你們一小時。如果你們都贏了，那就是多了三小時，有足夠時間通過第八屋的大門。」

「要是我們輸了呢？」我問。

「喔……你知道的。」孔蘇揮揮手，彷彿這只是討厭的技術問題而已。「只要我從棋盤上移開一枚棋子，就會取走你們其中一個人的『仁』。」

莎蒂往前坐。「你要拿走我們的祕密名字……就像是我們得跟你分享一切？」

「分享……」孔蘇摸摸他的馬尾，彷彿努力回想這個詞的意思。「不，不是分享。我會吞掉你們的『仁』。」

「抹除我們的部分靈魂，」莎蒂說：「帶走我們的回憶，帶走我們的身分。」

月神肩膀一聳。「往好的方面想，你們不會死。你只是會……」

「變成植物人，」莎蒂猜到了，「就像在那裡的拉一樣。」

「不喜歡青菜。」拉不耐煩地咕噥著。他試圖想嚼貝斯的襯衫，但是侏儒神連忙走開。

「三小時，」我說：「賭上三個靈魂。」

「卡特、莎蒂，你們不必這麼做，」我媽說：「我們不希望你們冒這種風險。」

我在照片和記憶裡看過她許多次，但這是我第一次驚覺她的面容與莎蒂有多麼相似，或者說莎蒂開始看起來有多像她。她們兩人眼裡都有同樣熾烈的決心。她們準備抗爭時都會抬起下巴。她們也都不善於掩飾自己的感覺。我從媽媽顫抖的聲音中聽出她了解會發生什麼事，她在告訴我們應該還有其他可能，然而她也很清楚，我們別無選擇。

我看著莎蒂，我們默默達成共識。

「媽，沒關係，」我說：「你犧牲自己的性命關上阿波非斯的牢籠，我們怎麼能退縮呢？」

孔蘇搓著雙手。「啊，沒錯，阿波非斯的牢籠！你們的朋友緬什科夫現在已經在那裡鬆開大蛇的枷鎖。對於會發生什麼事，我可是下了很多賭注！你們會及時趕到那裡阻止他嗎？你們會將拉帶回人間嗎？你們會擊敗緬什科夫嗎？我賭一百比一！」

媽媽焦急地轉向爸爸。「朱利斯，告訴他們，這太危險了！」

我爸手裡還拿著一盤吃到一半的生日蛋糕。他盯著融化的冰淇淋，彷彿那是世界上最令人悲傷的一個東西。

「卡特和莎蒂，」他終於開口：「我帶孔蘇來這裡，就是要讓你們有所選擇。但是無論你們決定怎麼做，我還是以你們為榮。如果世界今晚毀滅，那也是無法改變的事。」

他看著我的眼睛，而我看得出來，他想到會失去我們就心痛不已。去年聖誕節在大英博物館時，他犧牲自己的生命去釋放俄塞里斯，並且恢復杜埃的平衡。他將莎蒂和我留在人間，我因此而氣他很久。但我現在明白他當時的立場，他為了更遠大的目標願意放棄一切，即便是自己的生命。

「爸，我懂，」我告訴他：「我們是凱恩家的人。我們不會逃避困難的選擇。」

他沒有回答，只是緩緩點頭。他的眼裡滿是驕傲。

「難得有這麼一次，」莎蒂說：「卡特是對的。孔蘇，我們會跟你一起玩這個蠢遊戲。」

「太棒了！」孔蘇說：「這樣就是兩個靈魂，可以贏得兩小時。啊，但你們需要三小時才能及時通過大門吧？嗯，恐怕你們沒辦法用拉，他現在神智不清。你們的母親也已經死了，你們的父親現在是冥界主宰，所以他沒有資格用靈魂下注……」

「我來！」貝斯說。他的臉色凝重，但十分堅決。

「老朋友！」孔蘇大喊：「我眞高興。」

「月神，廢話少說，」貝斯說：「雖然我不喜歡這件事，不過我會去做。」

「貝斯，」我說：「你替我們做的已經夠多了。巴絲特不會希望你……」

「我這麼做不是爲了巴絲特！」他抱怨著，然後深呼吸一口氣。「聽好，你們兩個小鬼眞的很優秀。過去兩天來……這是我長久以來第一次再度覺得自己被人需要、自己很重要，而不是只像個過場的表演般無足輕重。如果事情出了差錯，替我轉告托爾特……」他清了清喉嚨，意味深長地看了莎蒂一眼。「告訴她，我試過要將時鐘倒轉。」

「噢，貝斯。」莎蒂站起來，跑過桌子。她擁抱侏儒神，親吻他的臉頰。

「好了，好了，」他喃喃說著：「不要可憐我。我們來下棋吧。」

「時間就是金錢。」孔蘇同意。

我們的父母站起來。

「我們不能留在這裡觀看，」爸說：「但是，孩子們……」

他似乎不知道如何把他的想法說完，「祝好運」大概不足以表示全部。我從他眼裡看得出他的內疚和擔憂，但是他努力不讓情緒流露出來。「一位好將軍！」荷魯斯會這麼說他。

「我們愛你們，」我們母親接下去把這句話說完，「你們會獲得勝利。」

就這樣，我們的父母化爲一陣霧消失不見。帳篷外的一切變黑有如布景一般。施奈特棋開始變亮。

「亮晶晶。」拉說。

「三枚藍色棋子給你們，」孔蘇說：「三枚銀色棋子給我。好了，誰覺得自己手氣正好？」

棋戲開始得很順利。莎蒂很會丟棍子，貝斯有幾千年賭博的經驗，而我的工作就是去移動棋子，並且確保拉不會把棋子吃掉。

起先看不出來是誰占了上風，我們只是擲出棍子、移動棋子而已，很難相信是拿自己的靈魂或眞正的名字，還是任何隨便你怎麼稱呼的東西來當賭注。

我們擋了一枚孔蘇的棋子，使它退回起點，然而他似乎並不失望。他對每件事情似乎都興致高昂。

過了一會兒，我問：「難道這不會讓你困擾嗎？吞下無辜的靈魂？」

「不怎麼會，」他擦亮他的彎月形護身符，「爲什麼會困擾我？」

「但是我們在努力拯救世界，」莎蒂說：「瑪特、眾神……所有一切。你難道不在乎世界會四分五裂、陷入混沌嗎？」

「喔，不會那麼糟啦，」孔蘇說：「改變是有階段的，瑪特和混沌，混沌和瑪特。身爲月神，我欣賞體會變化之美。拉，這可憐的傢伙，他總是按照行事曆做事，每天晚上走同樣的路徑，容易預測又無聊。退休是他所做過最有趣的一件事。如果阿波非斯接管世界並吞掉太陽，那麼……我想，月亮還是會存在。」

「你瘋了。」莎蒂說。

「哈！我可以用幾分鐘月光時間打賭，我現在可清醒得很。」

「算了，」莎蒂說：「你丟棍子吧。」

孔蘇丟擲棍子。壞消息是，他的進步令人感到不安。他擲出一個五，而他有一枚棋子就快走到棋盤終點。好消息則是，那枚棋子被困在「三句實話之屋」，這表示他要移動棋子的話，必須擲出三才行。

貝斯聚精會神研究棋盤。他似乎不喜歡眼前的景象。我們還有一枚棋子在起點，有兩枚已經在棋盤上最後一排。

「現在要小心，」孔蘇警告：「這就是遊戲變好玩的時候。」

莎蒂丟出一個四，這給了我們兩種選擇。我們領先的棋子可以離開棋盤。或者，我們第二枚棋子可以把孔蘇在三句實話之屋的棋子撞開，讓它返回起點。

「撞掉他，」我說：「這樣比較安全。」

貝斯搖搖頭。「這樣就換我們困在『三句實話之屋』。他要丟出三的機會很小。把你們第一枚棋子拿走，那樣你們至少可以得到一小時。」

「但是多一個小時不夠用。」莎蒂說。

孔蘇看著我們遲遲無法決定，似乎樂在其中。他啜飲著銀製高腳杯裡的紅酒，然後面露微笑。同時，拉試著拔掉他作戰連枷上的釘刺而自得其樂。「噢，噢，噢。」

我的額頭滿是汗珠。我怎麼會在下棋時流汗？「貝斯，你確定嗎？」

「這樣最好。」他說。

「這樣最好啊？」孔蘇笑了。「漂亮！」

我想要揍月神，但是我緊閉嘴巴。我移出我們第一枚棋子。

「恭喜！」月神說：「我欠你們用月光做的一小時。現在輪我了。」

他擲出棍子。棍子撞在餐桌上，我感覺有人從我胸口抽出了電梯纜繩，使我的心臟在通道裡極速往下墜。

孔蘇丟出了一個三。

「噢！」拉弄掉了他的連枷。

孔蘇移走他的棋子。「噢，眞可惜。現在，我要先拿誰的『仁』啊？」

「不，拜託你！」莎蒂說：「收回交易。拿走你欠我們的一小時。」

「那些都不是遊戲規則。」孔蘇責備說。

我低頭看著我八歲時在桌子上刻出的洞。我知道相關的記憶就要消失了，就像我的其他記憶一樣。如果把我的「仁」給孔蘇，至少莎蒂還能唸出最後一段咒語。她需要貝斯保護她、給她建議，我是唯一可以犧牲的人。

我正要說：「我……」

「我來，」貝斯說：「那一步是我的主意。」

「貝斯，不行！」莎蒂大叫。

侏儒站了起來。他穩穩站著，雙手握拳，如同準備大喊「噗」的模樣。眞希望他能這樣嚇走孔蘇，但相反的，他毫不抵抗地看著我們。「小鬼，這是戰略的一部分。」

「什麼？」我問：「這是你的計畫？」

他脫下夏威夷襯衫仔細疊好，放在桌上。「最重要的是要讓你們的三枚棋子都離開棋盤，不能輸掉兩枚。這是唯一獲勝的辦法。你們現在很容易就可以打敗他。有時你們必須犧牲一枚棋子去贏得勝利。」

「說得眞對，」孔蘇說：「眞開心！是神的『仁』呢。貝斯，你準備好了嗎？」

「貝斯，不要，」我哀求，「這樣不對。」

他罵我一頓。「喂，小鬼，你願意犧牲自己，難道是在說我不像某個無足輕重的魔法師勇敢嗎？好了，給我贏得這盤棋，然後離開這裡，替我好好踢細什科夫一腳。」

我試著想要說些什麼，說些能夠阻止這種事發生的話，但是貝斯說：「我準備好了。」

孔蘇閉上眼睛，深呼吸一口氣，宛如在享受山裡的清新空氣。貝斯的形體開始晃動，他化為一陣閃電般快速的剪接影像……一大群侏儒在神廟的火光前跳舞；一大群埃及人在節慶典禮上狂歡，將貝斯和巴絲特舉在他們肩上；貝斯和托爾特穿著羅馬式袍子，在某個羅馬小屋裡，一起在沙發上吃葡萄、放聲大笑；貝斯有如喬治．華盛頓戴著假髮並穿絲質西裝，在一些英國紅制服士兵[75]前翻滾；貝斯穿著美國海軍的橄欖綠迷彩服，嚇跑一隻穿著二次大戰納粹制服的惡魔。

當他的身影漸漸消失，閃過了更多他最近的影像。貝斯穿著司機制服，拿著上面寫有「凱恩」的板子；貝斯把我們沉到地中海的身體拖上岸；我中毒時，在亞歷山卓，貝斯在我身上唸咒，急切地想治好我；貝斯和我沿著尼羅河岸旅行，我們坐在貝都因人的小卡車後車廂上，一起享用羊肉和摻有乳液味道的水。他的最後記憶是：兩個小孩，莎蒂和我，帶著愛意和關心看著他。然後影像消散，貝斯消失得無影無蹤，就連他的夏威夷襯衫也不見了。

「你把他的一切都帶走了！」我大喊：「他的身體……他所有的一切。這和講好的約定不一樣！」

孔蘇睜開眼睛，深深地嘆氣。「眞棒。」他對著我們微笑，彷彿沒有發生過任何事。「我相信現在輪到你們了。」

他的銀色眼睛冷酷閃亮，而我感覺我後半輩子都會討厭看月亮。

或許是憤怒，或許是貝斯的策略奏效，又或許是我們的運氣好，接下來的棋局，我和莎蒂輕鬆擊敗了孔蘇。我們一有機會就撞掉他的棋子。在五分鐘內，我們最後一枚棋子也離開了棋盤。

孔蘇攤開雙手。「做得好！給你們三小時。如果你們動作快，就能趕到第八屋的大門。」

「我恨你！」莎蒂說。這是她從貝斯消失以來第一次開口說話。「你這個冷酷、精於算計、可怕的……」

「而我正是你們需要的。」孔蘇脫下白金勞力士錶，並且倒轉時間。一、二、三，一共三個小時，在我們四周，神像開始晃動，有如世界被擠到要翻過來一樣。

「現在，」孔蘇說：「你們想要用辛苦贏來的時間抱怨嗎？還是想要拯救這個可憐的老國王笨蛋？」

「斑馬？」拉充滿希望喃喃說著。

「我們的父母在哪裡？」我問。「至少讓我們和他們道別。」

孔蘇搖搖頭。「卡特．凱恩，時間寶貴，你應該學到了教訓才對。我最好立刻送你們上路；不過如果你們想要和我再玩一次，賭個幾秒鐘、幾小時，甚至幾天，就跟我說一聲。你們信用良好。」

我受不了了。我撲向孔蘇，但月神消失不見，整個帳篷也消失了，莎蒂和我又站在太陽船甲板上，往黑暗的河流下游前進。發光的光球船員在我們四周飛來飛去，划動船槳，整理船帆。拉坐在他的火焰王座上，玩弄他的彎柄手杖和連枷，把這兩樣東西當作布偶，想像布偶間在對話。

---

75 美國發動獨立戰爭前，英國士兵都穿著紅色的軍服，因此被稱為「紅制服士兵」。

在我們前方，一組巨大的石頭大門赫然從黑暗中出現。石門上一共刻了八條巨蛇，兩邊各四條。大門緩緩關上，但太陽船及時滑過去，我們進入了第八屋。

我必須說，挑戰之屋似乎不太具有挑戰性。沒錯，我們是和怪物作戰過，大蛇從河裡竄出，惡魔也跑了出來，載滿鬼魂的船試圖登上太陽船。我們將這些敵人一一消滅。我非常憤怒，因為失去貝斯感到很難過，我把每個眼前出現的威脅都當作月神孔蘇，我們的敵人根本連一點機會都沒有。

莎蒂使用了我沒看她用過的咒語，召喚出大概符合她心情的大片冰塊，將惡魔冰山全拋在我們身後。她將一艘艘滿載海盜鬼魂的船變成孔蘇公仔頭，然後以小型核爆將這些鬼船一一化為烏有。

在此同時，拉開心地玩玩具，光球僕人焦急地在甲板上四處亂飛，顯然感覺到我們的旅程快要接近重要的階段。第九、第十、第十一屋都是一團朦朧就過去了。偶爾我會聽到後面傳來一陣水花聲，像是另一艘船的划槳聲，我往回看，猜想緬什科夫是否再次跟在我們後面，但是什麼都沒看到。如果有東西跟著我們，它知道要保命的話最好是不要現身。

終於，我聽見前面出現巨大聲響，像另一條瀑布或是激流。船員光球急忙將船帆收起、滑動船槳，然而我們繼續增加船速。

我們通過一個很低的拱門，刻得像是天空女神努特。她布滿星星的四肢具保護性地伸出來，臉上掛著表示歡迎的微笑。我感覺我們在進入第十二屋，這裡是我們進入新的日出前在杜埃的最後一部分。

希望能在隧道盡頭眞正看到光，相反的，我們的路卻被破壞了。我看得出來這條河流原本該流的方向。隧道繼續向前，慢慢蜿蜒離開杜埃。我甚至聞到新鮮空氣，是凡人世界的味道，但是隧道遠遠的盡頭卻被抽乾成一塊爛泥巴地。在我們面前，這條河整個沖進一個巨大的坑裡，有如小行星在地上撞出一個洞，並且改變河流流向直接流入洞裡。我們快要到達河水落進坑裡的地方。

「我們可以跳船，」莎蒂說：「棄船……」

但我認爲我們得到相同的結論。我們需要太陽船，我們需要拉。我們都必須照著河流的路徑前進，不管它流往哪裡。

「這是陷阱，」莎蒂說：「這是阿波非斯做的好事。」

「我知道，」我說：「我們去告訴他，我們不喜歡他的作品。」

當船衝入大漩渦裡，我們兩人緊緊抓著桅杆。

我們一直往下掉。你知道當你潛到很深的游泳池底部，會感覺到自己的鼻子和耳朵都快要爆炸，而你的眼睛也快從你的頭上炸開嗎？想像一下比那糟上一百倍的感覺。我們沉入從沒去過的杜埃深處，比任何凡人該去的地方還要深。我身上的分子感覺在加熱，急行速度快到可能讓人飛散。

我們沒有墜毀，也沒有掉到底部。船只是轉了方向，好像從往下變成往旁邊，我們航行進入一個閃耀著刺眼紅光的洞穴。魔法的壓力大到讓我的耳朵開始嗡嗡叫。我感覺噁心，無法清楚思考，但我認得前面的河岸線，那是個用上百萬聖甲蟲殼堆積而成的沙灘。有一股力量在底下晃動，並且浮現出來，是一個巨大的蛇形，掙扎著想要逃脫。數十個惡魔拿著鏟子在挖掘聖甲蟲殼堆。站在岸上，耐心等待我們前去的是弗拉迪・緬什科夫，他的衣服燒焦並且冒煙，他的魔杖發出綠色火光。

「孩子們，歡迎你們來，」他朝著水流這邊大喊：「來吧。加入我一起慶祝世界毀滅吧。」

22 意外的盟友

緬什科夫看起來像沒使用魔法屏障就游過火焰湖一樣。他的灰白捲髮已經變成黑色短鬚，白色西裝變成碎布，上面有一個個燒焦的洞。他整個臉都起了水泡，受傷的眼睛相對看起來就沒那麼怪異。如果貝斯還在，他可能會說緬什科夫穿著他的醜陋外衣。

想到貝斯讓我感到憤怒。我們經歷過的一切，失去的一切，全都是緬什科夫的錯。

太陽船慢慢停泊在堆滿聖甲蟲殼的沙灘上。

太陽神拉用抖音高唱：「哈——囉！」接著搖搖擺擺站起來。他把一顆藍色僕人光球當作美麗的蝴蝶，開始在甲板上到處追它。

惡魔放下他們的鏟子在岸上集合。他們不安地看著彼此，鐵定在想這會不會是某種聰明的詭計。眼前這個遲鈍的老笨蛋當然不可能是太陽神。

「好極了，」緬什科夫說：「你們還是把拉帶來了。」

我花了一點時間才發現他的聲音有點不同。原來那粗重沙啞的呼吸聲已經消失，他現在的語調就像低沉平穩的男中音。

「我本來很擔心，」他繼續說：「你們在第四屋待了這麼久，我還以為你們會被困在晚上。我們大可以不靠你們就釋放阿波非斯殿下，但如果之後還得去抓你們的話會很麻煩。現在這樣好多了。阿波非斯殿下醒來之後會非常飢餓，他會很高興你們帶了點心給他。」

「耶，點心！」拉咯咯笑著。他在船上跛著腳走來走去，想用他的連枷揮打光球僕人。

惡魔們開始大笑，緬什科夫露出縱容他們的笑容。

「沒錯，相當有意思，」他說：「我的祖父曾經舉辦侏儒婚禮來娛樂彼得大帝。我做得比他更好。我要用衰老的太陽神來娛樂混沌的主宰！」

荷魯斯的聲音急切地在我心裡說：「把法老的武器拿回來。這是你最後的機會！」

在我內心深處知道這個主意很糟。如果我現在拿回法老的武器，就再也不會物歸原主，而我能獲得的力量卻不足以打敗阿波非斯。儘管如此，我還是很受誘惑。要是能從那個老笨蛋太陽神的手裡把彎柄手杖和連枷搶過來，並且把緬什科夫打倒在地上，那種感覺一定很棒。

俄國人的眼睛閃爍著邪惡。「卡特．凱恩，你想重新比賽嗎？當然沒問題。我注意到你這次沒有帶著你的侏儒保母一起來。讓我們看看你自己有何能耐。」我的視線變成紅色，這與洞穴裡的光線無關。我下了船，召喚隼神的化身。我從來沒有在如此深的杜埃深處唸咒，我得到的力量比我要求的還多。我沒有被發光的象形文字包覆，相反的，我感覺自己愈來愈高、愈來愈強，我的視線變得更加銳利。

莎蒂發出沙啞的聲音。「卡特？」

「大鳥！」拉說。

我低下頭，發現自己是個活生生的巨人，大概有四百多公分高，穿著荷魯斯的戰鬥盔甲。我把我的大手舉到頭上，拍拍原本是頭髮的羽毛。我的鳥喙如雷射般鋒利。我志氣高昂地大吼，發出來的是刺耳尖叫聲，迴盪在洞穴裡。惡魔紛紛緊張地後退。我低頭看著緬什科夫，他現在看起來就跟老鼠一樣渺小而普通。我準備要捏碎他，但他冷笑一聲，指著魔杖。

不管他計畫要做什麼，莎蒂的動作比他更快。她丟下自己的魔杖，立刻變出一隻和翼手龍一樣大的鳶（也是一種獵食小動物的鳥）。

很典型的莎蒂作風。只要我秀出很酷的事，例如變成一名老鷹戰士，莎蒂就一定要炫耀給我看。她的鳶在空中拍打著巨大的翅膀。緬什科夫和他的惡魔向後滾到沙灘另一頭。

「兩隻大鳥！」拉開始拍手。

「卡特，保護我！」莎蒂拿出《拉之書》。「我需要開始唸咒。」

我覺得大鳶的守護工作做得不錯，但我還是往前走，準備戰鬥。

緬什科夫站了起來。「莎蒂．凱恩，當然沒問題，你請便，開始唸你那個小咒語吧。難道你不懂嗎？凱布利的靈魂創造了這座監牢。拉拿出他自己一部分的靈魂，也就是他重生的能力，拴住阿波非斯使他動彈不得。」

莎蒂看起來像是被他打了一巴掌。「最後一隻聖甲蟲……」

「完全正確。」緬什科夫同意。「所有這些聖甲蟲都是從同一隻聖甲蟲，也就是拉的第三個靈魂凱布利衍生出來的。我的惡魔最後會在這堆空殼中找到牠，把牠挖出來。這是目前唯一還活著的少數聖甲蟲之一，只要我們把牠捏碎，阿波非斯就會被釋放。就算你召喚牠回到拉身上，阿波非斯還是會重獲自由！不論是哪種情況，拉的力量太弱，根本無力戰鬥。阿波非斯會吞噬他，如同古老的預言一樣，而混沌會一次徹底毀滅瑪特。你們贏不了。」

「你瘋了，」我說，聲音比平常還低沉，「你也會死。」

我看見他眼裡不完整的光，了解到一件令我非常震驚的事。緬什科夫和我們一樣不希望這種事發生。他懷著哀傷和絕望活了這麼多年，阿波非斯扭曲了他的靈魂，使他被自己的仇恨所監禁。弗拉迪米爾．緬什科夫假裝幸災樂禍，卻沒有任何成功的感受。相反的，他驚恐萬分、徹底潰敗、難過不已。他被阿波非斯當作奴隸，我幾乎開始替他感到難過。

「卡特．凱恩，我們都已經死了，」他說：「這裡本來就不是人類該來的地方。你難道沒感覺到嗎？混沌力量正一點一滴滲進我們體內，吸取我們的靈魂。但是我有更遠大的計畫。成爲一個宿主能夠永遠存活，不論會得到什麼病，不論受到多嚴重的傷。阿波非斯已經幫我恢復了聲音，很快我又是一個完整的人。我會長命百歲！」

「宿主……」當我明白他所說的話，我幾乎無法控制我的新巨人形體。「緬什科夫，你不是說眞的吧。趁現在來得及反悔前，趕快停止。」

「然後死掉嗎？」他問。

在我身後傳來一個新的聲音說：「弗拉迪米爾，還有比死亡更糟的事。」

我轉身看見第二艘船朝岸上划來。是一艘小船，只有一把魔法船槳在划動。荷魯斯之眼畫在船首，船上的唯一乘客是米歇爾．狄賈登。大儀式祭司的頭髮和鬍子現在如同雪一般白。發光的象形文字飄盪在他乳白色袍子四周，並在他身後形成一條神聖文字的痕跡。

狄賈登走到岸上。「我的老友，你玩弄的東西比死亡還糟。請祈禱我會在你成功前取走你的性命。」

狄賈登站出來替我們這邊奮戰，絕對是我今晚所經歷過的怪事中最奇怪的一件。

他走到我的巨鷹戰士及莎蒂的大鳶中間，彷彿這些事物都不怎麼讓他驚訝，然後他將魔杖往死掉的聖甲蟲堆上一插。

「弗拉迪米爾，投降吧。」

緬什科夫大笑。「殿下，您最近有沒有好好看一看自己呀？我的詛咒吸取你的力量已經好幾個月了，你甚至都沒發現。你快死了，我現在是全世界最有力量的魔法師了。」

狄賈登看起來很不好是事實。他的臉幾乎和太陽神一樣，既削瘦又布滿皺紋，然而象形文字雲在他附近似乎愈來愈強大。他的眼中燃燒著鬥志，就跟幾個月前在新墨西哥州拉斯克魯基斯與我們對戰並發誓要消滅我們時一樣。他又往前一步，一大群惡魔立刻閃開。我想他們認得他肩上那件豹皮披肩是力量的象徵。

「我在許多事情上都失敗了，」狄賈登承認，「但我絕對不會在這件事上失敗。我不會讓你摧毀生命之屋！」

「生命之屋?」緬什科夫的聲音轉為尖銳。「生命之屋早在幾世紀前就結束了!當埃及滅亡時,它就應該跟著解散。」他往死掉的聖甲蟲堆一踢。「生命之屋就跟這些空空的蟲殼一樣,什麼生命都沒有。米歇爾,你醒醒吧!埃及已經消失了,那些只是沒有用的古代歷史。現在該是摧毀世界、重建新世界的時候了。混沌永遠都會獲得勝利。」

「不是永遠。」狄賈登轉向莎蒂。「開始唸你的咒語,我會對付這個無恥之徒。」

我們腳下的地面開始往上震動,阿波非斯在底下試圖升到地上。

「孩子們,先想一想,」緬什科夫警告:「不管你們做什麼,世界都會滅亡。凡人無法活著離開這個洞穴,但你們兩個都是小神。如果你們再次與荷魯斯和艾西絲結合並宣示效忠阿波非斯,就能活過今晚。狄賈登一直是你們的敵人。現在替我殺了他,把他的身體當作獻給阿波非斯的禮物!我會確保你們兩個在混沌統治的新世界裡都有榮譽的地位,不受任何規定限制。我甚至能把治療華特.史東的祕密告訴你們。」

他對著一臉震驚的莎蒂微笑。「對,小女孩,我知道怎麼救他。這個方法在阿蒙.拉的祭司中已經流傳了好幾代。殺了狄賈登、加入阿波非斯,你愛的男孩就會逃過一劫。」

我會誠實招認,他的話很有說服力。我可以想見一個任何事都有可能完成的新世界,那裡沒有法律,甚至沒有物理定律,而我們能隨心所欲。

混沌沒有耐心,任意無常,最重要的是,混沌很自私,只為了改變就能摧毀一切,並將時常飢餓的自己餵飽。但是混沌也非常吸引人,會引誘你去相信只有你想要的才重要,其他任何事都比不上。更何況，眞的有這麼多事是我想要的。如今緬什科夫康復的聲音非常平滑又充滿自信，如同阿摩司每次要用魔法說服凡人時的語調。

不過還是有問題。緬什科夫的保證是詭計，他說的甚至不是自己想說的話。這些話是他被迫說出來的，他游移的眼神像在看讀稿機一樣。他說的是阿波非斯的意志，但當他說完並與我四目相對，在那短暫的一刻，我看見了他眞正的想法。如果他能控制自己的嘴巴，他會淒厲地高喊受盡折磨後的哀求：「現在就殺了我！拜託！」

「緬什科夫，抱歉。」我說。我是眞心地替他感到抱歉。「魔法師和神必須站在同一邊。這個世界或許需要修修補補，但是値得保留。我們不能讓混沌獲勝。」

接著有好多事同時發生。莎蒂打開紙草卷開始唸咒。緬什科夫大喊：「攻擊！」惡魔紛紛向前衝過來。大鳶伸開翅膀打倒緬什科夫魔杖所發出的綠火攻擊，否則莎蒂大概會當場被燒成灰。我衝過去保護她，而狄賈登召喚旋風將自己環繞起來，朝弗拉迪．緬什科夫飛去。

我從惡魔中奮力走過，撞倒了一個有雷射刀頭的惡魔。我抓起他的腳踝，把他當武器般搖來晃去，並將他的同夥切碎成一堆堆沙子。莎蒂的大鳶用爪子抓起兩個惡魔扔到河裡。

同時，狄賈登和緬什科夫一起升到空中，在龍捲風裡交互纏鬥。他們繞著彼此打轉，發射火球、毒藥和鹽酸攻擊。太靠近他們的惡魔都立刻被融化。

在這當中，莎蒂唸著《拉之書》。我不知道她如何專心，可是她說的話既清楚又響亮。她祈求清晨和新的一天升起。金色的大霧開始在她腳邊擴散，蜿蜒穿過乾掉的蟲殼堆，彷彿在找尋有生命的東西一般。整個沙灘為之震動，在遠遠的地底下，阿波非斯氣憤怒吼。

「噢，慘了！」拉在我身後大喊。「蔬菜！」

我轉身看到其中一個最大的惡魔登上太陽船，在他的四隻手裡全拿著鋒利的刀。拉將覆盆子往他丟去，然後連滾帶爬逃走，躲在他的火焰王座後面。

我將雷射刀頭朝他朋友抛擲過去，並且抓起另一個惡魔的長矛往船的方向丟過去。

如果只是我自己丟擲長矛，我完全做不到長距離抛射，而且很可能不小心刺穿太陽神，這樣就尷尬了。幸好，我的新巨人形體擁有荷魯斯的擲矛能力。長矛正中四手惡魔的背。他丟下刀，踉蹌走到船邊，掉進了夜之河。

拉靠在船邊，朝他丟出最後一顆覆盆子。

狄賈登的龍捲風還是繼續繞著他轉，與緬什科夫鬥得難分難解，我看不出來哪一個魔法師居於上風。莎蒂的鳶盡可能保護她，用牠的喙刺死惡魔、用巨爪將他們粉身碎骨。莎蒂就是有辦法保持專心。金色大霧變得愈來愈濃，蔓延籠罩整片沙灘。

剩下的惡魔開始撤退時，莎蒂唸出最後一句咒語：「凱布利，從死亡之中復活出現的聖甲蟲，拉的重生！」

《拉之書》閃了一道光就消失了。地面震動，一隻聖甲蟲從一大堆死掉的蟲殼之中升空，是一隻活生生的金色甲蟲。牠往莎蒂飛去，停在她手心裡。

莎蒂露出成功的笑容，我幾乎敢大膽推測我們贏了。然後，嘶嘶的笑聲迴盪在整個洞穴中。大儀式祭司狄賈登控制不住他的龍捲風，朝太陽船飛去，用力撞上船首，撞斷了欄杆，一動也不動地躺著。

弗拉迪米爾．緬什科夫下降到地面，以蹲姿降落。在他腳邊，死掉的聖甲蟲殼消失，變成血紅色的沙。

「太棒了，」他說：「莎蒂．凱恩，你做得漂亮！」

他站了起來，所有洞穴裡的魔法能量似乎都湧向他的身體，金霧、紅光、發亮的象形文字，所有一切通通被吸入緬什科夫體內，彷彿他具有黑洞的引力。

他原本受傷的眼睛也治好了，起水泡的臉變得光滑、年輕、英俊。他的白色西裝自動修補好，然後布料變成暗紅色。他的皮膚像水面泛起了漣漪，我打了一個寒顫，發現他的皮膚正在長出蛇鱗。

在太陽船上，拉喃喃自語：「噢，慘了。需要斑馬。」

整片沙灘變成紅沙。

緬什科夫對著我妹伸出手。「莎蒂，把聖甲蟲給我，我會饒你一命。你和你的哥哥會活著，華特也會活下來。」

莎蒂緊緊抓著聖甲蟲，我準備好要發動攻擊。就算是在巨大隼戰士的身體裡，我感覺得到混沌的能量愈來愈強，並且在吸取我的力量。緬什科夫曾經警告過我們，沒有任何凡人能活著離開這個洞穴，我相信他說的話。我們時間不多了，但必須阻止阿波非斯。在我內心深處，我接受自己會死的事實。我現在是爲了朋友、爲了凱恩家族、爲了整個凡人世界而戰。

「阿波非斯，你想要聖甲蟲嗎？」莎蒂的聲音充滿鄙視。「要的話就自己過來拿，你這個噁心的……」她用了一些非常難聽的話去罵阿波非斯，那些字眼要是被外婆聽到，一定會要莎蒂一整年都用肥皂洗嘴巴。【不，莎蒂，我才不要用麥克風說出那些字。】

緬什科夫朝她走去。我撿起某個惡魔留下來的鐮子，莎蒂的大鳶飛在緬什科夫頭上，牠的爪子採取攻擊姿勢，但緬什科夫手一揮，像在趕蒼蠅一樣，大鳶就化爲一團羽毛。

「你把我當作神嗎？」緬什科夫怒吼。

他把注意力放在莎蒂身上時，我繞到他後面，盡力偷偷靠近他，不過當你是一個有四百多公分高的鳥人，這工作實在不太容易。

「我就是混沌！」緬什科夫大吼：「我會打斷你的骨頭，融化你的靈魂，把你送回原始沼澤老家去。現在，把聖甲蟲給我！」

「我是很想，」莎蒂說：「卡特，你覺得呢？」

緬什科夫現在才發現陷阱已經太晚了。我往前撲過去，用鐮子打中他的頭頂。緬什科夫重心不穩。我用身體把他撞到沙地上，然後站起來，用力跺腳把他埋得更深。我盡可能把他埋進裡面，接著莎蒂指著埋他的地方，唸出代表火的象形文字。沙子開始融化、變硬，形成一個棺材大小的結實玻璃磚。

我也想要在上面吐口水，但不確定用隼喙能不能做到。

還活著的惡魔做了一件明智的事。他們驚恐逃竄。有幾個惡魔跳進河裡讓自己融化，這可眞是替我們節省了許多時間。

「那不太難嘛。」莎蒂說，雖然我看得出混沌的力量開始讓她疲累了。就算是她五歲那年得到肺炎的時候，我也不覺得她當時臉色有這麼難看。

「快點。」我說。我的腎上腺素很快消退。我開始覺得戰鬥化身像是多了兩百多公斤的重量壓在我身上。「把聖甲蟲拿給拉。」

她點點頭，跑向太陽船。然而她才跑到一半，緬什科夫的玻璃墳墓就爆炸了。

這是繼莎蒂的「哈—迪」咒語之後，我所看過威力最強大的魔法爆炸。相較之下，眼前這場爆炸的威力大約是之前的五十倍。

一道高大的強勁沙柱和玻璃碎片將我打倒在地，撕裂我的化身。我恢復成原來的身體，看不見東西又痛得要命。我往旁邊爬開，遠離阿波非斯的笑聲。

「莎蒂．凱恩，你要去哪裡？」阿波非斯大喊，他的聲音現在就跟砲彈一樣低沉。「那個壞小孩拿著我的聖甲蟲要去哪裡？」

我眨眨眼，將沙子從眼睛裡弄掉。弗拉迪．緬什科夫……不，他可能看起來像弗拉迪，但他現在是阿波非斯，就站在十五公尺外的地方，沿著他在沙灘上弄出的坑洞邊緣行走搜尋。他要不是沒看到我，要不就是以爲我已經死了。他在找莎蒂，可是到處都看不到她。這場爆炸一定也把她埋進了沙裡，或更糟。

我的喉嚨好緊。我想站起來攻擊阿波非斯，但是身體不聽使喚。我的魔法力量耗盡，混沌的力量吸走我的生命力。光是靠近阿波非斯，就讓我感覺已經四分五裂，無論是我的腦細胞染色體、我的DNA，還有任何一切組成卡特．凱恩這個人的所有東西，都在慢慢消失中。

最後，阿波非斯雙手一攤。「不要緊，我晚一點會把你的身體挖出來。首先，我要來對付那個老頭子。」

有那麼一下，我以爲他在說狄賈登，因爲狄賈登仍舊沒有生命跡象，一動也不動地躺在斷掉的欄杆旁。但是阿波非斯爬到船上，完全不理大儀式祭司，直接走向火焰王座。

「拉，你好啊，」他用很親切的語氣說：「好久不見了。」

王座後面傳出一個微弱的聲音說：「不能玩。走開。」

「你要不要吃點心？」阿波非斯問。「我們以前一起玩得好開心，每天晚上都努力想要殺掉對方。你不記得了嗎？」

拉從王座背後探出他的光頭。「點心？」

「要不要來顆棗子？」阿波非斯從空中拿出一顆棗子。「你以前不是很愛吃夾心棗嗎？你只要走出來，讓我吃掉……我是說，好好娛樂你，就可以吃棗子。」

「要餅乾。」拉說。

「哪一種？」

「黃鼠狼餅乾。」

我在這裡告訴你，那句關於黃鼠狼餅乾的話，大概拯救了整個已知的宇宙。阿波非斯往後退，顯然是對這句比他自己更加混沌的話給搞迷糊了。就在那一刻，米歇爾．狄賈登出手攻擊。

大儀式祭司一定是裝死，或是他能夠快速復原。他站起來，整個人撲向阿波非斯，將他撞進燃燒的王座。

緬什科夫用他以前的沙啞聲慘叫。裊裊蒸氣冒出，就像水淋在烤肉架上一樣。狄賈登的袍子著火。拉驚聲尖叫跑到船的後面，用彎柄手杖在空中戳來戳去，彷彿這樣可以趕走壞人。

我掙扎著站起身，但還是感覺自己背了好幾百公斤的重量。緬什科夫和狄賈登彼此在王座前扭打成一團，這正是我在時代廳看過的景象，新時代的第一刻。

我知道我應該去幫忙才對，但我沿著沙灘到處爬，試著判定最後一次看到莎蒂的地方。然後我跪下來，開始挖掘。

狄賈登和緬什科夫彼此來回纏鬥，狂喊有力的字眼。我瞥了一眼，看見一朵滿是象形文字的雲和紅光旋轉圍繞著他們。大儀式祭司召喚瑪特，但阿波非斯很快就用混沌咒語化解開來。至於拉，這位偉大的太陽神匆匆爬到船尾，膽小地躲在舵柄下面。

我繼續挖。

「莎蒂，」我喃喃說：「快點啊。你在哪裡？」

「想一想。」我對自己說。

我閉上眼睛想著莎蒂，回想從聖誕節以來我們兩人共有的記憶。我們分開很多年沒住在一起，但過去這三個月，她成爲我在這世上最親近的人。如果她能在我失去意識時想出我的祕密名字，我當然也能在沙堆中找到她。

我往左邊爬了幾公尺，又開始挖。很快的，我碰到莎蒂的鼻子。她發出呻吟聲，這表示她至少還活著。我拍掉她臉上的沙。她開始咳嗽，然後舉起手臂。我將她從沙堆裡拉出來，鬆了一口氣，差點要哭出來，不過因爲我的男子氣概，我忍住了。

【莎蒂，你閉嘴。現在這段故事是我在說的。】

阿波非斯和狄賈登仍舊在太陽船上來回纏鬥。

狄賈登大喊：「黑穴！」一個象形文字出現在他們兩人中間：

阿波非斯像被行進中的火車勾到一樣飛出船外。他飛過我們頭頂，掉落在一公尺外的沙地上。

「做得好，」莎蒂迷茫地喃喃說著：「這是代表『轉身』的象形文字。」

狄賈登搖搖晃晃走下太陽船。他的袍子還在悶燒，但是他從袖子裡拿出一尊陶土像，是一條上面刻有象形文字的紅蛇。

莎蒂倒抽一口氣。「阿波非斯的薩布提？製造這種薩布提是死刑！」

我可以了解原因。影像具有力量。落入壞人手裡，這種薩布提只會增強或甚至召喚出本尊，把玩阿波非斯的雕像太過危險，但這也是某個特定咒語的必備材料……

「詛咒，」我說：「他想要抹除掉阿波非斯！」

「那是不可能的！」莎蒂說：「他會沒命的！」

狄賈登開始誦唸，象形文字在空中圍繞著他發光，旋轉成一個有保護力量的角錐。莎蒂試著站起來，但是她的狀態沒有比我好到哪裡去。

阿波非斯坐起身子。他的臉因爲火焰王座而燒得一塌糊塗，看起來就像某個人弄掉在沙灘上的漢堡肉。【莎蒂說那太噁心了。很抱歉，但這種形容其實很貼切。】

當他一看見大儀式祭司手裡那個雕像，開始憤怒狂吼：「米歇爾，你瘋了嗎？你不能詛咒我！」

「阿波非斯，」狄賈登誦唸著：「我將你命名爲混沌主宰、黑暗之蛇、十二星之恐懼、受厭恨之……」

「住嘴！」阿波非斯大叫：「你們關不住我！」

他對著狄賈登射出一道火焰，但那股力量只是加入環繞大儀式祭司的旋轉雲，變成代表

「熱」的象形文字。狄賈登往後退，在我們面前變老，腰彎得愈來愈低，人也更加虛弱，但聲音仍然有力。「我替神發聲。我替生命之屋發聲。我是瑪特的僕人。我將你扔在腳下。」

狄賈登把紅蛇往地上一丟，阿波非斯倒在他旁邊。

混沌之王將他所有東西都朝狄賈登扔去，冰塊、閃電、大石頭等等，但沒有一樣打中，全都變成大儀式祭司防護罩裡的象形文字。混沌被逼著變成文字形式，變成創造出來的神聖語言。

狄賈登將紅蛇陶像在他腳下打破。阿波非斯痛苦地扭動。那曾經是弗拉迪米爾．緬什科夫的東西如蠟像殼般瓦解，有一條東西從裡面升起，一條全身沾滿黏液的紅蛇彷彿剛剛孵化出來。他開始變大，紅色的鱗片發亮，眼睛發光。

他在我心裡發出嘶嘶聲說：「你們關不住我！」

然而他現在也升不上去。沙子繞著他旋轉，一個通道打開，就設在阿波非斯身上。

「我抹去你的名字，」狄賈登說：「我將你從埃及的記憶裡消除。」

阿波非斯慘叫。沙灘以他爲中心內爆，吞噬掉大蛇並將紅沙吸進漩渦。

我抓起莎蒂的手往太陽船跑去。狄賈登筋疲力竭跪倒在地，我終於勉強勾住他的手臂，把他拖到岸上，然後和莎蒂一起把他拉到船上。拉總算從他躲藏的地方跑出來。發光的光球僕人划動船槳，我們駛離沉入黑暗水域的整個沙灘，紅光在水面下一閃一閃波動起伏。

狄賈登快死了。

他身邊的象形文字已經消失。他的前額發燙，皮膚如同紙一樣又乾又薄，只能發出斷啞的氣音。

「詛咒的驅離不……不會太久，」他警告我們：「只能替你們多爭取一點時間而已。」

我緊握他的手，彷彿他是我的老朋友，而不是從前的敵人。和月神一起下過施奈特棋之後，買一些時間已經不會讓我看不起了。「你爲何要這麼做？」我問。「你用盡生命的力量去驅逐他。」

狄賈登虛弱地笑一笑。「我不怎麼喜歡你，但你是對的。從前的方式……是我們唯一的機會，告訴阿摩司……告訴阿摩司事情的經過。」他虛弱地抓著自己的豹皮披肩，我發現他是想要拿下來。我幫他拿開，他卻將披肩塞進我手裡。「把這個……拿給其他人看……告訴阿摩司……」

他轉了轉眼珠，大儀式祭司就此離世。他的身體分解爲象形文字，文字多得無法一一細讀，這是他一生的故事。然後，這些文字到處飄盪，流進了夜之河。

「再見，」拉喃喃自語：「黃鼠狼生病了。」

我差點忘了這位老太陽神。他又癱在王座上，頭靠著他那彎柄手杖的圈圈處，心不在焉地用他的連枷對著光球僕人揮舞。

莎蒂顫抖地深呼吸一口氣。「狄賈登救了我們。我……我也不喜歡他，但是……」

「我懂，」我說：「可是我們必須繼續下去。你那隻聖甲蟲還在嗎？」

莎蒂從口袋裡拿出還在蠕動的聖甲蟲。我們一起走到拉的面前。

「拿去。」我對他說。

拉動了動他那滿是皺紋的鼻子。「不要蟲子。」

「這是你的靈魂！」莎蒂斥責。「你拿去，你會喜歡牠！」

拉看起來很膽小害怕。他拿了聖甲蟲，但令我大爲恐懼的是，他把聖甲蟲往嘴裡一丟，吞了下去。

「不！」莎蒂大喊。

太遲了。拉已經把牠吞下肚了。

「噢！天啊！」莎蒂說：「他是要這樣做嗎？也許他應該這樣做。」

「不喜歡蟲子。」拉喃喃自語。

我們等著他轉變爲一個年輕有力的國王，結果他開始打嗝。他還是一樣老、一樣奇怪、一樣噁心。

我和莎蒂茫然地走回船頭。一切能做的事情，我們都做了，但我覺得我們還是輸了。我們繼續航行，魔法的壓力似乎漸漸減輕。河流變得平緩，感覺上我們正快速從杜埃升起。儘管如此，我還是覺得體內正在融化。莎蒂看起來也沒好到哪裡去。

緬什科夫的話在我腦海裡迴響：「凡人無法活著離開這個洞穴。」

「這是混沌引起的病，」莎蒂說：「我們辦不到，對吧？」

「我們必須堅持下去，」我說：「至少要撐到日出。」

「撐過所有這一切，」莎蒂說：「還有已經發生的事情嗎？我們找回一個老到不行的神，我們失去了貝斯和大儀式祭司，而且我們快死了。」

我握著莎蒂的手。「也許不會。你看。」

在我們前面，隧道變得愈來愈明亮。洞穴牆壁消失了，河流也變寬。兩根柱子從水裡升起，是兩尊巨大的金色聖甲蟲雕像。在它們後面，曼哈頓的天際線閃閃發亮。夜之河流入了紐約港。

「每個清晨都是一個新世界，」我想起爸爸曾經這麼說過，「也許我們都會被治好。」

「拉也一樣嗎？」莎蒂問。

我沒有答案，但我開始覺得舒服一些而且更有力量，彷彿好好睡過一覺似的。當我們從兩尊黃金聖甲蟲雕像中間通過，我抬頭看向右邊。在河的對面，布魯克林上空冒出煙霧，出現一陣陣不同顏色的閃光和火焰，而有翅膀的生物正在空中大戰。

「他們還活著，」莎蒂說：「他們需要幫忙！」

我們將太陽船轉向，直接航向戰場。

23 最後決戰

【卡特，你這眞是要命的錯誤。在最重要的部分把麥克風交給我？你現在再也拿不回去了，故事的結局是我的了。哈哈哈！】

噢，感覺眞好。我會好好統治全世界的。

但我離題了。

你可能看過新聞報導，是關於三月二十一日早上布魯克林日出時分，出現了兩個奇怪的日出。有許多理論解釋這個現象：因爲汙染造成的霾；大氣層的較底層溫度下降；外星人或另一次導致民眾恐慌的沼氣外洩事件。我們眞是愛死了布魯克林的沼氣！

不過，我能證實的是，天空中只有短暫出現過兩個太陽。我之所以知道，是因爲我人就在其中一個太陽上。普通的太陽就和往常一樣升起，但是還有一艘拉的船從杜埃升起時發出熾熱光芒，從紐約港出發進入凡人世界的天空。

對底下的觀眾來說，第二個太陽出現與第一個太陽的光線結合在一起。事實上發生了什麼事呢？太陽船朝著布魯克林之家降落，它的光芒漸漸變弱，再加上這棟大屋子抵擋凡人的僞裝防護將船包圍起來，使得船看起來似乎消失了。

防護裝置已經超時使用，而全副武裝的戰爭正如火如荼進行中。葛萊芬怪胎在空中俯衝加入戰鬥，對抗有翅膀的火焰蛇，也就是昂首聖蛇。

【我知道『昂首聖蛇』這個詞很拗口，但卡特堅持要說出牠的正名，就這一點是吵不過他的。只要對他說『你是對的』，然後慢慢唸，你就會說得比較順。】

怪胎叫喊：「嘎！」然後一口吞下一條昂首聖蛇，可惜寡不敵眾。牠的毛皮都被燒傷，發出嗡嗡聲響的翅膀一定也受傷了，因爲牠就像一架壞掉的直升機不停打轉。

牠在屋頂上的巢已經著火。我們的通道斯芬克斯像也整個破碎，煙囪沾上大量的黑色灰塵，表示某個人或東西曾在那裡爆炸。一隊敵方的魔法師和惡魔以冷氣設備當掩護，正與姬亞及華特交戰中，而他們兩人正防守著樓梯，不讓這群敵人入侵。在無人的屋頂兩邊，雙方互相朝對面拋擲火焰、薩布堤和象形文字炸彈。

當我們在敵人頭上漸漸降落，年老的拉（對，他還是和之前一樣老）將身體靠在船身的一側，拿著彎柄手杖對每個人揮舞。「大家好！斑馬！」

兩邊的人都驚訝得抬頭往上看。「拉！」一個惡魔大叫。然後每個人都接著大喊：「拉？」「拉！」「拉！」

他們的聲音聽起來像是世界上最恐怖的啦啦隊。

昂首聖蛇不再噴火，立刻飛向太陽船，這使怪胎大感意外。牠們開始像榮譽護衛般繞著我們打轉，我想起緬什科夫說過牠們原本是拉所創造的生物，顯然牠們認得以前的老主人（我要特別強調「老」這個字）。

隨著太陽船漸漸下降，大多數在底下的敵人紛紛逃竄，然而當動作最慢那個惡魔說：「拉？」並抬頭往上看時，我們的太陽船就降落在他頭上，發出令人滿意的喀啦聲。

卡特和我加入戰鬥。儘管我們先前經歷了一切，仍讓我覺得好極了。我們一從杜埃升起，混沌的不舒服感立刻消失。我的魔法能量強大、精神抖擻。如果我剛洗完澡、換上乾淨的衣服、喝杯好茶，我就是在天堂了。（把這句話改掉。現在我已經看過天堂，我不怎麼喜歡那裡。能待在我的房間就很好了。）

我將一個惡魔變成老虎，並把牠丟進牠的同伴中。卡特又開啓他的戰鬥模式，幸好只有發光的金色，那三公尺高的鳥人對我來說有點太可怕了。他從嚇壞的敵人魔法師之中殺出一條路，用手一揮將那些人掃進東河。姬亞及華特從樓梯跑過來，幫我們掃除剩餘的殘軍，然後臉上帶著大大的笑容朝我們而來。他們看起來傷痕累累還有瘀傷，但仍好好活著。

「嘎！」葛萊芬說。牠飛下來，降落在卡特旁邊，用頭去撞他的戰鬥化身，希望這表示牠充滿了感情。

「嘿，夥伴。」卡特搔搔牠的頭，小心避開怪物電鋸般的翅膀。「各位，發生了什麼事？」

「跟他們用講的沒用。」姬亞冷冷地說。

「敵人整晚試圖進入屋裡，」華特說：「阿摩司和巴絲特一直在抵擋他們，但是……」他瞄了一眼太陽船，聲音結結巴巴，「那是……那不是……」

「斑馬！」拉大喊，露出沒有牙齒的笑容，搖搖晃晃朝我們走來。

他直接走到姬亞面前，從嘴裡拉出一樣東西，是發光的黃金聖甲蟲。那隻蟲變得溼答答，但還沒被消化。他把聖甲蟲拿給姬亞，說：「我喜歡斑馬。」

姬亞往後退。「這是……這是太陽神拉？爲什麼他要給我一隻蟲？」

「他說的斑馬是什麼意思？」華特問。

拉看著華特，發出不贊同的嘖嘖聲。「黃鼠狼生病了。」

突然間，一股寒顫傳遍我全身。我的頭開始感到旋轉，彷彿在杜埃的不舒服都回來了。在我心裡深處，一個想法開始成形，是件很重要的事。

斑馬……就是姬亞；黃鼠狼……是華特。

在我可以進一步思考這件事之前，砰的一聲巨響撼動了整棟屋子。一塊塊石灰岩從房子側邊飛出，如同下雨般落在倉庫作業場上。

「他們又破壞了牆壁！」華特說：「快走！」

我認爲我自己有點散漫又亢奮，但是剩下的戰鬥發生得太快，我根本無法記錄。拉完全拒絕與斑馬和黃鼠狼分開（抱歉，是姬亞和華特才對），所以我們把他留在太陽船那裡，交給他們兩人照顧，而怪胎載著我和卡特飛到下面的平台。我們從牠的爪子往下跳到自助餐桌上，發現巴絲特手裡拿著刀到處旋轉，將惡魔切碎成細沙，並把魔法師踢進游泳池。我們的白子鱷魚馬其頓的菲利普，開心地好好娛樂了他們一番。

「莎蒂！」她鬆了口氣似地大喊。【對，卡特，她叫我的名字而不是叫你，畢竟她認識我比較久。】她似乎玩得很高興，但語氣很緊急。「他們突破了東牆的防護。快進到屋裡！」

我們跑過門口，躲開一隻不知從哪裡飛過頭上的袋熊，大概是某個人的咒語失靈。我們踏進這一團混亂。

「喔，荷魯斯啊！」卡特驚呼著。

事實上，荷魯斯大概是唯一沒在大廳房作戰的人物。我們那隻強悍的狒狒古夫騎在一個滿屋跑的魔法師身上，牠用魔棒勒住魔法師，把他逼到牆角，魔法師臉色發青。菲力斯對一名魔法師放出一隊企鵝，魔法師躲在魔法圈裡，像罹患某種創傷後壓力症候群般尖叫著：「不要再到南極洲了！哪裡都行，就是不要那裡！」艾莉莎召喚蓋伯的力量，修好了一個敵人在遠處牆壁所造成的大洞。朱利安第一次召喚出戰鬥化身，以他發光的劍將惡魔碎屍萬段。就連書蟲克麗約都在房裡跑來跑去，從口袋掏出紙草卷，隨意唸出有力量的字眼，像是「看不見！」、「地平線！」和「瓦斯！」（對了，這些字眼發生了奇蹟，它們讓敵人動彈不得）。在我視線所及之處，我們的生徒占了上風。他們戰鬥的模樣，彷彿花了一整晚等待攻擊的機會，而我猜事實也的確如此。還有潔絲！她看起來非常健康！她將一個薩布提打到飛進壁爐，碎成一地。

我心裡有種感動不已的驕傲，對此我也感到驚訝。我一直擔心我們年輕的生徒能否活下來，但是他們完全將這些經驗老到的魔法師踩在腳下。

最令人欽佩的還是阿摩司。我看過他施展魔法，但從來不像這樣。他站在透特雕像旁揮動魔杖，召喚雷電炸開敵人魔法師，並用小小的暴風雲將他們扔開。一名女魔法師朝他攻擊，她的魔杖發出紅色的火焰，但阿摩司只是簡單敲敲地板，她腳底下的大理石變成沙子，讓她整個沉到地下，只露出脖子以上。

卡特和我彼此互望，露齒而笑，加入戰鬥中。

我們大獲全勝。很快的，惡魔都變成一堆沙，而敵人魔法師開始驚慌逃竄。他們顯然以為自己的對手是一群沒受過訓練的小孩，他們還未領教過凱恩家的全套招待。

其中一名女子打開遠處牆壁的通道。

「阻止他們！」艾西絲的聲音在我心裡說。她安靜了這麼久，現在突然出聲，的確嚇了我一跳。「他們必須聽到事實。」

我不知道是從哪兒來的想法，但我舉起雙臂，身體兩側出現發光的彩虹翅膀，是艾西絲的翅膀。

我張開雙翅，一陣風和五顏六色的光將敵人打倒在地，我們的朋友則完全沒事。

「聽我說！」我大喊。

每個人都安靜下來。我的聲音通常聽起來比較蠻橫，現在似乎又增強了十倍。翅膀大概也讓人不得不注意。

「我們不是你們的敵人！」我說：「不管你們是不是喜歡我們，這個世界改變了。你們需要親耳聽到事情經過。」

當我告訴大家有關我們進入杜埃的經歷、拉的重生、緬什科夫的背叛、阿波非斯的興起、狄賈登犧牲自己驅逐大蛇這些事，我的魔法翅膀漸漸消失。

「你說謊！」一個穿著燒焦藍袍的亞洲男子走向前來。從卡特曾經告訴過我的預視，我猜他就是桂。

「是眞的。」卡特說。他的化身不再包圍他，他的衣服變回我們在開羅買給他的凡人衣服，但看起來還是很有氣勢、很有自信。他舉起大儀式祭司的豹皮披肩，我感覺整個房間的人都十分震驚。

「狄賈登站在我們這邊奮戰，」卡特說：「他擊敗緬什科夫，並用詛咒逼退阿波非斯。他犧牲自己的生命替我們爭取了一些時間，可是阿波非斯還會回來。狄賈登要你們知道他死前最後說的話，他告訴我要把這件披肩拿給你們看，並說明事實眞相。尤其是你，阿摩司，他想讓你知道，神之道已經恢復了。」

敵人的逃脫通道還在旋轉，但沒有人走進去。

召喚通道的女子在地上吐口水。她穿著白袍，頂著一頭刺刺的黑髮。她對同伴大喊：「你們在等什麼？他們把大儀式祭司的披肩拿給我們看，還說了一個這麼瘋狂的故事。他們是凱恩家的人！叛徒！說不定就是他們殺了狄賈登和緬什科夫。」

阿摩司的聲音很有威嚴，傳遍整個房間。「莎拉·雅各比！這裡的所有人之中，你最清楚你剛剛說的都是謊話。你窮其一生鑽研混沌之道，可以感覺到阿波非斯被釋放了，對不對？你也能感覺到拉的重返。」

阿摩司指著通向平台的玻璃門。我不知道他怎麼可以不用看就知道，但是太陽船正往下飄，最後停在菲利普的泳池裡。船降落的方式令人讚歎。姬亞和華特站在王座的兩側，他們好不容易幫拉坐直，好讓手裡拿著彎柄手杖和連枷的他看起來有點像樣，雖然他的臉上還是掛著傻笑。

原本在平台上震驚不動的巴絲特馬上跪下。「陛下！」

「哈——囉，」拉顫抖著聲音說：「再——見！」

我不確定他的意思，但巴絲特立刻起身，突然間警覺起來。

「他要升空了！」她說：「華特、姬亞，你們趕快跳下來！」

他們及時跳船。太陽船開始發光。巴絲特轉向我大喊：「我會陪他去找其他神！別擔心，我馬上回來！」她跳上船，太陽船開始飄進天空，變成一團火球，然後沒入陽光中消失不見。

「那就是你們要的證據，」阿摩司宣布：「眾神和生命之屋必須團結合作。莎蒂和卡特說得對，大蛇不會被壓制太久，他現在已經打破鎖鍊。誰要加入我們？」

幾名敵軍的魔法師丟下他們的魔杖和魔棒。

穿著白衣的莎拉．雅各比咆哮說：「凱恩，其他行省永遠不會承認你的繼位。你被賽特的力量汙染了！我們會把這話散播出去，我們會讓他們知道是你殺了狄賈登。他們永遠不會追隨你！」

她跳進通道。穿著藍袍的桂鄙視地打量我們，隨著她一起跳進去。另外三個魔法師也照著做，但我們就讓他們和平離開。

阿摩司恭敬地從卡特手裡拿起豹皮披肩。「可憐的米歇爾。」

所有人都圍繞在透特的雕像旁。這是我第一次發現大廳房受到多麼嚴重的損壞。牆壁全都龜裂，窗戶破了，紀念品碎裂，阿摩司的樂器燒壞剩下一半。我們幾乎毀了布魯克林之家，這是三個月內第二次，那一定能創下紀錄。然而，我想要給房裡每個人大大的擁抱。

「你們都很了不起，」我說：「你們在幾秒鐘內就消滅了敵人！如果你們打得這麼漂亮，他們要如何壓制你們一整晚？」

「但是我們幾乎無法把他們擋在外面！」菲力斯說，他對自己的成功感到迷惑。「到了早上的時候，我幾乎一點力氣都沒有。」

其他人嚴肅地點點頭。

「況且我當時還在昏迷中。」傳來一個熟悉的聲音說。潔絲推開人群，擁抱我和卡特。看到她眞好，我爲自己之前嫉妒她和華特的事感到可笑。

「你現在沒事了嗎？」我摟著她的肩膀，仔細端詳她的臉，找尋是否有任何不舒服的跡象，不過她看起來就像平常活潑快樂的她。

「我很好！」她說：「我在清晨時醒來，覺得神清氣爽。我猜是你們抵達的時候……不知道，某種事就發生了。」

「是拉的力量，」阿摩司說：「當拉升空，他替我們所有人帶來新生、新能量。他提振復甦了我們的精神。少了他，我們會失敗。」

我轉向華特，不太敢問他。有沒有可能他也被治好了？但他的眼神告訴我，祈禱尚未應驗。我想他可能感覺到肢體上的疼痛，在他用了這麼多魔法之後。

「黃鼠狼生病了。」拉不斷重複這句話。我不確定爲何拉對華特的狀況這麼有興趣，顯然連太陽神的力量也無法治好他。

「阿摩司！」卡特開口說話，打斷了我的思緒。他說：「莎拉．雅各比說其他行省不會承認你的繼位，那是什麼意思？」

眞是無法忍受。我嘆口氣，對他翻個白眼。我哥有時就是遲鈍得不得了。

「什麼啦？」他問。

「卡特，」我說：「你記不記得我們曾聊過世界上最厲害的魔法師？狄賈登是第一，緬什科夫是第三，而你在擔心第二是誰？」

「對，」他承認：「但是……」

「現在狄賈登死了，所以第二厲害的魔法師就是世界上最厲害的魔法師。而你認爲那個人會是誰？」

漸漸的，他的腦細胞開始發動，這證明奇蹟也會發生。他轉向阿摩司，眼睛瞪得好大。

我們的叔叔嚴肅地點點頭。

「孩子們，恐怕是如此。」阿摩司將豹皮披肩繞在肩膀上。「不管我喜不喜歡，領導的責任現在落在我肩上。我是新的大儀式祭司。」

24 不可能的保證

我不喜歡說再見，卻必須告訴你們這麼多關於離別的事。

【不，卡特，這不是在邀請你接過麥克風。走開啦！】

到了傍晚，布魯克林之家又恢復原有的秩序。艾莉莎幾乎獨自以大地之神的力量完全修復了屋子的所有磚瓦。我們的生徒很了解「海—奈姆」的咒語，有能力修復其他大多數破掉的東西。古夫用破布和清潔液打掃，牠身手矯健，就跟打籃球時一樣靈巧敏捷。牠把大塊清潔布條綁在葛萊芬的翅膀上，竟然就完成了許多打亮、除塵和擦拭的工作，這個場面實在很驚人。

我們在那天有好幾場會議要開。馬其頓的菲利普在水池裡看守，薩布堤大軍巡視地面，但沒有人試圖對我們發動攻擊，阿波非斯的手下或魔法師都沒有出手。所有三百六十個行省都得知這些消息：狄賈登死了、阿波非斯復活、拉返回人間、阿摩司．凱恩成為新任大儀式祭司。我幾乎能感覺到有種集體震撼蔓延散布至所有行省。我不知道哪件事對他們來說最感到不安，但是我想，在其他行省消化事情的演變經過，並決定下一步該怎麼進行時，我們至少還有一點喘息空間。

就在傍晚前，卡特和我回到屋頂，姬亞替自己及阿摩司打開通往開羅的通道。

自從在大都會博物館與姬亞第一次見面，到現在已經發生好多事。姬亞的頭髮剛剪過，身穿新的米色袍子，看起來就跟我們第一次與她說話時一樣。我想，技術上來說，在博物館的人根本不是她，因爲那是她的薩布提替身。

【對，我知道。要記住所有這些事眞的非常混亂。你應該學會召喚頭痛藥的咒語，這非常好用。】

旋轉的大門出現，姬亞轉身向我們道別。

「我會陪同阿摩司，我是說大儀式祭司，前往第一行省。」她向我們保證，「我會確保他將獲得認可，成爲生命之屋的領導人。」

「他們會反抗你，」我說：「小心點。」

阿摩司微笑。「我們會沒事的，別擔心。」

他一身平日衣冠楚楚的打扮，金色絲質西裝搭配他的新豹皮披肩，頭上戴著紳士帽，編成辮子的髮辮上繫著黃金珠子。他的腳邊擺著一個皮製旅行袋和一個薩克斯風盒。我想像他坐在法老王座的階梯上，吹奏著次中音薩克斯風，或許吹奏的是約翰．柯川[76]的曲子。新時代在紫色的光芒下開啓，發光的象形文字從他的喇叭中冒出來。

「我們會保持聯絡，」他向我們保證，「況且，布魯克林之家在你們手中都步上了軌道。你們不再需要導師了。」

雖然我討厭他離開我們，仍試著擺出勇敢的樣子。我雖然已經滿十三歲，卻不表示我想要負擔大人的責任。我當然不想負責管理第二十一行省，或是帶領軍隊去打仗；但我想，沒有一個人被放在這種位置時，就覺得自己已經準備好了。

姬亞將手放在卡特手臂上。他跳起來，彷彿她拿電擊棒碰到他一樣。

「我們很快就會再好好談談，」她說：「等到……事情平靜以後。不過，謝謝你。」

卡特點點頭，雖然他看起來心都碎了。我們曉得事情不會很快結束，甚至無法保證我們是否會再活著看到姬亞。

「你多保重，」卡特說：「你還有重要的角色要扮演。」

姬亞看我一眼。我們之間有某種奇特的理解流動著。有關她可能要扮演的角色，我想她開始有所懷疑，並害怕得不得了。我不能說我已經完全了解，可是我懂她的不安。「斑馬。」拉曾經這樣叫她。拉醒來之後就一直在說斑馬，說個不停。

「如果你需要我們，」我說：「別猶豫，立刻告訴我們，我會趕過去，要那些第一行省的魔法師嘗嘗我的厲害。」

阿摩司親吻我的額頭，拍拍卡特的肩膀。「你們兩個讓我感到很驕傲。你們讓我多年來第

---

76 約翰．柯川（John Coltrane, 1926-1967），知名薩克斯風演奏者，一生都在研究開創爵士樂的新面貌，被譽為爵士樂史上最有影響力的樂手。

一次有了希望。」

我想要他們再多待一會兒，我想跟他們多說一些話。但和孔蘇在一起的經驗教會我不可以對時間貪心，最好能夠感激所擁有的時間，而不是渴望更多。

阿摩司和姬亞走入通道，消失不見。

就在太陽西沉後，一臉倦容的巴絲特出現在大廳房中。她身上不是穿著平常的運動衣，而是正式的埃及衣裙，戴著看起來很不舒服的沉重珠寶。

「我已經忘記搭太陽船通過天空有多麼辛苦了。」她說，一邊揉著自己的眉頭，「而且非常熱。下一次，我要帶碟子和一大罐冰牛奶去。」

「拉還好嗎？」我問。

貓女神咬著嘴唇。「嗯……還是老樣子。我將船轉向神的王座廳。他們已經準備好一批新船員加入今晚的旅程，但是你應該在他離開前去看他。」

「今晚的旅程？」卡特問。「通過杜埃？我們才剛把他帶回來而已！」

巴絲特攤開手。「不然你以爲會是什麼？你們重新開啓了古代的循環。拉白天會在天上，晚上會在河上。眾神必須像從前一樣保護他。來吧，我們只有幾分鐘時間。」

我正要問她打算如何讓我們進入神的王座廳，因爲巴絲特不斷告訴我們她很不擅長召喚通道，接著一扇影子大門在空中打開。阿努比斯走出來，看起來就跟平常一樣討人厭地帥氣。他穿著黑色牛仔褲、皮夾克和一件貼緊胸膛的白色棉質T恤。不知道他是不是故意耍帥，我想不是。說不定他早上就算用滾的下床，看起來還是一樣完美。

對……那個景象不會幫助我集中注意力。

「你好，莎蒂。」他說。【沒錯，卡特，他也是先和我打招呼。我能說什麼？我就是這麼重要。】

我試著對他露出生氣的樣子。「你這傢伙，我們在冥界用自己的靈魂做賭注時，沒看到你在那裡。」

「對，我很高興你活了下來，」他說：「要不然你的輓聯可不太好寫。」

「噢，眞好笑。你那時在哪裡？」

他的棕眼露出極大的悲傷。「一件別的計畫，」他說：「但現在，我們動作要快了。」

他示意我們走入黑暗之門，爲了向他表示我不害怕，我第一個大步向前走。

在另一邊，我們發現自己在神的王座廳裡。一大群神轉身面向我們。王宮似乎比我們上次來的時候更大、更豪華。柱子比較高，彩繪也更加精緻。打亮的大理石地板轉動著天上星辰的設計，彷彿我們走過了銀河一般。天花板亮得像是巨大的螢光看板。荷魯斯所坐的王位及高台被移到一旁，現在看起來比較像是一旁觀眾的椅子，而不是主角。

在房間中央，太陽船停在乾船塢發亮。光球船員到處閃動，清理船身，檢查索具。昂首聖蛇在火焰的王座轉來轉去，拉穿著埃及國王的衣服坐在王座上，大腿上擺著彎柄手杖和連枷。他的下巴落在胸前，大聲打呼。

一個肌肉發達的年輕人穿著皮製盔甲走到我們面前。他剃成光頭，兩個眼睛的顏色不一樣，一邊是銀色，一邊是金色。

「卡特和莎蒂，歡迎你們，」荷魯斯說：「我們深感榮幸。」

他說的話和他的語氣不一樣，他的語氣既僵硬又正式。其他的神也恭敬地向我們鞠躬，但我感覺得到他們表面下的明顯敵意。他們全都穿著最好的盔甲，看起來氣勢非凡。鱷魚神索貝克（他不是我喜歡的神）穿著發亮的綠色鎖子甲，手拿一根巨大有水流動的魔杖。奈赫貝特展現了一隻禿鷹所能達到最乾淨的一面，她的黑色羽毛斗蓬絲滑蓬鬆。她低頭向我示意，眼神卻流露出她還是很想將我撕碎。狒狒神巴比刷過了牙齒，也梳理了毛。牠拿著一顆橄欖球，大概是外公對橄欖球的痴迷也影響了牠。

孔蘇穿著發亮的銀色外套站在一旁，將一枚錢幣拋向空中，對我們微笑。我想揍他，但他點點頭，彷彿我們是老朋友。就連賽特也在那裡，穿著他邪惡的紅色迪斯可西裝，靠在人群後面的一根柱子上，手裡拿著他的黑色鐵杖。我記得他保證過，在我們釋放拉之前不會殺我，但現在，他似乎很放鬆。他脫帽，對我笑，彷彿在享受我的不安。

知識之神透特是唯一沒打扮的神。他穿著平常的牛仔褲和沾滿潦草字跡的實驗室外套。他用那奇異如萬花筒的眼睛端詳著我，我覺得在這些神中，唯有他真正同情我的不安。

艾西絲走向前來。她穿著薄紗衣裙，一頭黑色長髮綁成辮子，放在肩膀後面，彩虹翅膀在身後閃閃發光。她正式向我一鞠躬，但我感覺到她身上傳來的陣陣寒意。

荷魯斯轉身面對那一群神。我發現他不再戴著法老的王冠。

「各位看啊！」他對群眾說：「卡特．凱恩及莎蒂．凱恩喚醒了我們的王！不要懷疑，敵人阿波非斯已經興起壯大。我們一定要在拉的身後團結起來。」

拉在睡夢中喃喃自語：「魚、餅乾、黃鼠狼……」然後繼續打呼。

荷魯斯清清喉嚨。「我宣誓效忠！希望你們所有人也都照做。今晚當我們通過杜埃時，我會保護拉的船。你們每個人都要輪流擔任這份工作，直到太陽神……完全康復。」

他的口氣聽起來一點也不相信這會發生。

「我們會找到打敗阿波非斯的方法！」他說：「現在，讓我們慶祝拉的返回！我像擁抱兄弟一般擁抱卡特．凱恩。」

音樂開始響起，迴盪在大廳。拉仍舊坐在船上的王座，他醒來並開始拍手。他對著附近環繞的神笑著，有些神以凡人形象出現，有些則化爲雲、火焰或光芒。

艾西絲牽起我的手。「莎蒂，我希望你知道自己在做什麼，」她用冷冷的口吻說：「我們最大的敵人已經壯大興起，而你卻讓我的兒子退位，讓一個衰老的神成爲我們的領袖。」

「給他一個機會。」我說，雖然我的腳踝變得像奶油一樣發軟。

荷魯斯緊緊摟住卡特的肩膀。他說的話也沒有比較友善。

「卡特，我是你的盟友，」荷魯斯保證，「無論你何時開口請求，我都會將力量借給你使用。你會在生命之屋重新復興我的魔法研究之路，我們會一起奮戰消滅大蛇。但是不能犯錯，你讓我丟了王位。如果你的選擇使我們付出開戰的代價，我發誓在阿波非斯將我吞噬前，我最後一個動作就是把你當成小蟲捏死。如果事情的結果是我們不需靠拉的幫忙而打贏戰爭；如果你讓我丟臉丟得毫無代價，我發誓，克麗奧佩特拉之死和阿肯納頓的詛咒，都比不上我將降在你及你們家族身上的憤怒。你懂嗎？」

要稱讚卡特的是，他抬頭挺胸面對戰神的凝視。

「做好你的工作就對了。」卡特說。

荷魯斯爲了觀眾而大笑，彷彿他剛剛和卡特分享了一則有趣的笑話。「走吧，卡特，看看你的勝利所付出的代價。讓我們希望你所有的盟友不會共享這樣的命運。」

荷魯斯背向我們，加入慶祝的神之中。艾西絲最後一次對我微笑，化爲閃亮的彩虹。巴絲特站在我旁邊，忍著不說話，但是她看起來像是想把荷魯斯當逗貓玩具般好好抓一頓。

阿努比斯一臉尷尬。「莎蒂，抱歉。神實在是……」

「不知感激？」我問：「令人火大？」

他臉紅了。我想他認爲我在說他。

「我們很慢才明白什麼是重要的，」他最後說：「有時需要花我們一點時間才能體會新的事物，那些將我們改變得更好的新事物。」

他用溫暖的眼睛注視著我，我想融化成一灘水。

「我們該走了，」巴絲特打岔，「如果你們要去的話，還有一站得去。」

「勝利的代價，」卡特想起來了，「貝斯？他還活著？」

巴絲特嘆氣。「這問題很難回答。往這邊走。」

我最不想再看到的地方就是陽光田野。

安養院沒有多大改變。沒有新復甦的陽光幫助衰老的神。他們仍舊推著點滴架到處走來走去、撞牆、唱著古老詩歌，徒勞無功找尋不存在的神廟。

一名新病人加入他們的行列。貝斯穿著醫院袍子坐在柳條編製的椅子上，望向窗外，凝視著火焰湖。

托爾特跪在他旁邊，小小的河馬眼睛哭得紅腫，她試著想讓他喝杯子裡的東西。水從他的下巴流下來。他呆滯地看著遠方的火焰瀑布，布滿皺紋的臉映照在紅光下。他的捲髮剛梳好，穿著新的藍色夏威夷衫和短褲，看起來非常舒適。但是他皺著眉頭，手指緊握椅子扶手，彷彿知道自己應該記得什麼，卻想不起來。

「貝斯，沒關係。」托爾特的聲音顫抖，一邊用小毛巾擦拭他的下巴。「我們會努力。我會照顧你。」

然後她注意到我們，表情變得嚴肅。對於一位慈祥的生育女神來說，托爾特想讓自己看起來像兇神惡煞時，還是相當恐怖。

她拍拍侏儒神的膝蓋。「親愛的貝斯，我馬上回來。」

她站起來，這對有著大肚子的她來說，算是很了不起。她將我們帶離他的椅子。「你怎麼敢來這裡！你做得還不夠嗎？」

我正要哭出來向她道歉，才發現她生氣的對象既不是卡特，也不是我。她怒氣沖沖地看著巴絲特。

「托爾特……」巴絲特將手心朝上。「我不希望發生這種事。他是我的朋友。」

「他是你的貓咪玩具之一！」托爾特高聲喊叫，幾名病人開始哭泣。「巴絲特，你就和你們族類一樣自私。你利用他，把他丟到一邊。你知道他愛你，卻利用這一點。你玩弄他，就像你玩弄掌心裡的老鼠一樣。」

「這麼說不公平。」巴絲特喃喃說，但是她的頭髮開始蓬起，就像她每次害怕時的反應。我不能怪她，幾乎沒有什麼東西會比一隻發怒的河馬還可怕。

托爾特用力跺腳，她的高跟鞋斷了。「貝斯值得比這更好的待遇。他值得比你更好的人。他有一顆善良的心。我……我永遠不會忘記他！」

我感覺到一場非常暴力、勝負一邊倒的貓對上河馬大戰就要一觸即發。我不知道我挺身而出是爲了救貝斯，還是要饒過其他受折磨的病患，或是爲了減輕我的罪惡感。於是我走到兩位女神中間。「我們會治好他的，」我脫口而出：「我以我的生命發誓，我們會找到方法治好貝斯。」

她看著我，眼裡的憤怒消失，只剩下憐憫。「孩子，噢，孩子啊……我知道你是一番好意，但是不要給我虛假的希望，我已經抱著虛假的希望活得夠久了。去吧……如果你們一定要看他，就去吧。看看世界上最好的侏儒發生了什麼事，然後離開我們吧。不要對我保證不可能發生的事。」

她轉身，穿著她斷掉鞋跟的鞋子，一跛一跛走回護理站。巴絲特低下頭，臉上出現非常不像貓的表情——慚愧。

「我會在這裡等你們。」她說。

我看得出來這是她最後的答案，所以卡特和我自己去看貝斯。

侏儒神沒有動。他坐在柳條椅上，嘴巴半開，眼睛牢牢盯著火焰湖。

「貝斯。」我把手放在他的手臂上。「你聽得到我說話嗎？」

他當然沒有回答。他的手腕戴著一條手鍊，上面用象形文字寫著他的名字，還有可愛的裝飾，大概是托爾特弄的。

「對不起，」我說：「我們會拿回你的『仁』，我們會找到方法治好你，對吧，卡特？」

「對！」他清了清喉嚨，我可以向你確保，他那個時候沒有表現出很有男子氣概的樣子。

「對，貝斯，我保證。如果……」

他大概正要說「如果那是我們要做的最後一件事」，但他很明智地決定不這麼說。有鑑於即將與阿波非斯展開大戰，最好別去想我們的生命可能多快會結束。

我彎下腰親吻貝斯的額頭。我記得我們是如何在滑鐵盧車站碰面，當時他載著麗茲、艾瑪和我到安全的地方。我記得他是如何用他可笑的泳褲嚇跑奈赫貝特和巴比。我想到他在聖彼得堡買的好笑巧克力列寧頭，以及他如何透過紅沙之地通道將我和華特拉到安全的地方。我無法把他想做是個渺小的神。他的個性寬厚、豐富、搞笑，擁有極佳的性格，而這個性格似乎不可能永遠消失。他犧牲了自己的永生，替我們多爭取一個小時。

我忍不住啜泣，最後卡特必須把我拉開。我不記得是怎麼回到家裡，但感覺我們是在掉落而不是上升，彷彿凡間變得比杜埃任何一個地方更深、更悲傷。

那天晚上我單獨坐在床上，房裡的窗戶是打開的。春天的第一個晚上變得意外地溫暖舒適。光線在河邊地區發亮。附近社區的貝果工廠讓空氣中充滿烤麵包香氣。我聽著我的「悲傷歌曲集」，猜想不知爲何我的生日竟只在幾天之前。

世界變了。太陽神已經返回。阿波非斯從牢籠逃出，雖然他被趕到無底洞的某個深處，但很快就會找到路回來。戰爭要開始了。我們有這麼多事要做，而我卻坐在這裡，像以前一樣聽著同樣的歌，盯著我的阿努比斯海報，對於某種細微惱人的事感到無助矛盾……對，你猜到了，有關男生的事。

外面傳來敲門聲。

「進來。」我懶洋洋地說。我認定敲門的是卡特，因爲我們常常在一天結束後撥點時間聊天，只為了彼此聽取簡報。結果，進來的人是華特。突然間，我意識到自己穿著一件破舊的T恤和睡褲。我的頭髮看起來一定和奈赫貝特一樣糟糕。卡特看到我這樣是無所謂，但是華特？眞慘。

「你在這裡做什麼？」我放聲大叫，或許有點太大聲了。

他眨眨眼，顯然對於我一點也不好客感到訝異。「抱歉，我會離開。」

「不！我是說……沒關係。你只是嚇了我一跳，而且……你知道的……我們這裡規定男生在女生房裡……呃，必須有人監督才行。」

我知道那聽起來使我很呆板，幾乎變成和卡特一樣，可是我緊張得不得了。

華特交叉手臂，那是雙很棒的手臂。他穿著籃球衣和運動褲，和平常一樣，脖子上戴著一堆護身符。他看起這麼健康、這麼活力充沛，實在很難相信他會死於一個古老的詛咒。

「嗯，你是老師，」他說：「你可以監督我嗎？」

我的臉鐵定紅得不像話。「對，我想，如果你把門開著……呃，你來這裡有什麼事嗎？」

他靠在衣櫃的門上。我驚恐地發現衣櫃門還開著，露出我的阿努比斯海報。

「發生了很多事，」華特說：「你要擔心的事情已經很多了。我不希望你還要擔心我。」

「太遲了。」我承認。

他點點頭，彷彿了解我的沮喪。「那天在沙漠、在巴哈利亞的時候……如果我告訴你那是我生命中最棒的一天，你會不會認為我瘋了？」

我的心亂跳個不停，但我試著保持冷靜。「這個嘛，埃及大眾運輸、道路搶匪、臭臭的駱駝、發瘋的羅馬木乃伊、被附身的棗農……老天，眞是多災多難的一天。」

「還有你。」他說。

「對……我想我也列在那一串災難名單上。」

「那不是我的意思。」

我感覺自己是個很爛的監督員，既緊張又困惑，根本沒有任何監督的念頭。我的目光瞄向衣櫃門。華特注意到了。

「喔。」他指著阿努比斯。「你要我把門關起來嗎？」

「對，」我說：「不。大概吧。我是說，沒關係啦。嗯，不是說這不要緊，但是……」

華特大笑，彷彿他對我的不安一點都不以爲意。「莎蒂，聽我說，我只是想說，不管發生什麼事，我很高興認識你。我很高興來到布魯克林。潔絲在替我研究治療的方法，或許她會有什麼發現，但無論如何……都沒關係。」

「大有關係！」我認爲我的憤怒與其說嚇到他，不如說是嚇到我。「華特，你就要死於一個爛詛咒，而且……緬什科夫曾經在那裡準備告訴我治療方法，可是……我讓你失望了，就像我讓貝斯失望一樣。我甚至沒有好好地把拉帶回來。」

我氣我自己在哭，但就是忍不住。華特走過來坐在我旁邊，並沒有試著抱抱我，這沒什麼關係，我已經夠混亂了。

「你並沒有讓我失望，」他說：「你沒有讓任何人失望。你做了正確的事，而那件事需要犧牲。」

「但不該是你，」我說：「我不要你死。」

他的笑容讓我覺得世界縮小到只剩下兩個人而已。

「拉的返回或許不能治好我，」他說：「但仍舊給了我新希望。莎蒂，你很棒。不管怎麼樣，我們都會讓這件事成功。我不會離開你。」

那句話聽起來真好，好得不得了，好到不可能。「你要怎麼保證？」

他的目光飄向阿努比斯的畫像，然後回到我身上。「試著不要擔心我就好。我們必須專心打敗阿波非斯。」

「有沒有任何點子？」

他指著我那台擺在床邊桌上的老舊錄音機。那是外公外婆很久以前送我的禮物。

「告訴世人眞正的事情經過，」他說：「不要讓雅各比和其他人散播有關你們家族的謊言。我來到布魯克林，是因爲我得到你們第一次的訊息，就是有關紅色金字塔、結德護身符的錄音。你們要求幫忙，我們也回應了。現在該是再次請求幫忙的時候。」

「但是我們第一次接觸時，有多少魔法師回應了？二十個嗎？」

「嘿，我們昨晚表現得很好。」華特注視著我。我想他可能會吻我，然而某種東西讓我們兩人都開始猶豫，感覺這個吻會使得事情更不確定、更脆弱。「莎蒂，送出另一卷錄音帶吧，把事實真相說出來。你說話時……」他肩膀一聳，然後站起身來離開，「很難讓人忽略。」

在他離開幾分鐘後，卡特走進來，腋下夾了一本書。他發現我在聽我的悲傷歌曲，瞪著擺在梳妝台上的錄音機。

「剛才從你房裡走出去的人是華特嗎？」他問，聲音流露出一點哥哥的保護心態。「有什麼事嗎？」

「喔，只是……」我盯著他拿來的書。那是一本很舊的教科書，不知道他是不是要出回家功課給我。但那封面看起來好眼熟，鑽石形設計、五顏六色的燙金字體。「那是什麼？」

卡特坐在我旁邊，他很緊張地把書遞給我。「這是，呃……不是一條金項鍊。也不是一把魔法刀。我跟你說過我有替你準備生日禮物，這……就是要給你的生日禮物。」

我的手指撫摸書上的標題：「布萊克利大一新生科學概論，第十二版」。然後我打開書。封底有個用可愛草寫體寫的名字：「露比．凱恩」。

這是媽的大學教科書，就是她以前在我們睡覺前唸給我們聽的書。這正是當年那一本。

我眨眨眼睛，不讓眼淚掉下來。「你是怎麼……」

「我是用圖書室裡取回東西的薩布提，」卡特說：「它們可以找到任何書。我知道……這種禮物有點遜，不花我一毛錢，也不是我做的，但是……」

「不要再說了，你這個笨蛋！」我張開雙臂擁抱他。「這是很棒的生日禮物。你是一個了不起的哥哥！」

動才說的。】

【好吧，卡特。我說了，就這樣永遠錄下來了。你不要得意過頭，我當時是因爲眞的很感

我們翻著書頁，微笑看著被卡特用蠟筆在臉上畫鬍子的牛頭和過時的太陽系圖表。我們發現一個久遠的食物汙漬，大概是我的蘋果醬。我以前好喜歡吃蘋果醬。我們的手指撫摸著媽媽用美麗草寫字體寫在書上空白處的筆記。

光拿著這本書，就讓我覺得又更靠近媽媽了，而且我對於卡特的細心感到非常訝異。雖然我知道他的祕密名字，覺得自己了解他的一切，但這個男生還是有辦法讓我大吃一驚。

「那麼，華特剛才是怎麼一回事？」他問：「怎麼了？」

我非常不情願地闔上《布萊克利大一新生科學概論》。沒錯，這大概是我這輩子唯一一次不情願闔上一本課本。我站起來，把書放在櫃子上，然後拿起我那台古董級的卡帶錄放音機。

「我們有工作要做。」我對卡特說。我把麥克風丟給他。

所以你們現在知道在春分時眞正發生的事，以及年老的大儀式祭司如何過世，還有阿摩司如何繼承了他的位子。狄賈登犧牲自己的性命，替我們爭取時間，但是阿波非斯很快就會找到離開無底深淵的方法。幸運的話，我們也許有幾星期的時間；如果運氣不好，大概只剩幾天而已。

阿摩司努力宣示他擔任生命之屋的領袖地位，這會是一項艱鉅的工作。有些行省仍在叛

亂，許多人相信凱恩家族是以武力取得這個地位。

我們送出這捲錄音帶，是要釐清事實眞相。

我們還沒有所有的答案。我不知道阿波非斯會在何時或在哪裡展開攻擊。我們不知道要如何治療拉、貝斯或華特。我們不知道姬亞會扮演哪種角色，或是神是否值得信賴，是否要相信他們會幫助我們。最重要的是，我在兩個很棒的男生之間擺盪猶豫，其中一個快死了，另一個是死亡之神。我問你，這是什麼樣的選擇啊？

【對，抱歉……我又扯遠了。】

重點是，無論你在哪裡，無論你使用哪種魔法，我們都需要你的幫忙。除非我們團結起來，加緊學習神之道，否則我們連抵抗的機會都沒有。

我希望華特是對的，而你會發現很難不去注意我，因爲時間正一分一秒流逝。我們會在布魯克林之家替你準備好一個房間，等你前來。

作者的話

在出版這份令人看了憂心忡忡的手稿前，我覺得有必要去查證莎蒂和卡特所說的故事。我很希望能告訴你，這些故事都是他們杜撰出來的，但是很不幸的，看來他們說的故事大多有事實根據。

他們在故事中提到分別位於美國、英國、俄國和埃及的文物及地點，都眞實存在。緬什科夫大公的確有一座位於聖彼得堡的王宮，至於侏儒的婚禮，儘管我並未發現參與婚禮的侏儒中是否有任何神，或緬什科夫大公是否有位叫做弗拉迪米爾的孫子，然而歷史上確實記載曾經發生過此事。

經過證實，所有卡特和莎蒂遇到的神及怪物確實都存在於古代資料中。關於拉在夜晚航行通過杜埃則有各種不同紀錄，並且流傳至今。雖然這些故事情節彼此差異很大，但卡特及莎蒂的敘述與我們從埃及神話中所發現的已知部分非常接近。

簡單來說，我相信他們說的可能眞的是實話。他們徵求世人的協助，是眞摯誠懇地呼籲。未來我如果再拿到任何相關錄音資料，都會再轉述給大家，可是倘若阿波非斯的力量正在壯大中，我們可能毫無生存機會。爲了全世界，希望我是錯的。

國家圖書館出版品預行編目資料

火焰的王座 / 雷克・萊爾頓（Rick Riordan）文；
沈曉鈺譯. -- 初版. --臺北市：遠流, 2012.01
面； 公分.--（埃及守護神；2）

譯自：The Kane Chronicles: The Throne of Fire
ISBN 978-957-32-6932-8（平裝）

874.57 100028069

埃及守護神 2

火焰的王座

文 / 雷克・萊爾頓　譯 / 沈曉鈺

執行編輯 / 林孜懃　編輯協力 / 陳懿文
美術設計 / 唐壽南　行銷企劃 / 陳佳美
出版一部總監 / 王明雪

發行人 / 王榮文
出版發行 / 遠流出版事業股份有限公司　104005台北市中山北路一段11號13樓
電話：(02)2571-0297　傳眞：(02)2571-0197　郵撥：0189456-1
著作權顧問 / 蕭雄淋律師
輸出印刷 / 中原造像股份有限公司
□ 2012年1月15日 初版一刷　□ 2022年2月20日 初版十九刷

定價 / 新台幣360元 （缺頁或破損的書，請寄回更換）

ISBN 978-957-32-6932-8

遠流博識網 http://www.ylib.com　E-mail:ylib@ylib.com
遠流雷克萊爾頓奇幻欄 http://www.facebook.com/thekanefans
埃及守護神官網 http://www.ylib.com/hotsale/thekane 2

THE KANE CHRONICLES: THE THRONE OF FIRE